金 學 叢 書
第二輯 27

吳 敢
胡衍南 霍現俊
主編

潘承玉《金瓶梅》研究精選集

潘承玉 著

臺灣 學生書局 印行

金學叢書第二輯序

　　2013 年 5 月第九屆（五蓮）國際《金瓶梅》學術討論會期間，胡衍南、霍現俊忙裏偷閒，時而小聚，漢書下酒，就中便有本叢書編輯出版一事。當時即擬與吳敢商談，以期盡快成議。只是吳敢當時會務繁多，此議終未提及。2013 年 7 月 3 日，胡衍南到徐州公幹，當晚至吳敢舍下小酌，此事即進入操作程序。此後電郵往來，徐州、臺北、石家莊三方輾轉，叢書編撰框架日漸明朗。2013 年 11 月 23 日，胡衍南再度到徐州公幹，代表臺灣學生書局與吳敢詳盡商談編輯出版事宜，本叢書遂成定案。

　　此「金學叢書」之由來也。

　　中國古代小說研究，重大課題眾多。近代以降，紅學捷足先登。20 世紀 80 年代，金學亦成顯學。明代長篇白話小說《金瓶梅》是中國文學史上一部里程碑式的重要作品，其橫空出世，破天荒打破以帝王將相、英雄豪傑、妖魔神怪為主體的敘事內容，以家庭為社會單元，以百姓為描摹對象，極盡渲染之能事，從平常中見真奇，被譽為明代社會的眾生相、世情圖與百科全書。幾乎在其出現同時，即被馮夢龍連同《三國演義》《水滸傳》《西遊記》一起稱為「四大奇書」。不久，又被張竹坡譽為「第一奇書」。《紅樓夢》庚辰本第十三回脂評：「深得《金瓶》壺奧」。魯迅《中國小說史略》認為「同時說部，無以上之」。

　　自有《金瓶梅》小說，便有《金瓶梅》研究。明清兩代的筆記叢談，便已帶有研究《金瓶梅》的意味。如明代關於《金瓶梅》抄本的記載，雖然大多是隻言片語的傳聞、實錄或點評，但已經涉及到《金瓶梅》研究課題的思想、藝術、成書、版本、作者、傳播等諸多方向，並頗有真知灼見。在《金瓶梅》古代評點史上，繡像本評點者、張竹坡、文龍，前後紹繼，彼此觀照，相互依連，貫穿有清一朝，形成筆架式三座高峰。繡像本評點拈出世情，規理路數，為《金瓶梅》評點高格立標；文龍評點引申發揚，撥亂反正，為《金瓶梅》評點補訂收結；而尤其是張竹坡評點，踵武金聖歎、毛宗崗，承前啟後，成為中國古代小說評點最具成效的代表，開啟了近代小說理論的先聲。明清時期的《金瓶梅》研究，具有發凡起例、啟導引進之功。

　　20 世紀是人類歷史上可足稱道的一個百年。對中國人來說，世紀伊始，產生了驚天動地的兩件大事：1911 年封建王朝的終結，1919 年「五四」新文化運動的興起。中國人

心裏承接有豐富的傳統，中國人肩上也負荷著厚重的擔當。揚棄傳統文化，呼喚當代文明，這一除舊佈新的文化使命，在中國用了大半個世紀的時間。觀念形態的更新、研究方法的轉變、思維體式的超越、科學格局的營設一旦萌發生成，便產生無量的影響，具有劃時代的意義。《金瓶梅》研究即為其中一例。

以1924年魯迅《中國小說史略》出版，標誌著《金瓶梅》研究古典階段的結束和現代階段的開始；以1933年北京古佚小說刊行會影印發行《金瓶梅詞話》，預示著《金瓶梅》研究現代階段的全面推進；以30年代鄭振鐸、吳晗等系列論文的發表，開拓著《金瓶梅》研究的學術層面；以中國大陸、臺港、日韓、歐美（美蘇法英）四大研究圈的形成，顯現著《金瓶梅》研究的強大陣容；以版本、寫作年代、成書過程、作者、思想內容、藝術特色、人物形象、語言風格、文學地位、理論批評、資料彙編、翻譯出版、藝術製作、文化傳播等課題的形成與展開，揭示著《金瓶梅》的研究方向。一門新的顯學——金學，已經赫然出現在世界文壇。

20世紀70年代以來的當代金學，中國的吳曉鈴、王利器、魏子雲、朱星、徐朔方、梅節、孫述宇、蔡國梁、甯宗一、陳詔、盧興基、傅憎享、杜維沫、葉朗、陳遼、劉輝、黃霖、王汝梅、周中明、王啟忠、張遠芬、周鈞韜、孫遜、吳敢、石昌渝、白維國、陳昌恆、葉桂桐、張鴻魁、鮑延毅、馮子禮、田秉鍔、羅德榮、李申、魯歌、馬征、鄭慶山、鄭培凱、卜鍵、李時人、陳東有、徐志平、陳益源、趙興勤、王平、石鐘揚、孟昭連、何香久、許建平、張進德、霍現俊、陳維昭、孫秋克、曾慶雨、胡衍南、李志宏、潘承玉、洪濤、楊國玉、譚楚子等老中青三代，辨章學術，考鏡源流，營造了一座輝煌的金學寶塔。其考證、新證、考論、新探、探索、揭秘、解讀、探秘、溯源、解析、解說、評析、評注、匯釋、新解、索引、發微、解詁、論要、話說、新論等，蘊含宏富，立論精深，使得金學園林花團錦簇，美不勝收，可謂源淵流長，方興未艾。中國的《金瓶梅》研究，經過80年漫長的歷程，終於在20世紀的最後20年登堂入室，當仁不讓也當之無愧地走在了國際金學的前列。

此「金學叢書」之要義也。

本叢書暫分兩輯，第一輯為臺灣學人的金學著述，由魏子雲領銜，包括胡衍南、李志宏、李梁淑、鄭媛元、林偉淑、傅想容、林玉惠、曾鈺婷、李欣倫、李曉萍、張金蘭、沈心潔、鄭淑梅，可說是以老帶青；第二輯為中國大陸20世紀80年代以來學人的《金瓶梅》研究精選集，計由徐朔方、甯宗一、傅憎享、周中明、王汝梅、劉輝、張遠芬、周鈞韜、魯歌、馮子禮、黃霖、吳敢、葉桂桐、張鴻魁、陳昌恆、石鐘揚、王平、李時人、趙興勤、孟昭連、陳東有、孫秋克、卜鍵、何香久、許建平、張進德、霍現俊、曾慶雨、楊國玉、潘承玉、洪濤諸位先生的大作組成，凡31人30冊（其中徐朔方、孫秋克，

傅憎享、楊國玉，王平、趙興勤，因字數兩人合裝一冊），每冊 25 萬字左右。

天津師範學院（今天津師範大學）朱星是中國大陸金學新時期名符其實的一顆啟明星，他在 1979 年、1980 年連續發表多篇論文，並於 1980 年 10 月由百花文藝出版社結集出版了中國大陸新時期《金瓶梅》研究的第一部專著《金瓶梅考證》。朱星的研究結論不一定都能經得住學術的檢驗，但朱星繼魯迅、吳晗、鄭振鐸、李長之等人之後，重新點燃並高舉起這一支學術火炬，結束了沉寂 15 年之久的局面，這一歷史功績，應載入金學史冊。遺憾的是，朱星先生 1982 年逝世，後人查訪困難，只能闕如。

香港夢梅館主梅節可謂《金瓶梅》校注出版的大家，1988 年由香港星海文化出版有限公司出版《全校本金瓶梅詞話》；1993 年由梅節校訂，陳詔、黃霖注釋，香港夢梅館出版《重校本金瓶梅詞話》（該本後由臺灣里仁書局 2007 年 11 月初版，2009 年 2 月修訂一版，2013 年 2 月修訂一版八刷）；1998 年梅節再為校訂，陳少卿抄寫，香港夢梅館出版《夢梅館校定本金瓶梅詞話》。前後三次合共校正詞話原本訛錯衍奪七千多處，成為可讀性較好的一個本子。梅節由校書而研究，關於《金瓶梅》作者、傳播、成書、故事發生地等問題的認識，亦時有新見。可惜的是，梅節先生的論文集《瓶梅閒筆硯——梅節金學文存》2008 年 2 月由北京圖書館出版社出版，版權協商匪易，未能入選。

上海音樂學院蔡國梁 20 世紀 50 年代末即開始研習《金瓶梅》，寫下不少筆記，1980 年前後即依據筆記整理成文，1981 年開始發表金學論文，1984 年出版第一部專著[1]，累計出版金學專著 3 部[2]、編著 1 部[3]，發表論文多篇，內容涉及《金瓶梅》的思想、源流、人物、作者、評點、文化等諸多研究方向，是早期《金瓶梅》研究的主力成員。無奈聯繫不上，不得已而割愛。

國人研究《金瓶梅》的論著，最早是闞鐸的《紅樓夢抉微》[4]，但其只是一個讀書筆記。天津書局 1940 年 8 月出版之姚靈犀《瓶外卮言》，嚴格說也只是一個資料彙編。香港大源書局 1961 年出版之南宮生著《金瓶梅》簡說，算得上是一個原著導讀。臺北時報文化出版公司 1978 年 2 月出版之孫述宇著《金瓶梅的藝術》，可說是第一部文本研究的學術著作。該書全文收入石昌渝、尹恭弘編選的《臺港金瓶梅研究論文選》[5]。2011 年 3 月上海古籍出版社再版，增加了一篇作者自序，更名為《金瓶梅：平凡人的宗教劇》。

1　《金瓶梅考證與研究》，西安：陝西人民出版社，1984 年。
2　另兩部為：《明清小說探幽——明人、清人、今人評金瓶梅》，杭州：浙江文藝出版社，1985 年；《金瓶梅社會風俗》，天津：百花文藝出版社，2002 年。
3　《金瓶梅評注》，桂林：灕江出版社，1986 年。
4　天津大公報館 1925 年 4 月鉛印。
5　南京：江蘇古籍出版社，1986 年。

孫述宇先生本已與上海古籍出版社洽商同意編入金學叢書，並授權主編代理，忽中途撤稿，原因還是版權問題。

還有其他一些因故未能入選的師友：或已作仙遊[6]，或礙於本輯叢書的體例[7]，或因為版權期限，或失去聯繫等。凡此種種，均為缺憾。

儘管如此，第二輯連同第一輯 14 人 16 冊總計所入選的此 45 人 46 冊，已經是中國當代金學隊伍的主力陣容，反映著當代金學的全面風貌，涵蓋了金學的所有課題方向，代表了當代金學的最高水準。

此「金學叢書」之大略也。

臺灣學生書局高瞻遠矚，運籌帷幄，以戰略家的大眼光，以謀略家的大手筆，決計編撰出版「金學叢書」，實金學之幸，學術之福。主編同仁視本叢書為金學史長編，精心策劃，傾心編審。各位入選師友打造精品，共襄盛舉。《金瓶梅》研究關聯到中國小說批評史、中國小說史、中國文學史、中國文學評點史、中國文學批評史等諸多學科，是一個應該也已經做出大學問的領域。為彌補本叢書因為容量所限有很多師友未能入選的不足，特附設一冊《金學索引》[8]，廣輯金學專著、編著、單篇論文與博碩士論文，臚列學會、學刊與所舉辦之金學會議，立此存照，用供備覽。本叢書的編選，既是對過往的總結，也是對未來的期盼。本叢書諸體皆備，雅俗共賞，可以預測，將為金學做出新的貢獻。

此「金學叢書」之宗旨也。

金學已經不是一座象牙塔，而是一處公眾遊樂的園林。三百多部論著，四千多篇學術論文，二百多篇博碩士論文，既有挺拔的大樹，也有似錦的繁花，吸引著越來越多的研究者與愛好者探幽尋奇。不容置疑，傳統的金學，加上以文化與傳播為標誌的、以經典現代解讀為旗幟的新金學，必然展示著甯宗一先生的經典命題：說不盡的《金瓶梅》。

此「金學叢書」之感言也。

吳敢、胡衍南、霍現俊（吳敢執筆）

2014 年元旦

6　如王啟忠、鮑延毅、孔繁華、許志強諸先生等，駕鶴西去的徐朔方先生的精選集由其高足孫秋克代為編選，劉輝先生的精選集由其摯友吳敢代為編選。

7　本輯叢書乃論文精選集，字典、詞典與小塊文章結集便未能入選，《金瓶梅》語言研究的幾位專家如白維國、李申、張惠英、許仰民等因此失選。

8　吳敢編著，分上下兩編。

潘承玉《金瓶梅》研究精選集

目　次

《金瓶梅》五十三至五十七回眞僞論考

一、問題的提出

　　眾所周知，現存最早的《金瓶梅》傳世刻本，萬曆丁巳（四十五年，1617）序本《新刻金瓶梅詞話》，與後出的崇禎本《新刻繡像批評金瓶梅》（前者又稱十卷本，後者又稱二十卷本），情節上的較大差異發生在五十三、五十四回。著名金學專家王汝梅先生對此認為：

> 崇禎本第五十三回和五十四回據萬曆詞話本改寫，改動大，與詞話本大異小同……崇禎本五十三回與詞話本五十三回的大異小同，仍可以看出崇禎本是據詞話本改寫而來，並不是另有一種假定的詞話本為據……詞話本五十三回至五十四回，與前後文脈絡基本貫通，語言風格也較一致。而崇禎本五十三至五十四回，在語言風格上與前後文不相一致，描寫粗疏，改寫者藝術修養不高……如果沈德符所云「陋儒補以入刻」的話寫在崇禎初年，這補入的文字，可能指二十卷本之五十三回至五十四回，而不是指十卷本《金瓶梅詞話》。[1]

可見，王先生對這一差異，是充分肯定詞話本而否定崇禎本。但這個「如果」的假設是根本不存在的。《萬曆野獲編》，明明白白，寫的就是沈德符在萬曆年間所歷所聞之事。該書卷二十五《詞曲》部「金瓶梅」條云：

> 袁中郎《觴政》，以《金瓶梅》配《水滸傳》為外典，予恨未得見。丙午，遇中郎京邸，問曾有全帙否……又三年，小修上公車，已攜有其書，因與借抄挈歸。吳友馮猶龍見之驚喜，慫恿書坊，以重價購刻。馬仲良時榷吳關，亦勸予應梓人之求，可以療饑。予曰：「此等書必遂有人板行，但一刻則家傳戶到，壞人心術。他日閻羅究詰始禍，何辭置對？吾豈以刀錐博泥犁哉？」仲良大以為然，遂固篋

1　王汝梅《金瓶梅探索》，長春：吉林大學出版社，1990 年，頁 53。

之。未幾時，而吳中懸之國門矣。然原本實少五十三回至五十七回，遍覓不得，有陋儒補以入刻，無論膚淺鄙俚，時作吳語，即前後亦絕不貫串，一見知其贗作矣。

丙午為萬曆三十四年（1606）；又三年為萬曆三十七年（1609）；馬仲良榷吳關，據美國學者馬泰來教授考定，在萬曆四十一年（1613）[2]；此後不久，《金瓶梅》在吳中刊刻問世。這與詞話本的刊刻年代相契合。而且，馮猶龍名含「二龍」，「二龍戲珠」為傳統文化一大圖騰，戲珠即弄珠，「吳友馮猶龍」與詞話本卷首序的署名「東吳弄珠客」亦相關合。可見，沈德符所云「吳中懸之國門」的刻本即為詞話本，「原本實少五十三至五十七回」云云，也是指的詞話本無疑。

　　按理說，沈德符作為與作者同代，對作品問世經過比較瞭解，又借抄、收藏過原作的過錄本的學者，他對詞話本五十三至五十七整個五回的看法，應該能得到後世研究者的足夠重視和體認。奇怪的是，與王汝梅先生的觀點相呼應，在金學上卓有建樹的臺灣學者魏子雲先生指出：

> 從這五回的兩種刻本的對比來看事實，可以證明沈德符說的這五回是「陋儒補以入刻」的話，並非無因，惜乎此一問題，不在十卷本《新刻金瓶梅詞話》身上，卻在二十卷本身上。……我們看這五回，十卷本上有第五十五回的任醫官看病，與第五十四回的結尾重了，「血脈」不貫連了，還有第五十六回的李三、黃四借銀，也有重複之處。其他，無不情節周密，文辭細膩，刻描人物之言談舉止與心理情緒也生動鮮活而有情有致，絕無補寫跡象。二十卷本可就不同了……[3]

一方面是作者同時代學者的記載，一方面是當代金學專家的論述，二者相距甚遠；同時，兩位當代金學專家，雖都從崇禎本劣於詞話本的前提出發，一個提出「崇禎本是據詞話本改寫而來，並不是另有一種假定的詞話本為據」，一個認為，沈德符「在字裏行間的語意上，暗示了二十卷本以前還有十卷本」[4]，推論又如此相左。沈德符、王汝梅、魏子雲，何者為是？

　　不難看出，王、魏二先生在理解沈德符的話時，都有意將其所指從詞話本擴大到了

2　馬泰來〈麻城劉家與《金瓶梅》〉，《中華文史論叢》，1982 年第 1 輯。

3　魏子雲〈沈德符論《金瓶梅》隱喻與暗示之探微〉，載王利器主編《國際金瓶梅研究集刊》第一集，成都：成都出版社，1990 年。

4　魏子雲〈沈德符論《金瓶梅》隱喻與暗示之探微〉，載王利器主編《國際金瓶梅研究集刊》第一集。

崇禎本，從這個前提出發，他們將詞話本與崇禎本的對應回目加以比較，得出了崇禎本劣於詞話本，因而崇禎本才更當得上沈德符「陋儒補以入刻」云云的主觀判斷。這樣一來，作為考慮重點的詞話本本身的問題反而被忽略了。

因此，我們要回答上述問題，判斷沈德符的話是否合乎詞話本實際，需要重新確定這樣一個基本的討論前提，即詞話本的問題應該在詞話本自身的藝術系統中加以探討。直言之，詞話本五十三至五十七回是否為「陋儒補以入刻」，我們要解決的是：這五回在詞話本的整個藝術系統中，與其他各部分協調嗎？如果存在不協調，那麼，在程度和性質上，是出於一人之手，由藝術風格粗疏造成的輕微的不協調呢，還是出於不同作者之手，由藝術駕馭水準和風格上的懸殊差異導致的嚴重不協調呢？

實際上，我們要研究這五回在詞話本整個藝術系統中的協調性，還面臨著一個先決的問題，即：這五回本身各部分之間協調嗎？這五回本身出於一人之手嗎？如果這五回本身就存在嚴重的不協調——這首先就印證了沈德符「陋儒」記載的可信性，我們就應該把它拆分為更小的整體，以便於探討它與詞話本整體的協調性，以及一些有關的問題。那麼，這五回的協調性到底如何呢？或者說——

二、五回是否出於一人之手

第一，從情節構成看，這五回包含了兩個各自獨立的情節單元。五十三、五十四回為一個情節單元，描寫的核心是「病」，從吳月娘望官哥病情開始，到西門慶望李瓶兒病情，安頓李瓶兒吃藥結束，以西門慶埋怨「娘兒兩個都病了，怎的好」，將兩病描寫縮結到一起。在這個單元內部，五十三回重點描寫西門慶請施灼龜、錢痰火、劉婆子做法事；五十四回重點描寫西門慶請任醫官看病；兩回都穿插寫了西門慶到南門外劉太監莊上，區別只是五十三回是一人騎馬去做客，五十四回則是攜友坐船去遊玩。五十五、五十六、五十七回為一個情節單元，描寫的核心是「東京慶壽」。它從眾妻妾擺酒為西門慶餞行開始，寫到西門慶在東京慶賀蔡太帥壽誕，歸家後親朋送禮、妻妾接風、日日宴席的經過，以五十七回開頭西門慶「我前日往西京（應為東京），多虧眾親友們，與咱把個盞兒，今日分付⋯⋯安排小酒，與眾人回答」的話，強調了這三回描寫的內在統一性。在這個單元內部，五十五回穿插寫了揚州苗員外送歌童給西門慶，五十六回穿插寫了西門慶周濟常時節，五十七回穿插寫了西門慶捐銀給永福寺和薛、王二尼姑的情節，作者的興趣在人物之間的施受關係。這兩個情節單元藝術描寫的中心與主導的穿插趣味迥然不同。

第二，從性格刻畫看，這兩個情節單元對主人公西門慶的把握，在某些方面傾向完

全相反。第二情節單元中的西門慶，在經濟活動方面，是一個小雞肚腸、吐吐吞吞的角色。本來，李三、黃四借銀子（當然以較高的利息為代價），五十一回應伯爵說情時，西門慶已答應等門外徐四鋪還了二百五十兩，家中再添上二百五十兩，湊成五百兩借給他們；五十二回陳經濟討了徐家銀子來，西門慶囑咐應伯爵通知李三、黃四後日來兌銀子。但到五十三回，應伯爵他們按時到來，西門慶的表現卻是：第一步，假裝完全忘記此事；第二步，應伯爵加以提醒，又聲言手邊沒有銀子，企圖瞞過昨日徐家已還來銀子的事實；第三步，應伯爵再次加以點破，又說家中實在湊不齊另外二百五十兩，還少二十兩，拿粉段折准；第四步，應伯爵批評他不該變相「搭售」，要履行諾言，最後只好如數搬出銀子付給了李三、黃四。這些描寫無法與前面的描寫，特別是四十五回西門慶在李三、黃四一千五百兩本利還沒還清，又借給他們一千兩的描寫相統一。錯誤在於這一單元的作者，混淆了放高利貸與施捨的區別，忘記了西門慶有官階作依靠，從來就不怕借債人不還高額本息來。第二情節單元中的西門慶，則是一個樂善好施、慷慨大方、揮金如土的慈善家。五十五回，常時節向西門慶訴說無房住的生活困難，西門慶一口答應幫他解決；五十六回，一開頭即宣稱「西門慶仗義疏財，救人貧難，人人都是讚歎他的」。果然，當常時節幾天之後再次請求周濟時，西門慶當下即拿出了十二兩碎銀子，並答應出錢給他買房子。五十七回更是痛痛快快，一下就向玉皇廟長老認捐了銀子五百兩，向兩個尼姑施捨了三十兩。要知那時一個丫鬟才賣四兩！這些描寫說明，這一單元的作者根本就沒有理解五十二回之前有關西門慶「撒漫使錢」描寫的底蘊。終西門慶一生，只有在對待自己所喜歡所玩弄的女性方面才顯得大方。二十回提到，他包占李桂姐的月銀是二十兩；三十九回，為更方便地與王六兒姘居，他為她另買了一處住房，花了一百二十兩；宋惠蓮與如意兒，一前一後，受到西門慶寵縱時，「銀子成兩家帶在身邊」。除了玩弄女人如此大手大腳，西門慶絕沒有把銀子看得很輕賤，可以任意拋出。三十九回，西門慶在玉皇廟舉辦了一場盛大的醮事活動，吳道官率百餘名道徒做了三天三夜法事，事後又送來十餘抬齋禮，西門慶才奉上總共不過三十兩銀子；四十九回，西門慶借永福寺餞行蔡狀元，僅以一兩銀子相酬；五十一回，吳大舅借銀修官倉，西門慶只給了二十兩，而且不久吳大舅就歸還了十兩來。六十七回，最可心的朋友應伯爵借銀五十兩，也要立契約；西門慶還半開玩笑，要應伯爵把小妾春花牽來以抵償利息。總之，這兩個情節單元中的西門慶，在經濟活動方面的個性出現了兩極背離。

第三，從具體的描寫來看，兩個情節單元之間存在著包含一系列差異的若干重要雷同情節。第一個醒目的雷同發生在兩個情節單元的銜接處。五十四回後半部用二千字的篇幅，描寫了任太醫給李瓶兒看病，玳安跟隨太醫回去拿藥，直至第二天李瓶兒服藥病癒的全過程。五十五回開始又從「任醫官看了脈息，到廳上坐下」，講論病因寫起，直

到任醫官回家送將藥來。我們無法想像，一個作者會為了銜接的自然，而拙笨到把一個情節前後重複寫兩遍！從這處雷同的情節描寫中一些不同的細節來看，這兩段文字顯然出於不同作者之手。對醫生的稱呼，五十四回始終是「任太醫」，五十五回始終是「任醫官」；藥的獲得，五十四回是玳安拿銀子跟任太醫去取，五十五回是任醫官自己送來；李瓶兒的病狀、病因、治療方法，五十四回是「胃腕（脘）作疼」，「胃虛氣弱、血少肝經旺」，「要用疏通藥，要逐漸吃些丸藥養他轉來才好」，五十五回是「惡路不淨，面帶黃色」，「肝腑土虛木旺，虛血妄行」，「只是用些清火止血的藥」，簡言之，一個是胃疼，經血不足，治療在於疏通，一個是經血過多，不止，治療在於抑止，截然相反。第二個雷同是兩個單元中都寫到的李三、黃四向西門慶借五百兩銀子的情節。五十三回，西門慶在應伯爵的催逼下，「請了陳姐夫，先把他討的徐家廿五包（二百五十兩）彈准了，後把自家二百五十兩彈明了」，「付與黃四、李三，兩人拜謝不已，就告別了」。這顯然是對五十一、五十二回寫到的二人憑藉應伯爵，準備向西門慶借銀情節的交待。五十六回，又是應伯爵對西門慶說：「前日哥許下李三、黃四的銀子，哥許他待門外徐四銀到手，湊放與他罷。」西門慶回答說：「李三、黃四的，我也只得依你了。」緊接著寫明拿出徐家還銀二百五十兩，自家又湊了二百五十兩，兌付給了二人。可見，這也是對五十一、五十二回情節的交待。兩處交待重複了，但兩處交待描寫中主人公西門慶的個性表現不同。第三個雷同是兩個單元中都兩次寫到的陳經濟與潘金蓮偷情的情節。五十三回，西門慶不在家，潘金蓮「踮到捲棚後面，經濟三不知走來」。親熱中，陳經濟說到，「昨夜孟三兒那冤家打開了我每」。同回又寫到一次幽會。五十五回，西門慶上東京去了，潘金蓮「跑到捲棚下，兩個遇著」，親熱中，陳經濟抱怨：「自從我和你在屋裏，被小玉撞破了去後，如今一向都不得相會。」五十七回又寫到一次幽會。這五回之前的五十二回結尾，正是二人被孟玉樓和小玉無意中撞破驚散的情節，可見，五十三回的第一次與五十五回的二人偷情描寫，都是對五十二回情節的照應：在這重複的照應中，所寫陳經濟抱怨的對象與具體偷情經過又不同。

第四，從語言形式來看，兩個情節單元中的詞曲來源與行文語吻亦各自獨立。第一單元中共引曲六支，五十三回兩支、五十四回四支，曲詞全部出自《太和正音譜》。第二單元共引曲五支，五十五回三支，五十六、五十七回各一支，還有五十五回四首詞，研究者至今一首也未找到出處，可能全係作者自撰。從行文語吻看，第一情節單元兩回均充斥了副詞「政（正）」，像這樣的句子，「兩個小廝政送去時，應伯爵政邀客來」「伯爵政望著外邊，只見常時節走進屋裏來，琴童政掇茶出來」，簡直俯拾皆是。第二情節單元則沒有這個毛病。

綜上可以看出，這五回存在著兩個情節單元。它們在藝術描寫的中心、穿插的趣昧、

對主人公性格的把握、行文的語吻及點綴詞曲的愛好等方面迥然不同，應該視為出於兩個作者之手。這五回中存在著一些表面上雷同，實質上又有一系列差異的情節，且雷同僅僅發生在兩個情節單元之間，而不是各個情節單元內部，顯然只能解釋為：兩個補寫者（受命）以李瓶兒生病為界，一個側重補寫官哥生病的情節，一個側重補寫西門慶去東京拜壽前後的情節，都為了遞接對方而寫了任醫官診病的情節，刊刻者未加編訂就合到一起，造成了第一個雷同。同時，兩個補寫者都對五十二回後半部借銀子和偷情的描寫感興趣，都認為有必要在補寫文字中加以進一步交待，這又造成了第二、第三個雷同。又因為畢竟是兩個思路不同的人所寫，故這三處雷同中實質上又存在著一系列差異。直而言之，五十三、五十四回為一人所作，五十五、五十六、五十七回為另一人所作。

進一步，如果我們勉強可以把五回看作一個整體，它與詞話本全書的協調性又如何呢？

三、五回脫離了詞話本使用方言詞的慣性系統

第一，詞話本表示人稱、動作的一些特定方言詞被官話或屬於另一方言系統的方言詞所替代。主要有這樣幾種情況：(1)第一人稱複數代詞，據筆者統計，五十三回以前與五十七回以後，共出現「俺每」六百一十次，「俺們」六十八次，「咱每」七十次，「我每」五十五次，合計八百零三次，這些詞都帶有北方土白意味；未出現一例「我們」。而這五回中，第一情節單元，出現「我們」十五次，「我每」二次。第二情節單元，出現「我們」四次，「俺們」一次，合計「我們」十九次，其他三次，北方土白意味基本上喪失。(2)家人、奴僕對西門慶的稱呼，五十三回以前與五十七回以後，以「爹」稱呼的，有四百八十二次，以「爺」稱呼的有十六次，後者不過前者的 3%；這五回中，第一情節單元出現「爹」二次，「爺」十次，第二情節單元出現「爹」七次，「爺」六次，合計「爹」九次，「爺」十六次，後者幾乎是前者的二倍。「爹」是北方稱呼父親的方言詞，「爺」是南方稱呼父親的方言詞，「爹」少「爺」多也標誌著北方土白意味的喪失和南方土白意味的加強。(3)對朋友、手足關係的稱呼，五十三回以前與五十七回以後，以「兄弟」相稱者三十一次，分見於十、二十、二十二、三十二、四十二、六十五、六十七、七十六、八十三、八十六、八十八、九十、九十二、九十三、九十四、九十六、九十七、九十八、一百等各回，以「弟兄」相稱者僅一次，見八十一回。這五回則反過來，只有五十六回應伯爵「通家兄弟」語中出現了「兄弟」一次，其他六次全是「弟兄」。

第二，詞話本一些特定方言詞，由於補寫者未能理解其準確含義，而被誤用。如，「咱」是北方方言中一個比較特殊的人稱代詞，詞形雖是單數，詞義卻是複數，包括說話

人和說話對象二者在內。據筆者考察，五十三回以前與五十七回以後，詞話本中「咱」共出現了三百八十六次（表示時間的「多咱」「這咱」不計），沒有一例是錯用的，這表明了詞話本作者對北方方言的諳熟程度。但這五回中，「咱」字出現二十二次，全都用錯了。五十七回中，「咱事兒不弄出來」，「咱勾當兒不做」，把「咱」誤用作了「啥」的同義詞，代詞誤用作了疑問詞；其他二十次，都是把複數代詞誤用作了單數代詞，分見五十五、五十七回，都把「咱」誤成了「俺」的同義詞。竟然沒有一例「咱」用對，可見補作者對北方方言的隔膜。除此而外，還有幾個重要方言詞的誤用，論者鮮見涉及，需要著重指出。

(1)「泡茶」的誤用。詞話本三、七、十二、十三、十五、三十四、三十五、三十七、三十八、五十八、五十九、六十、六十一、六十七、七十二、七十三、七十五等各回，共提到各種「泡茶」二十一次，如「福仁泡茶」「果仁泡茶」「蜜餞金橙泡茶」「胡桃夾鹽筍泡茶」等等。所有這些場合的「泡茶」，都是作為名詞而存在的；有些還有數量詞相配，如「一盞胡桃夾鹽筍泡茶」，「兩盞八寶青豆木樨泡茶」等。詞話本五十三回以前五十七回以後，找不到一例「泡茶」是作為動詞來用的；在詞話本中，表示沖製茶水動作的詞是「頓茶」，表示把茶水從瓶罐倒到杯盞動作的詞是「點茶」。但這五回的作者，顯然沒有理解「泡茶」一詞包含的特殊地方風物的含義，而把它一般化的理解成了一個表示製作茶水動作的動詞了。五十三回，「泡一甌子茶那裏」，「叫小玉泡茶，討夜飯吃」，五十四回，「再與我泡一甌茶來」等語就是證明。

(2)「篩酒」的誤用。這是又一個具有特殊地方風物含義的方言詞。眾所周知，在明代官話與今日普通話中，「篩酒」即「斟酒」。但詞話本所寫並非如此。二十三、二十九、六十一、六十九、七十諸回都明確寫到，篩酒是斟酒之前的一個步驟，如「韓道國教渾家篩酒上來，滿斟一盞」。從二十九回潘金蓮罵秋菊時所說，「好賊少死的奴才，我分付教你篩了來，如何拿冷酒與爹吃」，可知篩酒就是熱酒。其實，五十一回，「嫂子你既要我吃，再篩熱著些」，六十一回，「教春梅篩熱了燒酒」，七十五回，「繡春前邊取了酒來，打開篩熱了」等，都有明確的交待。四十六回還有一段「火盆上篩酒」情形的具體描寫。而五十四回的文字是，「玳安把酒壺嘴支入碗內一寸許多，骨都都只管篩，那裏肯住手」，把篩酒與斟酒、倒酒完全等同起來了。

(3)「呷」的誤用。這個詞的本義是「小口吸飲」。詞話本共出現十八次，見於二十七、二十九、三十三、三十四、三十五、四十二、五十、六十二、六十七、七十二、七十五等回，所用語義全部符合它的本義。例如，二十九回寫西門慶「呷了一口」冰梅湯，六十二回寫病重的李瓶兒「呷了不上兩口」稀粥，六十七回寫應伯爵將滾熱的牛奶「呷在口裏」，等等。而五十三回寫吳月娘吃藥，「先將符藥一把掩在口內，急把酒來，大

呷半碗，幾乎嘔將出來，眼都紅了」，五十四回寫吳典恩，被謝希大將軍，一口「呷完了」「一大杯酒」，這兩處的「呷」都成了「灌」的同義語。

第三，出現不少僅在這五回內部重複而完全不見於詞話本的新方言詞和俗話。如「夜飯」「臉水」「乾糕」「那筒兒」「熬盤上蟻子一般」「一個驚魂，落向爪哇國去了」「埋怨的話，都吊在東洋大海去了」。另外還有一些方言詞，如「便飯」「被囊」「彈准」等也不見於詞話本。

綜上所述，詞話本內部是存在著一個使用方言詞的慣性系統的；這個慣性系統的一系列表徵，在這五回中幾乎全部發生了「位移」。

四、五回的藝術描寫水準遠遜於詞話本的整體水準

對於《金瓶梅》的藝術描寫，吳晗讚賞它「細緻生動的白描技術和汪洋恣肆的氣勢」。[5]魯迅《中國小說史略》肯定它「凡所形容，或條暢，或曲折，或刻露而盡相，或幽伏而含譏，或一時並寫兩面」，「同時說部，無以上之」。笑笑生作為語言藝術大師的資格，詞話本在藝術描寫上所達到的高度成就，歷來為學者所公認。但這五回的藝術描寫水準實在低劣，與詞話本相比，判若雲泥。主要存在著以下幾大問題：

第一，語彙貧乏，語言缺乏表現力。這表現在，總是重複用某個本身即沒有什麼表現力的詞去形容某種或某類事物、情狀。例如，形容「很大」，用「大的緊」，形容發呆，用「呆登登」，形容「皺眉」，用「攢眉」，而且都是多處重複。詞語的單調重複，還形成只有學寫作文的小學生才使用的一種句式，如「彈的彈，吹的吹」，「歌的歌，唱的唱」，等等。這樣的句式在詞話本中很難找到。另外，像「攢著眉皺著眼」這樣半通不通的文句也不少。

第二，一些主要情節與場面的描寫虛空不實，枯燥無味。第一情節單元的系列迷信活動描寫，暴露出兩大毛病。一是不倫不類。如施灼龜卜卦不必要生辰八字，燒紙的錢痰火不燒紙卻像道士一樣踏罡步斗，劉婆子收驚與三十二、四十八、五十九各回半迷信半醫藥的做法全不相干。二是大而化之，缺乏實質性描寫和宗教迷信活動的「專業」氣息。三項宗教迷信活動描寫總篇幅三千字左右，毫無意義的迎來送往的交待過多，具體每項迷信活動的描寫僅有百字上下。反觀詞話本所寫迷信活動，二十九回吳神仙相面，三十九回吳道官打醮，四十六回鄉里老婆卜卦，六十一回黃道人推算，六十二回潘道士

5　吳晗〈《金瓶梅》的著作時代及其社會背景〉，收入胡文彬等選編《論金瓶梅》，北京：文化藝術出版社，1984年。

捉鬼，六十六回黃真人煉度，何等活靈活現，煞有介事！任何人，只要稍加比較，都能看出這裏的高下之別。再拿第二情節單元核心事件的描寫來說，包括這五回在內，詞話本寫到西門府人去東京共三次，第一次是十八回僕人來保等去送禮、求說情；五十五回是第二次；第三次是七十、七十一回與同僚一起，例行庭參朱太尉。這第二次，從道理上說，是鄉下的土財主到了煌煌都城，該有多少劉姥姥進大觀園式的新鮮感；蔡太師是一人之下萬人之上的權臣，他做生日該有何等威焰可觀；西門慶除了慶賀壽誕，還要與之結下父子關係，該有不少社交事務要做。從根本上說，這是主人公生活道路上的一個重大事件；同時，這也是作者洩憤罵世的一個極好機會，怎麼說都應該大寫特寫。但事實恰恰是這一次寫得最簡略，最虛飄。從篇幅來看，它竟然少到只是第三次描寫的十分之一左右！思想內容的單薄是一個原因，如第一次除了寫送禮、求說情，還寫到了相府門吏的狠惡與貪婪，第三次除了寫例行庭參，還寫了皇帝身邊的真人、娘娘、太監，為給親屬、爪牙謀取官職而互相爭鬥的內幕，第二次所寫僅僅是西門慶拜認乾爹的經過；更主要的原因則是缺乏白描技巧。例如，形容食品豐盛，只有「幾十樣大菜，幾十樣小菜，都是珍羞美味」；形容宅第恢宏，只有「無非是畫棟雕樑，金張甲第」；形容拜壽官員之多，只有「無非各路文武官員，進京慶賀壽旦的，也有進生辰貢的，不計其數」（慶賀壽旦與進生辰貢不知有何區別），全是空洞的套語。精彩中最精彩的「壓軸戲」就是：

> 西門慶朝上拜了四拜，蔡太師也起身就絨單上回了個禮，這是初相見了。落後翟管家走近蔡太師身邊，暗暗說了幾句話下來。西門慶理會的是那話了，又朝上拜四拜，蔡太師便不答禮，這四拜是認乾爺了，因受了四拜，後來都以父子相稱。

這不活脫幾個木偶在動罷了。反觀詞話本對西門慶庭參朱太尉的描寫，真要令人歎彼形神俱活而恨此索然寡味了。

第三，語言囉嗦，含義直露。語言囉嗦包括人物語言囉嗦，如五十四回任太醫給李瓶兒看病後所說的一大段話，翻來覆去將病因、病況、治療方法重複說了三四遍；更主要的是敘述人語言的囉嗦，例如五十三回寫吳月娘吃藥的一段文字：

> 卻表吳月娘，次早起來，卻正當壬子日了，便思想薛姑子臨別時，千叮嚀、萬囑咐，叫我到壬子日，吃了這藥，管情就有喜事。今日正當壬子，政該服藥了，又喜昨夜天然湊巧，西門慶飲醉回家，撞入房來，回到今夜。因此月娘心上，暗自喜歡，清早起來，即便沐浴梳妝完了，就拜了佛，念一遍白衣觀音經。求子的，最是要念他，所以月娘念他，也是王姑子教他念的。那日壬子日，又是個緊要的日子，所以清早閉了房門，燒香點燭，先誦過了，就到後房，開取藥來。

再加上這段文字之前出現的「明日壬子日」「明日二十三日壬子日」,「壬子日」的時間交待共重複了六次。其他,「念一遍白衣觀音經」「念他」「誦過」,「念經」語義重複了五遍;「早起來」「清早起來」「清早閉了房門」,「早起」語義重複了三遍;「思想……喜事」「又喜」「暗自喜歡」,「暗喜」語義亦重複了三遍。可見語言的囉嗦實是到了令人難以容忍的地步。含義直露也集中暴露在第一情節單元。例如,應伯爵,諧音就是「陰白嚼」,不僅白吃白喝西門慶的,還暗地憑藉與西門慶的特殊關係,充當事實上別人的捐客,千方百計賺用他的銀兩。三十一回,替吳典恩向西門慶借銀一百兩,他得了十兩;三十三回,勸西門慶四百五十兩買下一批絲線,他打了三十兩「夾背」;三十四回,車淡等人通過他送四十兩給西門慶求情,他淨得三十五兩;三十八回,說動西門慶借一千五百兩給李三、黃四做生意,「二人許了他些業障兒」……這具有極大的諷刺意義:正如只知道玩弄別人的女人,卻不知道別人也在玩弄他的女人一樣,只知道通過貪贓枉法和買賣經營大把賺進銀兩的西門慶,壓根就不知道,就連他最好的朋友應伯爵也在連續不斷地算計、蠶食著他的銀兩。這就是魯迅先生說的「幽伏而含譏」。從情理上說,正因為西門慶對此完全懵然,應伯爵才可以永遠大大方方地出入西門府,坦然地撈著錢財。但五十三回的作者似乎是怕讀者不明白,何以應伯爵如此熱心於為黃四他們借銀子,一改詞話本此類情節的習慣寫法——西門慶不知,作者也好像半知不知,「中人錢」之類的字始終不出現,而在交代黃四他們借到銀子後,這樣寫道:

> 西門慶欲留應伯爵、謝希大,再坐一回,那兩個那有心想坐,只待出去,與李三、黃四分中人錢了。假意說有別的事,急急的別去了。那玳安、琴童,都攔住了伯爵,討些使用,買果子吃。應伯爵搖手道:「沒有沒有。這是我認得的,不帶得來送你這些狗弟子的孩兒。」

如此點破還不夠,又寫第二天,西門慶徑直拿中人錢作文章,要應伯爵請客。真是刻露到極點。

第四,機械模仿詞話本的情節描寫。例如,五十三回「吳月娘承歡求子息」整個就是一個模仿、雜湊的產物。首先,吳月娘看視官哥病情,潘金蓮嘲諷為「呵卵脬」,說「他自長成了,只認自家的娘,那個認你」。這是模仿三十四回,孫雪娥去看李瓶兒臨產,被潘金蓮罵作「獻勤的小婦奴才」,「養下孩子來,明日賞你這小婦一個紗帽戴」。自官哥兒出生以來,潘金蓮就把李瓶兒當成了爭寵奪愛的主要對手,為了打敗這個對手,她一直在利用吳月娘這個正妻的力量;再說,官哥雖是李瓶兒所生,宗法制下嫡母卻是吳月娘,吳月娘看視官哥名正言順,絕不同於孫雪娥之關心官哥。潘金蓮對著孟玉樓罵吳月娘,沒有半點理由。其次,吳月娘對天祈禱,要「得種子承繼西門香火,不使我做

無祀的鬼」，是模仿二十一回吳月娘「望空深深禮拜」，「要祈保兒夫早早回心，棄卻繁華，不拘妾等六人之中，早見嗣息，以為終身之計」。但二十一回是在星月之下，夜深之時，可見心誠；出發點是「夫主留戀煙花，中年無子，妾等六人俱無所出，缺少墳前拜掃之人」，可見心正。而這裏卻是「日近傍晚」之時，「對天長歎」，不無招搖之嫌；出發點是「求天拜地，也要求一個來，羞那些淫婦」，況且早有官哥可以承續香火，可見立心不善不正。這兩點模仿，顯然用意在於為吳月娘吃符藥製造心理背景，但都模仿得沒有道理。再次，對薛姑子坐胎藥的描寫，是模仿四十九回胡僧口述春藥藥力的一大段駢文，並寫吳月娘的心理活動是，「他有胡僧的法術，我有姑子的仙丹，想必有些好消息也」。一為純粹追求肉欲快感的邪淫春藥，一為延續子嗣的安胎丹方，二者無論如何，也不可能在西門府唯一的正人君子吳月娘的心裏等量齊觀。

五、五回的描寫與生活邏輯和詞話本的情節邏輯相抵觸

五十三回寫到，在錢痰火做法事之際，「那些婦人，便在屏風後，瞧著西門慶，指著錢痰火，都做一團笑倒」，「笑得那些婦人做了一堆」，「那些婦人，笑得了不的」，甚至笑得連西門慶都「幾次忍不住了」。這樣的描寫，可以說完全與其模仿對象即第八回「燒夫靈和尚聽淫聲」的藝術描寫相抵觸。詞話本法事活動描寫有十餘次，至少從外表來看，當事各方態度是十分嚴肅、虔誠的，只有此一次是當做鬧劇來寫的；因為潘金蓮身為新寡之婦，外面請和尚念經燒夫靈，內室卻大白日與姦夫做愛，笑笑生正要借眾和尚的「七顛八倒，酥成一塊」，去暴露並放大潘金蓮心靈的醜惡。五十三回則是為西門府唯一的小主人官哥兒消災去病，全家人竟如此胡鬧、輕褻，實在不可思議。五十四回，應伯爵請客，玳安、琴童承攬了抹灰塵、擺桌子、拿酒、上菜幾乎一切家務活；而菜的烹調，則是「伯爵在各家吃轉來，都學了這些好烹庖了」。應伯爵的家人，從兄長、妻子、小妾，到已長大的大兒、大女和十三歲的小女，全都無影無蹤。西門慶等人從應伯爵家坐船出發，搖到南門外三十里地方，上岸在劉太監園上游玩。這裏，人們不禁又要問：西門慶昨天（上一回）才在劉太監莊上作客，怎麼今天又要去他莊園上遊玩？在劉太監園上遊玩，卻隻字不提劉太監及其家人，劉太監一家又到哪裏去了？

與詞話本情節邏輯相抵觸的描寫更是比比皆是，主要有：

第一，過多、生硬地照應了前面的情節特別是「斷面」處五十二回的情節。五十三回，吳月娘來看官哥，李瓶兒立即向她訴苦說：

如今不得三兩日安靜，常時一出。前日墳上去，鑼鼓唬了；不幾時，又是剃頭哭

得要不的；如今又叫貓唬了。人家都是好養，偏有這東西，是燈草一樣脆的。

「前日」照應四十八回，「不幾時」「今日」都是照應五十二回，都是在吳月娘眼皮底下剛剛發生的事，何須李瓶兒再向吳月娘訴說。五十四回，西門慶等人「閒話起孫寡嘴、祝麻子的事」，常時節說：「不然今日也在這裏，那裏說起。」這是照應五十一回。其實，該回二人因幫嫖王三官而倒楣時，西門慶與應伯爵早就有了一番幸災樂禍、漠然鄙視的議論，這裏西門慶等人又怎麼會以遺憾的口吻提起他們呢？同回，應伯爵稱董嬌兒是名妓，作者交待一句：「西門慶認是蔡公子那夜的故事。」這是在提醒讀者，這裏的董嬌兒就是四十九回中被西門慶請來，陪侍蔡狀元過夜的那個董嬌兒。四十九回距此回，在時間上僅有不到十天之遙，還需要解釋這個董嬌兒就是那個董嬌兒嗎？況且，詞話本寫到了那麼多妓女，何曾有什麼「名妓」的說法？潘金蓮與陳經濟的四次偷情描寫，前已述及，是對五十二回結尾的照應。合而觀之，這四次，再加上它們所照應的一次，形成潘金蓮與陳經濟畸形愛欲描寫的一個高潮；但是，在詞話本的情節邏輯中，這個高潮在西門慶死後才到來。從十九回，經二十四、二十八、三十三，一直到五十二回，潘金蓮與陳經濟的感情，從互相試探，逐步發展到躍躍欲試階段；但是儘管兩人的內心都鼓動著蠢蠢的欲望，西門慶淫威方熾，潘金蓮有殷鑒在前，所以，這種躍躍欲試又遲遲未試的狀況，在西門慶生前不可能有所改變。從藝術的角度說，頻繁地重複這一狀況，也就毫無價值。從五十八回到七十九回西門慶死，長達二十二回中再也見不到二人畸形關係的描寫，原因就在如此。

第二，疏於關注五十七回以後的情節。五回為了把「樺」接得更牢一些，頻繁地照應五十二回及以前的情節，卻忘記了同樣重要的是要為後面的情節交待出一個「源頭」。拿任醫官這個人物來說，五回之前不見，五回之後出現在西門府的回次有五十八、六十、六十一、六十三、六十七、七十五、七十六、七十八、七十九，西門慶死前一兩年，幾乎一切重大的喜慶和病災之事他都在場，且自始至終受到西門慶的尊重。全書中再也找不到第二個這樣的醫生。他在與西門慶談話時，總是把「韓明川」三字掛在嘴頭，如「昨日韓明川，才說老先生華誕」「你我厚間，又是明川情分」「昨日聞得明川說先生恭喜」等，那麼，韓明川一定是個重要的人物，任醫官進入西門府一定和他相關。因此，關於韓明川的身分、韓明川舉薦任醫官的經過等情節，應在這五回中予以補出。但事實上，這五回根本沒有韓明川蹤影，任醫官出場也沒頭沒腦（其他醫生出場，何人舉薦，住在何處，詞話本都有明確交代）。再如七十二回開頭提到，「前者西門慶上東京，在金蓮房飲酒，被奶子如意兒看見，西門慶來家，反受其殃，架了月娘一篇是非，合了那氣」，現在的五十五回也根本沒有這一情節。

　　第三，一些應該同前後有所牽連的情節孤然獨吊，與前後文了不相涉。如五十五回「苗員外一諾送歌童」的情節。這個苗員外的上場與下場真是好生蹊蹺：從前後情節來看，與西門慶有密切關係的揚州人物有三個：一是鹽商王四峰，西門慶曾有恩於他；二是經紀王伯儒，西門府從上一代起就與之保持著生意上的合作關係。要說送禮，該是這兩個人，但這兩個人與這裏的苗員外又毫無共同之處。三就是四十七、四十八回那個被家人串通盜匪謀害了性命的苗員外。同地、同姓、同稱、家人的名字也差不多（苗青──苗秀──苗實），這前後出現的兩個苗員外似乎是一個人；但事實上，他們的全部共同之處也不過就是同地、同姓、同稱罷了。更主要的，前面的苗員外已經死了，其沉冤難雪正是西門慶一手造成的，如果他能復活，西門慶當是他最切齒的仇敵。因此，此苗員外絕非彼苗員外，而是橫空出世的又一人物。從這個情節之後直至全書結尾，再也沒有一字提到他。這樣，整個「苗員外一諾送歌童」的情節，就成了全書情節鏈條上完全孤立的一環。從情理上說，這一環漏洞百出。例如，苗員外是何處第一個財主？他與西門慶是故人，又同出蔡太師門下，地位應該相等，送禮給西門慶怎麼要說表孝心？西門慶一向喜歡男寵，怎麼又用不著這兩個比書童還勝幾分的新男寵了？把他們送到太師府去幹什麼？翟管家要上色女子不要男寵，難道是老太師也愛男寵麼？等等，都是問題。西門慶施捨給薛姑子三十兩銀子，分付：「隨分那裏經坊，與我印下五千卷經，待完了我就算帳找他。」但後文並沒有任何交待。是不是微不足道，不值一提了呢？我們看笑笑生的描寫就可明白。五十八回，李瓶兒為官哥病重不好，拿出壓被的銀獅子，準備請薛姑子印經做善事，薛姑子帶著銀獅子走時，被吳月娘阻回，要先兌准銀獅子重量，並讓家人賁四與王姑子也參與。結果，與經鋪講定印造經一千部，需銀五十五兩，當下預付了四十一兩五錢。五十九回，「賁四同薛姑子催討，將經卷挑將來，一千五百卷都完了」，欠銀李瓶兒以銀香球折兌。官哥垂危，「薛姑子和王姑子兩個在印經處爭分錢不平，又使性彼此互相揭調」，竟都不來探望。六十二回，王姑子一到即向李瓶兒告狀：「與你老人家印了一場經，只替他趕了網兒，背地裏和印經家，打了一兩銀子夾帳，我通沒見一個錢兒……這老淫婦到明日墮阿鼻地獄！」六十七回，王姑子仍憤憤不平：「我教這老淫婦獨吃，他印造經，轉（賺）了六娘許多銀子……」也是幾十兩銀子的一筆印經帳，笑笑生從五十八回算到了六十八回！這些描寫表明，銀子的支出，在西門府是受到嚴格監管的，即使是李瓶兒個人的私房錢，即使是派作做善事保佑官哥這樣正當的用途，即使數目不過幾十兩，也要認真計算，並派家人自始至終參與、監督。這才是商人之家的作風。同時也表明，即使是按最嚴格的操作程序去辦，薛姑子、王姑子也有機可乘，大賺一把；大賺一把的數額實際只有五錢，就為了這五錢，兩個親密的佛門弟子成了永遠的仇人！這就是兩個尼姑的精神世界。這就是笑笑生的手筆。《金瓶梅》商業化社會的

圖景，不就是由一筆筆經濟帳累疊而成的嗎？五十七回的三十兩銀子，沒有在後面笑笑生的帳本上出現，原因只有一個，它是外加的。

第四，若干貌似小可實則重要的細節與前後文舛訛。如：(1)春梅看破並參與潘金蓮與陳經濟姦情的時間。五十三回，二人偷情，是春梅將陳經濟引進引出；五十五回，又是春梅來回傳遞消息。這些描寫似乎表明，春梅早已充當了二人之間姦情紅娘的角色。事實上，二人之間有不正當關係，只有二十四回宋蕙蓮看破過，春梅看破並參與二人姦情是在西門慶死後的八十二回「陳經濟畫樓雙美」一節。(2)蔡太師府第的位置。五十五回，西門慶進萬壽門，投龍德街牌樓底下翟管家宅，第二天在太師府前，「遠遠望見一個官員也乘著轎進龍德坊來」，可見蔡太師府第在龍德街龍德坊。但三十、七十、七十一諸回寫到太師府，都沒有提及龍德街、龍德坊的地名，相反，直接、間接所寫，太師府都在天漢橋。(3)段子鋪開張的時間。五十五回，苗員外向歌童說到西門慶「家裏開著兩個綾段鋪，如今又要開個鏢行」，鏢行純係捕風，段鋪的開張則是在六十回。五十八回，西門慶「心內要開個段子鋪」；五十九回，十大車段貨到；六十回，「擇九月初四日開張」，當天就賣了五百兩銀子。(4)永福寺的業主和西門慶的捐資額。五十七回，寫永福寺建自梁武帝普通二年，是萬回老祖的香火院，距徽宗時已有六百多年歷史，現為無主庵寺，西門慶為它的修復認捐了五百兩銀子，但四十九、八十八、八十九諸回實際描寫與道堅長老、鄉人楊大郎、周守備本人所說，都表明為周守備蓋造，是他家的香火院。從八十九回吳大舅的話中還知道，西門慶認捐的是幾十兩而不是五百兩。

六、五回的人物刻畫背離了詞話本的性格邏輯

奴僕群中玳安的變化。玳安是西門慶男僕之首，人稱管家，奸滑、偷懶、驕橫、大膽，是他的個性特色。四十六回，吳月娘派他回家去取皮襖，他「坐壇遣將」轉支使琴童回去；不服吳月娘批評，氣得吳月娘破口大罵；最後，雖動身回家去取皮襖，表情卻是「把嘴谷都走出來」，罵「精是攘氣的營生」不絕，對主家婆吳月娘是如此無禮。事實上，即使是西門慶的差遣，有時他也敢怨聲載道。四十九回，西門慶讓他步行陪胡僧到家，他一路「抱怨的要不的」，回家後坐在廳上，又是「今日造化低的也怎的，平白爹交我領了這賊禿回來……攘氣的營生」一番抱怨。最能說明他不把西門慶放在眼裏，膽大欺主的情節，除了五十回他肆意侮辱西門慶變童書童兒，還有後面七十八回的「躧」西門慶「狗尾兒」，即西門慶前腳才走，他後腳就進門來，與西門慶姘婦賁四嫂姦宿。但這五回中的玳安幹的是最下賤的粗使丫頭的活兒，又不丟迎來送往的小廝的本職，沒有任何個人的好處，西門慶不在場，也十分主動、麻利、殷勤，引得伯爵讚不絕口。玳

安完全從蝴蝶巷王八所畏懼的「管家大叔」，變成了一個「獻勤的小淫婦」。

妻妾群中李瓶兒的變化。李瓶兒死時，西門慶口口聲聲只叫「好性兒有仁義的姐姐」。「好性兒有仁義」的確是笑笑生給做了西門慶小妾後的李瓶兒設定的性格特色，儘管從早期的氣死親夫、迎姦赴會，向後期這一性格特色的轉變，尚有許多讀者不能理解。二十九回，吳神仙相面，稱她「容貌端莊，乃素門之德婦」，四十六回，卜龜卦的老婆子，說她「為人心地有仁義，金銀財帛不計較」，「只是吃了比肩不和的虧」，「氣惱上要忍耐性」。因此，「好性兒有仁義」，具體說來就是，經濟上，放手讓潘金蓮來占她的便宜，只要潘金蓮願意吃她用她的，都樂於奉獻；精神上，對潘金蓮的凌虐和迫害聽之任之，逆來順受，不懷憤，不訴說；無法排解的內心恐懼和痛苦，只轉化為默默長歎、靜夜淚流而已。從四十一、五十一、五十八、五十九、六十、六十一諸回來看，潘金蓮對李瓶兒陰險的迫害和無休止的精神折磨愈演愈烈，不僅已經奪去了官哥兒生命，連李瓶兒自己的生命也眼看不保了。對此，李瓶兒除了總是「哭的眼紅紅的」，再也沒有做過任何別的事，沒有向任何人說過潘金蓮的不是，甚至也沒有附和過別人對潘金蓮合乎事實的攻擊和對她的不平；對自己的病情，即使嚴重到血流不止而暈倒，也不願聲張而打攪一家人正常的生活。六十一回，吳月娘將李瓶兒救醒後，要派人去請西門慶回來，李瓶兒卻說：「休要大驚小怪，打攪了他吃酒。」這就是笑笑生筆下的李瓶兒：她雖做了豪門寵妾，卻要用半生的時光去承受生命中不能承受的精神苦難；大約這就是她前半生孽欲的回報。但這五回中的李瓶兒，可以說，從外表到語言，到行為，全部走了樣。五十三回，月娘來看官哥，李瓶兒「急攘攘的梳了頭」，卻依舊「頭髻也是亂蓬蓬的」；月娘進來後，「慌得李瓶兒，撲起的也似接了」，哪有一點「容貌端莊，乃素門之德婦」的形象和風度。第二天，吳月娘說起潘金蓮的不是，李瓶兒立即回答：「這樣怪行貨、歪剌骨，可是有糟道的。多承大娘好意思，著他甚的，也在那裏搗鬼。」做了西門慶寵妾後的李瓶兒，口中從來就不曾出現過這樣的粗話；這更不符合她從不說潘金蓮不是的一貫作風，而更像孫雪娥所說。五十四回，寫李瓶兒生病，「咿嚶的叫疼」「叫得苦楚」「心口肚腹兩腰子，都疼得異樣的」「李瓶兒又叫疼起來了」「翻身轉來，不勝嬌顫」「李瓶兒吃了（藥）叫苦」「學了昨的下半晚，真要疼死人也」（病好後自語）。為了一個莫名其妙的「胃虛」，如此顛寒倒熱、擅寵作嬌，恐怕連潘金蓮與春梅也要自愧弗如吧！這還是李瓶兒嗎？

幫閒群中白來創與應伯爵的變化。這是幫閒的水準和情趣截然不同的兩個人物。白來創，諧音明朗化，就是「白來搶」，即死乞白賴，缺乏幫閒的本領和寄生蟲寄食的技巧，平頭百姓的西門慶還可以與之廝混，做了提刑大人後的西門慶就要厭而遠之了。三十五回，白來創不請自入，僕人不理睬，半天不上茶，不留飯，走不送，談話中說什麼

話，都被西門慶「搶的白來搶沒言語」；走了之後，從吳月娘到丫鬟、小廝沒一個不罵。事實上，白來創也是最不受其他幫閒歡迎的人物之一。但在五十四回中，白來創與會中朋友親熱嬉鬧，與謝希大下圍棋時頻頻悔棋，謝希大連聲說，「再不許你白來創我的子了」，把白來創人品的惡劣完全變成了棋品的不謹。同時，白來創還被賦予了伯爵式的白嚼「智慧」：

> 白來創道：「……停會兒，少罰我的酒。因前夜吃了火酒，吃得多了，嗓子兒怪疼的要不得。只吃些茶飯粉湯兒罷。」伯爵道：「酒病酒藥醫，就吃些何妨。我前日也有些嗓子疼，吃了幾杯酒，倒也就好了。你不如依我，這方絕妙。」白來創道：「哥你只會醫嗓子，可會醫肚子麼？」伯爵道：「你想是沒有用早飯？」白來創道：「也差不遠。」

較之白來創，應伯爵形象著墨更多，變化也更大。如，五十二回，應伯爵正色，以「君子一言快馬一鞭，人而無信，不知其可也」的大道理教訓西門慶，不合他取巧說項，以曲意逢迎為基礎的一貫作風。五十四回，應伯爵被玳安一句話騙得暈頭轉向，又被眾人做手腳，灌了個爛醉，只好跪地求饒，鬼精靈的他變成了一個十足的笨蛋。同回應伯爵笑稱玳安、琴童，「你兩個倒也聰明」，「想是日夜被人鑽掘，掘開了聰明孔哩」，但西門慶的變童是書童而不是他們，白嚼又成了瞎說。

　　主人公西門慶的變化。五回對西門慶的形象歪曲最為嚴重。首先，五回將西門慶的社交圈和對待會中幫閒的態度，從做官後推回到做官前，抹殺了做官前的西門慶與做官後的西門慶的區別，從而把一個由破落戶搖身一變即趾高氣揚的新官僚西門慶，變成了好朋友和慈善家西門慶。如果說，三十回生子加官以前，西門慶大部分光陰確實是在與會中幫閒的廝混中度過，那麼三十回以後，西門慶就很少有會中幫閒能再見到他了。一方面，除了天天坐衙外，他有了一個官僚的社交圈，從三十回開始直至八十回西門慶死後，頻繁出入西門府的全是夏提刑、周守備、蔡御史、宋巡按、安郎中等等大大小小的地方官和欽差大臣。這個社交圈是白衣之身的會中幫閒們所無法進入的。另一方面，他對那些上不了臺面的幫閒已經看不上了，只有應伯爵、謝希大是例外，因為他們幫閒的本領實在不可多得，西門慶還需要他們來填補嚴肅的交際的縫隙。平安違例挨打，玳安就明確說過：「虧你還答應主子。當家的性格，你還不知道？……比不的應二叔和謝希大來，答應在家不在家，他彼此都是心甜厚間，便罷了；以下的人，他又分付你答應不在家。」四十二回，應伯爵陪西門慶在樓上飲酒，謝希大和祝日念一起在人叢中走動，西門慶要玳安設法撇開祝日念，只把謝希大請上樓來。其實，西門慶在搶白白來創時，早就表明了對兄弟會及兄弟會中應伯爵、謝希大之外其他幫閒的態度。白來創說兄弟會

已散了兩個月，不久還要請西門慶回去主持，西門慶道：

> 你沒的說。散便散了罷，我那裏得工夫幹此事……隨你每會不會，不消來對我說。

可是，這五回中，西門慶社交圈中一下子全部失去了夏提刑、周守備等等官員，他們的娘子也不再與吳月娘等人來往；和三十回以前一樣，西門慶日日結交的對象，還是會中包括白來創在內的朋友，或攜妓同遊，或內室同樂，還慨然解決了常時節的重大生活困難。

其次，五回改變了西門慶的宗教迷信觀暨對待薛姑子、劉婆子的態度。通觀全書，西門慶對道教的親善和重視遠遠勝過了佛教。三十九、六十二、六十五、六十六諸回，都集中表現了西門慶對道教的虔誠和倚重。比較起來，西門慶對佛教的態度曖昧得多。和吳道官等道教師徒被頻繁迎請不同，永福寺僧眾只有在李瓶兒三七這一次，作為祭祀活動的配角在西門府顯過身手。七十六回，為了開脫犯了死罪的何十，西門慶拿門外寺裏一個無辜的和尚頂缺了。具體到女尼薛姑子，西門慶更是罵不離口，三十四、五十回對此都有充分的描寫。另一方面，不論對道教多麼看重，當家裏有人生病時，西門慶首先求助的還是醫學，根本不相信宗教迷信，對半迷信半醫學的劉婆子更是罵不離口。三十二、三十三、五十九、六十一諸回，為了給官哥和李瓶兒看病，「小兒科太醫」「大街口胡太醫」、「門外專看婦人科趙太醫」等全城幾乎所有醫生都被請過了。但是這五回中，五十三回，官哥不好，西門慶一不請小兒科太醫，二不請道士，首先想到的是「不如請施灼龜來，與他灼一個龜板」；施灼龜還沒有請到，又飛差玳安、琴童去請燒紙的錢痰火與收驚的劉婆子。五十七回，永福寺長老化緣，「一席話兒早已把西門慶的心兒打動了」，「歡天喜地」認捐了五百兩；緊接著，薛姑子專程來看他，西門慶又「不覺心上打動了一片善念」，捐了三十兩銀子印經。這些描寫表明：第一，西門慶相信迷信法術勝過道教與醫學，對劉婆子等人是歡迎的；第二，西門慶對佛教是虔誠的，對薛姑子是友好並尊重的。這兩點恰好走到了詞話本的對立面。

再次，五回將西門慶從渾渾噩噩的棍徒變成了清醒的睿智的哲人。西門慶短暫人生的最大特色在於，他從來就是一個行動者而不是思想者；看見了漂亮的女子就要玩弄、占有，凡是能撈的銀子都撈；一切行動都聽憑本能欲望的支配而沒有半點理性與道德自覺，什麼良心、體統、法律，統統不在考慮之內，更遑論形成對世界人生的系統觀點了。奇怪的是，在五十六、五十七回，像一個天才的哲人一樣，西門慶一夜間就領悟到有關世界人生的許多真諦。例如，關於金錢的真諦，西門慶說道：

> 兀那東西是好動不喜靜的，怎肯埋沒在一處？也是天生應人用的，一個人堆積，

就有一個人缺少了。因此，積下財寶極有罪的。

看來，西門慶很喜歡把金錢與道德問題聯繫在一起。既然如此，人們不禁要問：十四回，為了三千兩銀子元寶，他使拜把兄弟花子虛因氣致病，一病而亡，該不該有罪？四十七、六十七回，分別為一千兩、一百兩銀子的賄賂，將苗青、孫文相父子的死罪開脫得一乾二淨，又該不該有罪？又如，關於偷情苟合的真諦，他對吳月娘說的一番話，成了研究者常常引用的「名言」：

> 天地尚有陰陽，男女自然配合。今生偷情的、苟合的，都是前生分定，姻緣簿上注名，今生了還，難道是生剌剌搊搊胡扯歪廝纏做的？……咱只消盡這家私，廣為善事，就使強姦了常娥，和姦了織女，拐了許飛瓊，盜了西王母的女兒，也不減我潑天富貴。

真是無理透頂。既是「消盡家私」，又何來「潑天富貴」？既要「廣做善事」，那為什麼此後貪贓枉法的勾當越幹越多，越幹越有恃無恐？偷情、苟合都是「前生分定」，那潘金蓮偷琴童、孫雪娥與來旺有首尾，又何必加以追究、懲罰？潘金蓮與陳經濟在他生前調情不斷，在他死後日日同眠，西門慶九泉有知，也該安之若素了！再如，關於自我的真諦，西門慶曾向官哥說：

> 兒，你長大來，還揀個文官，不要學你家老子，做個西班出身，雖有興頭，卻沒十分尊重。

這說明，西門慶有著一個清醒的、自卑的自我。但這樣的認識，可以說，沒有半點生活依據和心理基礎。三十回以後的西門慶，上面接上了蔡太師的關係，下面常與夏提刑、周守備、李知縣往還，頻繁來作客的是御史、巡按、巡撫、兩司八府官員這些威權赫赫的大人物，自己加官進爵不說，還可以帶同僚、親戚、夥計一起陞官發財，真是腳下一動，清河縣大街都要顫抖。在這樣的背景上，西門慶變得日益自大和自狂，也就成了必然之事。三十五回，各官都是提前一天去鄰府接曾大巡，西門慶卻是當天在本城十里外接；四十一回，喬大戶雖是皇親之家，與西門慶結成兒女親家，西門慶嫌不般配；五十八回，西門慶敢派人去王皇親家抓人……他何曾自卑過！一句話，上述關於金錢、情欲、自我的三段話，絕非出於西門慶之口；它們是補寫者根據自己的錯誤理解，臆造出來的主人公的心聲。

七、五十七回以後的手腳與全文結論

經過以上的考察，筆者相信，詞話本五十三至五十七回確為陋儒補作。陋儒有兩個，五十三、五十四回一個，五十五、五十六、五十七回一個。而且，後一個還在以後幾回中做了手腳；因此，他可能還是詞話本付梓時的一個編輯人。證據在哪裏呢？

三十回西門慶生子加官後，兄弟會中仍然是幫閒的，只有應伯爵、謝希大、祝日念、孫寡嘴、白來創、常時節六位。下面先將這五回之外，從三十二回他們到齊，慶賀西門慶陞官，到八十回他們又聚首同祭西門慶，各個幫閒與西門慶在一起的回次列表如下：

出場人物	回　　　　次		備註
	五十三回以前	五十七回以後	
應伯爵 謝希大　共同	35、39、40、42、43、45、46、48、52	59、60、61、62、63、66、69、76、78、79	全部到齊63、76
應伯爵單獨	33、34、38、50	58、64、65、67、68、72、73、74、75、77	
常時節		59、60、61、63、66、76、78、79	
孫寡嘴		63、76、	
祝日念		63、76	
白來創	35	63、76	

由表可知，五十三回以前，應伯爵單獨出現四次，與謝希大共同出現九次；常時節、孫寡嘴、祝日念一次未出現；白來創雖出現一次，但遭到極度憎嫌，什麼也沒得到（應即「白來創」的點題情節）。不同的出現頻次，正好說明了各個人物在西門慶心目中的不同地位。五十七回以後，有兩次六人都同到，分別是六十三回湊分子吊祭李瓶兒和七十六回慶賀西門慶陞正提刑；除此而外，應伯爵單獨出現十次，與謝希大共同出現八次，祝日念、孫寡嘴、白來創都一次未出現。各人的出現頻次與五十三回以前基本一致，表明他們在西門慶心目中的地位沒有改變。奇怪的是，與祝日念、孫寡嘴、白來創居於同一層次的常時節卻多出現了六次，這是什麼原因呢？考察作品不難發現，六十六、七十八、七十九三回都不過是在應伯爵、謝希大的名字後面多加了「常時節」三個字而已，並沒有關於常時節的任何具體描寫。因此，常時節實際上比祝日念三人多出現的回次只有五十九、六十、六十一三回。一望而知，這三回中關於常時節的描寫，是對五回中「西門慶周濟常時節」情節的反復補充，也可以說是補寫者為彌補補作與原作的裂縫刻意打上的補丁。由於彌補裂縫的願望過於強烈，以至一補再補，反而弄得又破綻百出了。

五十九回的破綻。五十六回,西門慶給了常時節十三兩銀子作零用,答應「只等你尋下房子,一攬果和你交易」。那麼,常時節什麼時候找到房子,什麼時候再去找西門慶要銀子,補寫者認為,顯然不能在本回和下兩回交代,這在時間上太接近了,因為找尋合適的房子總該要一些時間吧。於是,把這個交待安排到了五十九回:

> 到日西時分,那官哥兒在奶子懷裏,只搐氣兒了,慌的奶子叫李瓶兒:「娘,你來看哥哥這黑眼睛珠兒,只往上翻,口裏氣兒,只有出來的,沒有進去的。」這李瓶兒走來,抱到懷中,一面哭起來,叫丫頭:「快請你爹去,你說孩子待斷氣也。」可好常時節又走來說話,告訴房子兒尋下了,門面兩間二層,大小四間……

常時節再癡傻,也不會癡傻到在西門慶唯一的寶貝公子就要斷氣的時候,跑來向西門慶絮絮叨叨要銀子!對世情「誠極洞達」的笑笑生,會設計出這樣不通的情節嗎?

六十回的破綻。該回,常時節首先是在段子鋪開張之日到客的一份名單中出現的:

> 在座者有喬大戶、吳大舅、吳二舅、花大舅、沈姨夫、韓姨夫、吳道官、倪秀才、溫葵軒、應伯爵、謝希大、常時節,原來西門慶近日與了他五十兩銀子,使了三十五兩典了房子,十五兩銀子做本錢,在家開了個小小雜貨鋪兒,過其日月不題,近隨眾出分資來,與西門慶慶賀,還有李智、黃四、傅自新等眾夥計主管,並街坊鄰舍都坐滿了席面。

這個名單的排列,問題甚多:第一,一大批客人,唯獨對常時節的出席解釋了原因,顯然意圖在於強調常時節到場的合理、自然,但這正好是此地無銀三百兩。第二,李智、黃四並不是西門慶夥計,除了借銀子,有求於西門慶,從來也沒有到過西門府。安上這兩個人物,目的在於陪襯常時節。第三,從行文的語體與邏輯看,刪除了加點部分,變成「在座者有喬大戶……謝希大,還有傅自新……都坐滿了席面」,也才通順。從實際描寫看,接下來有大段文字,寫到宴席中溫葵軒、應伯爵、謝希大、傅自新等人與西門慶擲骰行令,內中根本沒有常時節和李智、黃四。這就說明,和祝日念、孫寡嘴、白來創一樣,常時節這一天根本沒有到西門慶家來;更荒謬的是,大約是認為僅僅在名單中加了名字,用三言兩語解釋原因的方式,對前面的情節作了交代還不夠,又在本回結尾這一方便的位置,增加了一大段文字,對前面的情節重新作了更為詳細的交代。但是,補寫者忘記了,前面的交待說,常時節已經得到過西門慶銀子,所以段子鋪開張這天,他出分資來慶賀;後面的交待則又說,段子鋪開張後的第二天,西門慶讓應伯爵把銀子送了去。這兩塊補丁不矛盾起來了?魏子雲先生認為這段文字,「是契合了上一回的嚴

密交待」[6]，實是一大誤解。

六十一回的破綻。該回寫西門慶與妻妾在家飲酒：

> 忽見王經走來，說道：「應二爹，常二叔來了。」西門慶道：「請你應二爹、常二叔在小捲棚裏坐，我就來。」王經道：「常二叔教人拿了兩個盒子在外頭。」
>
> 西門慶向月娘道：「此是他成了房子，買了些禮來謝我的意思。」

從種種情形看，吳月娘對常時節借銀買房子一事並不知情。可是，我們知道，西門慶向外借出銀子向來是要經吳月娘同意的，連五十一回借給吳大舅二十兩，六十七回借給應伯爵五十兩都是如此；何況前後總共要借（實是施捨）六十三兩給一個有去無回的常時節。即便西門慶隻字不透，西門府那些愛「說嘴」的小妾、丫頭、小廝，三個月時間（以五十五回到六十一回），還不張揚得人人皆知？

我們的最終看法是：詞話本五十三至五十七回絕非笑笑生原作，它們出於文學修養不高，創作態度極其草率的兩個「陋儒」之手；第二位陋儒為了彌補補作與原作的裂縫，又在五十九、六十、六十一諸回中插入了不少文字。陋儒對原作人物理解不準，文字水準差，不僅使補作本身漏洞百出、毛病叢生，而且給全書整體造成了一系列混亂；《金瓶梅》受研究者指摘的不少問題，如語言風格不夠統一，前後情節重複、歧見、舛訛，人物性格存在分裂等，大都源於這些補作文字。崇禎本與詞話本五十三、五十四回有重大差異，是因為，詞話本這補作的五回中，前二回較之後三回文字更差，問題更多，故崇禎本刊刻者捨棄了這兩回，另行補寫了兩回。崇禎本補寫得如何，已不在本論題討論之中。

基於上述，以下討論一般將不考慮此五回內容。

6　魏子雲《金瓶梅詞話注釋》下冊，鄭州：中州古籍出版社，1987 年，頁 411。

佛、道教描寫與
《金瓶梅》的成書時代新探

　　同樣的文學文本，研究者見仁見智，各說各的理，這是常有的事，不必奇怪。但是，對於某些比較具體、明晰的現象，總有一個真相（或曰真理）存在，也是事實。只要我們不囿於一己之得，統攬總觀，把握或接近這個真相，應該是能夠做到的。有關《金瓶梅》佛、道教描寫的問題，亦當如此。

一、問題的回顧

　　自二十世紀三十年代著名歷史學家吳晗把有關佛、道教描寫的文字視為判定小說成書時代的一個重要依據之後，《金瓶梅》的佛、道教描寫就引起研究者廣泛、持久的興趣。眾所周知，迄今關於詞話本的成書時代，學術界主要有萬曆和嘉靖二說。萬曆說的當然領袖仍是吳晗，他的依據之一是：

> 《金瓶梅》中關於佛教流行的敘述極多，全書充滿因果報應的氣味。如喪事則延僧作醮（第八回、第六十二回），平時則許願聽經宣卷（第三十九回、第五十一回、第七十四回、第一百回），佈施修寺（第五十七回、第八十八回），胡僧遊方（第四十九回），而歸結於地獄天堂，西門慶遺孤且入佛門清修。這不是一件偶然的事實，假如作者所處的時代佛教並不流行，或遭壓迫，在他的著作中絕不能無中生有捏造出這一個佛教流行的社會。

在引述了有關史料後，吳晗接著分析認為：

> 由此可知武宗時為佛教得勢時代，嘉靖時則完全為道教化的時代，到了萬曆時代佛教又得勢了。《金瓶梅》書中雖然也有關於道教的記載，如六十二回的潘道士解禳，六十五回的吳道士迎殯，六十七回的黃真人薦亡，但以全書論，仍是以佛教因果輪回天堂地獄的思想做骨幹。假如這書著成於嘉靖時代，絕不會偏重佛教

到這個地步！[1]

作為造詣獨到的歷史學家，吳晗的研究方法在當時的《金瓶梅》研究界可謂耳目一新，給予後人的啟迪和影響是深遠的；就觀點本身而言，在當時及以後相當長的時間，都是雄辯的，幾乎為所有學者所信從。但是，歷史學家喜歡概括一個朝代的闊略思維，仍然給他的論文帶來了過於粗疏的缺憾；儘管一般人可能並不這樣認為，而肯定它的最大特色正在於大量精彩的微觀分析。隨著研究的深入，這一缺憾暴露得越來越明顯，終於在八十年代以後成了新嘉靖說（區別於明清文人舊嘉靖說）的一個切入口。

新嘉靖說的同情者周鈞韜先生，針鋒相對地指出：

> 《金瓶梅》中有大量的道教活動描寫。例如，第二十九回寫到吳神仙貴賤相人；第三十五回寫到西門慶所結十兄弟，一年一度到玉皇廟吳道官處打醮，報答天地；第三十九回西門慶為李瓶兒生子，許下一百二十份醮願，到玉皇廟還醮願，官哥寄法名；第六十二回李瓶兒病，五嶽觀潘道士解禳祭燈法；第六十四回李瓶兒死，吳道官迎殯頒真容；第六十六回吳道官道眾鋪設壇場念經，黃真人煉度薦亡；第八十四回吳月娘到泰山岱嶽廟進香，大鬧碧霞宮；第九十三回陳經濟到晏公廟作任道士之徒，等等。……縱觀全書，我認為不像吳晗先生所說的「偏重佛教到這個地步」，而恰恰偏重道教到這個地步。《金瓶梅》中的佛教活動雖較為頻繁，但就其社會生活中的地位、活動的規模和影響論，是遠遜於道教的。[2]

周先生的論著，在很大程度上動搖了萬曆說的基礎；但是，也許是出於對吳晗學術威望的尊崇，學術界相信萬曆說者仍不在少數。

進入九十年代，二說對峙的平靜局面基本上維持著；但比較起來，主張嘉靖說者似更為活躍。這中間，王堯先生的〈《金瓶梅》與明代道教活動〉一文是個代表。[3]據王文的考察，小說所寫民間道教活動五種：道士主持義兄弟結盟、道士主持生子寄名、道士相面、道士驅鬼除病與道士為死者超度，全係符籙派道士所為；這些活動過程的描寫，完全合乎正統的道教儀規，說明「作者對道教的儀式十分熟悉」；作者態度公充，「沒有把他們寫成一味吹捧、脅肩諂笑的篾片」，「充滿了作者對道教的崇敬與信仰的心理

1　吳晗〈《金瓶梅》的著作時代及其社會背景〉，收入胡文彬等選編《論金瓶梅》，北京：文化藝術出版社，1984 年。

2　周鈞韜《金瓶梅新探》，天津：百花文藝出版社，1987 年，頁 148-149。

3　王堯〈《金瓶梅》與明代道教活動〉，載《道家文化研究》第七輯，上海：上海古籍出版社，1993年。

和虔誠的態度」。王文的結論是：「作者可能是生活在明嘉靖年間的人。」這樣一來，萬曆說者似乎更沒有生存餘地了。

二、癥結所在

在明代歷史上，嘉靖至萬曆時代，佛、道的興衰是如此陡起陡落，以至成為各個朝代鮮明的特徵之一。《金瓶梅》作為「一部世情書」「一部炎涼書」[4]，不可能不打上這一時代印記。因此，高度重視小說的佛、道教描寫，從這個側面去追索小說的成書時代以及作者的生平跨度，的確不失為一個明智之舉。但是，不論是主張萬曆說者，還是主張嘉靖說者，他們在努力嘗試這樣做的同時，都犯了三個毛病。這也是一般研究者容易犯的通病。

第一，不是全面地處理文本材料，而是有選擇地處理對自己有利的文本材料，對自己不利的文本材料則取無視或淡化的態度。例如，主張萬曆說者，多方列舉有關佛教描寫的材料，對有關道教描寫的文字語及甚少；主張嘉靖說者，又津津樂道於有關道教描寫的章節，對有關佛教描寫的內容加以輕描淡寫。同時，處理中又都不免牽強和曲解之處。例如，吳晗把因果輪回思想也看作小說成於萬曆朝的證據，就缺乏說服力。原因很簡單，因果輪回思想作為原始佛教的一個基本信仰，從漢代佛教東傳開始，就已在我國廣泛流傳，早已成為民眾觀念和士人意識中根深蒂固的思想，絕不是遲至明代萬曆朝才成為流行的思想。周鈞韜認為，小說雖對小道士有貶詞，但對大道士無一例外都是褒揚的。例如，在作者筆下，任道士之徒金宗明雖是「酒色之徒」，任道士本人卻是「一個憐貧正直、寬大的人物」。這種判斷完全背離了小說的描寫實際（下文詳及）。

第二，沒有把小說創作的客體與主體區別開來，而是簡單地根據佛、道描寫頻次和文字的多少，來確定作者的取捨傾向。例如，主張萬曆說者，因為小說有那麼多佛教活動描寫，便認為作者「偏重」佛教；主張嘉靖說者，又因為小說有那麼多道教活動描寫，便認為作者對道教有「崇敬」和「虔誠」的心理。將主客體混同的另一個表現是，有時甚至把小說主人公對佛、道教的態度，與作者的態度等同起來。

第三，沒有充分考慮到問題的複雜性，而是將問題理想化、簡單化，一廂情願地、盲目地證己非人，殊不知人、己並非勢不兩立之物。例如，這樣一部百萬字的長篇巨制，能夠在短時期內一次性完成嗎？它的空前容量，是否僅僅涵蓋了萬曆朝的一段歷史，或僅僅涵蓋了嘉靖朝的一段歷史？作者是否僅僅生活在萬曆朝，並沒有嘉靖朝的生活經

4　張竹坡語。

歷，或僅僅活到嘉靖朝的盡頭或稍長一點，並沒有萬曆朝的社會經驗？等等。一當考慮到了這些問題，結論就會審慎得多、科學得多。但事實上，這些問題根本就不曾為人們所留意。這三個通病的存在，使得不論是現存的萬曆說還是嘉靖說，都未能以無可辯駁的邏輯力量獲得學術界普遍認可。

因此，要使有關佛、道教的描寫與小說成書時代的關係得到本質的說明，首先必須確立這樣三個觀點：第一，全面的觀點。既重視有關佛教描寫的文字，又不輕棄有關道教描寫的內容；作為嘉靖說者，既要看到小說對道教的崇尚，又要正視它對道教的貶損；反之亦然。第二，發展的觀點。歸根到底，文學是動態的社會生活的反映，又是動態的作家情思的物化結晶。就《金瓶梅》而言，作者對佛、道的看法並非一成不變、貫串始終。需要深入探討的是，作者對佛、道二教看法的起點在哪裏，終點在哪裏，轉捩點又在哪裏？從起點到終點的變化過程又是怎樣的？是從崇道抑佛變化到崇佛抑道或者反之，還是從佛、道並重變化到佛、道並棄或者反之？這些都是「求解」中需要認真對付的「變數」。第三，主、客體分開的觀點。對繁富的、生動的情節產生共鳴，不能代替對其內在底蘊的清醒審視。因為，從根本上說，這是一部有著濃厚絕望色彩的批判現實之作，「舞臺」上最溢光流彩的道貌，可能恰恰是最為「導演」不恥的小丑。自覺保持和小說文本、小說主人公的距離，十分必要。

為此，我們先做第一步的工作，即全面地、無所偏倚地，將全書比較顯著的佛、道教描寫內容並置一起，以便綜合觀照。

三、內容之臚列

為便於直觀，列簡表如下（前文已證小說第五十三至五十七回乃「陋儒補作」，故此處不將這五回的內容包括在內）。每一項前括弧內為回目數。

佛 教 描 寫	道 教 描 寫
（8）報恩寺僧念經為武大燒靈，被金蓮美色癡倒。「不禿不毒，不毒不禿。」	（29）吳神仙被周守備送往西門府相面，西門慶優禮有加；吳「神清如長江皓月」；直陳吉凶，所言後文一一應驗；不受五兩謝銀而去。
（16）報恩寺僧為花子虛燒靈。	（35）玉皇廟吳道官一年一度打醮，為兄弟會證盟。
（34）薛姑子吊死人命，被褪衣打板，責令還俗。	（39）西門慶在玉皇廟打一百二十份醮，官哥寄法名；吳道官「襟懷灑落」，「見作本宮住持，以此高貴達官多往投之」；玉皇廟「天宮
（39）大師父與王姑子在西門府說因果。	
（48）慈惠寺僧被陽穀縣收監，頂補殺人真凶；陽穀縣丞「問事糊塗」。	

（49）胡僧施贈西門慶淫藥；胡僧乃「形容古怪」「獨眼龍」；永福寺雖是守備香火院，卻「丟得壞了」。

（50、51）薛姑子「鋪眉苫眼，拿班做勢」，來送安胎藥；西門慶開口即罵。「若教此輩成佛道，天下僧民似水流。」

（51、52）薛、王二姑子在西門府演頌金剛科儀，走時每人得五錢銀子。

（59）薛、王二姑子為爭一兩銀子印經錢反目成仇；官哥兒死三日，報恩寺僧念經。

（62）王姑子向李瓶兒狀告薛姑子，瞞著眾人收下五兩銀子誦經錢。

（63、65）李瓶兒死三日，報恩寺僧念經；三七，永福寺僧；四七，寶慶寺番僧；出殯，報恩寺郎僧官起棺。

（68）李瓶兒斷七請尼僧，薛姑子獨吞經錢；王姑子發覺趕來吵嚷。「戒行全無，廉恥已喪。」

（71）黃河邊黃龍寺「房舍都毀壞」，「和尚又窮」。

（74）薛姑子被請徹夜宣卷，未見收取謝銀。

（76）弘化寺一僧被西門慶拿去，頂替何十強盜窩主罪名。「世上有如此不公事。」

（79、80）西門慶死，三日僧眾被請；首七報恩寺僧被請；出殯郎僧官起棺；五七薛、王二姑子等一起念經。

（82、83）薛姑子夜夜宣卷，並為西門慶燒箱庫。

（84）普淨禪師搭救吳月娘逃下岱嶽，回歸家鄉，算定十五年後要度脫其子出家。

（88）永福寺僧為陳經濟之父念經送亡；五臺山行腳僧赤腳遠遊，募銀蓋造佛殿，吳月娘施捨鞋帽。「有詩單道吳月娘修善施僧好處。」

（89）永福寺重修一新，「山門高聳」，「敕額分明」，僧眾達數百人，「燈燭熒煌」，「香煙繚繞」；春梅請僧眾為金蓮念經。

般蓋造」。

（62）潘道士「相貌堂堂」，作法捉鬼，為李瓶兒乞命延壽，但「定數難逃，不能搭救」；不受三兩白金謝禮而去。

（65）李瓶兒二七，吳道官被請；出殯，吳道官坐轎迎殯。

（66）朝廷所派進御香之黃真人「儼然是個活神仙」，被請為李瓶兒煉度薦亡；吳道官被請鋪設壇場。

（67）林真人配百補延齡丹給皇上吃。

（70、71）林真人說情蔡太師保留夏提刑原職；皇上新蓋道宮，太師主祭。這皇帝，「朝歡暮樂，依稀似劍閣孟商王；愛色貪杯，仿佛如金陵陳後主」。

（79）「吳神仙見在門外土地廟前出著個卦肆兒，又行醫，又賣卦。」

（80）西門慶二七，吳道官被請。

（84）岱嶽廟有「天下第一廟貌」；石道士「不守本分」，「貪財好色」，「藏奸蓄詐」，吳月娘進香險遭其害；道士二徒，實其「大小老婆」。

（93）晏公廟「山門高聳，殿閣峻層」；任道士偷賣香客錢糧，「積攢私囊」；「他這大徒弟金宗明也不是個守本分的」。

（94）任道士二徒嫖娼酗酒，無所不為，被拿到官府。

（96）陳道士被坐地虎劉二挑釁，打倒在地；陳道士被周守備分付重打二十棍，「追了度牒還俗」；任道士發現私囊被徒弟盜空，一氣而亡。

| （96）城南水月寺雇五十餘小工，要用十多月時間，起蓋伽藍寶殿。
（100）普靜禪師「發慈悲心，施廣惠力」，超度全書亡靈；吳月娘知其為古佛出世，許度孝哥出家；吳月娘善終而亡，「此皆平日好善看經之報也」。 | |

四、考察與結論（一）

由表不難看出，大致以第七十九回西門慶之死為界，整個作品的佛、道教描寫，由外到內，出現了一系列極其顯著的變化。

首先，我們看最不起眼的廟宇的景象。道教方面，從第三十九回的玉皇廟到第八十四回的岱嶽廟，再到第九十三回的晏公廟，是一如既往的巍峨壯觀，的確看不出有什麼變化；但佛教方面，可以說，第七十九回之後，已經並正在發生著「舊貌換新顏」的巨大變化。第七十九回之前，所寫廟宇如第四十九回的永福寺和第七十一回的黃龍寺均破敗荒涼；但到第八十九回，永福寺已重修一新，鼎盛氣象畢具。第八十八和九十六回的情節則表明，五臺山寺廟的修復已被提上議事日程，僧眾正加緊活動募集銀兩；水月寺起蓋大殿的土木工程已經進行了幾個月，現有五十多個施工人員還要工作好幾個月，才能完工。可以想像，第七十九回之後，所有寫到的佛教廟宇都已經或可望馬上獲得新生，那麼，沒有寫到的其他佛教廟宇一定也能享有這樣的命運。這中間，永福寺的變化最具代表性。同樣是守備大人的香火院，過去「丟得壞了」，可見它的主人對它採取的一直是棄之不顧，聽其自生自滅的態度。香火院的主要功能，在於為達官貴族家的喪事和祭祖活動提供專門的宗教服務。在重喪崇祖的古代社會，擁有香火院往往也就成了達官貴族擁有權勢的一個象徵。《紅樓夢》中的賈府也有香火院。是什麼原因，使得守備大人要對自己家的香火院，採取如此消極的態度呢？當局政策的原因不言自明。現在，永福寺脫胎換骨，並且有了皇帝的「敕額分明」，原因就更在當局的政策了。

接著，我們看佛、道人物的社會地位。這裏有兩個觀察點，一是百姓之家對佛、道人物的態度，二是官方人員對佛、道人物的態度。從第一個觀察點來看，從第八、十六、六十三、六十五、六十八、七十九等回至第八十八、八十九回，一般百姓之家辦喪事，都要請僧尼主持或參與祭祀活動，這反映民間對佛教人物的倚重態度具有較大的穩定性和一貫性。另一方面，民間對道教人物的態度卻不是這樣。這表現在，李瓶兒的死和西門慶本人的死，祭祀活動均有道眾參與，但此後陳經濟之父的死和潘金蓮的死，祭祀活

動已沒有一個道士廁身。最重要的還是第二個觀察點，這裏最能見出佛、道人物的社會地位及其變化。因為，官方人員是現行政策和最高意志的直接體現者和執行者。從這個觀察點來看，佛教人物方面，第七十九回之前，第三十四、四十八、四十九、七十六回的情節表明，除了胡僧因送淫藥給西門慶，受到他的招待外，沒有一個其他僧尼受到官方人員禮遇；相反，除了兩位尼姑不斷被西門慶斥罵羞辱，眾多男僧還動輒被抓，成為各種罪行的替罪羔羊和各種昏官和貪官的宰割對象，命運更加悲苦無告。但是，第七十九回之後，再也見不到一個僧尼，像以前那樣蒙受不公正待遇。道教人物方面，第七十九回之前，第二十九、三十九、六十二、六十六、六十七、七十、七十一諸回的敘述表明，活動在清河縣的道士，受到周守備、西門提刑等要員的隆禮接送和高度倚重；活動在京師的，直接為皇帝所寵信。但是，從第七十九回開始，他們的地位開始一落千丈。例如，吳神仙過去只往來於權門豪貴，是他們捧侍的「高道」，現在就成了個靠擺地攤謀生的江湖術士。第九十六回的情節則表明，棍棒加身，追了度牒還俗的懲罰（儘管都是事出有因），過去只是給僧尼的待遇，現在轉而落到了道流身上。另外，道教人物地位的下降，也可以從他們自己對金錢的態度中看出。第二十九、六十二回均寫到吳神仙、潘道士拒受謝銀，表面上看，反映了他們具有視錢財為身外之物的高尚情操。這可能是一個因素。但更主要的因素恐怕還在於，他們地位崇高，所到之處，皆被待若上賓，一切生活用度都不勞自己用銀購置。銀子對他們來說，確實成了「無用」之物，他們才可以這樣賤視之。反之，第九十三回任道士「積攢私囊」，除了個人品德的原因，主要的原因也還是他們地位的卑下：住無官府之爵祿，行無上賓之禮遇，不得不設法攢銀謀生了。

由上兩點，可以得出第一個結論：《金瓶梅》一書所寫的時代，是佛教由長期失勢轉得勢，道教由長期得勢轉失勢的時代。在前一時代，道士地位崇高，稍有點道術如吳道官者，便「高貴達官多往投之」；至於從京城來的道士，儘管年紀輕輕如黃真人，山東一省官員更是趨之若鶩。沒有一個道士遭受不幸。在崇道的同時，統治集團可能開展過一個排佛運動，故寺廟傾頹、佛子遭厄的現象，隨處可見。進入後一時代後，統治集團又立即開展了一個造佛運動，對各地廟宇陸續進行了大規模修蓋，僧尼不再成為官員迫害的對象；道士開始淪落到社會底層，與地痞流氓劉二之流為伍，劉二的罵語「我入你道士秝秝娘」，表明他們甚至為流氓所不恥。所以，一當犯了錯誤，他們被官府痛責也就不可避免。但是，道教雖然失勢，統治集團大約只是抑道而未毀道，故各地道觀雄峙如故，香火依然。和這一藝術時代對應的現實時代，應該是，也只能是明代從嘉靖中期到萬曆前期的時代。換句話說，《金瓶梅》反映的不僅僅是嘉靖朝的歷史或萬曆朝的歷史，而是從嘉靖中期至萬曆前期這一時間跨度大得多的歷史，是整個明代歷史上隨著商品經濟的大發展，政治機體開始腐朽，社會道德開始崩潰的較長的轉型期的歷史。

五、考察與結論（二）

反映有站在時代終點反思來路的反映，也有基本與時代同步的漸進的反映。《金瓶梅》的反映到底是前者，還是後者，換句話說，它是在萬曆前期一個短時期內差不多一次性完成的呢，還是它的創作時間幾乎與情節時間一樣漫長？這個問題的解決，甚至比上述藝術時代的澄清更為重要。為此，我們需要繼續觀察全書佛、道描寫的另兩項顯著的變化。

第三，佛、道人物的所作所為。佛教方面，從第八、三十四、四十九、五十、五十一、五十九、六十二回到第六十八回，所有正面寫到的僧尼均非善類。他們形貌不雅，迷於財色，不守本分：西域來的高僧專製淫藥；觀音庵的尼姑過去自己偷情，現在又引誘別人偷情；見事主美貌，做法事的眾僧亂了壇場；本是說法念經的合作夥伴，為一兩銀子爭分不平，竟成勢不兩立的仇人，等等，可謂醜態出盡。但是從第七十四回（本回距西門慶死的第七十九回情節時間僅差一個多月）開始，胡僧一去不返，薛、王二尼姑不復舊態，新出現的僧人更無半點劣跡（第八十八回小玉雖罵五臺山行腳僧「這廝無禮」，到底不過這個下流婢女的自我譎浪罷了），他們都變成了弘揚佛法、慈悲度人的真正佛門弟子，第八十四回和第一百回寫到的普靜禪師，堪稱他們中的楷模。道教方面，第七十九回以前，特別是第二十九、三十九、六十二、六十六回用較大篇幅寫到的道士以及其他道士，都為有道真人。他們外具仙風，內裹奇術，既善喚神驅鬼，看相延命，又能直言無諱，不戀錢財；但第七十九回以後，前面的有道真人均不再出現，新上場的道士，如第八十四、九十三、九十四、九十六回所寫，均為不守本分、貪財好色的齷齪小人。岱嶽廟石道士貪淫險詐，一望而知；晏公廟任道士也不是什麼好人。他偷賣香客錢糧，開店發財，收徒的目的，是利用他們作為賺錢的工具；為了調動這些「工具」的積極性，他放縱他們嫖娼酗酒，為所欲為；到頭來私囊一空，醜行敗露，羞、氣交加而亡。總之，第七十九回以前，佛教方面是「壞人壞事」，道教方面是「好人好事」；第七十九回以後，兩方面則都顛倒過來。小說情節是小說家審美情感的物化表達，《金瓶梅》有關佛、道人物的情節呈現出這樣的變化態勢，說明作者對佛、道教的好惡立場經歷了一個逆轉過程。

第四，作者對佛、道人物的直接態度。佛教方面，第七十九回以前，如第八、四十八、五十、六十八、七十六回所寫，赤裸裸的八九分斥責，加隱隱約約的一二分同情，是作者態度的全部內涵。斥責的是其不善，同情的又是其不幸。第七十九回以後，斥責和同情消失了，除第八十九回形容道堅的一段駢文，是個背離了小說情節的插科打諢，代之而起的是或間接或直接的讚美，如第八十八和一百回所寫。道教方面，第七十九回以前，多處駢文均洋溢著褒美之意，似無一貶詞，但實際上，暗含的深刻的諷刺還是灼

然可觸。因為，吳道官證盟的，完全是一群烏合之眾；林真人、黃真人的「後臺老板」皇帝，是一位亡國之君；吳道官為官哥寄名，官哥還是只活了十四個月；潘道士捉鬼，鬼不僅奪去了李瓶兒之命，連西門慶之命也奪去了；黃真人煉度薦亡全無靈效，李瓶兒等亡靈還在地獄受苦，直到第一百回才經普靜禪師薦撥超生。所有道流的神聖和神奇，都不過是欺騙庸眾的假相，這才是作者的根本看法。另有個別用語，亦可見出對道教與佛教的一體嘲諷態度，如第二十三回寫西門慶與宋惠蓮在山子洞裏苟合，一個穿「白綾道袍」，一個著的是「貂鼠禪衣」。第七十九回以後，如第八十四和九十三回所寫，作者則將明褒暗貶的做法，直接變成了辛辣嘲諷。可以說，作者對佛、道教好惡立場的逆轉，就浮在文字表面之上。

統而觀之，作者對道教的儀規確實非常熟悉，特別是對符籙派道士的作法把戲尤其精通，大約也正因此，他對道教作為宗教的欺騙性就更加洞鑒無遺。小說從上到下的元惡巨奸都被安排成道教的虔誠信徒，就清楚地說明了他對道教的徹底否定態度。這一真實的態度，在第七十九回以前一直隱而不彰，顯然是為了怕犯現行政策的忌諱。比較起來，作者對佛教的情況生疏得多，直到第七十四回以前，比較詳細的佛事活動描寫一次也沒有。如所周知，他用來攻擊佛教人物不守本分、作奸犯科的情節，大多抄自他書。但他卻頻繁地、放肆地譏笑著僧尼，毫不掩飾對他們的惡感。這種情緒，顯然只能來自他所生活的時代氛圍的感染。以西門慶之死前後為轉機，作者對道教的真實態度無所顧忌地公開暴露出來，原因當在於過去的政策忌諱已經不存在。同時，他對佛教的情況變得比較熟悉，小說對宣卷過程的詳細、生動的描寫就是一個很好的證明。對佛教的態度也基本改變，從滿懷敵意到變得相當友好，這顯然也是時代風氣使然。這些情況應該作也只能作這樣解釋：《金瓶梅》從開頭至西門慶死前後的情節，創作於崇道抑佛的嘉靖朝；西門慶死後的情節，創作於崇佛抑道的萬曆朝。也就是說，《金瓶梅》經歷了一個相當漫長的成書過程，它的主體情節完成於嘉靖朝，尾部情節完成於萬曆朝。《金瓶梅》的作者，應該是一位生平跨嘉、隆、萬三朝，而主要活動在嘉靖朝的人物。這就是我們的第二個結論。

六、其他細節的補證

有相當多未被人注意的其他細節，透露出小說情節時間從嘉靖中期綿延到萬曆前期，以及小說最終定稿於萬曆十七年以後的消息。

第十回提到花子虛伯父花太監曾做「廣南鎮守」。宋代職官並無「鎮守」之名。職官有「鎮守」之名，太監充任鎮守，乃明制。《明史·職官志三·宦官》載：「鎮守太

監始於洪熙，遍設於正統；凡各省各鎮無不有鎮守太監，至嘉靖八年後始革。」沈德符《萬曆野獲編》卷六「鎮守內臣革復」條又載：

> 鎮守內臣之革，在嘉靖九年、十年間，天下稱快。……至十七年，而太師武定侯郭勳奏請復之，上許雲貴、兩廣、四川、福建、湖廣、江西、浙江、大同等邊，各仍設一人，中外大駭。……十八年四月，以彗星示變，將新復鎮守內臣，盡皆取回，遂不再設。

據此可知，太監充鎮守，為明前期普遍沿用的制度，至嘉靖八年後即九年、十年間（1530-1531），此制始被廢止；但後來在從嘉靖十七年（1538）至次年四月的數月間，在包括兩廣在內的沿邊地區，又曾恢復此制。小說中「花太監由御前班直陞廣南鎮守」，「住了半年有餘」，就「告老在家」，暗扣的正是嘉靖十七年至十八年的這一歷史。花太監歸鄉死後一年，才是主體情節的開始時間。這就表明，小說影射的明代歷史的起點時間是嘉靖十九年。這是一代奸相嚴嵩入閣的前一年。

第十二回，潘金蓮報出生辰「八字」，庚辰年、庚寅月、乙亥日、己丑時，劉瞎子算命說：「今歲流年甲辰歲，運並臨災殃……兩位星辰打攪。」本回敘事時間為徽宗政和四年（1114），干支為甲午，而非甲辰；本年潘金蓮足歲25，上推25年干支為己巳，與本回所寫生年為庚辰亦不合。原來，這個甲辰乃是嘉靖二十三年（1544）的干支；由此上推25年，為正德十五年（1520），干支恰為庚辰。嘉靖二十三年嚴嵩始為首輔，不久就唆殺輔相夏言，「兩位星辰打攪」顯指此。

第二十九回，吳神仙給西門慶相面時說：「傷官傷盡復生財，財旺生官福轉來。」第三十二回回首詩又云：「常言富者貴之基，財旺生官眾所知。」「財旺生官」為嘉靖末的一句社會流行語。《萬曆野獲編》卷二六「術藝」條載：

> 嘉靖季年，政以賂成，入贄嚴氏者，即擢美官……時人嘲之云：近日星士出京，逢舊知問：「以何故南歸？」云：「我術不驗，無計覓食耳。向日官印相生者方貴，今則財旺生官矣……」

第八十一回說，「那時河南、山東大旱，赤地千里，田疇荒蕪不收」。「田疇」應在江南，故河南、山東大旱，實即江南大旱。本回敘事時間為徽宗重和元年（1118），重和元年前後江南並無大旱。明代江南地區範圍最廣、持續時間最長、受災最嚴重的乾旱，發生在萬曆十六至十七年（1588-1589）。《明史·五行志一》記載：「（萬曆）十七年，蘇、松連歲大旱，震澤為平陸，浙江、湖廣、江西大旱。」小說所寫當據此。

特別值得注意的是第六十六回山東兩司官員名單中的「陳四箴」一名。遍查宋、明

各史，均無此人，顯係作者虛構。將這一虛構之名，和綴在小說前面的〈酒、色、財、氣四貪詞〉合看，可以確鑿無疑地肯定，它們原來影射了發生在萬曆十七年的一個可以稱為「陳〈四箴〉」的重大事件。據《明史·雒于仁傳》：

> 于仁舉萬曆十一年進士……十七年入為大理寺評事，疏獻〈四箴〉以諫。其略曰：「……臣聞嗜酒則腐腸，戀色則伐性，貪財則喪志，尚氣則戕生。陛下八珍在御，觴酌是耽；卜晝不足，繼以長夜。此其病在嗜酒也。寵『十俊』以啟幸門，溺鄭妃靡言不聽；忠謀擯斥，儲位久虛。此其病在戀色也。傳索帑金，括取幣帛，甚且掠問宦官，有獻則已，無則譴怒；李沂之瘡痍未平，而張鯨之賄賂復入。此其病在貪財也。今日榜宮女，明日挟中官，罪狀未明，立斃杖下；又宿怨藏怒於直臣，如范俊、姜應麟、孫如法輩，皆一詘不申，賜環無日。此其病在尚氣也。四者之病，膠繞身心，豈藥石所可治？……臣今敢以〈四箴〉獻。若陛下肯用臣言，即立誅臣身，臣雖死猶生也，惟陛下垂察。〈酒箴〉曰……〈色箴〉曰……〈財箴〉曰……〈氣箴〉曰……」

神宗震怒之下，欲加重治，幸賴申時行竭力回護，雒于仁才僅斥為民，保全了性命。小說前面的〈四貪詞〉，重點不在陳說「四貪」的現象，而在於「莫貪」之規戒，實名為〈四箴詞〉更恰切。

　　〈四貪詞〉與小說整體的關係並不緊密。從內容的關聯來看，〈四貪詞〉酒、色、財、氣並戒，四戒同等重要；但小說第一回開宗明義只拈出一個色字，大談女色誤國的道理，說明「如今這一本書，乃虎中美女，後引出一個風情故事來」的戒色主題，根本沒有提到其他三戒。可見，〈四貪詞〉並非作者創作伊始就已確定的指導思想。從在小說文本中的位置來看，〈四貪詞〉不在第一回，也不在全書總目錄和正文之間，而在全書總目錄之前。這兩點足可表明，〈四貪詞〉乃是全書外加之物，是全書定稿之時，作者有所感而增寫上去的；促使作者有所感的，只能是震驚朝野的「陳〈四箴〉」事件。這樣一來，〈四貪詞〉和第六十六回的「陳四箴」一名，都成了我們今天判定小說定稿時間的極好標幟。

小說家之外：
《金瓶梅》作者的三重特殊角色

　　或許是由於第一次獨立創作小說的緣故，《金瓶梅》的作者小說家的角色意識顯然尚欠足夠的純度；這就是說，蘭陵笑笑生除了擁有後人尊奉的「小說家」頭銜，頭上還滿不在乎地同時戴著其他幾頂帽子。帽影落在身上雖然影響了觀瞻的清爽，卻也為我們尋訪作者蹤跡增加了線索。

一、戲曲學者的素養和戲曲作家的衝動

　　每一個讀過詞話本的讀者，都會對它的濃厚戲曲癖好留下深刻印象。拿唱曲來說，全書至少有小曲 27 支、小令 53 支、散套 19 套 29 種[1]，它們大多又見於《雍熙樂府》《詞林摘豔》《南九宮詞》《太和正音譜》等書。拿戲劇作品來說，戲子直接搬演或選曲清唱的作品，有雜劇《陳琳抱妝盒》（第三十一回）、《韓湘子昇仙記》（第三十二回）、《西廂記》（第四十回）、《兩世姻緣》（第四十一回）、《韓湘子度陳半街昇仙會》（第五十八回）、《風雲會》（第七十一回）、《月下老定世間配偶》（第七十二回）、《香囊記》（第三十六回）、《玉環記》（第三十六、六十三、六十四回）、《王月英元夜留鞋記》（第四十三回）、《子母冤家》（第四十六、九十六回）、《林招得三負心》（第六十一回）、《劉知遠紅袍記》（第六十四回）、《藍關記》（第六十四回）、《裴晉公還帶記》（第六十五、七十六回）、《寶劍記》（第六十七、七十回）、《南西廂記》（第七十四回）、《雙忠記》（第七十四回）、《四節記》（第七十六回）、《小天香半夜朝元記》（第七十八回）[2]、《孫榮

1　趙景深統計為小曲 27 支、小令 59 支、散套 20 套 30 種，見氏著《中國小說叢考》，濟南：齊魯書社，1980 年，頁 309-311。筆者考定詞話本第五十三至五十七回確為陋儒補作，故這五回文字不應列入統計範圍。

2　此戲不明究為雜劇還是南戲。關漢卿有《錢大尹智寵謝天香》雜劇，或即此。但小說中凡明確為雜劇者，皆由教坊樂工搬演；此戲既由一向均唱南戲的王皇親家樂所唱，似又指南戲。可能是據關劇改編的南戲，故歸入南戲類。

孫華殺狗勸夫》（第八十回）等 14 部。再加上第二十三回「你家第五的秋胡戲」「你是王祥寒冬臘月行孝順，在那石頭床上臥冰哩」等語中隱指的《秋胡戲妻》《王祥臥冰》等，全書總共寫到戲劇作品 24 部。

這些作品題材廣泛，涉及愛情、仙道、忠義、公案等各種類型；時代跨宋元到明代中葉，既有古代作家的遺存，又有當代作家的新制。更重要的是，所引唱曲和戲劇資料不僅豐富了小說情節，渲染了生活氛圍，還承擔了特殊的審美功能。美國漢學家浦安迪教授就認為：

> 至若那眾多的明末流行的詞曲、小曲引在本文裏，有一部分可以視為不過是弄來點綴小說的社會背景，但在不少的場合，作者引這些曲藝材料，是要起到很特殊的美學作用，因為他往往讓那些戲子在主角的背後唱幾句樂極生悲之理的曲子，而那舞臺當中的人自己全然不理解曲中之意。這一奇妙的敘事技巧終於創出一層作者、讀者和主角之間的美學距離，並烘托出作品表裏之間的反諷味道，使《金瓶梅》一文更脫離說書文藝的格式。[3]

孟昭連先生的專著《金瓶梅詩詞解析》即提供了這方面的大量例證。這些情況表明，《金瓶梅》作者同是一位戲曲學者，否則，單是如此豐富的戲曲和戲曲音樂材料的來源就成為問題。

作為戲曲學者，《金瓶梅》作者對南戲比對雜劇有更深的浸染。這當然不僅就小說提到的南戲和傳奇作品多於雜劇作品而言；將小說的結構與所由生發的《水滸》的結構比較一下，問題就一目了然了。《水滸》以群魔散臨人間開篇，以各路英雄好漢占山為王，「犯上作亂」為情節主體，以一〇八好漢鬼魂彙聚蓼兒窪結束。全書只有在朝和在野的壓迫和反壓迫，只有忠和奸的鬥爭和反鬥爭。雖然若干版本中有征遼的插曲，但全書總體上沒有時代興亡的濃重色彩；雖然寫到了林沖、宋江、盧俊義等家庭，但沒有哪一個家庭是全書描寫的重點，家庭僅僅作為英雄好漢過去的托身之所，作為他們的附帶物被寫及。《金瓶梅》則不同。第十七回「宇給事劾倒楊提督」的情節，第一次把時代的興亡和西門慶家庭聯到了一起。這個事件一端聯著「北虜犯邊，搶過雄州地界」，國家形勢危急；另一端聯著「後堂中，秉著燈燭，女兒女婿都來了」，西門慶家庭結構發生變化，陳經濟與潘金蓮的畸愛就要開始。第六十三回借兩個太監的閒談，再次凸現了上述聯繫。談話的內容有「大金遣使臣進表，要割內地三鎮」，亡國的危險步步逼近；

3　〔美〕浦安迪〈《金瓶梅》敘事美學特徵〉，載王利器主編《國際金瓶梅研究集刊》第一集，成都：成都出版社，1990 年。

此時，西門慶家庭的兩核心人物官哥兒和李瓶兒已死，家庭的裂解也勢在必然。從西門慶死到全書結束，情節時間長達十五年；這十五年既是國事日非、日陷泥淖的十五年，也是李嬌兒、潘金蓮、孟玉樓、孫雪娥從西門府七零八落散出的十五年。最後，北宋滅亡，剩下一個康王趙構逃到建康，撐起南宋的半壁河山，西門府也只剩下玳安這個老奴來收拾殘局。在《金瓶梅》中，沒有《水滸》那種集團對集團的對抗；它只有近景的一個家庭和遠景的一個國家，家庭和國家是同向共振關係；雖然重點僅僅寫了一個家庭，但帶來的民族危亡和時代興衰的感受卻極其凝重。在時代興亡的背景上表現家庭題材，正是宋元之交南戲藝術最經典的手法。

　　《金瓶梅》作者不僅是戲曲學者，更是一個嫻熟的戲曲作家，他壓抑不住強烈的戲曲創作衝動，以至經常出現把小說當作戲曲劇本來寫的情況。表現之一，第三十、四十、六十一、九十等回，蔡老娘、趙裁縫、趙太醫、教師李貴等人物的出現，採取了戲曲人物自報家門的上場方式。請看李貴的上場詩：

> 我做教師世罕有，江湖遠近揚名久。
> 雙拳打下如錘鑽，兩腳入來如飛走。
> 南北兩京打戲臺，東西兩廣無敵手。
> 分明是個鐵嘴行，自家本事何曾有？
> ……

此類做法頗受到以美國學者夏志清為代表的一類人的詬病，以為這種極不嚴肅的滑稽損害了敘事的嚴肅性[4]。筆者倒以為，整部《金瓶梅》都是作者憤極而嬉的產物，開這點玩笑實在算不了什麼。但是，與其說作者在故意跟自己「搗蛋」（夏志清語），毋寧說他缺乏足夠的警惕，從而放縱了自己的戲曲創作衝動。表現之二，在很多場合，人物應該說、罵、哭的時候，他們卻唱起來了，這採取了戲曲藝術曲以傳情的最基本方式。例如，第八回潘金蓮向玳安訴說思念西門慶之苦，唱了〈山坡羊〉；第二十回西門慶與麗春院虔婆對罵，雙方對唱〈滿庭芳〉；第五十九回李瓶兒痛哭官哥兒，唱〈山坡羊〉，又唱〈前腔〉；第七十九回西門慶臨死囑託吳月娘，唱〈駐馬聽〉，吳月娘唱同曲以答；第八十三回潘金蓮向春梅訴說思念陳經濟之苦，唱〈河西六娘子〉，春梅決心幫助二人成其好事，唱〈雁兒落〉，陳經濟到來，潘金蓮又唱〈四換頭〉責其來遲；第八十九回，吳月娘、孟玉樓上墳，哭念西門慶，二人均唱〈山坡羊〉帶〈步步嬌〉；第九十一回，玉簪

4　〔美〕夏志清〈《金瓶梅》新論〉，載王利器主編《國際金瓶梅研究集刊》第一集，成都：成都出版社，1990 年。

兒向李衙內表示願出去嫁人，唱〈山坡羊〉；第九十三回陳經濟向花子侯林兒訴說身世，唱〈粉蝶兒〉〈十煞〉等等。且看第五十九回「李瓶兒痛哭官哥兒」時唱的一支〈山坡羊〉：

> 進房來，四下靜，由不的我悄歎。想嬌兒，哭的我肝腸兒氣斷。想著生下你來我受盡了千辛萬苦，說不的偎乾就濕成日把你耽心兒來看，教人氣破了心腸和我兩個結冤，實承望你與我做主兒團圓久遠。誰知道天無眼又把你殘生喪了，撇的我前不著村後不著店。明知我不久也命喪在黃泉來呵，咱娘兒兩個鬼門關上一處兒眠。叫了一聲我嬌嬌的心肝，皆因是前世裏無緣，你今生壽短！

李瓶兒完全不像隱在文字後面的小說人物；她就站在舞臺上，那麼悲痛欲絕又字正腔圓地演唱著；她的心靈世界直接向觀眾敞開，那裏有再渾濁的塵囂也掩蓋不掉的至情至性的美。這支曲子淋漓盡致地刻畫了官哥兒死後李瓶兒的心理。如果說前述自報家門的上場方式多少削弱了作品的嚴肅性的話，那麼，此類曲以傳情的寫情技巧則極大地增強了作品的藝術性和感染力。表現之三，局部文本完全呈現為戲曲劇本的樣式。例如，第三十八回潘金蓮雪夜弄琵琶自彈自唱，唱詞中夾雜白詞，第五十二回妓女的唱詞和眾幫閒的插科打諢迭為經緯，分別有 3 頁、4 頁的篇幅，就是如此。

二、畫家的素養和繪畫技法的選擇

先看小說第六十二、六十三回的一段情節。當時李瓶兒剛死，西門慶大慟之餘：

> 因想起李瓶兒動止行藏模樣兒來，心中忽然想起了與她傳神，叫過來保來問：「那裏有寫真好畫師，尋一個傳神。我就把這件事忘了。」來保道：「舊時與咱家畫圍屏的韓先兒，他原是宣和殿上的畫士，革退來家，他傳的好神。」……只見來保請的畫師韓先生來到，西門慶與他行畢禮，說道：「煩先生揭白傳個神子兒。」那韓先生道：「小人理會得了。」吳大舅道：「動手遲了些，倒只怕面容改了。」韓先生道：「也不妨，就是揭白也傳得。」……因見韓先生，傍邊小童拿著屏插，袖中取出抹筆、顏色來。花子油道：「姐夫如今要傳個神子？」西門慶道：「我心裏疼他，少不的留個影像兒，早晚看著題念他題兒。」一面分附後邊堂客躲開，掀起帳子。……伯爵道：「此是病容，平昔好時，比此還生的面容飽滿，姿容秀麗。」韓先生道：「不須尊長分付，小人知道。不敢就問老爹，此位老夫人，前者五月初一日，曾在嶽廟裏燒香，親見一面，可是否？」西門慶道：「正是，那

時還好哩。先生你用心想著，傳畫出一軸大影，一軸半身，靈前供養。我送先生一匹段子，上蓋十兩銀子。」韓先生道：「老爹分付，小人無不用心。」須臾描染出個半身來，端的玉貌幽花秀麗，肌膚嫩玉生香，拿與眾人瞧，就是一幅美人圖兒。西門慶看了，分付玳安：「拿到後邊與你娘每瞧瞧去，看好不好，有那些兒不是，說來好改。」……孟玉樓和李嬌兒拿過來觀看，說道：「大娘，你來看，李大姐這影倒像似好時那等模樣，打扮的鮮鮮兒，只是嘴唇略匾了些兒。」月娘道：「這左邊額頭略低了些兒，她的眉角還灣些。虧這漢子揭白怎的畫來。」玳安道：「他在廟上見過六娘一面，剛才想著就畫到這等模樣。」……玳安走到前邊，分付韓先生道：「這裏邊說來，嘴唇略匾了些，左額角稍低，眉還略放灣著些兒。」韓先生道：「這個不打緊。」隨即取描筆改正了，呈與喬爹瞧，喬大戶道：「親家母這幅尊像，是畫得通，只是少了個口氣兒。」……看看到首七……忽見小廝來報，韓先生送半身影來。眾人觀看，但見：頭戴金翠圍冠，雙鳳珠子挑牌、大紅妝花袍兒，白馥馥臉兒，儼然如生時一般。西門慶見了，滿心歡喜，懸掛像材頭上。眾人無不誇獎：「只少口氣兒！」

可以看出，《金瓶梅》作者對繪畫藝術具有較為全面的素養。

第一，為人物畫肖像叫「傳神」，又叫「寫真」。肖像畫的創作在我國歷史悠久，有關記載正是以「傳神」或「寫真」稱之。例如，《世說新語·巧藝》載：顧長康畫人，或數年不點目睛，人問其故，顧曰：「四體妍蚩，本無關於妙處，傳神寫照，正在阿堵中。」《顏氏家訓·雜藝》又載：「武烈王太子偏能寫真，坐上賓客，隨宜點染，即成數人，以問童孺，皆知姓名矣。」

第二，傳神講求形似，更注重神似，若能做到神情如活，方為高手。韓先生所畫李瓶兒像初稿，儘管存在著額角稍低、眉頭較直的明顯毛病，仍然贏得了孟玉樓等人「虧這漢子揭白怎的畫來」的讚歎，原因就是他畫出了死者「像似好時」的神態。初稿得到進一步修正、加工後，在形似的基礎上，達到了更高的神似：「儼然如生一般」，「只少口氣兒」。追求神似正是傳統肖像畫創作的最高境界。《太平廣記》卷二百十三〈周昉〉即載：

郭令公女婿趙縱侍郎，嘗令韓幹寫真，眾皆稱美。後又請（周昉）寫真。二人皆有能名。令公嘗列二畫於座，未能定其優劣。因趙夫人歸省，令公問云：「此何人？」對曰：「趙郎。」「何者最似？」云：「兩畫總似，後畫者佳。」又問：「何以言之？」「前畫空得趙郎狀貌，後畫兼移其神思、情性、笑言之姿。」

第三，傳神分為用線條勾勒輪廓和敷彩著色兩個階段，前者可以現場完成，後者則需事後精工塗染。孟玉樓等人的議論嘴唇略區、額角稍低、眉頭較直等失誤，顯然都指線條；「隨即用描筆改正了」，更是指線條的調整。「須臾描染出個半身」並非完整地畫出半身像，而是指勾勒出半身輪廓，又用了幾天的功夫，韓先生方才完成全部工序，使畫面有了「金翠」「大紅」「白馥馥」等鮮豔的色彩。先線條，後色彩，分序完成，正是傳統肖像畫創作的規範做法。張彥遠《歷代名畫記》即載吳道子：「每畫，落筆便去，多使張藏布色。」吳道子畫的就是素有「吳帶當風」之稱的線條；至於著色工作，就是由弟子們來完成了。

第四，傳神不僅是現場觀察、摹寫的功夫，還要有主觀想像的參與。韓先生把李瓶兒畫得栩栩如生，主要原因不在於對李瓶兒容貌觀察與摹寫的準確；那是一個被病魔慢慢折磨而死者的遺容，哪還有什麼生氣和神韻！給韓先生的畫作注入活力的應是「想著」的功夫。「想著」，既包括對死者生前模糊印象的回憶，更指對傳神對象的主觀理解和整體把握。創作者的審美想像和創造活力，才是畫面生機的源泉。這是被繪畫實踐所證明的一個真理。《太平廣記》卷二百十二〈盧棱伽〉就記有吳道子弟子靠「銳思開張，頗臻其妙」而令師嘆服的故事。很難設想，對此沒有真切體會的非畫藝中人，會一再留意於韓先生的「想著」功夫。此外，小說稱韓先生原為「宣和殿上的畫士」，也基本符合宋代畫史。眾所周知，歷代凡養士之殿皆隸翰林院，因此，韓先生又可稱為「翰林院畫士」；宋代設有翰林圖畫院，圖畫院畫士的專業方向之一即肖像畫[5]。

如果說，上述韓先生傳神的情節是作者繪畫素養的一次無意流露的話，那麼，更大量、更普遍的描寫文字，則可看作對繪畫技法的自覺借用。概而言之，《金瓶梅》對繪畫技法的「拿來」主要表現在兩個方面：一是白描的造型手段；二是畫面的視點安排。

白描本指「白畫」，即在白紙上用墨筆勾勒出輪廓而不著彩的人物畫，上述韓先生傳神的初稿就是。我們知道，白描肇始於吳道子，在北宋畫家李公麟筆下蔚為大宗，又經元代畫家張渥的努力，逐漸成為在人物畫和花鳥畫創作方面，與粉本彩繪分庭抗禮的技法。隨著元、明時代長篇小說的勃興，白描技法也日益被小說創作所借鑒、吸收。《三國演義》《水滸傳》就有不少白描化的文字。但是，白描本是文人繪畫的技法，而《金瓶梅》之前的小說都屬民間的集體創作，故後者對前者的借鑒、吸收，遠未達到自覺、頻繁和純熟的地步。可以說，在中國小說史上，《金瓶梅》既是第一部文人獨立創作的小說，又是第一部大量借用白描技巧的小說。張竹坡〈批評第一奇書金瓶梅讀法〉之一就說：「讀《金瓶梅》，當看其白描處。子弟能看其白描處，必將自做出異樣省力巧妙文字也。」

5　王遜《中國美術史》，上海：上海人民美術出版社，1994 年，第五章第二、第四節。

具體來說，白描的特色在於：以精細和簡潔的統一為基本要求，以傳神為追求的目標。在繪畫方面，白描的線條絕不像山水畫和寫意畫那樣粗獷和模糊，它要求清晰、精細地刻畫出對象的輪廓和局部特徵。同時，白描的形象又不要求像工筆劃那樣巨細無遺、纖毫畢現，它更完全遺棄粉本彩繪的色彩。線條的刪削和色彩的缺失造成物質因素的淡化，其根本目的是為了凸現對象的內在神韻，使畫面的精神因素得到最大限度的加強。

在《金瓶梅》中，白描的精細表現為「文心細如牛毛繭絲」[6]，也就是具體描繪了大批市井小民的日常瑣事，再現了他們隱秘的精神角落；白描的簡潔表現為細節描寫的以少勝多。例如，第六十二回李瓶兒死去，吳月娘等人給她穿好衣後，李嬌兒問給她什麼鞋。「潘金蓮道：『姐姐，她心裏只愛穿那雙大紅遍地金鸚鵡摘桃白綾高底鞋兒，只穿了沒多兩遭兒。倒尋那雙鞋出來，與她穿了去。』吳月娘道：『不好，倒沒的穿上陰司裏，好教她跳火坑。……』」既是愛穿此鞋，怎麼只穿了兩遭？吳月娘的回答一下戳穿了潘金蓮謊言的實質：李瓶兒死了，潘金蓮暗中高興尚嫌不足，還要算計讓她的鬼魂在陰司遭罪。這個對話的細節既不經意地暴露了潘金蓮的險惡用心，也表現了吳月娘的精明和嚴正，抵得上兩大段心理描寫。第六十七回「那應伯爵故意把嘴谷都著，不做聲」的細節，線條感極強，活畫出應伯爵借銀無望，欲惱不敢惱，欲言又羞於言的忸怩作態，被《張竹坡批評第一奇書金瓶梅》夾批譽為「一路白描，曲盡借債人心思」。這類例子舉不勝舉。

眾所周知，文學和繪畫在其根本精神上是同一的，都是形象的藝術。因此，對於文學家和畫家來說，安排一個恰當的視點來組織形象，就成為創作之先所面臨的共同任務。在繪畫領域，視點的安排就是透視方法的選擇；中國傳統繪畫一直採用散點透視法，西洋繪畫則多採用焦點透視法。在小說領域，視點的安排就是敘事視角的選擇；中國傳統小說一般多採用第三人稱全知敘事的視角，此外還有現代小說理論家所稱道的第三人稱限制敘事的視角，即小說人物的定點觀察視點[7]。不難看出，第三人稱全知敘事的視角，與繪畫中的散點透視的視點是一致的，二者都無所不在，洞察一切；而小說人物的定點觀察視角，則與西洋繪畫的焦點透視法的視點非常接近。《金瓶梅》在總體上，當然還是全知敘事的產物；但是，更重要的是，它已經打破了全知視角的一統格局，嘗試鍥入了新的小說人物的定點觀察視角。

鍥入的情況有兩種。第一種，觀察者本是可有可無之人，他（她）的存在完全是為了敘事的需要。第十三回，「迎春女窺隙偷光」的視角安排就是如此。該回西門慶賺誘

6　劉廷璣《在園雜志》卷二。

7　關於這一視角的準確內涵，可參閱陳平原《中國小說敘事模式的轉變》，上海：上海人民出版社，1988 年，導言部分。

花子虛留宿妓院，然後抽身赴他家與李瓶兒偷歡，一番觥籌之後，二人進入內房。這時小說從全知視角轉入人物的定點觀察視角：

> 房中掌著燈燭，外邊通看不見。這迎春丫頭，今年已十七歲，頗知事體，見他兩個今夜偷期，悄悄向窗下，用頭上簪子，挺簽破窗寮上紙，往裏窺覷。端的二人怎樣交接？但見……

若非迎春的窺覷，我們也「通看不見」裏邊的情景了；迎春的存在，大大增強了情節的真實性和場面的真切感。第二種，觀察者的存在既像舞臺的追光一般，把一些昏暗的場面暴露在讀者面前，觀察方式本身又可看作觀察者內心活動的外在演示，換言之，觀察者也是被觀察的目標。例如，第二十三回，西門慶要與宋蕙蓮過夜，想讓潘金蓮把臥室讓出來，未獲允許。用全知視角表現二人隨後的動作之後，小說逐漸轉到定點觀察視角：

> 卻不妨（防）潘金蓮……在房中摘去冠兒，輕移蓮步，悄悄走來花園內，聽他兩個私下說甚話。到角門首，推了推，開著，遂潛身徐步而入，也不怕蒼苔冰透了凌波，花刺抓傷了裙襉，跐足隱身，在藏春塢月窗下站聽。良久，只見裏面燈燭尚明，老婆笑聲說……

潘金蓮的觀察，把一幕穢亂而昏暗的山洞情景，搬到了藝術表現的前臺；同時，潘金蓮本人的好奇、忌妒與行動詭秘的性格特點，也在觀察過程中被一一陳列。

《金瓶梅》的成書下限，當今絕大多數學者都肯定在萬曆二十年左右，上下誤差不會超過五年。這個時間，正是西洋繪畫的焦點透視法開始傳入中國，在中國畫家中間引起不小騷動的頭十年。《金瓶梅》嘗試採用第三人稱限制敘事，極有可能借鑒了新興的焦點透視的繪畫技法。

三、幕客身分與幕客本領

從文體的角度來看，《金瓶梅》除了有詩、詞曲、駢文等文學性文體，還有相當多的非文學性的應用文體。根據使用場合不同，它們可以分為二類：第一類，官場用文，包括奏章六道（第十七、四十八、七十、七十七回）、聖旨一道（第九十九回）、申解公文與狀紙各一份（第十、九十二回）。第二類，社交用文，包括書五封、貼七份。其中，屬純粹官員間社交，和帶官員社交性質的（指西門慶與翟謙的社交），七封（份）（第三十六、四十八、六十六、六十七、七十二、七十八回）；屬家庭間和情人間交往的，五封（份）（第十七、四十、七十二、九十八回）。第二類，其他社會生活用文，包括祭文三篇（第六十三、六十九、

八十回），殯葬偈文兩篇（第六十五、八十回），道疏三篇（第三十九、六十六回），酒令四支（第六十六回）和榜聯六副（第三十四、三十九、三十六回）。

以上各類中，以官場用文和官員間用文所占篇幅最大，而且，它們都既符合一定的程序，又顯示出相當文字水準。例如，第四十八回曾御史的奏章，先明確題旨，再援古證今，表明職責所在；在陳奏事實部分，先概寫西門慶等人品的低下和歷史的可鄙，再具體羅列任現職以來的種種劣跡；最後向皇帝發出呼籲。整篇奏章句式駢散結合而以駢偶為主，語言生動形象，不無誇張而又並不意氣用事，說服力強。再如同回的一封書：

> 寓都下年教生黃美，端肅書奉大柱史少亭曾年兄先生大人門下：違越光儀，倏忽一載；知己難逢，勝遊易散。此心耿耿，常在左右。去秋忽報瑤章華翰，開軸啟函，捧誦之間，而神遊恍惚，儼然長安對面時也；每有感愴，輒一歌之，足舒懷抱矣。未幾，年兄省親南旋；復聞德音，知年兄按巡齊魯，不勝欣慰，叩賀叩賀！惟年兄忠孝大節，風霜貞操，砥礪其心，耿耿在廊廟，歷歷在士論。今茲出巡，正當摘發官邪，以正風紀之日。區區愛念，尤所不能忘者矣。竊謂年兄平日，抱可為之器，當有為之年，值聖明有道之世，老翁在家康健之時，不乘此大展才猷，以振揚法紀？勿使舞文之吏以撓其法，而奸頑之徒以逞其欺。胡乃如東平一府，而有撓大法如苗青者，抱大冤如苗天秀者乎？生不意聖明之世而有此魍魎！年兄巡歷此方，正當分理冤滯，振刷為之一清可也。去伴安童，持狀告訴，幸垂察。不宣。仲春望後一日具。

從知己之思，到榮陞之賀；從節操之贊，到方面之責；從撓法之憤，再轉到所托之事。除了格式的嚴整，此書措語的典雅，文心的曲折，都絕非一般書會才人所能。由此不難認定，《金瓶梅》作者必是一位官場和官員用文的寫作高手無疑。

那麼，這位官場和官員用文的寫作高手是否官場中人呢？從小說特別喜歡披露官場黑幕的隱情和官員徇私枉法的細節來看，回答應是肯定的。例如，第十回的陳府尹判決武松案，第十四回的楊府尹從輕發落花子虛案，第三十五回西門慶從重逮治又從輕放出四個遊民案，第四十七回西門慶等放走殺人真凶苗青案，第六十七回雷兵備開脫黃四岳父父子死罪案，第七十六回西門慶讓無辜和尚頂替何十強盜窩主罪名案，第九十二回霍知縣判決吳月娘狀告陳經濟案，當事官員從最正經的假面，到最貪婪的本性的暴露，往往都只有幾秒鐘的時間，促使他們態度迅速轉變的因素，就是幕後人情、金銀的交易。還拿武松的案子來說。他為兄報仇，誤殺李外傳，被遞解東平府。小說先寫「這東平府府尹姓陳，雙名文昭，乃河南人氏，極是個清廉的官」，聽了武松的申訴後，當即換下他的重罪枷，並「著落清河縣添提豪惡西門慶」，擺出了為民作主，誓懲豪惡的架勢。

但當西門慶通過朝中楊提督的關係，打通蔡太師，蔡太師又下書來東平府後，小說又寫「這陳文昭原係大理寺寺正，係東平府府尹，又係蔡太師門生，又見楊提督乃是朝廷面前說得話的官，以此人情兩盡了」，於是武松仍舊被發配重罰，西門慶仍舊逍遙法外。「清官」嘴臉被拋到一邊。陳府尹的形象是從《水滸》來的，但《水滸》第二十七回並無這層幕後交易和態度轉變。除了上述官府斷案的隱情，謀職陞遷、以官致富的隱情披露也極多。很難想像，一個官場外人會如此諳熟官場中的一切。

官場中人除了文化修養不高的牙隸，就是品階之官及其幕客（當然，只有大官才有）。進一步，《金瓶梅》作者又屬哪一類呢？一個考察的角度，是對官場用文本身的興趣與否。一般來說，官員本人對官場用文是不感興趣的，因為歸根到底，它只是一種工具。品德好的官員關注的乃是所謂修身、齊家、治國、平天下的大事，品德壞的官員追求的是官場的周旋、品階的陞遷和錢財的聚斂；在前者眼裏，官場用文僅是細事，在後者眼裏，它是費神的清事，因而都很難放到心上。但是，對於幕客而言，官場用文就具有了安身立命的重要性。從根本上說，幕客的存在就是為了替官員本人，來操辦、處理這個他不感興趣但又不可缺少的工具的。這就決定了幕客對官場用文必須具有濃厚的興趣。《金瓶梅》作者對官場用文的強烈興趣至少有以下兩點表現：第一，小說開始部分凡承《水滸》而來，而與自身主題聯繫不緊的情節，文字都有壓縮；但第十回承《水滸》第二十七回而來的情節，文字沒有壓縮，卻反而增加了一份清河縣給東平府的申解公文。第九十二回吳月娘狀告陳經濟串通娼婦逼死女命的情節，與《水滸》第二十六回武松狀告西門慶與淫婦潘氏合謀害死武大的情節，告狀情形相似，《水滸》中未寫狀文，《金瓶梅》卻寫了。實則所寫公文、狀文無關宏旨，可有可無，之所以寫了，只能歸因於對公文、狀文這類工具本身的興趣。第二，小說所寫六道奏章，都以「邸報」的形式出現；邸報的內容，除了奏章，還有皇帝的批示（即聖旨），和具體負責衙門的處理結論。例如，第十七回宇文虛中的奏章後就寫：

> 奉聖旨：蔡京姑留輔政，王黼、楊戩便拿送三法司，會問明白來說。欽此欽遵。
> 續：該三法司會問過，並黨惡人犯王黼、楊戩本兵不職，縱虜深入，荼毒生民，損兵折將，失陷內地，律應處斬……

邸報可稱工具的工具。每次均如此詳盡、完整地表現邸報的內容，除了對工具本身的興趣，很難有什麼別的解釋。

由上觀之，《金瓶梅》作者的幕客身分是明顯的。幕客交際廣泛、代人而作的職業特點對他的寫作才能提出了很高的要求。《金瓶梅》在一定程度上，又可稱為應用文體的寫作大全，原因正在於此。

民族主義：《金瓶梅》作者的隱微情懷

　　從很多方面看，《金瓶梅》之於《水滸傳》，都算得上青出於藍。例如，在審美開拓的一系列領域，它都散放著後者所沒有的豔麗光彩；在思想探索的不少層次，它也流播著獨特的情懷清芬，其中，民族主義就是淡淡一縷。

一

　　《金瓶梅》在大致沿用《水滸傳》武松殺嫂的情節框架的同時，另行設置了一個民族危亡的時代大背景。這個消息首先從第十七回——金、瓶、梅快要湊齊到西門慶身邊之前——的情節傳出。該回，陳經濟避難岳家，帶來乃父的一封信，信上寫：「茲因北虜犯邊，搶過雄州地界，兵部王尚書不發人馬，失誤軍機，連累朝中楊老爺，俱被科道官參劾太重，聖旨惱怒，拿下南牢監禁，會同三法司審問，其門下親族用事人等，俱照例發邊衛充軍……」緊接著，西門慶又據一份邸報得知，「聖旨惱怒」已經變成「律應處斬」的嚴峻判決，「發邊衛充軍」的指示亦正在被執行。可見，此次「北虜犯邊」對整個國家來說，是一個損失慘重的惡性事件；否則，朝廷絕不會如此大行殺罰。但是，所謂「殺罰」，最終卻僅僅成為一種虛張聲勢的走過場。這次事件的不少責任人很快就被徇私寬貸，朝野上下似乎沒有一個人從這次事件中吸取教訓。上到國家機器的運轉，下到清河縣西門府日常光陰的打發，一切都恢復了「正常」；但事實上，一切都在亡國的危險伸手可觸的形勢下，慣性沿續著、糜爛著，渾然不覺。終於，到作品結尾，天翻地覆的災變飄然而起，滾滾而至：「大金人馬犯邊，搶至腹內地方，聲息十分緊急，天子慌了」，倉惶讓位；繼帝座不暇暖，與上皇雙雙成為階下之囚。於是，「中原無主，四下荒亂，兵戈匝地，人民逃竄」的慘劇開幕；國亡家破，吳月娘在逃難中一子被度出家，曾經喧囂張狂、顯赫一時的西門府以徹底敗落而告終。全書內政的窳敗，被包裹在亡國滅種的危險之中。

　　《金瓶梅》當然不是一支哀歎北宋滅亡的挽歌；對於幾百年前的一個並無善政的王朝，《金瓶梅》作者沒有義務這麼做。誠如學術界一致公認的，《金瓶梅》所寫朝政方面的事實與徽宗政和年間的歷史多有差訛，而與明代嘉靖間嚴嵩當政時的現實更為接

近；寫宋的目的在於寓明，吟古的目的在於警今。因此，把《金瓶梅》看作明代滅亡的一部偉大預言，看作作者深沉而清醒的民族憂患意識的文學記錄，方更符合實際。

二

《金瓶梅》的這層民族危亡意識是《水滸傳》所欠缺的。按理說，《水滸傳》不僅應該有民族危亡意識，而且應該更深沉。這是因為，第一，《水滸傳》中有宋江等人受招安後征遼的情節。不論在《水滸傳》所反映的北宋末的現實世界，還是《水滸傳》本身的文學世界，遼的強大和野心勃勃，都對宋（宋朝、宋江）構成嚴重威脅。第二，《水滸傳》成書於元末明初。稍早一點，蒙元貴族集團對華夏民族的統治尚是鐵幕難撼；稍後一點，漢族朱明王朝雖然已經崛起，卻仍然面臨被蒙元勢力復辟的危險。但是，從作者對宋江征遼輕易取勝的情節安排可以看出，《水滸傳》作者的民族危亡意識是非常淡薄的。《水滸傳》當然也有民族主義的聲音，那就是大眾的樂觀主義的歡呼。但這種樂觀帶有很大盲目性。

《金瓶梅》作者民族危亡意識，應與嘉靖朝南北鼎沸的危殆局面相關。韃靼在北邊的侵擾由來已久，以嘉靖中期蹂躪最重，甚至多次掠至京師；直到隆慶五年明廷封俺答為順義王后，北邊風煙才基本終止。南邊，倭寇的來犯幾與明朝相始終，而以嘉靖後期為禍最烈。據諸史，僅嘉靖三十四年一年，就同時有五股倭寇縱橫劫殺於江蘇、浙江、福建、安徽等東南廣大地區。為了平息外亂，明廷調集大批人馬，四處堵截、圍剿；半是由於來敵的狡詐，半是由於指揮官的失誤，無數將士獻出寶貴的生命。對此，小說再次用特殊的方式表達了基於民族主義的特別關懷。第六十六回，黃真人煉度薦亡，首先要超拔十類孤魂。只聽道眾舉音樂，齊聲宣唱：

> ……
> 北戰南征，貫甲披袍士。捨死忘生，報效於國家。炮響一聲，身臥沙場裏。陣亡孤魂，來受甘露味！
> 好兒好女，與人為奴俾。暮打朝喝，衣不遮身體。逐趕出門，纏臥長街內。饑死孤魂，來受甘露味！
> ……

「陣亡孤魂」處在黃真人煉度超拔的「十類孤魂」之首。唱給為國捐軀的將士們的這支薦亡曲，浸透了作者對他們的崇高敬意和無限哀思。

三

　　從種種跡象來看，《金瓶梅》作者應該有邊關甚或禦敵的生活閱歷。

　　第三十四回，寫到西門慶餐桌上有一道菜，叫「曲灣灣王瓜拌遼東金蝦」，「遼東金蝦」應為遼東風物。第四十三回，雲離守給西門慶牽來兩匹馬，說是「東路來的」，「他哥雲參將邊上捎來的」，這個情節暴露了遼東邊塞守將私賣戰馬的腐敗內情。第二十回，寫到丫鬟笑李瓶兒的話：「朝廷昨日差了四個夜不收，請你老人家往口外和番……」過去姚靈犀、魏子雲諸家，均據《水東日記》注「夜不收」為「軍中之探諜」。此解持之有故，卻不甚符合小說的語境。筆者翻檢《明代遼東檔案彙編》[1]，發現明代遼東守軍中有「守衛夜不收」「守口夜不收」「近哨夜不收」「遠哨夜不收」「出哨夜不收」「督哨夜不收」「臨臺夜不收」「擺拔夜不收」「嚴謹夜不收」「在城夜不收」「值樓夜不收」「走報夜不收」等十餘種夜不收名目。由此可知，夜不收實為邊防軍之一般職役，非僅指軍中之探諜；舉凡保障邊境安全的一切刻不容緩之事，均由夜不收辦理。往口外和番當然也是為了保障邊境安全。因此，第二十回丫鬟笑話中的夜不收可能就是「和番夜不收」。總之，小說使用了遼東邊塞方言。

　　更值得一提的是「清河守備」這一職名。和小說的多種職官名稱源自《水滸傳》不同，它是作者創設的。創設的依據何在？筆者遍查宋、明各史，未見故事發生地清河縣（不論是河北清河還是江蘇清河）設有守備的任何記載。但明代又確有「清河守備」的職名存在。張廷玉等《明史》卷四十一〈地理志二·山東·遼東都指揮使司〉載：「三萬衛，……西有大清河，東有小清河，……西南有清河關。」《明史》卷三百二十七〈外國八·韃靼〉載，嘉靖四十五年：「俺答屢犯東西諸塞，夏，清河守備郎得功扼之張能峪口，勝之。」原來，明代遼東都司所轄三萬衛有清河關，守衛清河關的守備即「清河守備」；遼東都司行政上隸屬山東承宣布政使司領導，故此清河守備又可徑稱為「山東清河守備」。這才是小說朦朧寫及的周秀的職名由來。《明代遼東檔案彙編》下冊第 883 頁，還有萬曆九年清河守備宿振武，交遼東都司轉呈山東監察御史的一篇公文。

　　再拿上引文字中的郎得功來說。他參與指揮的嘉靖四十五年的這次戰鬥，是明代對北作戰僅見的幾次勝利之一。大約此後不久，他就從清河守備被提陞為錦州參將。但同樣據《明史》卷三百二十七〈外國八·韃靼〉，到隆慶四年，「秋，黃台吉寇錦州，總兵王治道、參將郎得功，以十餘騎入敵死」，還是死於俺答發動的最後一次來犯。從嘉靖四十五年，到隆慶四年，前後共五年；小說中周秀從第九十八回，以軍功從清河守備

1　遼寧省檔案館、遼寧省社會科學院編《明代遼東檔案彙編》，瀋陽：遼瀋書社，1985 年。

陞濟南兵馬制置，到第九十九回再陞山東都統制，再到第一百回戰死，情節時間亦恰五年。真、假清河守備之間，頗有形影之疑。

以上足以說明，《金瓶梅》作者對遼東邊塞軍民、地理情況是相當熟悉的。由此推斷他出於關心國事，踏勘、遊歷過北方諸邊，當非過分想像。

另外，小說還兩次提到「倭」。一是第七十一回，寫到藍太監家有「錦幔倭金屏護」，此或指皇帝轉賜的日本貢物，似無褒貶意。二是第二十一回，潘金蓮罵李瓶兒：「好個奸倭的淫婦，隨問綁著鬼，也不與人家足數，好歹短幾分。」「倭」的本意是身矮，引申義是日本人的賤稱；小說從未寫李瓶兒身矮，由此可見，此「倭」用的是引申義。想必作者曾對倭寇之奸詐有深切體會也。

四

一般來說，在封建時代民族思想總是與正統思想和忠君觀念緊密聯繫在一起，民族主義往往也就是狹隘民族主義和國家統一主義的同義語；同時，民族主義的首要關懷總是本民族的利益，因而，民族主義者又很容易變成盲目民族主義者和排他主義者。然而，《金瓶梅》作者的民族主義卻非如此。

小說在結尾北宋滅亡的天翻地覆巨變之後，又特意添加了一幅塵埃消散、民生復蘇的安恬圖景：

> 那到十日光景，果然大金國立了張邦昌在東京稱帝，置文武百官；徽宗、欽宗兩君北去，康王泥馬渡江，在建康即位。是為高宗皇帝，拜宗澤為大將，復取山東、河北。分為兩朝，天下太平，人民復業。後月娘歸家開了門戶，家產器物，都不曾疏失。

這當然不是金、宋分治真實歷史的再現。就像傳統的戲曲總要安排個團圓的結局一樣，這幅圖景的出現，從藝術的角度說，是在基本保持南、北分裂歷史原貌的基礎上，竭力沖淡北宋滅亡的乖張、慘厲氛圍，以使全書平靜收場的一種策略。這種策略同時給我們傳遞如下三點重要的信息：第一，北宋亡國固然不是一件好事，但消滅了北宋的金政權亦絕非萬惡的政權。除第十七回所引宇文虛中的奏章外，小說無一語表明對金人有蔑視之意；相反，多次提到均以「大金」稱之，如第一百回「不想大金人馬，搶了東京汴梁」「卻說大金人馬，搶過東昌府來」「不想北國大金皇帝，滅了遼國」等。這說明，作者並沒有像古代一般知識分子那樣，單純站在「大漢族」的立場，把少數民族一概斥之為野蠻的異族，對由少數民族產生的政權完全採取無視的態度。只有眼光高遠之士才會看到，

女真族畢竟不同於明代倭寇，它也是中華民族大家庭中的一位成員，金政權的存在是中國歷史不可分割的一部分，理應得到充分尊重。第二，國家的分裂固然不是好事，但像小說第三十回寫到的這樣一個統一的國家：

> 那時徽宗天下失政，奸臣當道，讒佞盈朝，高、楊、童、蔡四個奸黨在朝中，賣官鬻獄，賄賂公行，懸秤陞官，指方補價。夤緣鑽刺者，驟陞美任；賢能廉直者，經歲不除。以致風俗頹敗，贓官汙吏，遍滿天下，役煩賦重，民窮盜起，天下騷然。

「遍滿天下」，統一可夠統一了；但統一在這個政權之下，統一在這種局面之中，它的滅亡還能避免嗎？舊的滅亡了，新的統一的國家尚未形成，分裂也就不可避免。只要天下太平，人民樂業，即使分為兩朝也遠比那種滿天皆黑的統一好得多。第三，其實，從「天下即中國」的古人天下觀來看，「兩朝」仍然是中國的兩朝，是中國的組成部分；它代表的不是兩個國家，而是中國範圍內的兩個民族。本來，歷史上，金、宋的拉鋸式對峙，就是女真與漢兩大民族集團的較量。儘管在當時，「拉鋸」有正義與非正義之分，但從長遠來看，所造成的總是巨大災難。《金瓶梅》寧要「人民復業」「家產器物，都不曾疏失」的虛幻的文學畫面，而不要血火迸射的真實歷史，說明不同民族的和平共存、共謀繁榮高於一切。這無疑是個美好的願望。

眾所周知，在最高精神上，民族主義就是人民主義；它的出發點和歸宿都是廣大人民的福祉。所以，表面上，以上三點似有喪失基本的民族立場之嫌，但因取捨的標準都是最廣大人民的福祉——第一、第三點是長遠福祉，第二點是現實福祉，故恰恰超越一般民族主義的層次，達到了民族主義的最高境界。可以說，《金瓶梅》作者的民族主義是理性的民族主義。

本文所述民族主義情懷，應是我們探討《金瓶梅》作者真相時必須考慮的因素之一。

《金瓶梅》地理原型探考

《金瓶梅》是在《水滸》之樹上嫁接的一枝奇葩，《水滸》的故事發生在山東，它也就在開篇第一回點明背景說：

> 如今這一本書，乃虎中美女，後引出一個風情故事來，……驚了東平府，大鬧了清河縣。

第三十九回又直接點明西門慶的住址是「大宋國山東清河縣牌坊」。但是，東平、宋、明兩代均無東平府之稱，東平亦向不轄清河縣；清河，宋、明兩代河北、江蘇均有，明代一隸廣平府，一隸淮安府，均不在山東。若云小說所寫即江蘇清河，江蘇清河並不與臨清相鄰；若云即河北清河，又與第二十八回千戶賀金從清河陞到淮安，第一百回韓愛姐逃難「出離了清河縣」「到淮安上船」諸情節的暗示相矛盾。從西門慶死開始，故事地點逐漸轉移到臨清碼頭，有學者遂據此斷定明代臨清州治即是故事的地理原型[1]。撇開臨清州與小說中臨清碼頭的是否耦合不談，臨清碼頭畢竟只是小說尾部十多回情節的發生地。因此，山東東平、臨清府、州治，及河北、江蘇兩清河縣治，均不能視為全書的地理原型。全書另有主要地理原型在，它就是紹興府城。

一、從一些重要、特殊地名談起

第一，虞姬墓田。小說開篇有詩曰：「劉項佳人絕可憐，英雄無策庇嬋娟。戚姬葬處君知否，不及虞姬有墓田。」「虞姬墓田」究竟在哪裏，以陋見所及，似乎從未有人注意。原來，紹興乃是青年項羽的避仇之地，虞美人乃是西施的同鄉，虞姬墓田就在紹興府城東南三十餘里平水。南宋《嘉泰會稽志》卷六〈祠廟〉載：「項羽廟，在縣南十五里項里溪上。以亞父范增配食，不知其始歲月，傍有聚落數十戶，歲時奉祀。」《萬

1　王瑩〈金瓶梅地理背景為今山東臨清市考〉，王連洲〈金瓶梅臨清地名考〉，均載聊城《水滸》《金瓶梅》研究學會編《金瓶梅作者之謎》，銀川：寧夏人民出版社，1988年。王連洲〈金瓶梅臨清地名續考〉，載《國際金瓶梅研究集刊》第一集，成都：成都出版社，1991年。

曆紹興府志》卷四〈山川志〉載：「項里山，在府城西南二十里。……山下地名項里。《華鎮考古》云：項梁與籍居此。」《嘉慶山陰縣志》卷三〈土地志〉亦載：「項里山，在縣西南二十里。俗傳項羽避仇於此，下有項羽祠。」歷代方志的此類記載於正史可徵。《史記·項羽本紀》載：「項梁殺人，與籍避仇於吳中。……秦始皇帝遊會稽，渡浙江，梁與籍俱觀。」由此觀之，項羽等先避於吳中，後又轉避到會稽。有關項羽和農家女虞姬相識相愛的戲劇性故事，被紹興人民一代代傳下來，民俗學者今已採錄入書。據此故事，虞姬家鄉所在村的女孩子們，至今仍忌用一個「翠」字，因為翠字拆開就是「羽卒」二字[2]。

　　或許正是出於鄉人的這一份綿長的追念，在項羽廟、項羽祠之外，又有了虞姬廟和虞姬墓田。《康熙會稽縣志》卷十四〈祠祀志上〉載：「永貞庵，……內有虞姬廟，列二門聯，左曰『今尚祀虞，漢代已傾高後廟』，右曰『斯真霸越，西施慚上范家船』。又至閘橋，建一石亭，亦祀虞姬。」同志又載：「虞姬廟，在平水。倪文正聯見前永貞庵。」倪文正即天啟朝翰林學士倪元璐，他能題聯門上，說明虞姬廟晚明仍是香火興旺的大廟。

　　第二，四眼井、西門。小說主人公複姓西門，號四泉，並具體交待了這個號的由來。第三十回，西門慶說要買隔壁趙寡婦家莊子：「裏面一眼井，四個井圈打水，我買了這莊子，展開合為一處。」第五十一回，西門慶又對黃主事說：「學生賤號四泉，因小莊有四眼井之說。」四泉、四眼井，在張竹坡《批評第一奇書金瓶梅》第五十一回夾批「四井者，市井也，明明說出，卻都混混看過」之外，或如《乾隆甘肅通志》卷六載涼州府平番縣有四眼井，乃「一泉四眼湧出，因名」，或直接解作「四口名泉」[3]，或解作「井蓋上有四個眼打水的井」[4]，似乎也都勉強可通，然終覺未探其中底蘊。一，西門慶說的是「有四眼井之說」，而不是單純的「有四眼井」，可見四眼井應包含一個傳說；二，古人的姓名與號，一般都有非常密切的聯繫，上述幾種解釋卻無法使人看出這種聯繫。事實上，這個問題的最完滿解釋存在於紹興的歷史傳統之中。《乾隆諸暨縣志》卷四〈山川志〉載：「四眼井，城中。」《光緒諸暨縣志》卷四十一〈坊宅志〉載：「蟹眼橋里，……四眼井在其南。……真人遺宅，在四眼井頭。」諸暨為紹興近府屬縣。諸暨縣城為什麼

2　〈楚霸王的傳說〉三則之一〈霸王與虞姬〉，載《浙江省民間文學集成紹興市故事卷》，北京：中國民間文藝出版社，1989 年。

3　王連洲〈金瓶梅臨清地名續考〉，載《國際金瓶梅研究集刊》第一集，成都：成都出版社，1991年。

4　筆者在大同參加第三屆國際《金瓶梅》討論會期間，聽師友談起江蘇無錫與山東棗莊一帶農村有此種井。

會有四眼井，史志作品為什麼總要提到它？據載：

> 相傳有一天，西施與鄭旦同路去陶朱山下，路過井旁，鄭旦邀西施在井邊稍坐。
> 當西施探井望水，鄭旦亦望井中，井中頓時出現了一對美人倩影，四眼凝視，交
> 相生輝，暗自媲美。從此，鄭旦與西施在四眼井比美的佳話代代相傳。又傳西施、
> 鄭旦常以此井為鏡，因名「四眼井」。井泉至今尚存。[5]

今人史志亦載：

> 四眼井，位於城關鎮光明路南端。上置相對井欄四眼，俗稱「四眼井頭」。世傳
> 西施、鄭旦常以此井為鏡，暗自媲美，四眼凝視，雙媛現影，因名「四眼井」。[6]

這就既有「四個井圈」，又有「四眼井之說」。此類關於西施、鄭旦的傳說歷史十分悠
久。《吳越春秋·勾踐陰謀外傳》載，鑒於「吳王淫而好色，惑亂沉湎，不領政事」，
越國君臣討論採取破吳之道，決定「選擇美女二人而進之」，「乃使相者國中得苧蘿山
鬻薪之女，曰西施、鄭旦，飾以羅縠，教以容步，習於土城，臨於都巷，三年學服而獻
於吳」。《越絕書》亦有類似記載。關於苧蘿山，《萬曆紹興府志》卷四〈山川志〉又
引舊志載：「在諸暨縣南五里，……縣東二百步有西施灘，上有西施門。」《光緒諸暨
縣志》卷四十一〈坊宅志〉亦載：「西施灘上有西施門。」四眼井裏乃美人之影，西施
門裏才是美人之身。「四眼井」變減一字成「四泉」，「西施門」少一字不就成了「西
門」嗎？西門、四泉分別用作小說主人公的姓和號，恰好概括了他最突出的性格特色：
好色，和最終的命運：既入了西施之門，也就走上了吳王夫差式的亡於色欲之路。小說
主人公姓和號的內在聯繫，它們與小說主題的密切關聯於此昭彰。

　　第三，報恩寺。這個寺名在作品中反復出現，在結構上，起到了統領核心情節的作
用；在主題上，突出全書的反諷意味。第六回潘金蓮燒化武大屍體，第十六回李瓶兒燒
花子虛靈，第五十九回西門慶愛子官哥兒出殯，第六十五回寵妾李瓶兒出殯，第八十回
西門慶出殯，都是由報恩寺僧來主持或參與主持祭祀活動的。報恩寺是西門慶一生罪與
罰的見證，它真正的寓意不是「報恩」，而是「報應」；「報恩寺」就是「報應事」。
這個寺名的選擇並非全是靈機觸動的結果，宋代紹興府城及其屬縣有多處以報恩寺為名
或曾以報恩寺為名的寺院。排比《嘉泰會稽志》卷七、卷八〈宮觀寺院〉的記載有：

5　張能耿等《越中攬勝》，北京：國際文化出版公司，1995 年，頁 386。下文西施門，該書頁 385
　　亦有介紹。

6　《諸暨縣志》第二十三篇〈文物勝跡〉，杭州：浙江人民出版社，1993 年。

（府城）報恩光孝觀，在府東三里九十四步。……陳武帝永定二年捨宅建，名思真觀。太平興國九年州乞改額乾明，以從聖節祝至尊壽，詔俞其請。崇寧二年改崇寧萬壽，政和三年改天寧萬壽，置徽宗本命殿，號景命萬年殿。紹興七年改報恩廣孝，十二年又改今額，專奉徽宗皇帝香火。

（府城）崇報院，在府東二里一百九十四步。開運四年，司農卿周仁遜之妻許及其子從徽捨宅建，名報恩，後改今額。

（府城）報恩光孝禪寺，在府南二里二百二十二步。（南朝）宋元徽元年制法華經維摩經疏，僧遺教等與法師惠基於寶林山下，建寶林寺。……崇寧三年八月詔改崇寧萬壽禪寺，……又改崇寧為天寧，每歲天寧節郡寮祝聖於此。紹興七年改報恩廣孝禪寺，俄又改廣孝為光孝，專奉徽宗皇帝香火。

（山陰縣）報恩院，在縣西三十五里。唐乾符三年建，崇寧五年重建。

（山陰縣）報恩院，在縣西一百二十三里。乾德四年寶珍捨地建，號彌陀院。大中祥符元年七月改賜今額。

（會稽縣）慶恩院，在縣東南九十里。晉天福七年建，周顯德元年吳越給報恩院額，治平元年改賜今額。

（上虞縣）普靜院，在縣西北七十里。晉天福七年號報恩院，大中祥符元年改賜今額。

（上虞縣）乾符報恩院，在縣南四十里。唐乾符三年建。

（上虞縣）奉國報恩院，在縣西南二十五里。唐光啟二年建。

（嵊縣）福感寺，在縣東二十五里。晉天福四年建，號報恩寺。大中祥符元年改賜今額。

（嵊縣）報恩院，在縣西二十里。唐乾寧元年建，號報德院。大中祥符元年改賜今額。

（嵊縣）薦福院，在縣東七十里。開寶四年建，號報恩院。大中祥符元年改賜今額。

（餘姚縣）廣安寺，在縣西北五十五里。唐乾寧三年建，號報恩寺。尋廢，漢乾佑二年重建。大中祥符元年改賜今額。

（餘姚縣）普明院，在縣西北三十五里。漢乾佑元年建，號松山報恩寺。大中祥符元年改賜今額。

《嘉慶山陰縣志》卷二十四〈政事志〉又載：「至大寺，在縣北三里，元至大四年僧本立購石氏故宅建，咸祐中賜額至大報恩寺。」這些程度不同帶有「報恩」銘記的寺院，不少都香火延續到明代。如《萬曆紹興府志》卷二十一〈祠祀志三〉載上述府城報恩光孝禪寺和上虞縣奉國報恩院含明代在內的遞嬗歷史云：「寶林寺，（南朝）宋元徽元年制法華經維摩經疏，僧遺教等與法師惠基於寶林山下建寺，名寶林寺。……唐會昌中廢，乾符元年重建，改題為應天寺。……紹興七年，改報恩廣孝禪寺，俄又改廣孝為光孝，專奉徽宗皇帝。……乾道末，藻繪尤盛，置田五千餘畝。後經幾毀，今梵宇則我明永樂十一年僧善岜所構。構時尚未有塔，嘉靖三年郡人蕭副使鳴鳳言於郡，召僧鐵瓦復建塔。隆慶來塔復將圮，萬曆六年，寺僧真理募緣修之，又改其前殿加高敞焉。」「奉國報恩寺，在（上虞）縣西三十里，唐光啟二年寺僧清永建，其址在眾山中，頗稱形勝，或曰有龍穴焉。寺之田山，十九為人所佔。明萬曆十三年，知縣朱維藩以僧詞往勘之，見寺址尚存，老僧依草麥間。因斷復其田六十畝，地六畝，山八十畝，仍許葺其寺。」程度不同帶有「報恩」銘記的寺院，它們的多處存在無疑會啟發小說作者的構思。

第四，永福寺。這是又一個蘊有深意的地名。在西門慶滿足色欲的征途上，邂逅永福寺胡僧堪稱一個里程碑；這也是他走向死亡的一個加速站，胡僧春藥用盡之時，就是他命喪黃泉之日。全書其他幾個最主要的人物，在滿足色欲方面毫不遜色的潘金蓮、陳經濟、龐春梅，雖無獲贈胡僧春藥的「福氣」，卻有葬身永福寺的更大「哀榮」。誠如《批評第一奇書金瓶梅》卷首〈《金瓶梅》寓意說〉云：「夫永福寺，湧於腹下，此何物也？其內僧人，一曰胡僧，再曰道堅，一肖其形，一美其號，永福寺真生我之門死我戶。」這個地名，亦非信筆獨造之物。明代紹興至少有三處永福寺。一在府城西臥龍山。《萬曆紹興府志》卷二十〈祠祀志二〉載：「白太守墓在臥龍山之陰，太守名玉，漢中人，正統中闔家病卒無所歸，因葬焉。嘉靖二十一年，知府張明道因永福寺故址立祠，有司春秋祭。」故《康熙紹興府志》卷二十三〈祠祀志五〉載：「永福寺，在臥龍山後。」乾隆抄本《越中雜識》卷上〈寺觀〉同載：「永福寺，在臥龍山之陰，上有明郡守白玉祠墓。」二在府城東會稽縣署附近。《萬曆會稽縣志》卷十六〈寺觀〉載：「永福院，在縣東七十步，晉天福四年吳越文穆王建。」三在諸暨縣光山。《萬曆紹興府志》卷二十一〈祠祀志三〉載：「永福寺，在光山中。初名應國禪院，唐會昌間廢，晉天福七年重建。內有梁武帝讀書臺、硯水井。」

第五，石佛寺、白塔。第二十四回，「你是石佛寺長老，請著你就是張致了」。此

語第三十七回再次出現。第三十三回，「隨你就跳上白塔，我也沒有」。一般學者都以
為只有北京才有此二名，吳曉鈴先生甚至據以為《金瓶梅》作者是北京人的證據。《萬
曆紹興府志》卷二十一〈祠祀志三〉載：「會稽石佛妙相寺，在府城東五里。唐太和九
年建，號南崇寺。會昌廢，晉天福中僧行欽於廢寺前水中得石佛，遂重建。宋治平三年
賜今額。石佛高財（才）二尺餘，背有銘曰……」同卷又載：「白塔寺在（會稽縣）白塔
山。」白塔寺、白塔山皆以白塔聞名。

　　第六，觀音庵、蓮華庵、大悲庵。小說寫得最多的尼姑就是王姑子、薛姑子，她們
的住所，據第五十回「觀音庵王姑子請了蓮華庵薛姑子」，分別在觀音庵、蓮華庵。第
六十八回提到「半截紅牆是大悲庵」。紹興恰有觀音、蓮華、大悲三處尼庵。《嘉泰會
稽志》卷七載：「觀音教院，在府西北三里一百二十七步。乾道九年，有沈安中者捨所
居，請於府，移會稽縣界圓通妙智教院舊額建。」「青蓮院，在（山陰）縣西南七十里。
唐乾符元年建，號蓮華院。治平三年二月改賜今額。」《康熙會稽縣志》卷十六〈祠祀
志下〉載：「觀音堂，在中望花坊。」《嘉慶山陰縣志》卷二十四載：「大悲禪林，在
縣東二里大雲坊之西，唐大珠禪師駐錫於此。」

二、再看行政建置與衙署

　　第一，兩司八府。第六十五回，先是宋御史讓黃主事帶去「兩司八府官員辦酒分資」，
要借西門府宴請欽差；至期，宋即率山東左、右布政、參政、參議等官，以及「東昌府
徐崧、東平府胡師文、兗州府凌雲翼、徐州府韓邦奇、濟南府張叔夜、青州府王士奇、
登州府黃甲、萊州府葉遷等八府官行廳參之禮」。第七十四回，宋又帶「布、按兩司連
他共十二封分資來」，要餽送侯巡撫。兩司八府的行政建置並非山東所有。一，宋、明
各代省級行政並無「兩司」之說，明代省級行政所設乃「三司」，即都指揮使司、承宣
布政使司和提刑按察使司，簡稱都、布、按三司。二，山東，宋代隸京東東路和京東西
路，只有濟南、應天、襲慶、興仁、東昌等五府，明代則為濟南、兗州、東昌、青州、
萊州、登州等六府。三，全省行政長官短時間內能從四面八方、數千里外聚齊至小小清
河縣，也難以想像。如果把小說所寫山東省「兩司八府」的行政建置，看作紹興府「兩
分司八縣」的遞升一級放大，上述疑問就可迎刃而解。紹興係古越都城，向為浙東重鎮，
宋、明兩代在此設有不少省級和半省級的衙署。就明代而言，這裏設有布政分司和按察
分司。《萬曆紹興府志》卷三〈署廨志〉載：「布政分司，府城內，在府東南一里，隸
山陰。本紹興衛軍器局，正統六年知府羅以禮創建。」「按察分司，府城內，在府東不
一里，即宋浙東提刑司也。」又據本志卷一和《嘉泰會稽志》卷一，紹興府北宋末和明

代均領會稽、山陰、蕭山、諸暨、上虞、餘姚、嵊、新昌等八縣。紹興境內河道密佈，舟船梭織，兩分司八縣行政長官同時聚於境內某處，自是易事。

第二，察院、鹽運司、工部。第四十九回，宋御史按臨東平，「鼓吹進東平府察院」。第三十回，來保向蔡太師說：「蒙老爺天恩，書到，眾鹽客都牌提到鹽運司，與了勘合，都放出來了。」第六十五回，「管磚廠工部黃老爹來弔孝」，第六十八回，「工部安老爹來拜」。察院、鹽運分司、工部分司亦為明代紹興府的常設衙署。《萬曆紹興府志》卷三〈署廨志〉載：「察院，府城內，在府東北二里，隸山陰。本射圃基，嘉靖二十九年御史王紳建。」「兩浙都轉運鹽分司，在府東不一里按察司前，隸山陰。即朱錄事司故址，元大德二年建。」「工部分司，在蕭山縣東南十五里單家堰。嘉靖十一年薛主事僑買民地建。」蕭山單家堰距府城甚近。小說中黃主事、安主事總是以過客的形象出現在西門府，但又並非稀見，這是紹興工部分司不在府城，而又距府城不遠的現實地理情況的反映。

第三，提刑院、都監、帥府。第三十回，蔡太師對來保說，「我安你主人在你那山東提刑所做個理刑副千戶」，第三十四回，西門慶分付青衣節級，「查了各人名字，明早解提刑院問理」。提刑所、提刑院當指宋代的提刑按察使司（簡稱提刑司）。第四十九回，為迎接宋御史，「帥府周守備、荊都監、張團練都領人馬披執跟隨」，第九十五回，周守備面斥吳巡檢說：「我欽奉朝廷敕命，保障地方，巡捕盜賊，提督軍門，兼管河道。」帥府應即宋代的經略安撫司。《宋史·職官志七》載：「經略安撫司，經略安撫使一人，以直閣以上充，掌一路兵民之事，皆帥其屬而聽其獄訟，頒其禁令，定其賞罰。……建炎初，李綱請於沿河沿淮沿江置帥府，以文臣為安撫使，帶馬步軍都總管，武臣一員為之副，許便宜行事。」第七十五回又寫到荊都監干謁西門慶，所遞履歷手本上寫「山東等處兵馬都監」，都監亦為宋代職官。宋代紹興有浙東安撫使、浙東都總管、浙東提刑司三署，《嘉泰會稽志》卷三即有「安撫使」「都總管」「提刑司」三專條續敘其職掌和衙署位置。如「提刑司」條末即載：「浙東提刑司治所，在府治之東二百三十七步，前臨運河，與蓬萊館相望而武臣提刑則以添差通判廳為之。」

第四，義倉、鈔關、鹽場。第四十八回，來保建議西門慶：「如今老爺親家、戶部侍郎韓爺，題准事例，在陝西等三邊開引種鹽，各府州郡縣議立義倉，官糶糧米，令民間上上之戶赴倉上米，討倉鈔，派給鹽引支鹽。……咱舊時和喬親家爹高陽關上納的那三萬糧倉鈔，派三萬鹽引，戶部坐派，到好趁著蔡老爹巡鹽下場，支種了罷。」第五十一回，吳大舅說：「東平府下書來，派俺本衛兩所掌印正千戶，題准旨意，管工修理社倉。」第五十八回，韓道國「在杭州置了一萬兩銀子段絹貨物，見今直抵臨清鈔關」。義倉，紹興設置歷史最早。《萬曆紹興府志》卷三〈署廨志〉載：「義倉，一名社倉。

宋淳熙八年朱文公熹提舉浙東常平，適當歲歉，乃奏以常平米建社倉，付富室斂散，每石取息二斗，凶歲則蠲其息。……戶部看詳，以為可行。而一時議者以為每石取息二斗乃青苗法，紛然攻詆。然朝廷卒行之，並下諸路。諸路既不能皆如詔，而府外之六縣報府，言一面措置，竟不以已立社倉為言，惟會稽、山陰二縣行之。……國朝義倉先年在在而有，今俱廢。」鈔關，明代紹興府城附近有多處。同志卷一《疆域志》載：「山陰有錢清關、離渚關、清潭關、花街關、三江關，會稽有蒿徙關、平水關。」錢清關扼錢清江，也是杭州至紹興的必經關。紹興還有多處鹽場，鹽倉和辦理支鹽手續的機構。同志卷三又載：「錢清場鹽課司在府城西北六十里，……三江場鹽課司在府城東北三十里，因宋、元之舊。」「鹽倉，錢清、三江各一倉。」「紹興鹽倉批驗所，舊在府城西北六十里，正統間遷錢清鎮，弘治又遷白鷺塘。」

　　第五，衛、所、巡檢司。第五十一回吳大舅自云係「本衛兩所掌印正千戶」之一，第七十七回，寫他「陞指揮僉事，見任管屯」，第七十八回，他對西門慶說：「還有屯所裏未曾去到任，明日是個好日期，衛中開了印，來家整理了些盒子，須得抬到屯所裏到任。」第九十五回，吳典恩「新陞巡檢」，「把平安監在巡檢司」。據《明史·職官志五》，明代京都和外地各衛均設指揮使一人、指揮同知二人、指揮僉事四人，分別為正二品、從二品、正三品；衛下設前、後、中、左、右五千戶所，每千戶所設正千戶一人、副千戶二人，分別為正五品、從五品。吳大舅從掌印正千戶陞指揮僉事，應該算連升四級。明代紹興即設有一衛五所，並另有單獨的屯所。《萬曆紹興府志》卷三〈署廨志〉載：「紹興衛在府城內，由府譙樓直南而下過蓮花橋，轉而之東過酒務橋，又東百餘步，有門二重，有廳五間，有廊有庫，左為前、右二千戶所，……右為後、中、左三千戶所。三江千戶所隸紹興衛。」三江千戶所即單設的城外屯所。

　　第六，府學、府醫學、府陰陽學、僧綱司、道紀司。第五十八回，溫秀才稱「學生不才，府學備數」，第七十五回，任醫官「在府裏上班未回來」，當日「該班，至晚纔來家」，第四十九回，「僧、道、陰陽」等官與胡知府共迎宋御史。《嘉泰會稽志》卷一學校載：「學在府南五里三十六步。」《萬曆紹興府志》卷十八〈學校志〉載：「府學，……即舊址。」同志卷三又載：「府陰陽學在紫金坊。」「府醫學又稱惠民藥局，亦在紫金坊。」「府僧綱司舊在大龍仁寺，今在大善寺。」「府道紀司在長春觀。」

三、再看城池內部格局與周圍景觀

　　第一，一府兩縣。第四十九回，宋御史「鼓吹進東平府察院」，旋即「與蔡御史坐兩頂大轎，打著雙簷傘，同往西門慶家來，當時哄動了東平府，抬起了清河縣」。第六

十五回，黃太尉等亦是「人馬過東平府，進清河縣，縣官黑壓壓跪於道旁迎接，左右喝叱起去，隨路傳報，直到西門慶家中大門首」。由此可見，小說中的清河縣城，也是府治所在。不僅如此。第一回，清河縣知縣說武松：「雖是陽穀縣的人氏，與我這清河縣，只在咫尺。」武松打虎之事「傳得東平一府兩縣，皆知武松之名」。第四十八回，東平府「調委陽穀縣丞狄斯彬，沿河查訪苗天秀屍首下落」，「巡訪到清河縣城西河邊」。據此，府治、清河縣治與陽穀縣治當同在一城；兩縣治的具體方位是清河在東，陽穀在西，兩縣中間有界河。一府與不同名的兩縣治同在一城的現象，明代並不多見。筆者遍查明代各史，發現整個北方地區僅有順天、西安二府，南方地區僅有應天、蘇州、杭州、湖州與紹興五府，存在此種現象；再進一步查核以上各府史志，發現兩縣治呈東西向排列於府治兩側，並以河為界的，惟有紹興一府。《萬曆紹興府志》卷二〈城池志〉載：「由府署南下為蓮花橋，……自蓮花橋過西為山陰縣。……過府橋為橫街，轉而北為軒亭，……由軒亭東為會稽縣。」《康熙會稽縣志》卷一〈疆域志〉：「縣附府城，……西一里，運河中流。」《嘉慶山陰縣志》卷二〈土地志〉：「縣附郭，東至會稽縣治二里，運河中分為界。」此段運河為府城中分線，故又名府河。《越中雜識》卷上〈水利〉載：「府河，在府城中，跨山、會二縣界。」不難看出，小說中的清河縣原型當為紹興府會稽縣。

第二，縣前街、東街、東街口、大街口、南門。第一回，潘金蓮挑逗武松時提到，「叔叔在縣前街上養著個唱的」，第六十九回，文嫂向林太太介紹西門慶乃「縣門前西門大老爹」，「縣門前」當即「縣前街」。第四回，王婆「直去縣東街」買酒，王婆與武大家相鄰，第一回武大已「典得縣門前樓上、下兩層四間房屋居住」，故此可知，王婆亦住縣前街，「東街」當距縣前街不遠。第五十九回，官哥兒出喪：「眾親朋陪西門慶穿素服，走至大街東口，將及門上，才上頭口。」「大街東口」應為東街與某條大街的交叉口，「門」當指牌坊一類建築。第六十五回，李瓶兒出殯：「走出東街口，……迤邐出南門，……到於山頭五里原。」將以上地名連在一起，就形成了這樣一條從西門府到其祖墳的路線：縣前街→東街口→沿東街西行→大街東口→過牌坊、沿大街南行→南門。巧得很，縣前街、東街、東街口、大街、大街口、牌坊、南門均為明代紹興府城所有，且連起來也是一條人跡繁忙的路線（見下圖）。

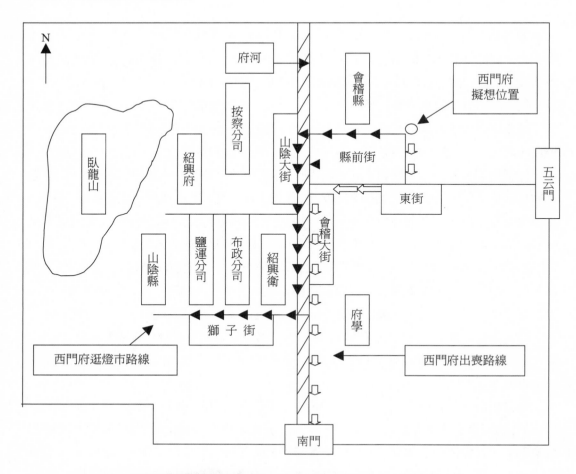

明代紹興府城略圖（據《萬曆紹興府志》卷一府城圖繪）

縣前街即歷代會稽縣治門前的一段短街，今為魯迅電影院所在地；東街與縣前街平行而更長，西接大街，東連府城東門，今為紹興市郵電局所在地；大街南北向縱貫全城，為全城最長的街。據介紹：

> 府河東西兩岸各有一條大街，即山陰大街與會稽大街。大街從清道橋到大江橋地段，自古為紹興繁華地段。此外，因山陰是府治所在，地位高於會稽，紹興街市亦以山陰大街為主，清初索興只將兩街分別稱為前街和後街。從此山陰大街就通稱為「大街」，紹興人的「嬉大街」者亦指此街。會稽大街成了山陰大街的後街。
>
> 大街當然寬於其他街道，但紹興城內雖小街小巷，也全都用整塊石板鋪設，所以向有「天下紹興路」的美名。尤其是山陰大街，沿街多跨街而建的牌坊，牌坊多建於明代，四柱三間，中間兩柱在街心兩邊，外邊的兩柱，跨街靠房，形成三頭

門的格局，中間通車馬，兩旁通路人。

山陰大街今已改建成解放南北路⋯⋯[7]

西門府出喪所經大街實即山陰大街的後街會稽大街，下節所述行樂所經大街實即歷代紹興人「嬉大街」的山陰大街。南門，明代史志又稱南堰門。《萬曆紹興府志》卷二〈城池志〉載：「今紹興府城，⋯⋯南出南堰門。」

第三，獅子街、燈市。《水滸》第二十六回武松鬥殺西門慶的地點是「獅子橋下酒樓」。《金瓶梅》第九回將它改作「獅子街橋下酒樓」，增加了一條「獅子街」，作為全書眾多情節的發生地。第十五回，吳月娘等眾人「到獅子街燈市李瓶兒新買的房子」看燈，西門慶等隨後也

往燈市裏遊玩，到了獅子街東口，西門慶因為月娘眾人今日都在李瓶兒家樓上吃酒，恐怕她兩個看見，就不往西街去看大燈，只到買紗燈的跟前就回了。

據此，獅子街呈東西走向，西門慶從東端進入此街；整條街都有燈市，西端有大燈市，李瓶兒家即在西端。此獅子街與西門府是什麼樣的地理關係？第十回，西門慶從獅子街酒樓脫逃，跳入「行醫的胡老人」家，這位行醫的胡老人也就是第六十一回寫到的「大街口胡太醫」，由此可見，獅子街酒樓坐落在獅子街與某條「大街」的交叉「口」上；西門慶由胡家大搖大擺回去，說明這條大街與西門慶所在的縣前街相通。第二十四回的描寫清楚提供了這條路線：吳月娘等人元夜觀燈，「出的大街市上，但見香塵不斷，遊人如蟻。⋯⋯須臾走過大街到燈市裏，⋯⋯迤邐往獅子街」李瓶兒舊宅中來。又是「巧」得很，紹興府城也有縣前街→大街→大街口→獅子街的路線（見上圖）。此大街即山陰大街，乃是紹興府城的主街，與上文所述會稽大街平行而更熱鬧、繁華。小說的諷刺匠心於此坦露：一條是哭喪之路，一條是行樂之途，二者有共同的出發點和相當長的並肩行程，幾可合一；西門慶越是頻繁地往來於縱樂之途，也就不得不越來越多地光顧哭喪之路；最終他自己也成了這條哭喪之路上的哭泣對象。

獅子街，紹興府城大約從南宋開始已有。南宋《寶慶續會稽志》卷一〈坊巷〉有「獅子坊」。又據《嘉慶山陰縣志》卷六〈土地志〉，此坊元代沿置，至明洪武二十四年始被併入他坊。但坊外獅子街的街名一直沿用了下來。清代紹興鄉人所繪《紹興府城衢路圖》，即繪有獅子街、獅子橋；獅子橋即獅子街東接山陰大街之橋。今獅子街已改名為魯迅西路，但居委會仍稱「獅子街居委會」。更為重要的是，紹興獅子街尤其是其西端，

7　張能耿等《越中攬勝》，頁43。

明代就曾是全城最大的燈市所在。《陶庵夢憶》卷六〈紹興燈景〉條載：

> 紹興燈景為海內所誇，……自莊逵以至窮簷曲巷，無不燈、無不棚者。……萬曆
> 間，父叔輩於龍山放燈，稱盛事，而年來有效之者。

卷八另有〈龍山放燈〉一節專記其盛。龍山即臥龍山，為府城最高山；獅子街即西接龍
山。獅子街合本街之燈與龍山之燈，才成為全城的燈市中心，小說中獅子街燈市的原型
即在此。如前所引，山陰大街 1949 年後改名為解放路（南北兩半段分稱解放南路、解放北路）。

　　第四，五里原、太監莊。第四十八回，西門府清明上墳，「出南門到五里外祖墳」，
「墳內正面土山環抱，林樹交枝」。第五十二回，西門慶「出城南三十里，徑往劉太監莊
上來赴席」。紹興城南五里以外一直是城中仕宦之家的墓地所在。如《嘉慶山陰縣志》
卷二十四〈政事志〉載：「左春坊左諭德張元忭墓，在南門外南山，在城南五里。」紹
興城南三十里一帶，歷史上著名的蘭亭修禊之地，自古即是紹興城外的風景名勝。《嘉
慶山陰縣志》卷三〈山川志〉載：

> 花塢，在縣南三十里謝家橋之上。每春夏之交，叢簧陰鬱，有上皇風。

這樣的地方正堪作太監莊。

　　第五，新河口閘、廣濟閘大橋、運河、晏公廟。第四十九回，西門慶「出郊五十里
迎接，到新河口」，拜見蔡御史。第六十五回黃主事說：「敕旨令太尉朱勔，往江南湖
湘採取花石綱。」第七十二回玳安道：「他好小近路兒，還要趕新河口閘上說話哩。」
第九十三回寫，「此去離城不遠臨清馬（碼）頭上有座晏公廟，那裏魚米之鄉」，「王
老到於馬（碼）頭上，過了廣濟閘大橋」，「那時朝廷運河初開，臨清設二閘，以節水
利」。紹興有新河閘、廣陵閘大橋、運河、晏公廟，並且，宋代曾經此運河運過花石綱。
《嘉慶山陰縣志》卷二十〈水利志〉載：「廣陵閘，在縣西六十里，漢郡守馬臻建，今改
為橋。」「新河閘，在縣西北四十五里，明郡守（成化間知府）戴琥建。」此二閘去府城
距離，與小說所寫二閘去清河縣城距離亦接近。同志卷二十一〈壇廟〉載：

> 晏公廟，在三江城會後巷。徐渭《路史》云：「神乃臨江府臨江縣人，名戌（成）
> 仔，元初為文錦局堂長，因病歸，登舟即屍解，有靈顯於江湖。」

同志卷四〈土地志〉載：「城外之河曰運河，自西興來，東入山陰；經府城至小江橋，
而東入會稽。」又引舊志載：「宋紹興年間運漕之河也，……橫亙二百餘里。」《陶庵
夢憶》卷二〈花石綱遺石〉載：

越中無佳石。董文簡齋中一石，磊塊正骨，……朱勔花石綱所遺，陸放翁家物也。
文簡豎之庭院，石後種剔牙松一株，……石簣先生讀書其中，勒銘志之。

石簣即萬曆十七年進士，翰林院編修陶望齡。此石萬曆時尚完好保存著，小說所寫運花
石綱的情節有可能受它啟發。又據《康熙會稽縣志》卷十二〈水利志〉，嘉靖四年紹興
知府南大吉發動疏浚運河，這也即小說第九十三回所寫「那時朝廷運河初開」的根據。

四、地理原型在紹興的旁證

紹興毗鄰杭州，兩地官員交往密切，生活習俗也十分相近。如果小說所寫地理原型
不是紹興，而是臨清或其他北方城池，以下三類情節就無法理解。第一，西門慶與杭州
官場有密切聯繫。例如，第四十七、五十二、六十三、七十四、七十五等回都寫到「杭
州劉學官」：他向西門慶借銀，送給西門慶不少香茶；李瓶兒死首七，他和喬大戶一道
前來弔喪；在西門慶陞正提刑後，他還了一部分欠銀，並送給西門慶十圓牛黃丸。第七
十九回，西門慶死前對陳經濟說：「前邊劉學官還少我二百兩，……有合同見在。」第
七十七、七十八回又寫到安郎中等要借西門府，宴請「杭州趙霆知府」。第二，西門府
女性人物流行杭州一帶女性的髮型。「杭州攢」可說是女性人物日常家居的唯一髮型。
如十五回，李桂姐「家常挽著一窩絲杭州攢」；第二十七回，潘金蓮「不戴冠兒，拖著
一窩子杭州攢」；第四十回，潘金蓮「去了冠兒，挽著杭州攢」；第五十九、六十八、
七十七回，三次寫到鄭愛月起床後，「不戴鬏髻，頭上挽著一窩絲杭州攢」。第三，西
門慶飲茶流行的是杭州一帶的茶俗。全書寫得最多的茶是「泡茶」，如瓜仁泡茶、果仁
泡茶、蜜餞金橙泡茶、木樨芝麻熏筍泡茶等等。《瓶外卮言》考證：「《神寄筆談》言：
『杭俗用細茗置甌以沸湯點之，名為撮泡。』」用此法製作的茶水即是泡茶。

紹興是典型的江南水鄉，如果小說所寫地理原型確在山東，不在江南，以下三類情
節又無法解釋。第一，一些無意流露的說話口吻，清楚表明非山東人的說話立場。如第
七十四回，薛姑子宣卷講到：「這趙郎見詞不能依隨，一日作別起身，往山東買豬去。」
第九十四回，媒婆薛嫂聽人說：「我那邊下著一個山東賣棉花客人。」第二，一些主要
人物表面上看是北方人，仔細一瞧，又都是江南人。如應伯爵，第十一回的出場介紹是，
「是個潑落戶出身，一分兒家財都嫖沒了，專一跟著富家子弟幫嫖貼食，在院中玩耍」，
似為本地人。但在第六十回，他的妻子杜氏，謝希大卻呼為「蠻婆」；到第六十八回，
應伯爵本人也被溫秀才尊稱為「南老」：應伯爵夫婦是江南人。溫秀才第五十八回出場，
自稱「府學備數，初學《易經》」，既是東平府府學生員，當為本地人；但在第七十三、

七十六回，潘金蓮、吳月娘、孟玉樓卻一路徑稱為「溫蠻子」「這蠻子」：溫秀才是江南人。李瓶兒原是大名府梁中書之妾，後避難逃到東京，被花太監娶為兒媳婦，足跡不出北方，似為北方人；但在第五十九回為官哥兒死傷心痛哭時，也被西門慶稱為「蠻子」：李瓶兒是江南人。主人公西門慶，開篇就說他「原是清河縣一個破落戶財主，就縣門前開著個生藥鋪，從小兒也是個好浮浪子弟」，是個土生土長的北方人；但在第五十二回西門慶的宴席上，應伯爵卻這樣與西門慶說起話來：

> 伯爵用筋子又撥了半段鰣魚與他，說道：「我見你今年還沒食這個哩，且嘗新著。」西門慶道：「怪狗材，都拿與他吃罷了，又留下做甚麼。」伯爵道：「等住回，吃的酒闌上來，餓了我不會吃飯兒。你每那裏江南此魚，一年只過一遭兒，吃到牙縫兒裏，剔出來都是香的。……」

《陶庵夢憶》提到天下方物，鰣魚正是紹興山陰的風物之一：原來西門慶竟也是江南人！第三，西門府像江南人一樣，以大米為食。有不少論者以明代臨清航運的發達為據，辯稱西門府以大米為主食並非難事，因而有關描寫並不能說明《金瓶梅》作者不是北方人。需要提醒的是，首先，以大米為主食並非西門慶才有的奢侈享受，而是小說所寫清河縣普遍的生活習俗。例如，第三十五回小廝平安笑話白來創：「想必是家裏沒晚米做飯，老婆不知餓得怎麼樣的。」第九十六回寫：「曉月長老教一個火頭造飯，與各作匠人吃。」其次，有條件以大米為主食並不等於願意以大米為主食。今天一般北方人包括山東人仍以麵粉為主食，並非沒有條件吃大米，而是稟性使然；同樣，南方人不以麵粉為主食，也不是買不上此物，而是天賦了吃大米的本性。其實，第二十七回寫天氣炎熱，稱「祝融南來鞭火龍，火雲滔滔燒天紅」，已經直接點明地理原型在江南。

五、餘論：對京師的暗示出於主題需要

《金瓶梅》安排小說故事發生在山東清河，以紹興為原型創造具體的藝術空間，又在很多地方有意無意地留下故事其實發生在北京的印記。

第一，不少清河人說話像在北京。第八回，西門慶吩咐王婆：「等武二回來，只說大娘子度日不過，他娘教他前去，嫁了外京客人去了。」第三十一回，應伯爵宣稱西門慶的一條犀角腰帶，「就是滿京城拿著銀子也尋不出來」；又說西門慶一向慷慨大方，「從前外京外府官吏，哥不知拔濟了多少」。第六十四回，吳大舅向兩位太監致敬：「老公公日近清光，代萬歲傳宣金口。……」兩位太監嫌南曲不好聽：「那蠻聲哈喇，誰曉的他唱的是什麼？那酸子每……來京應舉，怎得了個官，又無妻小在身邊，便希罕他這

樣人。」第九十一回，陶媒婆介紹李衙內「原籍是咱北京真定府棗強縣人氏」。

第二，清河縣生活著為數不少的皇親和太監這些只有在北京才頻繁見到的人物。皇親，第一、十四、四十、四十一、四十二、四十三、五十一、五十二、五十八、五十九、六十六、六十九、七十七、七十八、七十九等回寫到王皇親；第十四、十五、十九、四十一、四十二、四十三、四十五、六十九寫到喬皇親；第三十五、四十五回分別寫到向皇親和白皇親。太監的身影更是出沒全書，光是姓劉的太監就有 3 個：一是與西門慶過從甚密的管磚廠劉太監；一是東街上住，胡鬼嘴曾租他家房子的劉太監；再就是北邊酒醋門住，李銘曾去他家教習家樂的劉太監。「北邊酒醋門」饒有意味。據《明史·職官志三》，明代北京宦官二十四衙門之一就是酒醋面局。小說所寫顯暗指此。

第三，一些場景描寫頗具宮廷氣象。例如，第三十一回，西門慶張筵設席，「教坊司俳官跪呈上大紅紙手本，下邊簇擁一段笑樂的院本」。第四十二回西門慶歡度元宵，「梨園子弟，簇捧著鳳管鸞簫；內院歌姬，緊按定銀箏象板」。各回所寫皆為宮廷專樂。第三十九回玉皇廟打醮，只見「兩班醮筵森列，合殿官將威儀」，「青龍隱隱來黃道，白鶴翩翩下紫宸」，極像皇家設醮。第四十二、四十六回描寫元宵夜景，第六十五回描寫李瓶兒喪儀之盛，又出現了「鳳城佳節賞元宵」「帝裏元宵風光好」「此殯誠然壓帝京」等詞句。

對北京的上述暗示與前幾節所考《金瓶梅》以紹興為地理原型並不矛盾。以紹興為原型，僅僅是把紹興作為藝術創造的參照，作為藝術想像的憑藉；紹興並不是藝術描寫的對象，更不是全書批判的鋒芒所指。對北京的暗示則起到影射朝政的作用。

要而言之，山東清河是《金瓶梅》情節層面的地理，北京是《金瓶梅》主題層面的地理，浙江紹興則是《金瓶梅》作者層面的地理。

《金瓶梅》中的紹興酒及其他紹興風物

　　有關《金瓶梅》中酒描寫的爭論，曾是金學研究中一件不大不小的公案。值得注意的是，迄今為止，絕大多數這方面的文字，主要關注的都只是「金華酒」一名[1]，至於此外各種酒，均鮮見論及。只要稍費思索，此一做法的合理性就大值懷疑。無論金華酒是浙江金華府之金華酒，還是山東嶧縣金花泉所釀之金花酒，抑或蒼山蘭陵古鎮之蘭陵美酒，都很難將它和作者的家鄉酒劃上等號。作者既然要隱姓埋名，遁跡於世，又何必將自己家鄉的標誌之物，如此頻繁、如此耀眼、如此直截地寫入作品，那樣做，不就等於公開了自己的籍貫，為衛道者尋找「真凶」提供方便？《金瓶梅》多次寫到金華酒，一方面，應是當世飲酒時尚的如實反映；另一方面，乃是故布疑陣的障眼法，疑陣之下有真正的家鄉酒在，竊以為，就是紹興酒。同時，只要放開視線，還可以看到大量其他紹興風物。

一、紹興酒名

　　據筆者統計，全書共寫到 29 種酒名，它們是：

　　老酒（第十五、七十二回）、南酒（第十六、三十九、四十、四十一、四十三、七十二、七十四、九十五、九十六、九十七回）、葡萄酒（第十九、二十七、三十五、三十八、六十一、七十五回）、金華酒（第二十一、二十二、三十四、三十五、三十九、四十二、四十四、四十五、五十二、七十、七十二、七十五、七十八、九十五回）、雙料茉莉酒（第二十一回）、茉莉花酒（第二十三回）、藥五香酒（第二十七回）、白酒（第二十九、五十一、五十二回）、木樨荷花酒（第三十四回）、透瓶香荷花酒（第八十四回）、艾酒（第三十三回）、河清酒（第三十四回）、燒酒（第三十八、三十九、四十九、五十回）、南燒酒（第五十回）、竹葉青酒（第三十八回）、菊花酒（第三十

1　　如戴不凡〈《金瓶梅》零箚六題〉，收入氏著《小說見聞錄》，杭州：浙江人民出版社，1980 年；張遠芬〈也談《金瓶梅》作者的籍貫——對戴不凡「金華說」的考辨〉，《徐州師院學報》，1981年第 12 期；李時人〈《金瓶梅》‧蘭陵美酒與蘭陵笑笑生〉，載王利器主編《國際金瓶梅研究集刊》第一集，成都：成都出版社，1990 年；吳曉明〈《金瓶梅》中的酒文化〉，《徐州師院學報》，1995 年第 2 期。

八、六十一回）、黃酒（第四十回）、金酒（第五十一回）、新酒（第五十二回）、麻姑酒（第六十三、七十三、七十八回）、雙料麻姑酒（第六十七回）、魯酒（第六十七、九十三回）、浙酒（第七十二回）、豆酒（第七十五、七十九回）、內法酒（第七十七回）、浙江酒（第七十八回）、黃米酒（第九十三回）、時興橄欖酒（第九十六回）、雄黃酒（第九十七回）。

上述各酒名，魯酒係用典，源出《莊子·胠篋》，金酒或即金華酒之簡稱；其他，雙料茉莉酒與茉莉花酒，透瓶香荷花酒與木樨荷花酒，黃米酒與黃酒，雙料麻姑酒與麻姑酒，浙江酒與浙酒均屬同名異寫。這樣，實有酒名為 22 種。這 22 種酒名中，明顯以地名相稱的，為金華酒、南酒、浙酒 3 種。李時人先生曾根據第七十二回「兩罈金華酒」即「浙酒兩樽」「兩罈南酒」的描寫，得出了金華酒＝浙江酒＝南酒的結論，但是，這個結論的逆命題，即南酒＝浙江酒＝金華酒，是否也能成立呢？

去明未遠的劉廷璣於《在園雜志》卷四中說：「京師餽遺必開南酒為貴重，如惠泉、蕪湖四並頭、紹興、金華諸品，言方物也。」據此可知，明清時代所謂南酒並不專指金華酒，至少惠泉、四並頭、紹興酒也稱南酒。不僅如此，若稍後乾隆間張開東《白蓴詩集》卷十四〈潞酒歌答合陽丞王君〉所詠，「獨有酒徒日紛紛，隨地隨人為區別，官場南酒數紹興，北人汾酒醉烘騰」，再後丁寶楨《丁文誠公奏稿》卷二十五說，「市肆所售之酒，川省向無著名；酒行如浙江之紹酒、山西之汾酒等項，通行天下，利息甚厚」，清代官場和民間均把紹興酒看作南酒的最佳代表，與北酒的最佳代表汾酒相提並論，這種看法乃自明代相沿而來，則《金瓶梅》全書多次出現的南酒一名，有不小的可能就是指紹興酒。事實上，不少《金瓶梅》注釋者也曾徑將南酒注為紹興酒，如姚靈犀說「紹興花雕酒為南酒」[2]，毛德標等說「明代稱紹興酒為南酒」[3]等。因此，儘管「紹興酒」三字未曾出現，上述大多數酒名卻正是或很可能是紹興酒的酒名。

老酒、豆酒。老酒，小說中分別為三個青衣圓社孝順西門慶和樂工李銘孝順應伯爵之物，均出小民之手，應為當地土特產無疑。豆酒，第七十五回寫到，荊都監送來一罈豆酒，「西門慶呷了一呷，碧靛般清，其味深長」。此為謀陞官職之具，當為上等佳品。第七十九回，西門慶等人在獅子街鋪子裏，吃「南邊帶來豆酒」。「南邊」透露此酒來自江南的消息。老酒、豆酒，都是紹興酒的標誌性品種。

先看老酒。袁宏道萬曆二十五年〈初至紹興〉詩云：「船方革履小，士比鯽魚多。……家家開老酒，只少唱吳歌。」明末清初流寓金陵的四川瀘州詩人先著《之溪老生集》卷一〈舟次丹陽汪思雪以子酒至〉（據本詩後半與卷四〈以臘黃兒金沙春剛柔各半……〉，此「子

2　姚靈犀《瓶外卮言·金瓶小劄》，天津：天津書局，1940 年，頁 155。
3　毛德標、朱俊亭《金瓶梅注評》，南寧：廣西人民出版社，1990 年，頁 156。

酒」又即金沙春酒，為當時「白下」即南京盛行之物）船云：

> 酒人擇酒如擇友，好友豈能常與偶。惡酤市酤紛相仍，欲罷不能杯在手。
> 去年南園謬稱客，和陽煮白風味烈。醺然入口不苦人，夢回往往窗月白。
> 平原主人興自豪，躭飲不厭價直高。千錢買來滿船載，紹興老酒如至交。
> 無事相看日斟酌，得酒方知飲者樂。……

在紹興本地，是「家家開老酒」；對外地酒客而言，是「紹興老酒如至交」，足見紹興老酒之廣收歡迎。《萬曆會稽縣志》卷三〈物產〉載：「酒，其品頗多而名老酒者特行。」《乾隆紹興府志》卷十八〈物產志二〉亦載：「越酒行天下，其品頗多，而名老酒者特行。」何以名「老酒」？《越諺》卷中〈飲食〉載：「在家名此，出外曰紹興酒。」其實並非如此。劉錦藻《清續文獻通考》卷三百八十五〈實業考八〉載：「紹興酒原產浙江紹興府屬。……紹酒著名，以所用之水取諸鑒湖、若耶溪等處故，有花雕及他種名稱；經過久遠為佳品，稱老酒，原料以糯米為主。」足見老酒是以糯米為原料，釀製封存時間較長才開飲的一種紹興酒，且是紹興黃酒（從下引王思任「老有雪乳之香、凝霞之珀，瀉紅玉於春滿」可知）。紹興人酷嗜老酒，袁宏道的詩可以見出，本地一直流傳的大量俗諺亦可見一斑。紹興縣民間文學集成工作小組編《中國民間文學集成浙江省紹興市紹興縣諺語卷》即收有：「老酒糯米做，吃了變肉肉。」「儂會雪花飛，我會老酒咪。」「老酒日日醉，皇帝萬萬歲。」「溫州出棋手，紹興出老酒。」「遊過三山六碼頭，吃過爨筒熱老酒。」[4]等等。再看豆酒。《萬曆會稽縣志》卷三〈物產〉於「名老酒者特行」後續載：「名豆酒者特佳。豆酒者，以綠豆為曲蘖也。」《萬曆紹興府志》卷十一〈物產志〉亦載：「酒，府城釀者甚多，而豆酒特佳，京師盛行，近省城亦多用之。豆酒者，以綠豆為麴也。」《嘉慶山陰縣志》卷八亦載：「豆酒，一名花露，甲於天下。」可見，萬曆年間正是紹興豆酒聲譽日隆，從地方名酒變為京師名酒，再變為天下名酒的時期。諸家論者多認定《金瓶梅》成書於萬曆前中期，恰值它盛名初張之時，對它有所反映也就極其自然。

小說寫庶民之間送禮以老酒，官員之間饋遺以豆酒，老酒、豆酒分屬兩個消費層次，這正是紹興當地民風的一個縮影。晚明紹興士人王思任《謔庵文飯小品》卷一恰有〈老酒豆酒賦〉專詠其差別云：

4　《中國民間文學集成浙江省紹興市紹興縣諺語卷》，杭州：浙江省民間文學集成辦公室，1988 年，頁 78、106、107。

老似民，豆似官；民乃門類之通用，官則席上之偏安。豆之佳者入聖，老之妙者
猶仙；聖但知水之有力，仙則吞火而無煙。豆有花露之白、竹葉之青，翻翠濤於
秘色；老有雪乳之香、凝霞之珀，瀉紅玉於春湍。重曰：守吾鄉高曾之規矩兮，
聽他處名號之多般；米欲精兮泉欲列，老不酸兮豆不甜。

新酒。第五十二回應伯爵說，「新酒放在兩下裏，清自清、渾自渾」。新酒亦為紹
興酒的本地名。據吳國群主編《中國紹興酒文化》介紹，新酒與老酒的主要區別，一在
於「成熟快，不需要陳釀就可以向市場出售，所以有新酒這一名稱」。二在於釀製方法
和酒色，老酒用攤飯法釀成，新酒則用淋飯法釀成，導致酒色上老酒一般色如琥珀，透
明黃亮，新酒則「澄清時，清冽如泉水，晶瑩可愛；混濁時，則純白如絮，宛若瓊漿」[5]，
因而才有小說中「新酒放在兩下裏，清自清、渾自渾」的說法。新酒更多情況下為鄉民
家釀自用，而且飲用時均連糟帶汁一起喝，故有「吃酒」之稱。此風紹興農村至今猶然。

南燒酒。第五十回，西門慶吩咐王六兒安排小廝「有南燒酒買一瓶來我吃」，王六
兒笑說：「爹老人家別的酒吃厭了，想起來又要吃南燒酒了。」可見其頗受主人公西門
慶的青睞。「南燒酒」一詞和「南邊帶來豆酒」語意蘊相同，表明並非北方市場流行之
燒酒，而係南方黃酒地區流行之物。南燒酒與北燒酒口感不同，釀造方法更不同。李時
珍《本草綱目·穀部》卷二十五「燒酒」條所云「近時惟以糯米或粳米或黍或秫或大麥，
蒸熟，和麴，釀甕中七日，以甑蒸取」的釀製方法，乃指北方燒酒。南燒酒可以說是黃
酒生產的副產品，是用黃酒下腳料二度釀製而成的。這也是紹興的一大特產。《越諺》
卷中〈飲食〉載：「老酒……糟粕起蒸甑，流汽下為燒酒。」《嘉慶山陰縣志》卷八亦
載。鄰邑則又多叫紹燒。據上述《中國紹興酒文化》一書介紹：「製完各種黃酒的酒糟
中，尚留下部分酒液，用蒸餾的方法仍能回收。這種蒸餾所得的白酒，因為它是從紹興
酒糟中蒸餾所得，而紹興人又稱白酒為燒酒，所以名『紹燒』或『糟燒』。」[6]

竹葉青酒。第三十八回，西門慶到韓道國家會王六兒時說，「頭裏我使小廝送來的
那酒，是個內臣送我的竹葉清，裏頭有許多藥味，甚是峻利。我前日見你這裏打的酒，
都吃不上口，我所以拿的這罈酒來」，王六兒回以「俺每不爭氣，住在這僻巷子裏，又
沒個好酒店，那裏得上樣的酒來吃」，足見此酒是上等烈性酒。「竹葉清」應該就是「竹
葉青」。竹葉青酒今天似已成為大路酒名。但據《中國紹興酒文化》一書介紹，「古代
的『竹葉青』與今天作為酒名的『竹葉青』是完全不同的。古時的『竹葉青』以紹酒為

5　吳國群主編《中國紹興酒文化》，杭州：浙江攝影出版社，1990 年，頁 126、76。

6　吳國群主編《中國紹興酒文化》，頁 127。

酒基，浸以嫩竹葉而成。竹葉常青，古人用竹葉浸酒，取其長青不衰之意。而且竹有清香，能增加酒的香味」；具體言之，是「用高度糟燒浸取當年採摘的嫩竹葉的色素配製而成的，色澤淺綠」。明代紹興東浦「孝貞」酒坊，就以盛產「竹葉青」聞名天下。「據傳說，明武宗正德皇帝品嘗『竹葉青』後讚不絕口，揮毫御題其牌號——『孝貞』。從此竹葉青又名『孝貞』酒。」[7]大約從那時起，此酒始為各地所仿製，但此酒的正統風味卻是很難仿製得了的。小說中西門慶稱此酒「甚是峻利」，恰道出了紹興竹葉青一般以高度糟燒為酒基所形成的正統風味。因此，有的注者如毛德標等《金瓶梅注評》，將此酒注為「紹興酒的一種」[8]，是完全正確的。

雄黃酒。《萬曆紹興府志》卷十二〈風俗志〉載：「端午日以角黍相饋遺，設蒲觴，磨雄黃飲之，仍懸艾虎，女子或以繭作虎，小兒則彩繩繫臂，綴彩符，簪艾葉。」《康熙會稽縣志》卷七〈風俗志〉亦載：「端陽，用紈扇角黍相饋遺，家設蒲觴，屑雄黃其中，佩則用艾虎及彩符，云以辟惡。」雄黃酒為紹興人端午節所吃「五黃」（黃魚、黃鱔、黃瓜、黃梅、雄黃酒）之一。此酒的由來和功用，據《中國紹興酒文化》云，「在糟燒中加上雄黃，即為雄黃酒。雄黃為礦物，含有有毒的硫化砷成分，又有強烈的氣味」，「端午節飲雄黃酒，其目的是為了除去惡穢之氣，謂之以『毒解毒』。」[9]小說中兩次端午節活動描寫，一次第五十一回提到李瓶兒「與孩子做那端午戴的那絨線符牌兒……並解毒艾虎兒」，一次即第九十七回所寫龐春梅等人「吃雄黃酒」，與史志所載紹興民俗極其吻合。

菊花酒。第三十八回，「十月中旬時分，夏提刑家中做了些菊花酒，叫了兩名小優兒請西門慶一敘，以酬送馬之情」；西門慶吃畢回家對李瓶兒說，「今日他家吃的是自造的菊花酒，我嫌他殽香殽氣的，我沒大好生吃」。第六十一回重陽令節，「西門慶教開庫房，去拿一罈夏提刑家送的菊花酒來。打開，碧靛清、噴鼻香。未曾篩，先攪一瓶涼水，以去其蓼辣之性，然後貯於布甀內，篩出來，醇厚好吃」。這些描寫頗似針對紹興酒而來。首先，「蓼辣之性」和初釀酒的「殽香殽氣」，可以說是紹興酒的特色。因為，據《中國紹興酒文化》介紹，「紹興酒用小麴或麥麴」，小麴「是用米粉、米糠、觀音土為原料，添加少量中草藥或辣蓼草，接種酒母，人工控制溫度製成的。因麴形呈顆料狀，古稱『小麴』。小麴是紹興勞動人民在千百年的生產實踐中選育的結果。」[10]很

7　吳國群主編《中國紹興酒文化》，頁 77、52。

8　毛德標、朱俊亭《金瓶梅注評》，頁 333。

9　吳國群主編《中國紹興酒文化》，頁 95。

10　吳國群主編《中國紹興酒文化》，頁 30。

明顯，「蓼辣之性」乃由辣蓼草而來，「穀香穀氣」乃自小麴原料中的觀音土等而來。其次，重陽節前後，九、十月間釀製、飲用菊花酒，至遲在南宋時期，紹興地區已經形成傳統。《嘉泰會稽志》卷十三〈節序〉載：「重九，亦相約登高、佩萸、泛菊。」泛菊，即泛飲菊花酒。

葡萄酒。第十九回，八月初旬，西門慶分付春梅「見篩一壺葡萄酒來我吃」。第二十七回，三伏天，西門慶揭開秋菊掇來的果盒，裏面有「一小銀素兒葡萄酒」。第三十五回，月娘分付小玉，「屋裏還有些葡萄酒，篩來與你娘每吃」。第三十八回，西門慶不滿夏提刑家菊花酒「穀香穀氣」的同時，對李瓶兒說，「還有那葡萄酒，你篩來我吃」。第六十一回，西門慶到韓道國家作客，讓「琴童兒先送了一罈葡萄酒來」。第七十五回，冬夜，西門慶一面說「我不吃金華酒」，一面吩咐繡春，「你打個燈籠往藏春軒書房內，還有一罈葡萄酒，你問王經要了來，篩與我吃」。從小說諸回所寫飲酒場面來看，此酒西門慶尋常家飲之物。從小說所寫濃厚的釀酒風氣，如第三十三回寫到劉太監家釀酒，第三十八回寫到夏提刑家釀酒，第九十四回寫到周守備家釀酒來看，此酒亦可能係西門慶家釀。如果考慮到小說對其他各種酒均有受贈或買來的交代，惟此酒僅見從庫房拿來，這一點推測更應成立。實際上，紹興人用本地葡萄釀酒，早在宋代就十分有名。《寶慶會稽續志》卷四載：「《廣志》曰：『葡萄，黃、黑、白三種。』越中間有碧葡萄。王十朋〈郊館葡萄〉詩：『珠帳累累掛，龍鬚蔓蔓抽。從渠能美釀，不要博涼州。』」

木樨荷花酒。第三十四回，西門慶令玳安，「後邊對你大娘說，昨日磚廠劉公公送的木樨荷花酒，打開篩了來，我和應二叔吃」，並向應伯爵解釋，這是「劉太監感不過我這些情」，「送我一罈自造荷花酒」。第八十四回，為招待吳大舅，石道士分付徒弟，「這個酒不中吃，另打開昨日徐知府老爹送的那一罈透瓶香荷花酒來」。所寫說明是一種比較上等的餽送佳酒。但木樨即桂花，開在中秋，荷花開在仲夏，二者並不能同時入酒；且荷花只有極淡的清香，入酒後並無「透瓶香」的濃香，「透瓶香」只能來自桂花。因此，此酒實即桂花酒。桂花酒乃紹興酒的傳統花色之一。據介紹，「該酒以新鮮桂花浸提液與黃酒組合而成，故稱『桂花酒』。此酒選用剛採摘的新鮮桂花，經鹽漬處理後，用 70° 鏡面糟燒浸泡 3-6 個月後，提取浸出液，用於煎酒（殺菌）後的熱黃酒中，每罈放入桂花浸出液 1-2 斤。密封貯存半年至一年後，形成酒液淺黃清亮透明，桂花香濃郁而幽雅，酒味甘潤香醇，獨具一格，是一種傳統的獨特花色品種，深受消費者的歡迎飲用。」[11]

藥五香酒。第二十七回寫到天氣十分炎熱，西門慶要吃「藥五香酒」。五香，並非

11　馬忠主編《中國紹興黃酒》，北京：中國財政經濟出版社，1999 年，頁 88-89。

烹調食物之茴香、花椒、大料、桂皮、丁香等五種香料，而是青木香的別名。《本草綱目·草部》卷十四載：「五香者，即青木香也，一株五根，一莖五枝，一枝五葉，葉間五節，故名五香。」青木香，又即馬兜鈴，其根入藥，性寒，具有清熱、解毒、止痛的功效。這是紹興的一味傳統中藥。《嘉泰會稽志》載：「馬兜鈴，《本草》日華子注云：『越州七八月采。』」宋以後史志亦多有所載。第三十三回還寫到吳月娘坐胎不牢，用艾酒吃藥打下。艾，亦為紹興的傳統中藥。這兩種藥酒雖於史志無見，但據《中國紹興酒文化》，藥酒自古就是紹興酒的一大門類[12]，內中有此二酒亦是自然。

如此說來，全書22種酒名，除了河清酒、內法酒、金華酒、麻姑酒、時興橄欖酒即佚名《酒小史·酒名》中所載之「蘭溪河清酒」「燕京內法酒」「金華府金華酒」「建章麻姑酒」「南蠻檳榔酒」外，絕大部分酒都是或可能是紹興酒的酒名。

二、紹興飲酒名目

《金瓶梅詞話》中，不僅酒名多是紹興的，連飲酒名目也多是紹興的，請看——

看燈酒，即元宵酒。小說寫到第二十四回，西門慶「正月十六合家歡樂」，「賞燈吃酒」。第四十一回，西門慶請「花兒匠紮縛煙火，在大廳捲棚內掛燈」。第四十二回，西門慶先是預備「十五日請喬老親家母、喬五太太，並尚舉人娘子，朱序班娘子、崔親家母、段大姐、鄭三姐來赴席與李瓶兒做生日，並吃看燈酒。」屆時，如該回目錄標題「豪家攔門玩煙火，貴客高樓醉賞燈」（正文標題「貴客」誤作「貴家」）所示，先是西門慶和應伯爵等在獅子街樓上邊吃酒邊觀燈，只見「萬井人煙錦繡圍，香車駿馬鬧如雷」，再是西門慶回家和女眷們一起邊吃酒，邊觀看「戲文扮了四折」，又「教李銘、吳惠席前彈唱了一套燈詞」，再吩咐把自己家的煙火「安放在街心裏，須與點著，那兩邊圍看的，挨肩擦膀，不知其數」。第四十三回，「吳月娘與李瓶兒遞酒」，「戲子呈上戲文手本，喬五太太分付下來，教做《王月英元夜留鞋記》」，又「吹打了一套燈詞〈畫眉序〉」，客人散去，「又攔了遞酒，看放煙火」。第四十一開始的這次元宵節吃看燈酒描寫，一直延續到第四十六回的「元夜遊行遇雪雨」。第七十八回，西門慶與吳月娘商議，「到明日燈節，咱少不得置席酒兒」，「也只在十二三掛起燈來，還叫王皇親家那起小廝扮戲耍一日」；至初十，吳月娘說「趁著十二日看燈酒，把門外的孟大姨和俺大姐，也帶著請來坐坐。」西門慶旋即又「叫花兒匠在家，攢造兩架煙火，十二日要放與堂客看。」小說一再出現的「吃看燈酒」，與《中國紹興酒文化》介紹紹興有「元宵節

喝『元宵酒』」名目[13]，完全一致。小說所寫元宵節搭棚、掛燈、放煙火、遊街、扮戲、彈唱等等狂歡民俗，也幾乎就是史料反映紹興民俗的藝術再現。《陶庵夢憶》卷六〈紹興燈景〉載：「紹興燈景為海內所誇者，……自莊逵以至窮簷曲巷，無不燈，無不棚者。棚以二竿竹搭過橋，中橫一竹，掛雪燈一，燈球六；大街以百計，小巷以什計，從巷口回視巷內，復迭堆垛，鮮妍飄灑，亦足動人。十字街搭木棚，掛大燈一，俗曰呆燈，畫《四書》《千家詩》故事；或寫燈謎，環立猜射之。庵堂寺觀，以木架作柱燈及門額，寫『慶賞元宵』『與民同樂』等字。……廟門前高臺，鼓吹五夜。市廛如橫街、軒亭、會稽縣西橋，閭里相約，故盛其燈。更於其地斗獅子燈，鼓吹彈唱，旋放煙火，擠擠雜雜。……城中婦女多相率步行，往鬧處看燈；否則，大家小戶雜坐門前，吃瓜子、糖豆，看往來士女，午夜方散。」同書卷四〈世美堂燈〉還講到一個里中李姓花兒匠，「窮工極巧，造燈十架，凡兩年燈成」故事，以及自己以為「燈不演劇，則燈意不酣」，在元宵節期間「敕小傒串元劇四五十本」等作為。小說所寫元宵節狂歡時間，從正月十二正式開始，直到正月十六，一共五天。《雍正通志》卷九十九〈風俗上〉引《嘉泰會稽志》載，「元宵前二後三夕，比戶接竹棚懸燈，朱門華屋出奇炫華，豪奢相矜。」《萬曆會稽縣志》卷三〈風俗〉載，「簫鼓歌謳，徹旦不息。……男女遊觀於道……極囂雜，……如是者五夕乃已」，「前二後三夕」「五夕乃已」，紹興的元宵歡慶原來也一直是五天。

上墳酒。第四十八回寫到，西門慶「清明日上墳」，預先「推運了東西酒米下飯菜蔬」，「官客請了……約二十餘人」，「堂客請了……也有二十四五頂轎子」，連同家人、奴僕、樂工、戲子，傾巢而動；須臾祭畢，「西門慶邀請官客在前客位，月娘邀請堂客在後邊捲棚內」，大擺筵席，分別由四個妓女和四個丫鬟「輪番遞酒」，作盡日暢飲。第八十九回，吳月娘「清明節寡婦上新墳」，也是「早在杏花村酒樓下邊，人煙熱鬧揀高阜去處那裏，幕天席地，設下酒肴」。同回還寫到守備府，也是「大奶奶、孫二娘並春梅都坐四人轎，排軍喝路，上墳耍子去了」。名為祭祖掃墓，實為闔家遊樂、飲酒，小說所寫，實是紹興的一大奇俗。張岱《陶庵夢憶》卷一〈越俗掃墓〉載：「越俗掃墓，男女袨服靚妝，畫船簫鼓，如杭州人遊湖，厚人薄鬼，率以為常。……必鼓吹，必歡呼暢飲。下午必就其路之所近，遊庵堂寺院及士夫家花園。……酒徒沾醉，必岸幘囂嚎，唱無字曲，或舟中攘臂，與儕列廝打。」掃墓而至於一路「遊庵堂寺院及士夫家花園」，且「歡呼暢飲」「酒徒沾醉」，與小說所寫「人煙熱鬧揀高阜去處那裏，幕天席地」，毫無二致。《中國紹興酒文化》介紹紹興自古「吃上墳酒」的習俗說，「掃墓，紹興人稱作『上墳』」，「祭祀以後，家人聚飲，稱作『吃上墳酒』」，此俗最早可以

13　吳國群主編《中國紹興酒文化》，頁97。

追溯到東漢：「吃上墳酒的滋味在於下酒菜。菜以素食為主，一般有豆腐、素雞、香乾、香菇。特別還有剛上市的嫩筍」，「掃墓之餘，善男信女趁便上附近庵堂寺院求神拜佛。更多的則是欣賞山野春色」，「『吃酒賞春』是清明上墳之餘的一大享受」[14]。難怪西門府清明上墳，要預先「推運了東西酒米下飯菜蔬」，蓋因「吃上墳酒的滋味在於下酒菜」也。

會親酒。第十九回，西門慶娶李瓶兒，「一般三日擺大酒席，請堂客會親吃酒」。第二十回，先是西門慶與李瓶兒商議，「二十五日，請官客吃會親酒，少不的請請花大哥」；果然，「到二十五日，西門慶家中吃會親酒」，「頭一席花大舅」等。第四十一回，吳月娘等人準備替一歲的官哥兒結親喬大戶家，西門慶嫌喬大戶家不般配說，「到明日會親酒席間，他戴著小帽，與俺這官戶怎生相處」。第九十七回，春梅將流落無歸的陳經濟安頓在守備府，替他娶了開段鋪的葛員外女兒三日後，「請親眷吃會親酒」。吃會親酒為紹興傳統婚俗之一。《越諺》卷中〈風俗〉載：「會親，初結婚姻兩家設筵相會也。」《中國紹興酒文化》對此名目也有介紹說，「舊時紹興人結婚前，要舉行一個訂婚儀式。這個儀式稱作『會親酒』」，「會親酒宴請的，主要是男女兩家的親屬。所謂會親，即親戚相會之意。作為當事者來說，辦過會親酒，就是正式締結了婚姻契約，並對親戚宣佈；對於其親戚來說，赴宴喝酒即是承認了這門親事，所以在酒席上，人人都喜氣洋洋，少有拘束」[15]。小說第十九、第九十七回所寫會親酒是在婚後，與古代紹興會親酒是在婚前似有不同。但西門慶娶李瓶兒與春梅替陳經濟娶葛翠屏，本來都不是一般的明媒正娶。西門慶娶李瓶兒，乃是兩人勾搭成姦並害死花子虛之後，西門慶對朋友之妻的盜娶；春梅替陳經濟娶葛翠屏，乃是作為周守備夫人的龐春梅與作為流浪漢的陳經濟姦情復萌後，為掩人耳目而匆忙拉來一個無辜者瞞天過海的騙娶。這樣的「偽婚姻」，當然不會也不能有一般光明正大的婚前會親酒。

寄名酒。第三十九回寫到，西門慶趁在玉皇廟打醮，將官哥兒「就寄名在這吳道官廟裏」，預先送了兩罈南酒、雞鵝豚羊等大量菜肴和十兩銀子，「與官哥兒寄名之禮」。寄名之時，吳道官先「將官哥兒的生日八字，另具一文書，奏名於三寶面前，起名叫做吳應元」，吳道官即成為官哥兒的師父；因西門慶怕嚇著官哥兒未帶他來，吳道官又「拿他穿的衣服來，三寶面前攝受過，就是一般」。事畢，吳道官一面派人給西門慶家裏送去一罈金華酒、大量齋饌和官哥兒的道衣道履，以及刻有「金玉滿堂，長命富貴」八字的一付銀項圈條脫等護身物，一面就在玉皇廟「擺了許多桌席」，「謝將吃酒」。西門

14 吳國群主編《中國紹興酒文化》，頁 93-94。

15 吳國群主編《中國紹興酒文化》，頁 99-100。

慶、吳大舅、花大舅、應伯爵、謝希大等，在此「整吃了一夜酒」。第八十四回，據泰山石道士所說，徐知府小姐、公子亦「寄名在娘娘位下兒」。寄名之俗和吃寄名酒的名目均為紹興所特有。《中國紹興酒文化》介紹說：

> 舊時的紹興，有關為小孩子而舉辦的酒席，還有「寄名酒」和「認乾親酒」。
> 孩子出生後，一般要請人算命排八字，如果算出他命中有剋星、多厄難，就要把他送到附近的寺廟裏，作寄名和尚或道士。所謂寄名，即讓孩子拜寺廟中的住持僧為師，讓師父給他一個法名。把裝有孩子生辰八字的紅布袋掛在佛櫥上。這個紅布袋稱作過寄袋，掛了過寄錢，即算是寄了名。魯迅幼年時，曾給城內的長慶寺寄過名，拜長慶寺住持為師。法師給魯迅取的法名曰「長根」，並送給他一塊鑄有「三寶弟子，法名長根」的銀飾。現在紹興魯迅紀念館內記有此事。
> 一般的大戶人家，給孩子寄名的儀式十分隆重，先要親自帶著孩子上寺廟燒香點燭，求神拜佛，並許下願心，佈施錢物，發願今後年年來寺廟燒香磕頭。有的還要讓孩子穿上僧衣，拜見法師，算是把孩子過寄給神佛。在家中，還要大辦酒席，祭祀神明，並邀請親朋好友，三親六眷，痛飲一番。[16]

這段文字無疑是對小說中官哥寄名情節的最好注解。

　　滿月酒。第三十一回寫到，李瓶兒坐褥一月將滿，「許多親鄰堂客女眷，都送禮來，與官哥兒做彌月」，「西門慶那日在前邊大廳上，擺設筵席，請堂客飲酒」。第七十二回，應伯爵「要請西門慶五位夫人，二十八日家中做滿月」；第七十五回，吳月娘等人「徑往應伯爵家吃滿月酒去了」。做彌月，吃滿月酒，亦為紹興極具特色的一大生養習俗。據介紹，「紹興人歷來都對此極為重視」：

> 滿月，是指嬰兒出生後滿一個月，亦稱彌月。……
> 紹興習俗，嬰兒滿月要辦滿月酒，邀親接眷，擺筵設席，十分隆重。親友多以錢物饋贈祝賀。外婆家除送外孫穿戴的帽子、抱裙和形如披風的「一口鐘」外，還要備饅頭、麵條等供品，為孩子謝神。嬰兒依俗習，均在這天第一次剃頭，故滿月酒又稱剃頭酒。給嬰兒剃頭時，桌上燃香點燭，供上糕點水果等十樣供品，俗稱「十盤頭」。請一位福壽雙全的老人，懷抱嬰兒，端坐堂中，請來手藝高超的剃頭司務，把嬰兒的胎髮剃除。……剃下的胎髮，要團成一團，納入桂圓殼中，以絲線繫住，懸於床前。……

16　吳國群主編《中國紹興酒文化》，頁 107-108。

剃頭後，主人便開宴待客，並抱出嬰兒與賓客見面，接受親朋的祝賀。[17]

注意，給嬰兒做滿月之「滿月」小說中叫「彌月」，紹俗也叫「彌月」。

十輪酒。第二十三回，吳月娘提議，「只當大節下，咱姐妹這幾人，每人輪流治一席酒兒，叫將郁大姐來，晚間耍耍，有何妨礙？強如賭勝負，難為一個人」；孫雪娥回說，「你每有錢的，都吃十輪兒酒，沒的俺們去赤腳絆驢蹄」。孟玉樓乘機以此向吳月娘告了一狀，可見「吃十輪酒」名目不雅。姚靈犀《瓶外巵言‧金瓶小劄》注為「輪流作飯飲之主」，未甚確。十輪酒當是結拜為十弟兄者，輪流作東所飲之酒。小說中西門慶一夥飲的就是十輪酒。第十回西門慶與應伯爵等人結為十弟兄，第十一回即寫到「一日正輪該花子虛家擺酒會茶」；第二十回寫到「西門慶在常時節家會茶」，即由常時節擺酒；第二十五回寫到「西門慶有應伯爵早來邀請，說孫寡嘴作東」，在郊外擺酒。結拜十弟兄，吃十輪酒，在古代紹興，乃是公認不齒的市井惡習。《越諺》卷中〈風俗〉載：「結拜十弟兄，此無賴惡習。」

壽酒，即生日酒。小說二十餘次寫到西門慶家人做壽，並多次提到「壽酒」「生日酒」的名目。如第二十三回，潘金蓮說，「那日又是我的壽酒」，第五十八回，「周守備家請吃補生日酒」，第六十八回，西門慶「往謝希大家吃生日酒」等等。前述《中國紹興酒文化》介紹說，「紹興習俗，五十歲以上要做壽，五十歲以下也要做生日」，「壽筵，又稱為『壽酒』，親友祝壽，稱為『吃壽酒』。」[18]

此外，第十八回「前邊上梁，吃了這半日酒」，第十九回花園捲棚蓋成，「慶房整吃了數日酒」，第六十回段子鋪開張，擺了「十五張桌席」，中餐剛罷又「從新遞酒」吃晚餐，所寫飲酒名目分別為上梁酒、進屋酒、開業酒。上節所述雄黃酒、菊花酒，從飲酒名目角度看，又即端午酒、重陽酒。《中國紹興酒文化》對這些名目均有介紹[19]。

第三十一、六十二、七十五、七十八諸回，還有「吃慶官酒」的描寫。慶官酒的名目亦為紹興所有。

這樣看來，全書幾乎所有飲酒名目，均為古代紹興人所有，儘管可能不是專有。這些名目「以酒代筵」的命名方式，與全書男女老幼、主僕官民每日必酒、每飯必酒的描寫表裏互證，透露了嗜酒如命的酒鄉人消息。紹興正是這樣一個全國罕見的酒鄉。

17　徐冰若等《紹興民俗文化》，北京：中華書局，2004 年，頁 65-66。

18　吳國群主編《中國紹興酒文化》，頁 108-109。

19　吳國群主編《中國紹興酒文化》，頁 110-111。

三、關於酒罈包裝、飲酒方式和相關菜

酒罈包裝。第三十八回，韓二搗鬼「看見桌底下一罈白泥頭酒，貼著紅紙貼兒」。第四十九回，西門慶「打開腰州精製的紅泥頭」，倒出酒來遞與胡僧。有學者曾誤解白泥頭酒、紅泥頭酒和金華酒、竹葉青酒一樣，都是獨特的酒名，並以為「泥頭酒也是相當馳名的酒類」[20]；兩種版本的《金瓶梅鑒賞辭典》「紅泥頭」辭條說，「古有紅泥酒，以紅泥蓋罈頂而得名」[21]，這種解釋也以為是一種酒名，同樣不精確，又對「白泥頭」一語未置一辭。只有臺灣魏子雲《金瓶梅詞話注釋》曾就第三十八回所寫正確地判定說：「這是紹興酒罈子的樣式，北方的白酒似非如此封罈。酒家人必能正說。」[22]蓋酒以罈裝，用泥頭封口一直是紹興酒的傳統包裝方式。據《中國紹興酒文化》介紹：

> 紹興酒裝罈前先要煎酒……煎酒後迅速將酒灌入已殺菌的瓦罈中，罈口立即用煮沸殺菌的荷葉覆蓋。荷葉上又用小瓦蓋（俗稱「燈盞頭」）蓋住。這「燈盞頭」像一只小碟子，剛好卡在罈口。再包以沸水殺菌的箬殼，用細篾絲紮緊罈口。外面還要用黏土、鹽鹵和礱糠三者搗成的泥封上，再塗以石灰。這種包裝雖然笨重，但有它的好處：一是不易倒翻破損，二是開罈後，泥罈頭還可以壓住沙袋等當封口；更主要的是，這個包裝，使酒不見光，不會壞不會酸，而且有微量空氣，經過濾進入罈內，起促進後熟的作用。這就是紹興酒酒度不高，酒液中又有較多的營養成分，但卻能夠貯藏幾十年不壞，而且越陳越香，口味越美的原因。從明清以來，紹興酒獨行天下，在當時的情況下，這種包裝無疑是比較先進的。

因黏土、礱糠皆為黃色，故一般泥頭如「女兒紅」酒都是「黃泥頭」；如果石灰塗的比較多，或者用石膏代替黃泥封口[23]，則形成「白泥頭」；「紅泥頭」則是為增加喜慶成分，而在原料中添加紅色素而成。泥頭封酒故意讓微量空氣可以滲透內外，一方面可以讓外面微量空氣持續透入促進酒液發酵，並讓水分蒸發，另一方面長期封藏之後，也可以借透蓋而出的酒香而判斷酒液的醇厚程度。《徐文長逸稿》卷四〈送白君可……白好客，人呼為白孟嘗，餉我鴨、酒……〉云，「水掌乍肥鳧正貢，泥頭未破酒先香」，後一句正道出白氏所送乃是一罈封藏已久的好酒。

20　張林《金瓶梅縱橫談》，南寧：廣西人民出版社，1990 年，頁 305。

21　上海市紅樓夢學會、上海師範大學文學研究所《金瓶梅鑒賞辭典》，上海：上海古籍出版社，1990 年，頁 880。孫遜《金瓶梅鑒賞辭典》，上海：漢語大詞典出版社，2005 年，頁 527。

22　魏子雲《金瓶梅詞話注釋》，鄭州：中州古籍出版社，1987 年，頁 259。

23　吳國群主編《中國紹興酒文化》，頁 140、99、142。

　　飲酒方式。與《水滸》相比，小說這方面的描寫，突出地多了一個「篩」字。篩並非斟的同義語，而是斟之前的一道步驟，如第三十七回所寫「篩上酒來，婦人滿斟一杯」，第五十回所寫「篩酒上來，賽兒拿鍾兒斟上」等等；最奇特的是，「篩」字還往往與「熱」字連在一起，如第五十一回「嫂子你既要我吃，再篩熱著些」，第七十五回「繡春前邊取了酒來，打開篩熱了」等等。「篩熱」一詞在其他小說中絕難覓見，它實質上反映一種必先篩過、熱過方始飲用的特殊的飲酒方式。這是紹興人的飲酒方式。眾所周知，紹興以黃酒為大宗。一般黃酒以麥麴為酵母就有灰，《本草綱目》諸注家就留下「黃酒有灰」「有灰不美」的遺憾；紹興黃酒以小麴為酵母，故灰質和酒腳更多。梁紹壬《浪跡續談》卷四〈紹興酒〉載：

> 今醫家配藥用酒，必注明「無灰酒」，僉言紹興酒有灰。近聞之紹興人，力避紹酒有灰，其偶有灰者，以酒味將離，用灰製之。

　　這是清代改良的情況。明代紹興酒的灰質成分當更多，飲酒之前先加篩過，也就十分必要。第三十五、四十二等回有「用銅布甑兒篩酒」的描寫，蓋出於此。酒必熱飲的描寫，較之《水滸》亦相當特殊。《水滸》凡燙酒描寫，均在冬天或初春時節。《金瓶梅》第五十一回來保要王六兒把酒「再篩熱著些」，發生在端午前後，暑熱正起；第六十一回西門慶「教春梅篩熱了燒酒」，時令亦不過九月初。酒須熱飲乃是紹興人的傳統習尚。《浪跡續談》卷四〈紹興酒〉又載：

> （紹興酒）凡煮酒之法，必須熱水溫之。……以初溫為美，重溫則味減。若急切供客，隔火溫之，其味雖勝，而其性較熱，於口體非宜。至北人多冷呷，據云可得酒之真味，則於脾家愈有礙。

　　第三十五、四十二、五十一諸回所寫即「熱水溫之」，第四十六回所寫「火盆上坐著一錫瓶酒」，即「隔火溫之」。

　　相關菜。第二十回、三十四回寫到紅糟鰣魚、糟鰣魚，第二十七回寫到糟鵝胗掌，第四十四回寫到糟蹄筋，第四十五回寫到糟筍，第四十九回寫到糟鴨，第七十八回又寫到糟魚、糟鰣魚、糟蹄筋、糟筍、糟鴨等都是糟菜。第三十四回還寫到糟鰣魚的製作方法，把魚「打成窄窄的塊兒，拿他原舊紅糟兒培著，再攪些香油，安放在一個瓷罐內」。糟菜是紹興菜的一大特色門類。《嘉慶山陰縣志》卷八載：「酒糟，諸物迎其味即甘美。」據吳國群主編《中國紹興酒文化》介紹：「以前，紹興鄉人多自釀酒，製造黃酒的糟，與燒製白酒的酒糟不同，裏面還有許多酒的成分。一般就取黃酒糟，加上鹽放在酒罈裏悶上一年，用這糟製的糟魚、糟雞、糟鴨、糟鵝、糟肉，放上餐桌、酒桌，就糟香四溢，

令人垂涎。」[24]

四、其他紹興風物

　　服飾和器具類。小說 3 回 4 次寫到氈帽。第五十回，玳安嬉遊蝴蝶巷，在虔婆曾長腿屋裏看見「兩個戴白氈帽子的酒太公」。第六十七回，天氣下雪，應伯爵「頭戴氈帽」，進入西門府。第九十三回，王杏庵接濟陳經濟，「拿出一件青布綿道袍兒，一頂氈帽」等物給他穿戴，未過幾天就見他「身上衣襪都沒了，止戴著那氈帽……凍的乞乞縮縮」。吳越文化研究者早已指出，氈帽乃是古老的江南地方特色服飾之一，戴氈帽幾乎是紹興人的標誌。「時至今日，具有江南地方特色的服飾已不多見，只有紹興的烏氈帽，以其獨特的風采展現在人們面前。戴烏氈帽是紹興人的一個特徵，紹興的農戶、船家、手工業工匠，幾乎沒有不戴它的。氈帽以羊毛為原料，經過揀毛、彈毛、去膩、脫脂、捏坯、套盔、染色、乾燥、修整等三十多道工序才可製成，製作過程全為手工操作。烏氈帽具有隔熱保暖、不易受潮、不透雨水、堅固耐磨、用途廣泛等特點，既能抵禦風寒，又能遮陽避雨，為在外勞作的人們提供了不少方便，因此深受歡迎」[25]。魯迅筆下的閏土就從小到老都戴著氈帽；阿 Q 也有一頂破氈帽。氈帽在紹興有著非常悠久的歷史。張岱《夜航船》卷十一載：「秦漢始效羌人制為氈帽。」民俗學者還採錄到紹興人發明氈帽的神奇故事。[26]

　　小說寫得最多的日用飲食器具是甌子。第十六回，李瓶兒陪西門慶吃南酒，「西門慶止吃了上半甌，就把下半甌送與李瓶兒吃。一往一來，迭連吃上幾甌」；第二十回，迎春端上「一甌黃韭乳餅」「兩銀廂甌兒白生生軟香稻粳米飯兒」，李瓶兒再吩咐把昨日剩的金華酒篩來，「拿甌子陪著西門慶，每人吃了兩甌子」。第三十三回，潘金蓮先叫秋菊喊陳經濟「來這裏呵甌子酒去」，後又叫春梅「取了個茶甌子，流沿邊斟上遞與他」。第六十二回，王姑子「拿著甌兒」，給李瓶兒餵粥吃等等。酒、菜、飯、茶、粥，皆可用甌子盛放。《徐文長三集》卷四〈修柱杖首，修髮網，膠漏瓷壺及哥窯甌……〉云：「雙瓷越窯翠，物菲人易求。」卷五〈胡桃〉：「羌果薦冰甌，芳鮮占客樓。」卷二十一〈書石梁鴈宕圖後〉：「如說梅子，一邊生津，一邊生渴，不如直啜一甌苦茗，

24　吳國群主編《中國紹興酒文化》，頁 165。

25　張荷《吳越文化》，瀋陽：遼寧教育出版社，1995 年，頁 140。

26　紹興市民間文學集成辦公室編《浙江省民間文學集成紹興市故事卷》上冊，北京：中國民間文藝出版社，1989 年，頁 607-608。

乃始沁然。」二十卷本陶望齡《歇庵集》卷十四〈祭商仲文〉:「花月之夕,風露之辰,名香苦茗,舉甌相對。」可見,甌子乃是常見的越瓷產品之一。

小說 2 回 4 次寫到冰盤。第二十三回,宋蕙蓮燒爛豬頭,「將大冰盤盛了」,端到李瓶兒房中。第二十九回,西門慶吩咐春梅,「有梅湯提一壺來,放在這冰盤湃著」,「於是春梅向冰盆倒了一甌兒梅湯,與西門慶呷了一口,湃骨之涼」。《越諺》卷中〈器用〉載:「冰盤,最大之盤,古之簠也。」

果品與花卉類。首先值得注意的是第三十五回提到的榧子。該回西門慶與應伯爵等人擲骰子罰酒唱曲,因不會唱曲,遂說了個笑話:「一個人到果子鋪,問:『可有榧子麼?』那人說:『有。』取來看。那買果子的不住的往口裏放。賣果子的說:『你不買,如何只顧吃?』那人道:『我圖他潤肺。』那賣的說:『你便潤了肺,我卻心疼。』」可見榧子是果子鋪裏常見而又較珍貴的乾果。這是只有紹興地區才能見到的景象。《萬曆紹興府志》卷十一載:「榧,《平泉草木記》曰:木之奇者,稽山之榧。」查唐代名相李德裕《李衛公別集》卷九〈平泉山居草木記〉,內中確載:「余二十年間,三守吳門,一蒞淮服,嘉樹芳草,性之所耽。……木之奇者,有天台之金松、琪樹,稽山之海棠、榧……爰列嘉名,書之於石。」同卷〈平泉山居戒子孫記〉又載:「吾隨侍先太師忠懿公在外十四年,上會稽,探禹穴,歷楚澤,登巫山,……首陽微岑,尚有薇蕨;山陽舊徑,唯餘竹木。……得江南珍木奇石,列於庭際,平生素懷,於此足矣。」足見中晚唐時代,父子名相兼學者李吉甫、李德裕在連袂「上會稽,探禹穴」後,就把榧子樹當作紹興地區的一大標誌性奇木。更有甚者,唐初孫思邈《千金翼方》卷一記載江南東道的特產含:「越州:榧子、劉寄奴。」盛唐天寶十一年(西元 752 年)完成的王燾《外臺秘要》卷三十一同樣記載:「越州:榧子、劉寄奴。」唐末蘇鶚《杜陽雜編》卷中又記載:「寶曆二年,浙東國貢舞女二人,一曰飛鸞,二曰輕鳳,修眉黟首,蘭氣融冶,冬不纊衣,夏不汗體,所食多荔枝、榧實、金屑、龍腦之類。……每歌聲一發,如鸞鳳之音,百鳥莫不翔集其上;及觀於庭際,舞態豔逸,更非人間所有。」可見至遲在唐初,榧子就已是紹興地區聞名天下的特產,唐末甚至衍生出女性專吃榧子(「榧實」也就是榧子;《杜陽雜編》雖然還寫到「荔枝」「金屑」「龍腦」,但它們不過是行文時隨意拿來陪襯「榧實」的虛寫之物,因為荔枝自古就不產於浙東,「金屑」「龍腦」更不是什麼真正實有的東西)而宛若天仙臨凡的妙曼傳說。

其次,其他不少果品名目也為紹興特有。例如,第三十二、三十三回寫到玉黃李子,第四十九回又寫到流心紅李子。實際上,前者即黃蠟李,後者即胭脂李,均為紹興李子中的名品。《嘉慶山陰縣志》卷八載:「越有黃蠟李、麥熟李、迎瓜李、皺李、白淡李、紫茄李、胭脂李、夫人李。」第五十八回寫到癩葡萄。此即紹興瑪瑙葡萄的別稱,因其

個大、色澤橙黃而不均勻，狀若癩痢頭而得名。《萬曆紹興府志》卷十一載：「蒲陶，有漿水、瑪瑙二種。」此品紹興地區至今尚種。

再次，小說所寫其他絕大多數花果，紹興也都有出產。例如，第十回的玉簪花，第十一、十九、二十七回的瑞香花，第十二、十九、二十七、三十四、五十二、八十二等回的木香花，第五十二回的紫薇花，第八十二回的鳳仙花和木槿花，以及第五十二回的枇杷，第二十七、五十八回的楊梅，第三十一、七十三、七十七、七十八的柑子等，就均見於各種紹興史志物產志；第三十三回提到的十姊妹花除了見於史志，還見於《越諺》卷中〈花〉。

食品與菜肴類。先看一種小吃。第二回王婆子的「風」話中提到餃窩窩；第七回寫到楊姑娘送給孟玉樓鄉里來的幾個艾窩窩，孟玉樓又轉送十個給薛嫂。艾窩窩、餃窩窩二名合一，即紹興民間的著名小吃艾餃。《越諺》卷中〈飲食〉有「艾餃」。小說第二至第七回的情節時間為清明前後。《中國民間文學集成浙江省紹興市紹興縣諺語卷》收紹興傳統民諺說：「清明吃艾餃，勿怕陣雨澆。」「清明吃艾餃，立夏吃櫻桃。」[27]

再看一種小菜。第二十、四十五、五十八、六十二、七十八、七十九諸回寫到醬瓜、甜醬瓜茄、十香瓜茄、十香甜醬瓜茄等名目，實為甜醬瓜一物，乃是明清兩代紹興的八大貢品之一，至今尚為紹興人所嗜食。據介紹，此瓜用青瓜製成：

> 將剛長到六寸左右的上等青瓜，洗淨瀝乾，用甜麵醬拌和，一層一層地裝入罈內，裝滿後用黃泥封住罈口。醬浸半個月左右。瓜成青紅色，即可取出，洗去醬泥，切成薄片，就可佐餐……它肉質鮮嫩，鹹中略帶甜味，清脆爽口，拌以香麻油，確實是味勝魚肉。[28]

小說中李瓶兒、西門慶重病臨死之時，家人皆以此瓜喂其吃粥，可見此瓜極受人們青睞。此外，第三十四回還寫到「曲灣灣王瓜拌遼東金蝦」一道菜。王瓜除見於史志物產志，還見於《越諺》卷中〈瓜〉：「王瓜，有家園者皆種。」

再看一種蟹肴。第二十三回，丫鬟笑話宋蕙蓮，說「五娘教你醃螃蟹，說你會劈的好腿兒」。第三十五回，西門慶對應伯爵說，「管屯的徐大人送了我兩包螃蟹，到如今娘每都吃了，剩下醃了幾個」，分付小廝「把醃螃蟹撧幾個來」，「不一時，畫童拿了兩盤子醃蟹上來，那應伯爵和謝希大兩個搶著吃的淨光」。醃蟹是紹興名菜「醉蟹」的前身，也為紹興人所發明：

---

[27] 《中國民間文學集成浙江省紹興市紹興縣諺語卷》，頁 109。

[28] 紹興縣教委編《可愛的家鄉——紹興》，上海：復旦大學出版社，1990 年，頁 81-82。

相傳紹興有個師爺在兩淮衙門作幕，當時兩淮流域河蟹為患，當地百姓不知食用。這正如魯迅先生所說：「敢於第一個吃螃蟹者是勇士。」眼見傷害莊稼而又驅趕乏術，於是向官府求救。這事落在紹興師爺之手，他忙下令捕捉，並教以捉蟹竅門。捕來之蟹，統統放入他準備好的百口已配有鹽水的大缸內，多捕者多獎。他把這批醃蟹裝簍運回浙江，特別是紹興行銷，結果是大賺其錢，獲致鉅資……由於醃蟹以鹽為主，所以鹹而失鮮，於是有位美食家，用紹興老酒、薑末來「醉」。果然，醉蟹膏黑肉白，肉質鹹鮮，味美無比。……外地製作醉蟹的不多見，有的話也是在外定居的「紹胞」。[29]

紹興師爺明清兩朝遍散天下。紹興人發明醃蟹的時間，與小說的成書時代晚明亦相距不遠。

此外，第二十一回寫到柳蒸的勒鯗魚，第八十回寫到四尾白鯗。勒鯗即鱐鯗，和白鯗一樣，都用海魚乾製而成。《越諺》卷中〈水族〉有「鱐鯗」「白鯗」的詞條。《中國民間文學集成浙江省紹興市紹興縣諺語卷》收紹興名諺還有：「帶魚格下巴，鱐鯗格尾巴。」「偷白鯗，咬乳頭。」[30]

最後尚需一提的是，作品儘管寫到了紹興酒及大量其他紹興風物，卻不見紹興府縣之名；相反，紹興周圍地名，如海鹽、杭州、湖州、明州、金華、嚴州等卻一再出現。這使人們有理由相信，作者以身邊的生活為依據來進行文學描寫的時候，故意將家鄉府縣名回避了。這也就是小說寫到紹興酒，很多人卻看不到紹興酒的真正原因。

29　紹興市文聯編《紹興百珍圖贊》，天津：百花文藝出版社，1996 年，頁 280。
30　《中國民間文學集成浙江省紹興市紹興縣諺語卷》，頁 76、150。

《金瓶梅》中的紹興民俗

把《金瓶梅》稱作「明代社會的『風俗通』」，或「是一部中國十六世紀後期的社會風俗史」，都包含對它民俗方面內容的高度重視之意。《金瓶梅》的確是一部「中國」性質的小說，所以它的民俗描寫並不限於一地。例如，第十九、九十一、九十七三回中寫到的新娘抱寶瓶的婚儀，傅憎享先生就引證《奉天通志》的記載，證明是遼東的禮俗[1]。但是，另一方面，《金瓶梅》的民俗描寫必有一個主要的參照系，有人認為這個參照系就是山東民俗。事實上，論者既未舉證任何具體的山東民俗材料，所謂《金瓶梅》描繪「一幅幅山東地區生動的社會風俗畫卷」云云[2]，也就無從證實。相反，我們倒看見大量紹興民俗的實在景象。

一、歲時習俗

元宵習俗。這方面，前文已經談到元宵節的時間，元宵之夜婦女的活動，花燈、煙火的製作，觀賞花燈時伴隨的戲文、彈唱活動等描寫，合於紹興習俗。這裏再補充一點。小說多次寫到燈市中「粘梅花的」「粘梅花處」等語，以陋見所知，研究界似一直未明何指[3]。實際上，粘梅花即剪梅花，乃紹興元宵古俗之一，指把梅花剪下插於草捆之上而賣，就像賣糖葫蘆一樣。《徐文長三集》卷七〈元夕二首〉之一云：「家家促柱學調弦，處處剪梅爭帶蕊。」一般人家剪不著梅，只好到燈市中去買；粘梅花處，就是設在燈市中的梅花站。

清明習俗。見前文上墳酒一節。

端午習俗。見前文雄黃酒一節。

七月十五日習俗。第十八回，「七月中旬時分」，李瓶兒使馮媽媽「往門外寺裏魚

---

1 傅憎享〈論《金瓶梅》的俗語與民俗〉，《瀋陽師院學報》，1990 年第 3 期。

2 劉輝〈《金瓶梅》與山東民俗〉，《文史知識》，1987 年第 10 期。

3 如魏子雲認為「是所謂粘著梅花的地方」，見《金瓶梅詞話注釋》，鄭州：中州古籍出版社，1987 年，頁 281；毛德標等注為「擬為一種梅花燈景」，見《金瓶梅注評》，南寧：廣西人民出版社，1990 年，頁 360。

籃會，替過世二爹燒箱庫」；第八十三回，「七月十五日，吳月娘坐轎子出門，往地藏庵薛姑子那裏，替西門慶燒盂蘭會箱庫去」。前「魚籃會」當即後「盂蘭會」的詼諧寫法。《萬曆紹興府志》卷十二載：「七月十五日，古謂之中元節，俗謂之鬼節。僧舍營齋，供閭里作盂蘭會。」紹興此俗極盛，明以後逐漸呈現出與元宵燈節不相上下的隆重勢頭。阮慶祥等編《紹興風俗簡志》載：「七月十五日，古謂中元節，俗稱鬼節，云陰間每於七月十三日將鬼魂放出，任其自由五天，至十八日夜收回。故此間紹俗有祭祖先、掃孤墳、寺院營齋供、民間做盂蘭盆會等，皆與鬼事相關，為一年中的迷信盛典。……明末清初，紹俗盂蘭盆會在寺院和民間同時舉行，時間只限於七月十五日一天。……此後，會期延長至五日，儀式亦日趨複雜。民間於七月十三日起，開始在城隍廟、土穀祠等廟宇內，大演其《目連救母》《調吊》《調無常》等鬼戲，頗為熱鬧。」[4]小說所寫都是七月十五一天，在僧舍做盂蘭會，說明此俗尚未發展到在寺院和民間同時舉行的明末清初階段。這與小說的成書時代亦相合。

二、婚育習俗

小說中共有 5 次婚姻描寫，其中，西門慶與孟玉樓、潘金蓮、李瓶兒的 3 次屬男子娶小、寡婦改嫁，李瓶兒與蔣竹山的 1 次屬「倒踏門」（第十七回交代，李瓶兒「擇六月十八日大好日子，把蔣竹山倒踏門招進來，成其夫婦」；第十八回玳安道，「二娘沒嫁蔣太醫，把他倒踏門招進去了」），比較正常的只有陳經濟最後與葛翠屏的 1 次（其實，陳經濟是毀棄舊家庭成為流浪漢後，被春梅幫助重組新家庭，與一般的正常婚姻仍然不同）。

小說的描寫揭示，寡婦改嫁與正常結婚的婚禮是絕不相同的。撇開第九回西門慶偷娶潘金蓮，也即潘金蓮偷嫁西門慶的一次不論，第七回孟玉樓明媒正娶嫁到西門府，迎親的隊伍只有「一頂大轎，四對絳紗燈籠」和幾個小廝；第十九回李瓶兒嫁到西門府，也只是「一頂大轎，一匹段子紅，四對燈籠，派定玳安、平安、畫童、來興四個跟轎，約後晌時分，方娶婦人過門」，全程均不見鼓樂、鞭炮和新郎官身影。第九十七回陳經濟娶葛小姐，則是「鼓樂燈籠，……陳經濟騎大白馬，揀銀絲鞍轡，青衣軍牢喝道」，隆重熱鬧，氣象迥異。紹興婚俗即特別強調寡婦改嫁與一般正常婚姻的禮儀區別。據《紹興風俗簡志》介紹，按歷來的規定，「到了寡婦出門的那天，既不鳴鑼放爆竹，又不得坐花轎」[5]。西門慶膽敢用一頂大轎，自然只是市井土豪的越禮之舉。此外，小說第二、

4　阮慶祥等《紹興風俗簡志》，紹興：紹興市、縣文聯，1985 年，頁 152-153。

5　阮慶祥等《紹興風俗簡志》，頁 122。

二十三回還把再嫁的寡婦稱為「回頭人兒」，這實際上也是紹興的叫法。《越諺》卷中〈人類・惡類〉載：「回頭人，夫亡改嫁。」

　　第九十七回寫到，通過媒婆往來得知葛家「情願做親」，「春梅這裏備了兩抬茶葉、糖餅、羹果，教孫二娘坐轎子，往葛員外家插定女兒」；又寫媒人回來，「春梅這裏擇定吉日，納采行禮，十六盤羹果茶餅，兩盤上頭面，二盤珠翠，四抬酒，兩牽羊，一頂鬏髻，全付金銀頭面簪環之類，兩件羅段袍兒，四季衣服，其餘綿花布絹，二十兩禮銀，不必細說」。《紹興風俗簡志》介紹紹興婚俗的一個重要環節，「男家發盤過禮正式聘定」，「男家發盤有『頭盤』『二盤』甚至更多的盤之分」[6]。小說所寫應該就是紹俗中的兩次「發盤」。《越諺》卷中〈風俗〉載：「發盤，結婚姻行聘，盛備錢銀緞綢、喜花紅帖、釵鐲……拜束而往，名此。」第九十七回又寫葛翠屏進入大門後，「先參拜家堂，然後歸到洞房，春梅安他兩口兒坐帳，然後出來，陰陽生撒帳」。拜堂、撒帳同為紹俗一般婚姻中的重要儀式。《越諺》卷中〈風俗〉載：「拜堂，新婦初至宅堂參拜也。」「撒帳果，新婦入房，羽士祝婚者撒之。」

　　小說中的有些描寫，還無意中反映古代紹興地區流行的畸形婚俗。第六十七回，應伯爵因小妾春花生產，向西門慶借了五十兩銀子，西門慶說，「過了滿月，把春花那奴才叫了來，且答應我些時兒，只當利錢」，「到那日，好歹把春花兒那奴才收拾起來，牽了來我瞧瞧」。雖是玩笑話，卻也帶有半真的意思。《紹興風俗簡志》介紹：

> 舊時，在紹興城鄉，特別是山區和諸暨、新昌、嵊縣等地還有典妻、租妻、賣妻的陋俗惡習，一般發生在下層社會，這也是吃人的社會制度釀成的悲劇。
>
> 把妻子典（或租或賣）給他人，主要原因是：(1)本人或親屬病魔纏身，為了求醫救命；(2)債臺高築，債主逼迫，為了還債（或抵債）；(3)窮困潦倒，生活無著，為了養家糊口……受典人主要出於兩種考慮：(1)沒有能力娶妻，典租他人的妻子作為一種暫時的安排；(2)純粹為了生兒育女，傳宗接代，不斷香火。[7]

官哥兒第五十九回已死，會「下蛋」的李瓶兒第六十二回也已不在，西門府偌大的家業正愁後繼乏人；而應伯爵的小妾春花偏會生產，而他本人又確難還得起五十兩銀子的「巨額」債務。西門慶的話像極典妻制度下一位有受典需要又有受典「權利」者。

　　育兒習俗中的寄名習俗，見前文寄名酒一節。

6　阮慶祥等《紹興風俗簡志》，頁102。

7　阮慶祥等《紹興風俗簡志》，頁119。

三、喪葬習俗

　　小說第六十二回至六十五回，用很大篇幅描寫了李瓶兒的喪葬過程，為我們考察小說的民俗屬性提供一個相當完整的標本。為直觀起見，下面將小說描寫與有關紹俗的介紹，分階段列表對照，並作簡要說明：

送終階段

小說描寫	紹俗介紹
（眾人發現李瓶兒剛死，全家痛哭。）玉樓道：「娘，我摸他身上，還溫溫兒的，也才去了不多回兒。咱不趁熱腳兒，不替他穿上衣裳，還等什麼。」……西門慶又向月娘說：「多尋出兩套他心愛的好衣服，與他穿了去。」……都裝綁停當，西門慶率領眾小廝在大廳上收卷書畫，圍上幃屏，把李瓶兒用板門抬出，停於正寢。下鋪錦褥，上覆紙被，安放几筵、香案，點起一盞隨身燈來……一面使玳安，快請陰陽徐先生來看時批書……王姑子且口裏喃喃吶吶，替李瓶兒念《密多心經》《藥師經》《解冤經》《楞嚴經》並《大悲中道神咒》，請引路王菩薩與他接引冥途……徐先生批將下來：「一故錦衣西門夫人李氏之喪。生於元祐辛未正月十五日午時，卒於政和丁酉九月十七日未時。今日丙子，月令戊戌，犯天地往亡日，重喪之日，煞高一丈，向西南方而去……入殮之時，忌龍、虎、雞、蛇四生人外，親人不避。」……打發徐先生出了門……然後分班差家下人，各親眷處報喪。（第六十二回）	〔換衣裳〕家屬連忙為垂死者洗手腳，揩臉面，並拿出早已準備好了的衣服給他換上。這套衣服應該整潔，是本人平時愛好者，或符合其身分的。 〔移屍〕送無常後，循例由長子捧頭，幼子抬腳，其他人予以協助，將屍體抬放到廳堂中央的門板上。 〔點明燈〕移屍到廳堂後，這個堂也就成了靈堂……死者腳後務必點燃一盞油燈，俗稱「明燈」，又叫「腳頭燈」。 其目的和來歷說法不一；一說是供死者去陰間照明用。 〔寫斜角紙〕將死者的生卒年月日時抄給道士，請其推算生肖沖克和接煞時刻。 〔報喪〕移屍後，即遣族人或近鄰向親友家報喪。 〔拜路頭懺〕「壽終正寢」的當天，喪家就要請道士到靈前誦經拜懺，即「拜路頭懺」……據說是替去冥府的死者送行。 （阮慶祥等《紹興風俗簡志》第四章第四節）

　　說明：陰陽為道士職業之一，徐先生批書即道士寫斜角紙；王姑子念經為接引冥途，即替去冥府的死者送行，即拜路頭懺；隨身燈即腳頭燈；再加上都是趁未死穿衣裳，都是死後立即陳屍廳堂門板：左右一一吻合。

入殮與開吊階段

小說描寫	紹俗介紹
西門慶交溫秀才起孝帖兒，要開刊去，令寫「荊婦奄逝」……西門慶令溫秀才發貼兒，差人請各親眷，三日做齋誦經，早來赴會……到三日……陰陽徐先生早來伺候大殮。祭告已畢，抬屍入棺。西門慶交吳月娘又尋出他四套上色衣服來，裝在棺內，四角安放四錠小銀子兒……仵作四面用長命釘一齊釘起來，一家大小放聲號哭……溫秀才舉薦北邊杜中書來題名旌——名子春，號雲野，原侍真宗寧和殿，今坐閑在家……於是用白粉題畢，「詔封」二字貼了金，懸於靈前。又題了神主……那日喬大戶、吳大舅、花大舅，門外韓姨夫、沈姨夫各家都是三牲祭桌來燒紙……（第六十三回）……到九月二十八日，李瓶兒死了二七光景，玉皇廟吳道官受齋，請了十六個道眾，在家中揚幡修建請法救苦二七齋壇……道眾繞棺轉咒，吳道官靈前展拜……（第六十五回）	死後三日左右，喪家須請道士擇「單」日入殮。〔放殮物〕殮衣多數是生前早已準備的……喪家還要整理出死者生前喜愛的東西，讓其帶到陰間去享用。 〔成主〕成主，就是寫「木主」（或稱「神主」、神位」）。孝子穿戴素衣冠伏在「木主」前，請一位科甲出身的人任其事。 〔轉煞〕「二七」前後，由道僧推定日期，雇三或五個道僧到靈柩前誦經、唱戲和「解結」。所謂「解結」，由喪家用黃線穿錢幣，打成若干不易解開的死結，道僧一面誦經，一邊解結，意在為死者解開生前和他人所結下的冤仇。 〔開吊〕先期擇日將哀啟隨訃聞印送親友，至期領貼受唁開吊。（同上）

說明：哀啟即孝帖，將哀啟送親友應該在入殮之前去做，故小說先寫了發孝帖；入殮時都要放衣服、錢物，都由仵作用釘子封棺；殮畢都要請中過科舉者題「神主」；二七道眾念經轉咒，意在救苦，顯即「轉煞」：左右一一吻合。

出喪階段

小說描寫	紹俗介紹
次日發引，先絕早抬出名旌、各項旛亭紙劄。僧道、鼓手、細樂、人役，都來伺侯……那女婿陳經濟跪在柩前摔盆……先是請了報恩寺朗僧官來起棺……果然好殯，但見……猙猙獰獰，開路鬼斜擔金斧；忽忽洋洋，險道神端秉銀戈……清清秀秀小道童……動一派之仙音；肥肥胖胖大和尚……排大鈸，敲大鼓，轉五方之法事……一乘引魂轎，紮百結黃絲……吳月娘坐大轎在頭裏，後面李瓶兒等本家轎子	紹俗：出喪時間多數在拂曉的時候。起靈前，要延禮生襄禮，在靈柩前設供祭祀……起靈時，孝子賢孫把事先擺在材頭上的一只粗碗摔得粉碎。 出喪時，要有「開路神」「引路幡」在前……「開路神」是比人還高大的紙人，面目猙獰可畏。 靈柩前一般都有「像亭」和「主亭」，內懸（供）死者的遺像、神主。

十餘頂，一字兒緊跟材後走……走出大街口，西門慶具禮請玉皇廟吳道官來懸真……將李瓶兒大影捧於手內……陳經濟扶柩到於山頭五里原。原來坐營張團練帶領二百名軍，同劉、薛二內相，又早在墳前高阜處搭帳房，吹響器，打銅鑼銅鼓，迎接殯到……墳內有十數家收頭祭祀……後晌回靈，吳月娘坐魂轎，抱神主魂幡……到家門首，燎火而入。李瓶兒房中安靈已畢……（第六十五回）	出喪用的樂隊差異較大，一般用吹鼓手，也有用「三班頭」或更多的班頭。所謂「三班頭」，即指「和尚班」「道士班」和「尼姑班」。靈柩後面是送喪的眷屬、親友。紹興還通行路祭、船祭，即在出喪的必經之地，如大路口或祠堂前搭棚設供，柩至祭之。出喪隊伍……回家時，都要跨過門前的「墳煙堆」。這墳煙堆，是喪家將死者躺過的草席之類混雜糠草燃燒的煙堆。喪家還要在神堂供羹飯祭祀，把「神主」恭送上神堂。（同上）

　　說明：出喪時間都在早上；出喪隊伍中親眷都在材後；郎僧官起棺當即禮生襄禮；孝子（第六十三回已寫西門慶「強著陳經濟做了孝子」）摔盆與摔粗碗無區別；「開路鬼」「險道神」重言，即指「開路神」；吳月娘所坐轎在隊伍開頭，且內有神主，當即「主亭」；李瓶兒大影即李瓶兒遺像，懸真即懸遺像，吳道官所坐轎當即「像亭」；小道童、大和尚當即「道士班」「和尚班」；張團練等迎接殯到，當即路祭；燎火而入當即跨「墳煙堆」：左右絲絲入扣。

　　此處「燎火而入」的習俗值得特別一提。以陋見所及，迄今為止，一直沒有人能明白它是怎麼回事，博學如魏子雲先生亦坦言：「吾亦不知流行何地。」[8] 有了紹興習俗的介紹，這個疑團可以完全消除了。

四、文化習俗

　　宣卷。第三十九回，吳月娘等「眾人圍定兩個姑子在中間……都聽他說因果」；第四十回，薛姑子「會講說《金剛科儀》各樣因果寶卷」；第五十一回，吳月娘等「要聽薛姑子講說佛法，演頌《金剛科儀》」；第七十四回，吳月娘「請了《黃氏女卷》來宣」，「這薛姑子展開《黃氏女卷》，高聲演說」；第八十二回，眾人「聽王姑子宣卷」，陳經濟不滿說，「大娘後邊拉住我們聽宣《紅羅寶卷》，坐到那咱晚，險些兒沒把腰累癱瘓了」。多次宣卷描寫以《黃氏女卷》的宣卷描寫最為詳細，《紅羅寶卷》未直接寫出，但有學者考出它和《黃氏女寶卷》一樣，「都不脫篤信佛教的婦女給召到冥府的窠臼」[9]。

8　魏子雲《金瓶梅詞話注釋》，頁 447。
9　蔡國梁《金瓶梅考證與研究》，西安：陝西人民出版社，1987 年，頁 148。

民俗學者業已指出，宣講以婦女信佛為主題的寶卷，是明代吳越地區最流行的一道文化風景[10]。其實，在吳越地區，又以紹興的宣卷歷史最悠久，明清以後還逐漸成為民間曲藝的大宗之一。堪稱集紹興歷代史志之大成的紹興市地方志編纂委員會編《紹興市志》，其《紹興宣卷》專節記載：

> 紹興宣卷係具有宗教色彩的唱說文藝，主要用於祀神祈福。自唐以來即有……宣卷的唱本，即卷本，通稱「寶卷」。藝人在演唱時，置卷本於桌，照本宣唱，故稱宣卷。……宣卷的內容，有的與佛教經籍有關，如《目連寶卷》《劉香女寶卷》……寶卷的格局，有唱有白，韻文與散文相間而以韻文為主……唱辭的基本格式為七字齊言對偶或十字齊言對偶……每當某神誕辰，宣卷往往通宵達旦。一般徒歌清唱，稱「平卷」；若加絲弦伴奏，稱「花卷」。演唱「平卷」，最少須三人，分任生、旦、淨、丑諸腳色，一人須兼數種不同行當。演唱時圍桌而坐，一人面南，稱「祿位」，亦稱「書位」，其職為翻卷本，多任旦角；一人東向，稱「福位」，亦稱「魚位」，以高音木魚擊節，多任雜色；一人西向，稱「壽位」，亦稱「醒位」，擊醒木以助演唱聲勢，亦以示唱調轉換或結束，多任生腳。若有四人演唱時，則尚有「茶位」，與「書位」並坐，司斟茶。[11]

小說第三十九回「已是四更天氣」，「月娘方令兩位師父收拾經卷」，第七十四回「薛姑子宣卷畢，已有二更天氣」，第八十二回陳經濟因「聽宣《紅羅寶卷》」，「昨夜三更纔睡」：這與紹興宣卷的時間長度一致；第五十一回宣卷有薛、王二姑子及妙趣、妙鳳等共4人，第七十四回有大師父及薛、五二姑子等共3人：這與紹興「平卷」的人數定制一致；第三十九回王姑子念誦的是十字齊言對偶韻文，第七十四回薛姑子念誦的是七字齊言對偶韻文：這與紹興宣卷的唱辭格式一致；《黃氏女卷》與《劉香女寶卷》的名字也極相似。

　　蓮花落。第五十一回寫到「先是郁大姐數了回《張生遊寶塔》」，第六十一回寫到申二姐「連數落都會唱」，「數落倒記的有十來個」。有的注者如毛德標等《金瓶梅注評》曾把此「數落」注為「套數」[12]。從小說把「套曲」（套數的又名）與「數落」並列，「套曲」重抒情，而「數落」重敘事來看，「數落」絕不是套數。魏子雲推斷為「曲兒以

10　姜彬《吳越民間信仰民俗》第四章第三節，上海：上海文藝出版社，1992年。

11　《紹興市志》，杭州：浙江人民出版社，1996年，頁2294-2295。

12　毛德標、朱俊亭《金瓶梅注評》，南寧：廣西人民出版社，1990年，頁499。

外的蓮花落一類的歌唱」[13]，是正確的。蓮花落亦為明清時代紹興民間曲藝的大宗之一，《越諺》卷中〈技術〉即有「唱蓮花落」詞條。而且，紹興蓮花落的特色就在於，它以若干「節詩」構成，表演時須一個「節詩」一個「節詩」地唱，具有明顯的「數」的形式。上述《紹興市志》也有〈紹興蓮花落〉專節介紹：「紹興蓮花落初期，多演唱恭喜發財、吉祥如意之套辭；其後方逐漸形成有故事情節的段子，稱為節詩。這類節詩據稱有 18 隻半，每一節詩的唱辭各用一韻，共有 18 個半韻……初時，節詩內容大多取材於民間生活，故事主人公多為農夫村婦或手工業者，具有濃郁的鄉土氣息；繼而開始說唱長篇書，內容仍以民間軼事、傳說為題材，如〈鬧稽山〉〈馬家搶親〉〈天送子〉等；以後借鑒和吸收戲劇及其他唱說文藝的本子，如〈何文秀〉〈百花臺〉〈顧鼎臣〉〈遊龍傳〉〈龍燈傳〉〈珍珠塔〉〈後遊庵〉等。」[14]後兩個作品名字，一個有「塔」，一個有「遊」，與小說所寫〈張生遊寶塔〉的名字命名方式非常接近。

道情。第六十四回，兩個太監不願看南戲，要「唱個道情兒耍耍到好」；於是，兩個「唱道情的上來」，「打動漁鼓」唱了〈韓文公雪擁藍關〉和〈李白好貪杯〉兩個故事。道情亦為紹興曲藝之一。《越諺》卷中〈技術〉「唱蓮花落」詞條中載：「又唱道情」。

隊舞、撮弄。第五十八回，西門慶做壽，「先是雜耍、百戲，吹打、彈唱，隊舞吊罷，做了個笑樂院本」。第六十三回，李瓶兒頭七，「眾堂家女眷祭奠，地吊鑼鼓，靈前吊鬼判隊舞」。第七十六回，宴請侯巡撫之際，「教坊間吊上隊舞、回數，都是官司新錦繡衣裝，撮弄百戲，十分齊整」；接著慶賀喬大戶新授義官，又是「下邊教坊回數、隊舞吊畢，撮弄雜耍、百戲、院本之後，四個唱的慢慢纏上來」。回數不明所指；隊舞原為唐代宮廷歌舞，宋始流入民間，撮弄乃勃興於宋代杭州地區的雜技之一，兩者都在明清時期流行於紹興地區。張岱《陶庵夢憶》卷四〈世美堂燈〉載其在元宵節間的活動云：「燈不演劇，則燈意不酣；然無隊舞鼓吹，則燈焰不發。余敕小侯串元劇四五十本，演元劇四齣，則隊舞一回，鼓吹一回，弦索一回。」光緒三十二年紹興墨潤堂刻范寅《越諺正續集》樂器類有「撮弄」詞條。

墨刻。第七十二回寫到，溫秀才所住堂上，「掛著一軸《莊子惜寸陰圖》，兩邊貼著墨刻，左右一聯書著『瓶梅香筆研，窗雪冷琴書』」。墨刻即木刻，紹興這方面的文化積澱非常深厚，魯迅在木刻藝術上有很深的造詣，或亦與此相關。今日蘭亭書法展覽館還保存不少宋、元、明代各代人士以蘭亭修禊為主題的木刻作品，其中就有木刻對聯。

13　魏子雲《金瓶梅詞話注釋》，頁 120。
14　《紹興市志》，頁 2293。

五、其他習俗

這裏僅提兩點。

一是「跳馬索」的家庭遊戲。小說第十八回寫到:「吳月娘、孟玉樓、潘金蓮並西門大姐四個在前廳天井內,月下跳馬索兒耍子」。「跳馬索」,魏子雲先生引《帝京景物略》,疑為元宵節童子之跳繩;又引《留青日劄》,疑為唐清明節拔河遊戲之遺存[15]。本回情節時間為七月中間,非元宵、清明,人物為婦女,非童子,可見魏解有誤。實際上,此即《越諺正續集》樂器類所載之「跳迫索」;因仿迫馬動作而跳,故跳迫索又可稱為跳馬索,小說又寫為「跳百索」。

二是席間勸客之道。第三十七回寫到西門慶到王六兒家做客,「廚下老媽將嗄飯果菜,一一送上,又是兩箸軟餅,婦人用手揀肉絲細菜兒裹捲了,用小碟兒托了,遞與西門慶吃」。第五十九回又寫到,西門慶在鄭家妓院吃飯,「丫鬟進來安放桌兒,四個小翠碟兒,都是精製銀絲細菜,割切香芹、鱘絲、鰉鮓、鳳脯、鶯羹。然後拿上兩箸賽團圓、如明月、薄如布、白如雪、香甜可口、酥油和蜜餞麻椒鹽荷花細餅,鄭愛香兒與鄭愛月兒親手揀攢各樣菜蔬肉絲捲就,安放小泥金碟兒內,遞與西門慶吃」。用薄如紙的小圓餅(上等麵粉做成),捲上各種細菜、肉絲,置於碟內,推到客人面前,是紹興人傳統的席上勸菜方式,至今猶然。每一個在紹興做過客的人,對此都會有親切的感受。

---

[15] 魏子雲《金瓶梅詞話注釋》,頁414。

《金瓶梅》中的紹興方言

一、從山東方言說起

　　正像施耐庵是南方人（錢塘人或江蘇興化人），《水滸》卻使用了山東方言一樣，《金瓶梅》作者安排故事發生在山東，使用一些山東方言也就勢所必然。但是，山東方言究竟在全書中占了多大比重？果真如王汝梅先生所說，「山東方言為《金瓶梅詞話》的基礎方言是鐵一般的事實」[1]嗎？筆者認為，朱星先生當年的話並沒有錯。他說：「說《金瓶梅》是用山東方言寫的，這話既不符合事實，又沒有科學分析。《金瓶梅》基本上是用北方官話寫的。……《金瓶梅》的純山東方言並不多。」[2]筆者以出自八十年代中期山東學者之手的《元明清白話著作中山東方言例釋》一書[3]為例。據統計，該書收詞 2622 條，引例 3563 項，其中，引自《蒲松齡全集》（主要是《聊齋俚曲集》）、《醒世姻緣傳》《真本金瓶梅》和《金瓶梅詞話》的，分別為 1546、1167、378 和 82 項。這組文字頗能說明問題：蒲松齡是確鑿的山東作家，題材又主要是俚曲，使用山東方言頻率最高，容易理解；《醒世姻緣傳》與《金瓶梅詞話》同為表現家庭題材的長篇小說，故事發生地同在山東，全書規模亦相近，但前者使用山東方言的頻率卻高出後者十幾倍；《真本金瓶梅》則是《金瓶梅詞話》的「子孫」本和刪改本，規模小於後者，但使用山東方言的頻率竟也大大高於後者。由此看來，《金瓶梅》作者對山東方言的熟諳和親善程度，是遠遠比不上《醒世姻緣傳》作者和《真本金瓶梅》作者的。

　　當然，這絕不意味著，《金瓶梅》僅僅在 82 處地方採用了山東方言。事實上，自三十年代詞話本在山西發現以來，一直有相當多的學者都堅信它是用山東方言所寫，甚至據此認為《金瓶梅》就出於山東人之手，其中甚至包括像魯迅、鄭振鐸這樣的大師。這又該如何解釋？

1　王汝梅《金瓶梅探索》，長春：吉林大學出版社，1990 年，頁 86。
2　朱星〈《金瓶梅》的辭彙、語彙箚記〉，《河北大學學報》，1982 年第 1 期。
3　董遵章《元明清白話著作中山東方言例釋》，濟南：山東教育出版社，1985 年。

在當代學者中間，已故的臨清學者王螢先生，曾竭力主張《金瓶梅》是用臨清方言所寫，理由之一就是，《金瓶梅》中有許多臨清的「記音土語」[4]。「記音土語」的概念揭示了方言研究中長期以來被忽視的一個問題，並最終動搖了王氏自己的觀點。這就是方言的層次問題。實際上，任何地方的方言，都可以分為表層和深層方言兩大類。所謂表層方言，從使用的頻率來說，它最經常地活在人們的口頭；從詞性來說，它包括人稱代詞、形容詞和一些動詞；從與語音的關係來說，它可以直接傳達區域性的聲情語態。這類方言對外人最具有新鮮感，易被模仿或記錄；不少相聲藝術家都能維妙維肖地模仿多種方言，所模仿的就是各種方言的表層方言。所謂深層方言，相應地，它是難以負載說話人聲情口吻的、名詞性和物稱性的、使用頻率不高的方言。這類方言使用頻率不高，故不易為外人所覺察和模仿，但它的一個個具體稱呼，繫連起來就構成了關於日常事物和現象的習慣性稱呼系統。把它的某些語詞挑出來，孤立地看，可能未必有多明顯的特殊之處，在其他方言中或者也能輕易地發現其存在；但在把這些語彙繫連起來，構成一個關於日常事物和現象的稱呼系統之後，我們就能明顯地發現它閃耀著只有某一特定地域的方言才能具有的那種習慣性、統一性和一定程度上的排他性。因此，這類方言又可以說是最具有隱秘性和「保真性」的方言。

認定《金瓶梅》是用山東方言所寫的論者，沒有意識到他們所看到的山東方言，其實僅僅是山東方言中的表層方言，也就是王氏所說的「記音土語」。在北方學者中，張遠芬先生又竭力主張《金瓶梅》是用山東嶧縣方言所寫。他曾列舉出所謂「嶧縣人婦孺皆知的十個方言詞語」：

> 大滑答子貨、咕溜搭剌兒、涎纏、戳無路兒、迷留摸亂、噹噹磕磕、繭兒、捆混、格地地、獵古調[5]

一望而知，也是些記音土語。更重要的是，《金瓶梅》是在何種場合使用了山東的記音土語呢？魯迅〈《中國小說史略》日本譯本序〉曾提到：

> 還有一件，是《金瓶梅詞話》……文章雖比現行本粗率，對話卻全用山東的方言

4　王氏〈從現山東臨清語看《金瓶梅》方言〉，收入聊城《水滸》《金瓶梅》研究學會編《金瓶梅作者之謎》，銀川：寧夏人民出版社，1988 年。

5　張遠芬《金瓶梅新證》，濟南：齊魯書社，1984 年，頁 28。實際上，孟昭連先生已經證明，這 10 個詞語亦並非嶧縣僅有，而是流行於廣大北方地區，見〈《金瓶梅詞語選釋》辨誤〉，收入吉林大學中國文化研究所編《金瓶梅藝術世界》，長春：吉林大學出版社，1991 年。

所寫。[6]

這就明白無誤地告訴人們,並非小說整體,而是只有小說人物的對話,才是山東方言的棲身之所。正像用普通話講一個發生在上海的故事,可以把「儂」「阿拉」學個不休一樣,《金瓶梅》這樣做,本不足怪。——只要作者是個方言的有心人,並到過山東等北方地區。

對話也就是人物語言;和它對應的,還有敘述人語言。眾所周知,在文學創作中,人物語言的存在,主要是為了增加形象的個性色彩,使讀者產生「如聞其聲」的親切感,而建構整體藝術世界的使命,則有賴於敘述人語言來完成。顯然,敘述人語言比人物語言更重要。同時,從與作家的關係來說,人物語言具有極大的虛擬性,敘述人語言則可以說是作家思想、情感、審美觀和知識視野的直接展現,因此,敘述人語言中作家的主觀刻痕比人物語言更深。就《金瓶梅》而言,只關注它的人物語言,是遠遠不夠的,我們應該把敘述人語言和人物語言放在一起,加以通盤考察;只有這樣做,才能看出全書的深層方言的歸屬。

二、《金瓶梅》全書的深層方言主要為紹興方言

表現之一,小說存在一個紹興方言的人稱系統。「爹」是北方方言對父親的稱呼,作品為了營造一種符合故事地點的北方生活氛圍,安排了西門慶的家人以此稱呼西門慶;除此而外,其他所有人物都採用了紹興方言的稱呼。例如,第三十回接生婆稱吳月娘為「主家奶奶」,第四十二回小廝稱西門慶眾妻妾為「眾奶奶們」。《越諺》卷中〈人類·倫常〉載:「奶奶,老爺之妻。」家人依次稱呼西門慶諸妻妾,則是「大娘」「二娘」「三娘」「四娘」「五娘」「六娘」,《越諺》下卷附錄〈越諺剩語〉恰有「大娘」「二娘」「三娘」「四娘」「五娘」「六娘」諸詞條。吳大舅之妻被稱為「吳大妗」「大妗子」,紹興人稱舅母正是「妗子」或「妗姆」。《越諺》卷中〈人類·倫常〉載:「妗姆,舅母。」第十二回劉婆子說「俺老公」,潘金蓮又說「你家老公」。同上載:「老公,夫之通稱。」李瓶兒有個老年女僕「馮媽媽」,李瓶兒徑呼「媽媽子」。《越諺》卷中〈人類·賤稱〉載:「媽媽,女工。」第三十、六十七、九十回寫到「蔡老娘」「鄧老娘」「屈老娘」三個接生婆,紹興人稱接生婆就是「老娘」或「老娘婆」。同上載:「老娘婆,即收生婆。」《越諺》卷上〈事類之諺〉並有「多年做老娘婆,錯剪臍帶」「三

---

6   《魯迅全集》第六卷,北京:人民文學出版社,2005 年,頁 359。

十年為老娘，倒繃孩兒」等俗諺。第七十一回何太監對居間介紹買房的西門慶說：「也罷，沒個中人，你就做個中人。」紹興人對買賣中介人的稱呼正是「中人」，魯迅先生〈祝福〉小說中那個臭名昭著的「做中人的衛老婆子」，就是個買賣婦女的職業中介人。《越諺》卷中〈人類・賤稱〉載：「中人，有田中人、屋中人、秤租中人名目。」這條解釋可糾正姚靈犀以來諸家對小說第四十二回王六兒「學個中人打妝」一語的注解失誤[7]。第十二回謝希大講故事稱泥水匠為「作頭」，第五十二回寫到「要飯吃休要惡了火頭」，第九十六回又寫到「曉月長老教一個火頭造飯」。《越諺正續集》有「作頭」「火頭」詞條。第三十三回寫到「兩坌工的在那裏做活」，「都在第四層大空房撥灰篩土」。坌工乃是紹興人對建築土工的稱呼。《越諺》卷下〈音義・單詞只義〉載：「坌，『盆』，去聲，發土。」這條解釋也可以統一諸家注解的訛異[8]。第二、二十三回兩次提到「回頭人」，前已指與《越諺》卷中所載完全吻合。第四回鄆哥罵王婆是「老咬蟲」，《越諺》卷中〈人類・惡類〉載：「老咬蟲，指男女私為夫婦者。」第九十八回暗娼王六兒被劉二罵為「無名少姓私窠子」，《越諺正續集》人物類有「私窠子」詞條。尤其值得提出的是，小說還一再寫到「小娘」一詞。如第十五回，「院中小娘兒」，「一個子弟在院鬮小娘兒」；第三十五回，「說那院裏小娘兒便怎的」；第六十八回，「原來你這麗春院小娘兒這等欺客」。「小娘」實乃紹興自古以來對妓女的稱呼，民間至今還以「小娘生的」「小娘養的」罵人出身卑賤或來路不明。車文耀編著《紹興方言詞匯》，即收「小娘」「小娘脾氣」「小娘腔」三個詞條云：「小娘，罵人的話，意為妓女。」「小娘脾氣，『賤脾氣』，罵人的話。常與『丫頭行徑』連罵，都有賤貨、賤脾氣的意思。」「小娘腔，妓女的腔調，輕骨頭相。」[9]鬮，《越諺》卷中〈人類・惡類〉載「鬮客……宿娼者」。

　　表現之二，小說存在一個紹興方言的物名系統。例如：1.日用物品的名稱。小說凡

7　「中人打妝」，姚靈犀注作「婦女之普通妝飾也，與內家裝束適相反」，見《瓶外巵言・金瓶小劄》，天津：天津書局，1940 年，頁 197；魏子雲解釋為「意指王六兒這晚的打扮，學的是中等人家婦女的妝束，已比他本人的身分高了」，見《金瓶梅詞話注釋》，鄭州：中州古籍出版社，1987 年，頁 282。毛德標等解釋為「中等產業人家的婦女妝飾，即婦女的普通妝飾」，見《金瓶梅注評》，南寧：廣西人民出版社，1990 年，頁 361。

8　如魏子雲解釋為「粉刷牆壁的工人。應作『塈』」，見《金瓶梅詞話注釋》，頁 229。毛德標等解釋為「粗笨的工作。坌，通笨」，見《金瓶梅注評》，頁 361。陳詔等解釋為「做粗活的工人」，見梅節校訂、陳詔等注釋《金瓶梅詞話重校本》，香港：夢梅館，1993 年，頁 397。陶慕寧解釋為「即笨工。賣苦力的工人」，見陶慕寧校注《金瓶梅詞話》，北京：人民文學出版社，2000 年，頁 386。

9　車文耀《紹興方言詞匯》，北京：大眾文藝出版社，2005 年，頁 183。

寫到女人的首飾皆稱「頭面」，藏衣物的箱子皆稱「箱籠」。《越諺》卷中〈服飾〉載：「頭面，婦人首飾曰頭面。」《越諺》卷中〈器用〉載：「箱籠，閨房藏衣物者名此。」第二十五、五十回提到洗臉的「手巾」「長手巾」。同上載：「手巾，拭淚洗面之布。」第六回提到王婆衣服淋濕要西門慶「賠我一匹大海青」。《越諺正續集》冠服類載：「海青，庶人常衣。」日曆在《水滸》中多寫作「曆頭」，小說改為「曆日」。《越諺》卷上〈借喻之諺〉有「陳年曆日本」之語，此或即《狂人日記》「古久先生的陳年流水簿子」由來。2.屋宇之名。第二十一、三十二、六十二、八十二等回寫到「天井」，第四十八、九十回提到「廈子」「矮房低廈」，第五十八、七十七回寫到「鑲地平（坪）」「地平（坪）上黃銅大盆」，第四十六回寫到潘金蓮自語「隨他明日街死街埋，路死路埋，倒在洋溝裏就是棺材」，第八十九回寫到永福寺「山門高聳」。《越諺》卷中〈屋宇〉載：「天井，小院落，僅透天光者。」「廊廈，房寢之外簷窗之內。」「地坪，磚大方尺者。」「山門，寺之大門。」「洋溝，或作陽溝亦通，此牆外明溝也。」3.其他物名。第二十回寫到應伯爵等人「拿著拜見錢」，要見新娘李瓶兒；第三十五回寫到潘金蓮準備往吳大舅家去，要西門慶「尋什麼件子，與我做拜錢」，西門慶答應「拿一匹紅紗來，與你做拜錢」。紹興人稱見面禮就是「拜錢」「拜見錢」，包括銀錢之外的物品在內。《越諺剩語》載：「拜見錢，贄也。」小說中不論雜劇，還是南戲，皆稱「戲文」。「戲文」乃紹興人對戲曲的通稱。《越諺》卷上〈警世之諺〉有「戲文假，情節真」的民諺，《越諺剩語》並有「戲文」專條。第七十六回寫到「伯爵看了，開年改了重和元年」。《越諺》卷中〈時序〉載：「開年，此歲暮約人預指通稱，猶來年也。」第三十四回寫到書童說「小的吃蟑臉兒，好大面皮兒」，「吃蟑」即「吃蚤」。《越諺》卷中〈蟲豸〉載：「吃蚤，齧人跳蚤。」第十二回寫應伯爵等饕餮大嚼如「淨盤將軍」。《越諺》卷中〈飲食〉載：「淨盤將軍，諢言饕餮，本於腹負將軍。」第三十八回寫到潘金蓮彈琵琶唱「奴將你這定盤星錯認了」。《越諺》卷上〈借喻之諺〉有「定盤星」之語。最後，物名方面最值得一提的是「下飯」「嘎飯」二詞。據筆者統計，全書共有 30 回出現「下飯」（第一、十四—十六、二十、二十一、三十四、四十二、四十五—四十九、五十二、六十四、六十七—六十九、七十一—七十七、七十九、九十、九十三、九十五、九十七回），15 回出現「嘎飯」（第六、十六、三十二、三十四—三十八、四十一、六十一、七十八、七十九、九十三、九十五、九十六回），均指佐餐菜肴。如「八碗下飯：一碗黃熬山藥雞，一碗腖子韭，一碗山藥肉圓子……」「四碗嘎飯：一甌兒瀘蒸的燒鴨，一甌兒水晶膀蹄……」《越諺》卷中〈飲食〉載：「下飯，括羹湯肴饌，通名下飯，以飯因而下咽也。」「下飯」一詞至今紹興人沿用。在紹興方言中，「下」「嘎」都讀「凹」音。小說中表示盤纏的詞「下程」，有時又寫作「嘎程」，原因也在此。

　　表現之三，小說還存在紹興方言的事名系統。例如，第二十七回寫到西門慶「呷了一口」冰梅湯，第六十七回寫到應伯爵把滾熱的牛奶「呷在口裏」。《越諺》卷下〈音義·單詞只義〉載：「呷，『凹』，吸飲。」第六十二回如意兒說李瓶兒脾氣好，「沒曾大氣兒呵著小媳婦」，第八十回春梅說潘金蓮也「大氣兒不曾呵著我」。「呵著」為紹興方言，指「張開嘴巴緩緩吐氣」[10]。第九十一回寫到玉簪兒「專一搽胭抹粉」，「搽著一面鉛粉，東一塊白，西一塊紅」。《越諺》卷下〈音義·單詞只義〉載：「搽，『茶』，越謂塗朱傅粉曰搽粉搽額。」《越諺正續集》人事類並有「搽抹」詞條。第十九、三十五回寫到「舀水」「舀了一錫盆水」。《越諺》卷下〈音義·單詞只義〉載：「舀，『遙』，上聲，挹彼注此，舀水。」第十二、五十八回寫到「在院中墁地」「地下墁磚」，「墁地」即鋪地磚。《越諺正續集》宮室類有「墁地」詞條。第四十九回寫到胡僧勸西門慶將春藥「樽節用之」，《越諺正續集》人事類有「樽節」詞條。第七十六回吳月娘說「不是你們攛掇我出去，我後十年也不出去」。《越諺剩語》有「攛掇」詞條，《越諺正續集》並有「攛掇有功，佈施有福」的民諺。如此等等。

　　此外，小說中潘金蓮有句口頭禪「屁股大，吊了心」，過去紹興地區恰好也流傳著一個「屁股大，吊了心」的絕妙諷刺故事[11]。這使人們有理由相信，潘金蓮的口頭禪就來自紹興民間。

三、《金瓶梅》的表層方言中亦有標誌性的紹興方言

　　除了深層方言為紹興方言，《金瓶梅》的表層方言亦有來自紹興方言者，有意無意地流露出紹興人的說話口吻。

　　小說為人物說話安排了北方方言的第一人稱代詞，如「俺」「俺每」「俺們」「咱」「咱每」「咱們」等。這些人稱代詞的大量、頻繁出現，烘托出較為濃重的北方市井的生活氛圍。與此不同，小說的第二人稱代詞為「你」「你每」「你們」，基本屬官話，看不出方言色彩；第三人稱則在官話「他」「他每」「他們」的掩蓋下，使用了紹興方言的人稱代詞「伊」。第四十七回寫到苗員外被害，兩個船夫「只是供稱，跟伊家人苗青共謀」；第七十三回寫到薛姑子宣卷，講到五戒禪師在「伊師明悟」的點化下重皈佛門；第九十二回寫到吳月娘狀告陳經濟，狀詞中寫到「不料伊又娶臨清娼婦」，將本妻西門

10　謝德銑《魯迅作品中的紹興方言注釋》，杭州：浙江人民出版社，1979 年，頁 37。

11　採錄者定名為〈是誰屙出了良心〉，收入紹興市民間文學集成辦公室編《浙江省民間文學集成紹興市故事卷》下冊，北京：中國民間文藝出版社，1989 年，頁 605-606。

大姐虐待至死;第一百回寫到周守備戰死,朝廷降旨,「伊子照例優養」。「伊」乃紹興方言的第三人稱單數的通稱,誠如紹興方言學者所云,「紹興人習慣把『他』『她』『它』統稱為『伊』」[12]。以上四處「伊」,中間兩處在宣卷詞和狀詞等書面化的人物語言中出現,首尾兩處在敘述人語言中出現,都非直接在人物對話中出現,因此,並不構成對全書占主導地位的北方方言的人稱代詞的干擾;另一方面,人物語言和敘述人語言中都有以「伊」為第三人稱代詞的情況,說明「伊」應當就是作者家鄉的方言。

四、關於前人對《金瓶梅》中紹興方言的關注

老實說,《金瓶梅》在相當程度上使用了紹興方言,並不是我們的新發現。半個多世紀前,《金瓶梅》方言研究的開拓者姚靈犀先生,就已經在《瓶外卮言·金瓶小劄》中,間接揭示了《金瓶梅》與紹興方言的密切關係。以下這些詞條:

> 焦霹靂、回頭人、影射、下小茶、咬蟲、蹊蹺、膉子、漢子、毛廁、結十弟兄、闞、泥佛勸土佛、砢磣、裝憨打勢、靈聖、青刀馬、秫秫、哈咳、半邊俏、帶頭、合穿袴、遮羞錢、嬌客

其解釋都依據《越諺》《越語肯綮錄》等紹興方言材料或陸游、徐渭、王驥德、張岱等紹興籍作家作品,明確揭示出意蘊。當然,從種種跡像來看,姚氏對紹興方言的關注還是不自覺的。因為一,《金瓶梅》中尚有更大量的見於《越諺》等書的紹興方言,姚氏並未指出;二,姚氏對某些方言的解釋過於迂曲、繁瑣,甚至欠準,而相應詞條在《越諺》中則有更簡明和直截了當的解釋。

12　謝德銑《魯迅作品中的紹興方言注釋》,頁4。

《金瓶梅》抄本考源

有關《金瓶梅》明代抄本的流傳線索，學術界考索已久，使得不少迷霧日益得到廓清；但是，應該說，迄今的努力離真相的最終昭白還有相當一段距離。和其他所有研究一樣，在進一步探討《金瓶梅》抄本時，特別需要兩種東西，一是冷靜、全面地排比現有材料的眼光，二是更多的有說服力的新材料。筆者學識謭陋，但願意以此為努力的方向。

一、從以袁宏道為起點的流傳談起

這方面存在這樣三條路徑：

第一條，由袁中道《遊居柿錄》、沈德符《萬曆野獲編》、李日華《味水軒日記》佐證。《遊居柿錄》卷九云：

> 往晤董太史思白，共說諸小說之佳者。思白曰：「近有一小說，名《金瓶梅》，極佳。」予私識之。後從中郎真州，見此書之半……

據錢伯城檢核，袁宏道萬曆二十五年秋移家真州，弟中道即同時來依[1]，故袁宏道將抄本傳給袁中道的時間必即萬曆二十五年秋。《萬曆野獲編》卷二十五〈詞曲·金瓶梅〉云：

> 袁中郎《觴政》以《金瓶梅》配《水滸傳》為外典，予恨未得見。丙午，遇中郎京邸，問曾有全帙否。曰：「第睹數卷，甚奇快。今惟麻城劉涎白承禧家有全本，蓋從其妻家徐文貞錄得者。」又三年，小修上公車，已攜有其書，因與借抄挈歸。

1　錢伯城《袁宏道集箋校》，上海：上海古籍出版社，1981 年，頁 518。

丙午，即萬曆三十四年。故此可知，袁中道將抄本傳給沈德符的時間必是萬曆三十七年。後來，沈又將抄本傳到其弟沈伯遠手上。《味水軒日記》卷七云：

> 萬曆四十三年十一月五日，沈伯遠攜其伯景倩（按即沈德符字）所藏《金瓶梅》小說來，大抵市譚之極穢者耳。

第二條。屠本畯《山林經濟籍·觴政跋》云：

> 相傳嘉靖時，有人為陸都督炳誣奏，朝廷籍其家，其人沉冤，托之《金瓶梅》。王大司寇鳳洲先生家藏全書，今已失散。往年予過金壇，王太史宇泰出此，云以重貲購抄本二帙，予讀之，語句宛似羅貫中筆。復從王徵君百穀家，又見抄本二帙，恨不得睹其全。

王百穀即王稺登，他是袁宏道萬曆二十三、二十四年吳縣任上過從甚密的人物之一；尤其在袁宏道從董其昌處得到《金瓶梅》抄本（詳下文）後的萬曆二十四年底，二人的交情更形深摯。《錦帆集》卷一〈縣齋孤寂，時曹以新、王百穀、黃道元、方子公見過，有賦〉〈除夕同王百穀、皇甫仲璋、方子公衙齋守歲〉等詩就反映了他們在萬曆二十四年底的交往情況。同時稍前，袁宏道還曾以墓誌托於王百穀等二人。《錦帆集》卷三〈與曹以新、王百穀〉云：「連日頭眩目昏，嘔血數斗，恐遂不能起，未免以墓文累大筆也，奈何哉，奈何哉！」萬曆二十五年初即將離吳前夕，袁宏道又寫道：「王百穀雅與余善，宅枕錦帆涇，去縣署不百武，百穀絕不以私干謁，余甚重之。而好事者倡為不根之言，流播遠近，衣冠田野，一日而遍。……余既抱病乞歸，衙齋荒寂，賴二君（另為曹以新）時時過譚，積塊頗消。」交情如此，袁宏道得到《金瓶梅》抄本後，為了「奇文共欣賞」，再轉手給王稺登，也就成為必然。又，《明史·王稺登傳》載：「萬曆中，詔修國史，大學士趙志皋舉薦稺登及其同邑魏學禮、江都陸弼、黃岡王一鳴。有詔徵用，未上而史局罷。」據《明史·宰輔年表》，趙萬曆十九年至二十九年在位。袁宏道在吳縣任上前後從未以「徵君」稱百穀，其萬曆二十五年初所作〈別王百穀〉詩尚云「冠子橋通處士家」，可見王此時尚未蒙徵召。如此，屠本畯見到王百穀抄本時既以「徵君」相稱，則時間必在萬曆二十五年以後。

第三條。袁宏道〈與謝在杭〉云：

> 仁兄近況何似？《金瓶梅》料已成誦，何久不見還也？弟山中差樂，今不得已，亦當出，不知佳晤何時？葡萄社光景，便已八年，歡場數人如云逐海風，倏爾天末，亦有化為異物者，可感也！

在杭為謝肇淛的字。此尺牘作於萬曆三十四年，袁宏道居家公安期間。[2]因此，袁宏道把抄本傳給謝肇淛的時間必在萬曆三十三至三十四年。如此，謝肇淛的〈金瓶梅跋〉也就必然作於萬曆三十四年以後：

> 此書向無鏤板，鈔寫流傳，參差散失。唯弇州家藏者最為完好。余於袁中郎得其十三，於丘諸城得其十五，稍為釐正，而闕所未備，以俟他日。

眾所周知，袁宏道的抄本來自董其昌——

二、以董其昌為起點的流傳線索

這方面有四條路徑可尋：

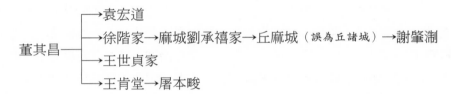

第一條。袁宏道〈與董思白〉云：

> 一月前，石簣見過，劇譚五日。……獨恨坐無思白兄耳。
>
> 《金瓶梅》從何得來？伏枕略觀，雲霞滿紙，勝於枚生〈七發〉多矣。後段在何處？抄竟當於何處倒換？幸一的示。

思白、石簣分別為董其昌、陶望齡字。據錢伯城《袁宏道集箋校》，陶望齡、陶奭齡兄弟於萬曆二十四年九月，從家鄉會稽到達吳縣，與袁宏道俯仰山水，暢談五日，故此尺牘作於萬曆二十四年十月。董其昌把抄本傳給袁宏道當在此時稍前。這是有明確記載的《金瓶梅》抄本傳世的最早時間[3]。

第二條。首先應該注意到的是沈德符所錄袁宏道語中「家」的著眼點：「……今惟麻城劉涎白承禧家有全本，蓋從其妻家徐文貞錄得者。」徐文貞即徐階，萬曆十一年已

2　錢伯城《袁宏道集箋校》，頁 1596-1597。

3　馬學良也將此函繫於萬曆二十四年，見其《袁中郎年譜》，天津：天津古籍出版社，1991 年，頁 28-32。周鈞韜為證明《金瓶梅》是王世貞及其門人聯合創作，將其時間提前到萬曆二十三年，語頗牽強，見其〈袁中郎與《金瓶梅》傳世的第一個信息〉，收入《金瓶梅新探》，天津：百花文藝出版社，1987 年。

死，有人逕據此認定《金瓶梅》至遲至萬曆十一年已成書問世。但是，袁宏道此語的本意顯然在家與家的傳承，而非徐文貞與劉承禧的個人授受。很難想像一個被謚為「文貞」的正統派高級官僚，會收藏《金瓶梅》這樣一部有明顯「誨淫」和反政府傾向的小說，並把它傳給自己的女婿（過去很長一段時間都以為徐文貞即劉承禧岳丈）。幸好早有學者考出劉承禧的岳丈不是徐階，而是徐階之孫、太常卿徐元春[4]。因此，麻城劉家的抄本，必自徐元春或其子（據《明史·徐階傳》，徐元春有子、孫，均曾做官）手上傳得，具體時間當跟袁宏道說話的萬曆三十四年不遠。徐、董均為華亭名家，徐家抄本必自董其昌而來。另外，董其昌還與劉承禧有直接交往。《容臺詩集》卷三〈題劉金吾牛山讀書圖〉二首，其一云：「壯爾百城真坐擁，鄴侯如鄙不成邦。」其二云：「見說邊烽勞仄席，肯容定遠又書生。」金吾，指劉承禧的世襲錦衣帥職。這是一個文武並修、聲高朝野、貴延多世的大家族。屈振奇等纂修、康熙九年刊《康熙麻城縣志》卷七〈劉守有傳〉載：「劉守有，號思雲，武進士出身，襲祖莊襄公蔭，官大金吾，加太傅，膺神廟寵眷殊渥。子承禧，號延伯，亦武進士襲職，好古玩書畫。奕葉麗閶豐華，人以為邑之王、謝也」。

謝肇淛《金瓶梅》「於丘諸城得其十五」的「丘諸城」應為「丘麻城」之誤。美國學者馬泰來認定丘諸城，即《萬曆野獲編》卷二十五〈詞曲·金瓶梅〉所載藏有《玉嬌李》之丘志充[5]，學術界多予采信。但《玉嬌李》雖為《金瓶梅》續作，二者畢竟不是一物，「丘諸城」與「諸城人丘志充」之也沒有多少接近之處。更為重要的是，據馬氏考證，丘志充萬曆四十一年才考中進士，且毫無詩名；而謝肇淛為袁宏道同年，萬曆二十年進士，考中進士的時間比丘早了 21 年，且為當時閩派詩人大家，錢謙益《列朝詩集》丁集第十六直以「近日閩派之眉目也」稱之，後且列名《明史·文苑傳》，謝、丘之間不可能有什麼深的交往。丘麻城即麻城丘坦丘長孺，公安派作家，萬曆三十四年舉武鄉試第一，官至海州參將，《康熙麻城縣志》卷七有傳。袁宏道在卸任吳縣令的萬曆二十四年底曾作〈丘長孺〉詩二首，其一云：「放開雙孔眼，閱盡一時人，言語誰同味，肝腸孰最真？金陵居可買，是否作佳鄰？」其二云：「只愁君不來，君來我當設。酒可供千人，米亦夠三月。君來當即來，明日吳令發。」又曾作〈與丘長孺〉尺牘云：「弟一病數月，上官已放歸矣。過團風幸出一會，弟先遣人報知，近作頗有得意處，刻成當呈。」據此，丘長孺完全具備從袁宏道那裏得到抄本的條件。丘長孺、謝肇淛既同遊公安門庭，二人發生交往從而前者將抄本傳給後者，也就十分自然。但既然謝肇淛從丘處得到的抄本，比他從袁宏道那裏直接得到的還要多，那就說明，丘的抄本還有另外的來源。這就

4　劉宏〈關於《金瓶梅》最早收藏者的補證〉，《文學遺產》，1989 年第 3 期。

5　〔美〕馬泰來〈謝肇淛的〈金瓶梅跋〉〉，《中華文史論叢》，1980 年第 4 輯。

是同鄉劉承禧。張廷玉等《明史‧刑法志三》載：「錦衣衛陞授勳衛、任子、科目、功陞，凡四途。嘉靖以前，文臣子弟多不屑就。萬曆初，劉守有以名臣子掌衛，其後皆樂居之。士大夫與往還，獄急時頗賴其力。守有子承禧及吳孟明其著者也。」劉守有的這位名臣之父，《康熙麻城縣志》卷七〈劉守有傳〉所載劉守有以武進士而「襲祖莊襄公蔭」的「莊襄公」，劉承禧的祖父，即嘉靖間官至兵部尚書的劉天和。《康熙麻城縣志》卷七在〈劉守有傳〉之前有〈劉天和傳〉，略云：

> 劉天和，字養和，號松石，正德進士，授主事。改檢察御史，按陝西，以法裁大璫廖鎧，忤逆瑾，詔獄謫金壇丞。瑾敗，起湖州府，轉陝西提學副使，擢都御史，巡撫甘肅，……荒裔效順。……嘉靖間漕河淤塞，巡視河道，……運道遂通，進三邊總督。……陞左都御史，……加兵部尚書，總制如故。……捷聞，上告廟策勳，蔭子錦衣衛千戶。旋以兵部尚書召入，提督團營。……卒贈少保，謚「莊襄」。著有《問水集》《關陝奏議》《安夏錄》。

重要的是，這位文韜武略樣樣精通，有節操又有大建樹的一代名臣既是劉承禧祖父，也是丘長孺的親戚。請看《列朝詩集》閏編第五載：

> 丘劉，丘婦劉氏，麻城人，兵部尚書劉天和之孫女，丘坦長孺之妻也，集唐最工。

原來，丘長孺之妻乃劉承禧的親姐妹或堂姐妹，劉承禧與丘長孺乃是舅子和姑爺的關係。難怪劉承禧走的是武進士之路，丘長孺以文臣之後（《康熙麻城縣志》卷七〈丘齊雲傳〉〈丘坦傳〉載丘長孺為丘齊雲之子，丘齊雲為嘉靖進士，三十多歲即官至知府）卻也走了武舉之路。劉承禧、丘長孺之間有太多交集（《光緒黃州府志》卷十九〈丘齊雲傳〉載丘齊雲亦曾出任湖州知府，則丘齊雲還是劉天和的湖州知府後任），故丘的抄本必從劉家而來。

第三條線索的澄清，可以進一步否定清以來有關王世貞為《金瓶梅》作者的種種謠傳。本來，吳晗早在本世紀三十年代就已用雄辯的考證，推翻了盛傳已久的王世貞著書報仇說；但至今仍有學者對王世貞說念念不忘。關鍵的原因還在謝肇淛的〈金瓶梅跋〉和屠本畯的《山林經濟籍‧觴政跋》。

如前所述，謝文作於萬曆三十四年以後；據錢伯城《袁宏道集箋校》，袁宏道《觴政》作於萬曆三十四至三十五年。屠文既為《觴政》而作，時間亦必在萬曆三十四年以後。二文基本作於同時甚明。但一個說「唯弇州家藏者最為完好」，一個說「王大司寇鳳洲先生家藏全書，今已失散」，實相矛盾。王世貞萬曆十八年去世。這就是說，不論「完好」，還是「失散」，二文講的都是王世貞死去十六年以後王家的抄本情況，而非王世貞本人擁有抄本的情況。一個非親非故的後人，憑什麼對一個已死去16年的前輩的私

人秘密，那麼瞭若指掌！而且，儘管可能存在著抨擊嚴氏父子、批判嘉靖朝政的創作動機，以思想、道德和藝術修養而論，王世貞也只能形諸《鳴鳳記》式大義凜然的歌唱，而不可能寫出《金瓶梅》這樣「作穢言以泄其憤」的小說。然則，王家的抄本既非世貞原有，又是從哪裏來的呢？《明史·王世貞傳》載：

> 世貞子士騏，字冏伯，舉鄉試第一，登萬曆十七年進士，終吏部員外郎，亦能文。

據《明史》本傳，董其昌萬曆十七年考中進士，即授翰林院庶吉士，後轉編修。由此可見，王士騏與董其昌同年、同鄉（王之家鄉太倉與董之家鄉華亭為鄰邑），又同在北京做官，王家的抄本必來自董其昌。

第四條線索中的王肯堂即王宇泰。《光緒金壇縣志》卷九〈人物志〉載：

> 王肯堂，字宇泰，樵子，萬曆己丑進士，改翰林院庶吉士，三年授檢討。時倭寇破朝鮮，聲言內犯。大司馬倉皇募士，肯堂疏陳十議，忤上意，疏留中，不報。會京察降調，引病歸，家居十四載。……丙午，吏部侍郎楊時喬薦補南行人司副。

據此，王肯堂萬曆十七年考中進士，二十至三十四年離官家居；他是董其昌同鄉，且同時為翰林院庶吉士。據黃惇〈董其昌年表〉把王的家鄉金壇定為董一生活動的主要地點之一，並考定王家居期間，董至少有兩次即萬曆二十六、三十一年，專程到金壇拜訪王肯堂，切蹉書畫。王本人的《鬱岡齋筆麈》也寫到他與董其昌的長期交往，可見二人關係十分親密，屠本畯所見王肯堂的抄本當來自董其昌。前文既云屠本畯見到王穉登抄本的時間必在萬曆二十五年以後；而屠本畯所述兩見抄本之語，中間又無時間句隔開，則兩見必在同年，即是說，屠本畯見到王肯堂抄本的時間也在萬曆二十五年以後，三十四年以前。

董其昌的抄本又是從何而來呢？——

三、以翰林院為中心的流傳線索

葉桂桐先生曾認為《金瓶梅》早期抄本有三個流傳中心，即北京、蘇州、湖北，「北京又以翰林院最可注意」[6]。其實，翰林院不僅是北京地區的流傳中心，也是當時所有傳世抄本的終極性來源。這方面至少有兩條線索：

6　葉桂桐〈《金瓶梅》抄本考〉，收入《金瓶梅作者之謎》，銀川：寧夏人民出版社，1988年。

```
翰林院 ──┬──→ 董其昌
         └──→ 文吉士
```

　　第一條。據黃惇〈董其昌年表〉，董其昌自萬曆十七年選庶吉士後，到二十四年將抄本傳給袁宏道之前，僅有二十年下半年一次短暫的出使活動，其餘時間均在翰林院。因此董的抄本必得自翰林院的文人圈子，具體時間約在萬曆二十二至二十三年，距他把抄本再傳給袁宏道不遠；否則，以他廣泛而活潑的交際，抄本露面的時間也會更早。此時王肯堂早已不在翰林院，故本文斷定王的抄本來自董，而非直接來自翰林院。

　　第二條。薛岡《天爵堂筆餘》卷二載：

> 往在都門，友人關西文吉士以抄本不全《金瓶梅》見示。余略覽數回，謂吉士曰：「此雖有為之作，天地間豈容有此一種穢書？當急投秦火。」後二十年，友人包岩叟以刻本全書寄敝齋，予得盡覽。初頗鄙嫉，及見荒淫之人皆不得其死，而獨吳月娘以善終，頗得勸懲之法。但西門慶當受顯戮，不應使之病死。簡端序語有云：「讀《金瓶梅》而生憐憫心者菩薩也，生畏懼心者君子也，生歡喜心者小人也，生效法心者禽獸耳。」序隱姓名，不知何人所作，豈確論也。

此文對刻本的描述與今見萬曆丁巳序本《金瓶梅詞話》完全一致，故此刻本當即詞話本或詞話本的翻刻本。詞話本刻於萬曆四十五年以後，則薛二十年前見到文吉士抄本的時間，必在萬曆二十五年以後。事實上，這位文吉士，經葉桂桐先生檢索，就是萬曆二十九年考中進士，初授翰林院庶吉士的文在茲[7]。薛岡，據《甬上耆舊詩》卷二十四小傳載：

> 薛山人岡，字千仞。少以詩避地客於長安，為新進士代作考館文字，得與選，因有盛名，一時共稱薛千仞先生。……千仞年八十，集其生平元旦除夕詩為一卷，起萬曆庚辰，至崇禎庚辰。

萬曆庚辰即萬曆八年。由此可見，薛岡從萬曆八年開始就長期在北京盤桓，以「代作考館文字」（翰林院「規定作業」）來交接初選翰林院庶吉士的新科進士，故其自云「往在都門，友人關西文吉士」云云，確非虛語。查文在茲在翰林院做庶吉士的時間，《同治三水縣志》卷七載：

> 文在茲，字少元，在中胞弟。萬曆辛丑科，登許獬榜進士。初授翰林院庶吉士，不二載，以終養歸，卒。

7　葉桂桐〈《金瓶梅》成書年代新線索〉，收入《金瓶梅作者之謎》。

這裏的「許獬」應為「張以誠」，二人同年，大約前者的成就和名氣比後者大，所以科名稱呼竟忘懷了後者而取了前者。同卷並載其兄文在中，為萬曆二年進士，歷官淮安府教授、國子監博士、禮部主事。《雍正揚州府志》卷二十七又據《崇禎泰州志》卷四、《道光泰州志》卷二十載文在中進士及第：「授儀部主事，以言事謫泰州同知，豐裁峻屬，不畏強禦，城社之蠹，靡不望風匿影；而保民如嬰赤。尤重學校，士貧不能自給，每捐俸以助。二年，仍陞主客司主事。」綜上可知，文在茲躡其兄在都城之清望，在翰林院做庶吉士的時間在萬曆二十九年至次年初；這既是文在茲以《金瓶梅》抄本秘示薛岡的時間，也是文在茲本人新獲此抄本的時間。文在茲抄本的最大來源應該就是翰林院文人圈子。這個圈子中的董其昌有抄本；但據黃惇〈董其昌年表〉，萬曆二十六至三十三年，董其昌一直在江南遊歷、休病，不在北京。然則，文在茲的抄本又得自翰林院中何人之手？何人在翰林院中呆了這麼久，萬曆二十二至二十三年把抄本傳給董其昌，萬曆二十九年稍後又把抄本傳給了文在茲？——

四、關鍵人物陶望齡

　　董其昌在翰林院的最親密朋友，並同時具備把抄本傳給文在茲條件的唯一人物是會稽人陶望齡。

　　董、陶之間的親密關係，有大量文獻可證。《容臺文集》卷四〈太傅許文穆公墓祠記〉載：

> 神宗朝歲在己丑，吾師許文穆公典南宮試事，所舉會稽陶望齡、華亭董其昌、南昌劉日寧，三人皆以天下士相許，復以生死交相托。

己丑，即萬曆十七年。據諸史記載，本年許國主持南宮會試，陶望齡為第一甲第一名，授翰林院編修，董其昌為第二甲第一名，選庶吉士。《容臺文集·陳繼儒序》也云：

> （董其昌）己丑讀中秘書，日與陶望齡、袁伯修遊戲禪悅，視一切功名文字直黃鵠之笑壞蟲而已。

伯修即宏道兄宗道。董本人的《畫禪室隨筆》卷四又云：

> 袁伯修見李卓吾後自謂大徹。甲午入都，與余復為禪悅之會。時袁氏兄弟、蕭玄圃、王衷白、陶周望數相過從，余重舉前義，伯修竟溟涬余言也。

甲午即萬曆二十二年。以上諸人中，袁氏兄弟不必考慮；王衷白、蕭玄圃分別為萬曆十

一、十四年進士，與董到底有行輩之隔（《萬曆野獲編》卷十〈詞林前後輩〉條載「詞林極重行輩，即前一科者見必屏氣鞠躬，不敢多出一語」）；劉日寧雖亦同年，但據《明史》本傳，他以剛正仁孝名世，甚少藝術才情和涉獵禪趣，故董與他的私交其實並不密切。相比之下，董、陶之間的交誼卻是伴隨二人始終的。《容臺別集》卷一即載有董晚年的一篇回憶文字：

> 陶周望以甲辰冬請告歸，余遇之金閶舟中。……丁未春兩度作書，要余為西湖之會。有云：「兄勿以此會為易。暮年兄弟，一失此便不可知。」蓋至明年，而周望竟千古矣。其書中語遂成讖，良可慨也。

周望亦為望齡字，甲辰、丁未即萬曆三十二、三十五年。陶《歇庵集》卷十二載有〈與董玄宰年兄〉，顯即此次相遇後所作：

> 昨吳門邂逅，喜出意表，病夫難後會，欲為吾兄為一日留而不果。當來之朝，知何許耶？……

事實上，萬曆三十二年以前，董其昌還有一次專程繞道會稽、拜訪陶望齡的活動。《嘉慶山陰縣志》卷六載：

> 獨石軒，在東中坊，明吏部尚書董文簡玘家塾，陶望齡、董其昌嘗譚藝於此，各存題句。

董玘為正德朝吏部尚書。他既是董其昌的同宗前賢，又是陶望齡的外高祖。《會稽漁渡董氏族譜》卷三十三〈藝文志〉錄〈大易床頭私錄·陶望齡序〉云：「予舅氏久所董公，乃文簡之孫。」《康熙會稽縣志》卷二十三〈董祖慶傳〉亦載：「董祖慶，字久所，文簡公玘之孫，思近之子也。」陶望齡《歇庵集》卷十四〈祭董久所先生文〉又云：「齡於先生，尊惟伯舅。」如此，董其昌、陶望齡之間便隱約有了一層遠親關係。至於董這次到訪的時間當在萬曆二十年底到二十一年初，當時董其昌出使武昌返程觸暑，回江南休養，而陶亦離職鄉居（詳下）。總而言之，與董其昌同年為進士，同年進翰林院，有共同趣味和十分密切的公開和私下交往，從而最有可能成為董抄本來源的人物，就是陶望齡。

　　不僅如此，陶望齡還具有把抄本傳給文在茲的條件。《會稽陶氏族譜》卷十九〈大司成文簡公傳〉載其生平最詳：

> 公諱望齡，字周望，又字石簀。……己丑，以第一人舉於南宮，廷對擢第三，授

翰林院編修，讀書秘館，於是專致力於聖賢之學矣。辛卯，請告南還，與弟君奭
等終日論學。……甲午，補原職，修國史，撰《開國功臣傳》。乙未，分校禮闈，
得湯嘉賓等十有九人，皆知名士。……丁酉，復請告返越，道吳，從伯修之弟中
郎語三日。……戊戌，泗橋公棄養，治喪如禮。服闋，奉太夫人北上，復補原官。
未幾，轉太子中允，撰述制誥。時東朝始建，覃恩被於庶僚，綸命委積，日數十
軸未休。……丁酉，以左春坊左諭德兼翰林院侍講，典試留京，得王納諫等一百
三十有五人，亦皆知名士。俄而妖書事起……

己丑、辛卯、甲午、乙未、戊戌，即萬曆十七、十九、二十二、二十三、二十六年；「東
朝始建」指皇長子常洛被立為皇太子，在萬曆二十九年；「妖書事」發生在萬曆三十一
年。再核按萬曆三十九年刻二十卷本陶望齡《歇庵集》卷十載萬曆三十二年作〈請告疏〉
「臣係浙江紹興府會稽縣人，中萬曆十七年進士，授翰林院編修，十九年七月，告病回籍；
二十二年間，病瘥赴部，仍補原官，次年十月，復以疾賜告，隨丁臣父憂；至二十九年，
服滿赴部」，萬曆三十四年作〈起國子監祭酒辭免疏〉「臣浙江紹興府會稽縣人，由進
士歷官左諭德，於萬曆三十二年八月請告回籍」，「入仕以來，三以病退，枯羸無用，
畢願林泉。忽於去冬十二月十九日，接得邸報，恭荷天恩，起陞臣國子監祭酒」云云，
可知從萬曆十七年進士及第至十九年七月，萬曆二十二年至二十三年十月，萬曆二十九
年至三十二年八月，陶望齡一直在翰林院，除從事各項撰述活動外，還先後參與了萬曆
二十三年的北京會試閱卷，主持了萬曆三十一年的應天鄉試。二十卷本《歇庵集》卷末
陶奭齡〈先兄周望先生行略〉對這些行蹤有更詳細的說明。可見，當文在茲萬曆二十九
年進入翰林院接受庶吉士教育時，陶望齡正是其中資格最老、最為清貴的前輩。

綜合各種材料來看，董其昌、文吉士的抄本來自陶望齡，應是最合理的解釋。然則，
陶望齡手上的《金瓶梅》又是從何而來呢？是否有可能陶望齡自己就是《金瓶梅》的作
者呢？例如，魏子雲在主張《金瓶梅》作者屠隆說之前，就曾以陶望齡的剛正性情合於
《金瓶梅》作者，認為這種情況「不無可能」[8]。其實，不論是就性情，還是就寫作才能
來說，這都是絕不可能的。陶望齡府、縣志均入理學傳，不僅性情剛正，而且嚴格拘禮、
內傾，缺乏《金瓶梅》作者「作穢言以泄其憤」的強烈叛逆精神；有時他也有灑脫的一
面，但這種灑脫不過是沉醉於禪趣的玄妙和鄉居的安恬，絕無《金瓶梅》作者應有的狂
放、狂傲和狂浪氣味；錢謙益對他生平的概括「閱歷清華」「清新自持」等語，也絕對
與《金瓶梅》作者對不上號。《明史·黃輝傳》載：「時同館中詩文推陶望齡，書畫推

8　石昌渝等編《臺港金瓶梅研究論文選》，南京：江蘇古籍出版社，1986年，頁248。

董其昌，輝詩及書與齊名。」可見陶望齡是當時館閣詩文的寫作高手。但從各種傳世文字來看，陶望齡對小說、戲曲等通俗文體並無甚興趣。然則——

五、最終源頭乃徐渭

我們認為，陶望齡手上的《金瓶梅》來自徐渭，而且極有可能就是徐渭的原稿。

陶望齡與徐渭關係非同一般。第一，「周望於詩好其鄉人徐渭」（《列朝詩集》丁集第十五），在當代詩人中最推崇徐渭，也是徐渭詩作的一二最早推崇者。徐渭去世不久，他就為作〈徐文長傳〉，稱：

> 越之文士著名者，前推陸務觀最善，後則文長。自古業盛行，操翰者羞言唐宋，知務觀者鮮矣，況文長乎？文長負才，性不能謹飾節目，然跡其初終，蓋有處士之氣；其詩與文亦然，雖未免瑕纇，咸以成其為文長者而已。中被詬辱，老而病廢，名不出於鄉黨，然其才力所詣，質諸古人，傳於來祀，有必不可廢者。秋潦縮，原泉見，彼恇喧泛溢者須臾耳，安能與文長道修短哉！

在徐渭依然「名不出於鄉黨」的時候，望齡將之媲美陸游，斷言其詩作具有遠高於當代主流詩派的久遠價值，對徐渭推崇之至。出於這種推崇之情，陶望齡在徐渭生前與之發生交往，當是必然。

第二，陶望齡是徐渭遺作的刊刻行世者。《歇庵集》卷十一〈與袁六休〉（六休亦宏道字）云：

> 天池遺稿甚富，今正購寫，已得四五，弟亦稍為校閱。詩存其九，文存其五，校畢當集為善板流行。……蕞爾之地，前有務觀，後有文長，亦云盛矣。然今人尚不知有陸，況於徐耶？

卷三〈徐文長三集序〉又云：

> 徐渭文長故有三集，行者《文長集》十六卷，《闕編》十卷，藏者《櫻桃館集》若干卷。行者板既弗善，而渭沒後藏者又寢亡軼。予友商景哲及遊渭時，心許為匯刻之，及是歎曰：「吾曩雖不言，然不可負心者。」遂購寫而合之，屬望齡詮次，授諸梓。

據此，也可以說，陶望齡就是徐渭遺作的最終保存者。

第三，更重要的是，陶望齡與徐渭有鮮為人知的基於家族背景的特殊關係。這種特

殊關係的形成因素極其全面，包括了母黨、妻黨和父黨三個方面。母黨方面：《徐文長三集》（以下稱《三集》）卷十一詩題〈盛懋秋江畫，董堯章索題〉，卷二十〈跋書卷尾〉其一云「董丈堯章，一日持二卷命書」，《徐文長逸稿》（下稱《逸稿》）卷四題〈董堯章謝國塾，歸葬其親〉。徐渭的這位朋友董堯章，乃陶望齡舅父董久所之堂兄弟。《會稽漁渡董氏族譜》卷三十〈家傳〉連載：

> 九世久所公，諱祖慶，字餘徵，號久所。……勤學好古，於書無所不讀，為府學諸生，聲名藉甚。當時人稱郡學有三傑，公亦其一；其二人則指錢岳陽、胡璞完也。錢、胡皆破壁飛去，公獨沉淪諸生。……
>
> 九世鏡元公，諱煥，字堯章，號鏡元，邑庠生。天資秀穎，博通群籍。……公為人度量卓越，略於細務，嘗自負才略，有落落一世之概，而卒以不偶，時論惜之。

徐渭與董家兄弟同住府城，同是才高不偶之人，發生密切交往在情理之中。實際上，徐渭還是陶望齡舅父久所之子董日鑄的朋友。同譜卷三十三《藝文志》錄十世日鑄公的〈李長吉詩集評注〉，題下即注：「山陰徐渭合評。」

妻黨方面：《三集》卷二十一〈商大公子像贊〉：「公子為誰？特專葩經。雅志林壑，築室土城。授鄙以記，刻之貞瑉。」此商大公子即與陶望齡共同輯刊徐渭遺作的商景哲。徐渭所作〈西施山書舍記〉載於同書卷二十三，內云：「西施山去縣東可五里，《越絕》若《吳越春秋》並稱土城，商伯子用值若干而有之。……伯子名濬，字景哲。」商濬，這位著名小說叢書《稗海》的編刊者，又有何家世背景？「商濬是徐文長至交商燕陽的長子。」[9]商燕陽即嘉靖朝太僕寺卿商廷試之子，隆慶五年辛未科張元忭榜進士，以監察御史巡按山東、福建兩省，所至多善政，被何喬遠《閩書》卷四十五稱為「所疏議皆諳達大體，文詞宏練，執政嘆服」，官終大理寺少卿的商為正。《逸稿》卷十五〈壽太僕商公八十序〉，即徐渭五十七歲時為商廷試而作。《徐文長佚草》卷二有〈為商燕陽題劉雪湖畫〉，卷四有〈與商燕陽〉，卷七有〈商燕公永雛堂〉榜聯。徐渭與商廷試、商為正、商濬等一門三代的深厚交誼彰明。此商家父子與陶望齡又是什麼關係呢？《會稽陶氏族譜》卷十一世系載：

> 十世望齡，字周望，號石簣，行十。……配太僕卿燕陽商公女，封孺人。

《歇庵集》卷十四〈祭外父文〉亦載：「萬曆壬寅（三十年）冬十月廿七日，外父大理寺少卿燕陽先生訃來京。其子婿陶望齡方備官端府，聞信驚隕。」卷十八又載〈內兄商仲

9　徐侖《徐文長》，上海：上海人民出版社，1962 年，頁 211。

文墓碣〉云：「仲文商氏初諱洛，更名維河，仲文字也，陝西行太僕寺卿諱廷試孫，大理寺左少卿諱為正子。」故此可知，徐渭的至交商燕陽乃陶望齡岳父，商燕陽的長子商濬、仲子商洛乃陶望齡的兩妻舅。

父黨方面：《三集》卷十九有〈贈陶刑部侍郎公序〉，內稱「泗橋侍郎刑部」，「今丁丑正月之十八日，為君六十辰」。《康熙會稽縣志》卷十三載：「陶承學，號泗橋，嘉靖丁未進士，初仕中書，擢南臺御史。……子五，與齡舉人，望齡會元，奭齡舉人，祖齡國學生。」據此，此序正是為陶望齡之父陶承學六十壽辰而作。《逸稿》卷十五又有〈壽某刑部公七秩序〉，內云「翁門閥家學，稱吾越最。翁起進士，理大府，轉遷刑部」，則為陶承學七十壽辰而作（陶曾做徽州知府，才卒）。前序丁丑即萬曆五年，故後序當作於萬曆十五年，此時陶望齡尚未登進士。

統而言之，徐渭與陶望齡外祖父之家、岳父之家和自己家均有很深交誼。在這一背景之下，陶望齡本人與徐渭發生密切交往，還能有什麼問題嗎？至於《三集》等書中並無詩文直接提到陶望齡，原因當在於，陶望齡在整理徐渭遺作時，將有關自己的部分抽掉了。

第四，徐渭去世時，陶望齡恰離官家居。據諸史記載，徐渭於萬曆二十一年在家鄉紹興府城去世。而據前述家傳和府、縣志記載，陶望齡於萬曆十九年請告南還，二十二年才北返京城，在徐渭去世前後 3 年，一直鄉居在家；不論是出於個人的景仰和同情，還是基於家族的交誼，他都不能不對垂暮之年的這個坎壈老人有所噓慰。陶望齡接睹徐渭臨終一幕可能性極大。

如果《金瓶梅》確是徐渭所作，那麼，它的最大可能的去向，就是和他的其他文字一樣，落入陶望齡之手。徐渭可能在臨終直接交給他；也可能交給商景哲或董日鑄，他們又轉交給他；就是流落到其他人之手，陶望齡也可以設法搜訪回來。[10]

最後，再讓我們回過頭來看一看——

六、袁中道「紹興老儒」說的由來

細玩《遊居柿錄》這段話：

> 往晤董太史思白，共說諸小說之佳者。思白曰：「近有一小說，名《金瓶梅》，

---

10 萬曆二十六年袁宏道〈答陶石簣〉就云：「徐文長老年詩文，幸為索出。恐一旦入醋婦酒媼之手，二百年雲山，便覺冷落。此非細事也。」錢伯城《袁宏道集箋校》，上海：上海古籍出版社，1981年，頁 743。

極佳。」予私識之。後從中郎真州，見此書之半，大約模寫兒女情態俱備，乃從
《水滸傳》潘金蓮演出一支。所云「金」者，即金蓮也；「瓶」者，李瓶兒也；「梅」
者，春梅婢也。舊時京師，有一西門千戶，延一紹興老儒於家。老儒無事，逐日
記其家淫蕩風月之事，以西門慶影其主人，以餘影其諸姬。瑣碎中有無限煙波，
亦非慧人不能。追憶思白言及此書曰：「決當焚之。」……

「紹興老儒」云云，必為中道「從中郎真州，見此書之半」時，從中郎處聽得，具體時間
如前所述，在萬曆二十五年秋。袁宏道的話本身有不少煙波，不必盡信；但他要表達的
主要意思，還是非常明確的，即《金瓶梅》出於一位紹興老儒生之手（「老儒」絕不能指
老官僚）。我們知道，萬曆二十四年十月，袁宏道在給董其昌的信中還問「《金瓶梅》從
何得來」，當然不知道它的作者情況。從萬曆二十四年十月，到萬曆二十五年秋，其間
有什麼樣的生活經歷，使得袁宏道有緣發現了有關《金瓶梅》作者的上述秘密呢？這就
要涉及袁宏道與其兄宗道翰林院同僚陶望齡的交往。宏道萬曆二十年赴京參加會試，此
時望齡在鄉；萬曆二十二年望齡回京，二人開始有所接觸，但無正式的私下交往。這從
雙方文集中本年部分均未出現對方名字可知。萬曆二十三年，望齡請告回鄉，途中順訪
吳縣，他們的私交開始。第二年九月，望齡攜弟，再次到吳縣拜訪宏道，賓主暢談五日，
並約定明年會於杭州。翻檢錢伯城《袁宏道集箋校》，萬曆二十五年二月，罷官後的宏
道從無錫出發，到杭州，走會稽，在望齡兄弟等陪同下，在紹興境內及鄰近景勝之地逗
留了四月。此次紹興之行，是二人交誼的一次大發展。離別之際，陶望齡作〈別袁六休〉
七章（見《歇庵集》卷二），袁宏道更作〈別石簣〉十首（見《解脫集》卷二），互致深深眷
戀。例如，袁詩其一、其二：

> 別石簣，石簣何忍別。相知是相知，知處難容舌。
> 一等是肝腸，輸君生死切。烈火燎虛空，火盡空不滅。
> 古今只四倫，大抵缺朋友。誰識楚越人，萬里為奇偶。
> 我腸寄君心，君言出我口。覓同本自無，異於何處有？

對於袁宏道來說，此行還有另一大收穫。重回無錫後，他在〈與吳敦之〉中總結此行說：

> 自春徂夏，遊殆三月；由越返吳，山行二千餘里。山則……水則……泉則……友
> 則……就中唯周望與弟相終始，相依三月……
> 所可喜者，過越，於亂文集中識出徐渭，殆是我朝第一詩人，王、李為之短氣……

袁宏道當然是在陶望齡的書宅中「識出」徐渭的，這有他自己的〈徐文長傳〉可證。因

此，我們有理由相信，袁宏道「紹興老儒」的發現是這趟紹興之行的結果。事情很可能是這樣：陶望齡在二人感情親密無間的狀況下，忍不住把《金瓶梅》作者就是徐渭的秘密告訴了他；為了繼續保全死者的「名節」，也為了使自己的推崇之舉（徐渭的詩文正是在陶望齡、袁宏道的大力推崇下，才風靡萬曆後的文壇的）不致被其「穢名」抵消，袁宏道故意在交遊甚廣的中道面前隱去了徐渭的名字，編造出一個「紹興老儒」的貌似荒唐的說法。

「蘭陵笑笑生」揭秘

　　早在三十年代，英國漢學家阿瑟・韋利就提出了《金瓶梅》作者應為徐渭的看法；遺憾的是，這一見解卻是建立在一個似乎不可思議的有關姓名的大誤解之上[1]。因此，隨著誤解被點破，舊「徐渭說」八十年代以來，一直被棄若敝屣，無人理睬。但是，人們沒有想到，自然科學的研究中存在巧合，人文科學的研究同樣有「歪打正著」的時候。將無數的蛛絲馬跡歸到一起，應該承認，那位英國漢學家的確撞著了《金瓶梅》作者的秘密。

一、諸謎謎底為「浙東紹興府山陰縣徐渭」

　　第一，廿公跋署名暗示作者姓「徐」。詞話本卷首跋的署名為「廿公」，「廿公」的對應詞是「廿女」。廿女，據清吳翌《遜志堂雜鈔》甲集引〈兼明書〉載：「吳王之女名二十，故吳人呼二十為念。」廿女既可指吳國公主，那麼，廿公可解為吳國公子；古代吳國的最著名公子乃春秋時的季札。《史記・吳太伯世家》載：

> 季札之初使，北過徐君。徐君好季札劍，口弗敢言；季札心知之，為使上國，未獻。還至徐，徐君已死，於是乃解其寶劍，繫之徐君塚樹而去。從者曰：「徐君已死，尚誰予乎？」季子曰：「不然。始吾心已許之，豈以死倍（背）吾心哉！」

季札悼徐君，即吳國公子悼徐君，即廿公悼徐君。此跋署名寓悼徐君意，暗示《金瓶梅》作者當姓徐。

　　第二，小說所安排的唯一的歷史見證性人物，所虛構的唯一的正面官員都姓徐，也暗示作者姓「徐」。從第三十回西門慶生子加官，到第八十回西門慶出喪，在小說主體部分，活躍著「陰陽徐先生」這一人物：西門慶兩次陞官，由他選擇衙門到任的日期；西門慶上墳光宗耀祖，由他看風水，重定墳門方向；愛子官哥兒，愛妾李瓶兒，直至西

1　周鈞韜〈《金瓶梅》作者二十三說考略〉，收入《金瓶梅新探》，天津：百花文藝出版社，1987年。

門慶自己的死，全由他批黑書，破土，定大殮和出喪的日期。徐先生成了西門府鼎盛至衰亡時期一切重大活動的冷靜參與者與歷史見證人。和全書絕大多數人物不同，徐先生在小說中除了履行事件目擊者的職責，沒有個人品性善惡的任何表現。這是一個地地道道的中性人物，無疑，他是作者客觀視點的自況。全書正面官員有兩個，一即前半部中的曾孝序，此人《宋史·忠義傳八》有傳，非作者故設；一即後半部中的浙江「嚴州府知府徐封」。此人不貪財徇私，不糊塗斷案，不官官相護，與蔡御史、宋巡按、西門提刑等一大批貪官、昏官、惡官形成鮮明對比。作者虛構這個人物，顯然寄託了自己的政治信念。兩個不同尋常的人物都姓徐，這一設計不尋常。

第三，故事背景改在清河縣，暗示作者籍貫為「山陰」，名字與「清」「渭」等字相關。《水滸》中武大從清河縣搬來陽穀縣，相關故事遂發生在陽穀縣；《金瓶梅》則改為武大從陽穀縣搬來清河縣，全書故事都圍繞清河縣展開。至於清河縣的上一級行政區劃，作者有一明一暗兩種安排：明裏，如第一回所寫，武松在清河縣打虎，「傳得東平一府兩縣，都轟動了」，清河縣的上級行政區劃是東平府；暗裏，如第二十八回所寫賀金從清河縣提刑陞淮安府提刑，第一百回所寫韓愛姐逃難「出離了清河縣」，「將到淮安上船」等暗示，清河縣又隸屬於淮安府。明裏的用意在照顧《水滸》原有的故事基礎，暗裏更有特殊目的在。據《明史·地理志》，明代淮安府轄九縣二州，首縣山陽縣治即府治。「陽」很容易使人想到「陰」，「山陽」關聯著「山陰」，山陰乃紹興府首縣，縣治亦即府治。由此可見，故事背景改在清河縣，目的在於帶出淮安府，帶出淮安府，也就帶出山陽縣，山陽縣遙遙影射山陰縣，此當即作者籍貫。同時，清河又即清水，清水即渭。《詩經·谷風》：「涇以渭濁。」朱熹注：「涇濁渭清，然涇未屬渭之時，雖濁而未甚見；由二水既合，而清濁益分。」小說第九十二回特地點明徐封，「係陝西臨洮府人氏」。臨洮府為渭水發源地，境內並有清源河，在渭源縣東南流入渭水。可見作者對「清」「渭」二字情有獨鍾。《徐文長三集》卷二十六〈自為墓誌銘〉：「初字文清。」卷四〈休寧范君燦詩〉：「流水孰可堤，趨渭舍河濁。」另外，卷十一有〈山陽歌，醉中贈魯君二首〉，從詩意來看，徐渭到過淮安府山陽縣。《徐文長逸稿》卷十四有〈代賓峰石先生應召序〉，內云：「當丙子冬，鄉同年永嘉蔣君某者，道病，至清河，既委頓，往投知清河者石公。余與六人計偕者過清河，……又未幾，而某亦承乏山陽。」可見徐渭還曾有友人任職山陽。

第四，「蘭陵」隱指「紹興」，「明賢里」隱指「浙東」。詞話本卷首欣欣子序與弄珠客序的署名不同，前者無年代，亦無鄉貫，只有一個模糊的「明賢里之軒」；後者則年代、鄉貫俱全。廿公跋更不同，除了「廿公書」三字，乾脆什麼也沒有。如果說，弄珠客序即詞話本刊刻者所制；那麼，欣欣子序、廿公跋當出作者之手，笑笑生、欣欣

子、廿公均作者自名，蘭陵、明賢里亦作者鄉貫自道。不過，作者既要藏名遁跡，名不實指，鄉貫亦絕非實書。因此，以往的研究者按一般思維定勢，把「蘭陵」直接當作作者鄉貫之稱，又各按所需地指認為有「古蘭陵」「南蘭陵」或「僑蘭陵」之稱的某地，其實均誤。「蘭陵」二字應該拆開理解才對。「蘭」即蘭亭，在紹興府城西南二十七里，為越王勾踐種蘭和王羲之永和雅集之所，係越文化文采風流一面的最好象徵。「陵」指大禹陵，在紹興府城東南十五里會稽山下，為「禹巡守江南，上苗山，會計諸侯，死而葬焉」之地，象徵著越文化重視事功、剛健有為的一面；或指南宋高、孝、光、寧、理、度六帝陵，在府城東南二十五里寶山（又名攢宮山）。六陵在元初被西僧楊璉真伽破棺毀骨、盜掘一空，元以後成為國家滅亡和民族恥辱的象徵，為臥薪嚐膽的越文化增加了一個含垢忍恥的層面。一亭二陵包舉了越文化的主要內涵，實可視為紹興的標誌，故用「蘭」「陵」二字隱指紹興，十分自然。徐渭主編的《萬曆會稽縣志》，對此三景關注頗多；《徐文長三集》《徐文長逸稿》《徐文長佚草》（以下分別稱《三集》《逸稿》《佚草》）中直接涉及此三景的作品更是不少。「明賢里」則可拆為「明代集賢里」。《逸稿》卷十五有〈少保公五十壽篇〉，係徐渭作幕浙江總督胡宗憲時為其所寫壽文。壽文稱：

> 渭常觀郭汾陽王，當唐天寶中，值天下多事，遂以朔方鎮一軍，收東、西都，還以兩乘輿於蜀、陝。……次則有如裴晉公，其威譽德業，不減汾陽，而身所享食者亦大略相等。然晉公起文科，故所致多名士。史稱其居集賢里，與白居易、劉禹錫為文章，把酒達晝夜相歡。而留守東都時，亦辟皇甫湜為判官。以渭所見，我少保令公，提一旅，起倉猝，取名酋數十輩於虎穴中，還三吳若浙、閩數千里地於將去之際，使自東以南，諸番夷脅息不敢西望，其勳業頗有類於汾陽。而公始自御史按浙，至於今受命加秩，以成茂功，又與晉公以御史中丞視師淮、蔡，其後加侍郎平章招討，遂用以平定蔡人者宛相似。而橫戈破陣，為下論道，握寸毫以研文士之鋒於杯酒晏笑之間，磊磊然燕居集賢、留守東都之風烈，抑不知汾陽於此為何如也！……渭小子，叨載筆之列，在拜伏末行，使居易、禹錫、湜等處其間，上晉公壽，必有弘詞以章厥美，而渭淺劣不能也。

將胡宗憲比為唐代名將郭子儀，更比為名相裴度，將其提攜文士周旋浙東（胡作為御倭總督主要活動地是浙東），比為裴度之唱和集賢里。如此一來，徐渭自己也就成了集賢里中人。

第五，「笑笑生」的著落與「廿公」的第二重由來。徐渭常以「一笑」為行文作書的打趣語，兩個「一笑」連用即成「笑笑」；又喜用像聲詞「呵呵」，「呵呵」亦即「笑笑」。例如，《逸稿》卷二十一〈答張太史〉結尾「一笑」，〈簡友人〉結尾「呵呵」，

《佚草》卷二〈題昆侖奴雜劇後〉之一結尾「一笑，一笑」，卷四〈復李令公〉之一結尾「公定都發一笑」，〈致李長公〉之一結尾「一笑」，〈答某饋魚〉結尾「呵呵」。要之，徐渭一生愴悲，故最好用笑來排解。《夢園書畫錄》卷十二載其〈頭陀趺坐〉詩跋云：

> 人世難逢開口笑，此不懂得笑中趣味耳。天下事那一件不可笑者。譬如到極沒擺佈處，只以一笑付之，就是天地也奈何我不得了。抑聞山中有草，四時常笑，世人學此，覺陸士龍之顧影大笑，猶是勉強做作，及不得這個和尚終日呵呵，才是天下第一笑品。

「生」本指「生員」，實指「天池生」。徐渭以生員終身，又自號天池道人，故人以「天池生」稱之，如澄道人〈四聲猿引〉〈四聲猿跋〉，袁宏道〈徐文長傳〉皆如此。此「生」亦與「紹興老儒」之「老儒」相合，均指沒有功名之人。「廿公」還有第二重由來：「徐」「渭」二字各含一「十」，二「十」即「廿」。

二、徐渭符合《金瓶梅》作者的一切條件

第一，前文〈《金瓶梅》地理原型考〉〈《金瓶梅》中的紹興酒及其他紹興風物〉〈《金瓶梅》中的紹興民俗〉〈《金瓶梅》中的紹興方言〉等，已證明小說作者必為紹興人。徐渭是紹興人。

第二，前文〈佛、道教描寫：有關《金瓶梅》成書時代的新啟示〉，已證明小說反映的時代跨嘉、隆、萬三朝而以嘉靖朝為主，全書創作過程相當漫長，約在萬曆十七年稍後定稿，作者當是生平跨嘉、隆、萬三朝而主要活動在嘉靖朝的人，對道教的態度始終是否定，對佛教的態度則經歷了從滿懷敵意到相當友好的轉變。據諸史記載，徐渭生於正德十六年，卒於萬曆二十一年，一生跨正、嘉、隆、萬四朝，而主要事蹟，如痛失愛侶、困頓科場、輾轉幕途、畏禍致狂等等，都發生在嘉靖朝，且多半與嘉靖末朝政密切相關；同時，徐渭一生對佛教，恰經歷了一個由厭棄到親善的態度轉變過程。厭棄，表現在實際生活中，也體現於劇作。前一方面的例子如，他在受重於胡宗憲時，曾「有沙門負貲而穢，酒間偶言於公，公後以他事杖殺之」（袁宏道〈徐文長傳〉）；後一方面的例子，《玉禪師》中的玉通和尚，道行雖高，一旦毀於紅顏，《歌代嘯》中的李和尚是徹頭徹尾的淫棍，張和尚又是財迷心竅。這是早年的態度。晚年不同了。《逸稿》卷二十一〈答錢刑部公書〉：「渭疑佛謗經，十年前事耳，今自信其絕無也。恃愛一明此心。」

據目錄學家考證，徐渭晚年親手抄寫了多部《金剛經》[2]。另外，徐渭襁褓失父，多賴長兄徐淮看養長大；但徐淮迷於煉丹，徐渭成年不久他即服藥而亡。這對徐渭當然是個不小的情感打擊。《金瓶梅》對道教始終持否定態度，也可由此找到說明。

　　第三，前文〈小說家之外：《金瓶梅》作者的三重特殊角色〉，已指出小說作者同時又是資料豐贍的戲曲學者、技巧純熟的戲曲作家、素養全面的畫家與擅長應用文寫作的幕客。徐渭是戲曲學者，有《選古今南北劇》和《南詞敘錄》，分別為雜劇選集和南戲研究專著。以小說直接或間接寫到的南戲作品來說，其中絕大部分，如《趙氏孤兒》《王祥臥冰》《殺狗勸夫》《王月英元夜留鞋記》《裴度還帶記》《張許雙忠記》《玉簫兩世姻緣記》《香囊記》《琵琶記》《南西廂記》《麗情四景》（小說作《四節記》），就均為《南詞敘錄》所錄。順便提到一個問題。小說寫到其作品的明代戲曲家已知有李日華、邵文明、姚茂良、沈采、李開先、劉東生等，其中，以李開先的《寶劍記》被整段抄引最多。有人遂據此認定小說的作者或寫定者即李開先。其實，這一點恰恰成為「李開先」說的有力反證。小說作者既要隱姓埋名，遁跡於世，又何必把自己幾乎家喻戶曉的作品整段抄引進來；那樣做，不就等於為自己的「著作權」做了廣告？徐渭是明代一流戲曲作家，有《四聲猿》和《歌代嘯》等雜劇作品。徐渭是大畫家，諸畫史著作歸入明末吳派文人畫家之列。前文還提到《金瓶梅》在小說技巧上，既借用了傳統繪畫的白描技法，又接受了由西方傳教士傳入的西洋繪畫的影響。徐渭就喜好白描繪畫，《三集》卷二十一有〈白描觀音大士贊〉；至於徐渭與西方傳教士的密切接觸，徐朔方先生已言之甚詳[3]。徐渭一生的主要「職業」就是幕客。據諸史傳，他 37 至 42 歲作幕浙江總督胡宗憲，43 至 44 歲應大學士李春芳招，56 至 57 歲赴宣大巡撫吳兌幕，60 歲又寄館於翰林院編修張元忭宅。前文還提到《金瓶梅》作者兼擅各種應用性文體，其中，尤長於醮詞和奏章。徐渭就最長於此二體。他代胡宗憲寫〈進白鹿表〉，「上大嘉悅，其文旬月間遍誦人口」（陶望齡〈徐文長傳〉）。胡宗憲被逮以後，「上方崇禱事，急青詞，當國者謂文長能當上意，聘致之」（沈德潛《列朝詩集小傳》丁集中），由見徐渭擅寫醮詞是朝野聞名的。《三集》卷二十九即有〈鮑府君醮科〉醮詞。至於小說中出現的其他各種應用文體，《三集》等書中也都有極其出色的篇章。

　　第四，前文〈民族主義：《金瓶梅》作者的隱微情懷〉，已指出小說添設了《水滸》所沒有的民族危亡的時代大背景，作者具有較強烈的民族憂患意識和禦敵衛國意識，及與此相關的生活閱歷；同時，尤其是在小說尾部，作者又有不歧視少數民族，渴望以民

2　嚴寶善《販書經眼錄》，杭州：浙江古籍出版社，1994 年，頁 218-219。
3　徐朔方〈徐渭筆下的西方傳教士〉，《文學遺產》，1988 年第 5 期。

族共處來取代相互征伐的獨特的民族主義胸懷和深遠的民族主義眼光。徐渭的一些詩作流露的民族危亡意識可與小說相表裏。例如,《三集》卷六〈春日過宋諸陵三首〉之一:「槁葬未須憐,生時已播遷。……回看隴頭樹,似接汴京煙。」由南宋諸帝屍骨經元人楊璉真伽毀陵以後被草草掩埋,聯想到北、南宋之交諸帝被金人所逼播遷,再上推至當年北宋京城汴梁的煙雲繁華,寄託了民族危亡的深沉反思。《金瓶梅》的情節正結束於北宋末二帝播遷、汴京煙散的大逃亡。徐渭長於武韜,為胡宗憲所倚重。他「好奇計,譚兵多中。凡公所以餌汪(直)、徐(海)諸虜者,皆密相議然後行」(袁宏道〈徐文長傳〉)。《三集》卷十六〈擬上督府書〉,即計破岑港倭寇的方略。拙文還提到小說中黃真人煉度薦亡,首先薦拔的是報效國家的陣亡將士。上書卷二十八有〈代祭陣亡吏士文〉,即為岑港一役而作。前文又提到作者應當熟悉遼東邊塞軍情和風物。徐渭萬曆四年、九年兩遊北塞,結交遼東名將李成梁、李如松父子,後又讓子徐枳投奔李如松,對包括遼東在內的整個北邊軍情均十分諳熟。前文提到小說結尾在大逃亡圖景之外,另行加置了「分為兩朝,天下太平,人民復業」的安恬畫面,將歷史上金與南宋初期的拉鋸式對峙,改造為女真族與漢族的和平共處,實際上表達了各民族和平共存,共謀繁榮的願望。這幅畫面乃是徐渭北塞之行所見畫面的變相移植,也是徐渭此行後產生的願望。當時,由於實現「通貢」,邊廷在連年戰爭之後,終於贏來寶貴的和平,漢、蒙人民貿易往來,一片和平景象。徐渭目睹之下,心情十分舒暢,寫下不少輕快之作。如《三集》卷十一〈上谷歌〉之一:

> 昨向居庸劍戟過,今朝流水是洋河。無數黃旗呵過客,有時青草站鳴駝。

〈胡市〉:

> 千金赤兔匿宛城,一只黃羊奉老營。自古學棋嫌盡殺,大家和局免輸贏。

〈上谷邊詞〉之一:

> 胡兒牧住龍門灣,胡婦烹羊勸客餐。一醉胡家何不可?只愁落日過河灘。

〈邊詞廿六首〉之一:

> 漢軍爭看繡裲襠,十萬彎弧一女郎。喚起木蘭親與較,看他用箭是誰長?

「大家和局免輸贏」一句體現了徐渭漢、蒙和平共處的主張。《逸稿》卷十四〈贈雷總兵序〉亦云:「近日邊陲之事,大約識時務者利撫和,而恃能戰者好言殺。」這與他早年

主張抗擊俺答進攻和投身抗倭實際並不矛盾，目的都在維護最廣大人民的福祉[4]。

第五，從語言的角度看，《金瓶梅》無疑是一座方言俗語的寶庫，作者有強烈的方言俗語嗜好。徐渭是方言俗語的愛好者、搜集者和熟練使用者。據載，徐渭天才早熟，「九歲能屬文，年十餘仿揚雄〈解嘲〉作〈釋毀〉」（陶望齡〈徐文長傳〉）。揚雄是我國古代第一個自覺的方言學者，所著《方言》收集秦漢方言語料極為豐富，為治方言學的必讀書，徐渭十餘歲就可仿其〈解嘲〉作〈釋毀〉，可見他對揚雄作品接觸之早、掌握之透。《三集》卷七〈涵叔往常州，索詩當餞〉跋即云「倩見揚雄《方言》」。《南詞敘錄》中收入方言俗語數十條，數量儘管不多，但已占了總體篇幅的三分之一。《佚草》卷二〈題昆侖奴雜劇後〉，要求雜劇創作「越俗越家常」「越俗越雅」，所作《四聲猿》《歌代嘯》就體現了這一特色，被人譽為「一一本地風光，似欲直問王、關之鼎」（袁宏道〈歌代嘯序〉）。其中，《四聲猿》之《玉禪師》《雌木蘭》，像《金瓶梅》一樣，人物的說話聲口也是北方方言的。同卷〈題評閱北西廂〉又云：「余所改抹悉依碧筠齋真本古本……於典故不大注釋，所注者正在方言、調侃語、伶坊中語、拆白道字與俚雅相雜訕笑、冷語入奧而難解者。」《金瓶梅》中的方言俗語亦可分為這幾類。

第六，《金瓶梅》中除了有紹興方言、山東方言，還有北京方言，如「擓撓」「胡博詞」「歪剌骨」等[5]；有蘇州方言，如「頂缸」「海東青」「人事」等[6]；有山西方言，如「和番」「拾掇」「雜合」等[7]；甚至還可找到福建方言、廣東方言等，說明作者必有以上各方言區的生活經驗。同時，《金瓶梅》有相當多的筆墨用在了高層官場活動的描寫，很多場面非親歷者寫不出。徐渭有以上各方言區的生活經歷和高層官場經歷。他長於紹興府城；就婚於岳父廣東陽江任上；為幕期間隨幕主輾轉東南，足涉南京、浙江、安徽、福建各地；六載牢役之後，再飲於吳，遊於南京，「走齊、魯、燕、趙之地，窮覽朔漠」（袁宏道〈徐文長傳〉）。徐渭中年所依之胡宗憲，以平倭之功和交結趙文華、勾通嚴嵩，從右僉都御史陞至太子太保，威焰熾於東南，徐渭極受他的禮遇和倚重，凡有重大迎送活動皆得以廁身其間；晚年所近之張元忭，狀元及第，授編修，陞左諭德直經筵，堪稱「日親龍顏」，他對徐渭有救命之恩，徐渭出獄後不久又將之招至京城。此外，徐渭還與鄉人吏部侍郎諸大綬、刑部侍郎陶承學、太僕卿商廷試、宣大巡撫吳兌及名將李成梁父子等等，均有密切交往。徐渭本人雖非大官，毫無疑問卻是大官場中人。

4　徐侖《徐文長》，上海：上海人民出版社，1962 年，頁 146-149。

5　沈德符對後二詞有考，見《萬曆野獲編》，北京：中華書局，1959 年，頁 650-651。

6　清胡文英對此三詞有考，見《吳下方言考》卷一、卷四、卷八，蘇州：乾隆二十五年。

7　馬永勝等〈《金瓶梅》中的雁北方言〉，載中國金瓶梅學會編《金瓶梅研究》第 5 輯，瀋陽：遼瀋書社，1994 年。

如此一來，他能寫出小說中「宋御史結豪請六黃」「群僚庭參朱太尉」「提刑官引奏朝儀」等大場面，也就不足奇怪。事實上，徐渭在居留京城期間寫下的一些描繪大朝氣象的詩作，如《三集》卷七之〈重修乾清宮成，迎慈聖再御〉〈駕歸自閱，群望於衢，恭賦〉，卷八之〈觀浴象〉與小說第七十一回的描寫就極相仿佛。

第七，徐渭有著書藏名於謎的愛好。《三集》卷十六〈答人問參同〉，自道所作〈參同契注〉署名「阜阜冬冬……秦田水月」的真相云：

> 「阜阜冬冬」數句非緊要語也，緣其分注此書，終於隆慶之三年十月……「隆」之左旁為「阜」，其下為「缶」，「缶」音同「阜」，是為「阜阜」也；「隆」之首「文」，為有上而無下之「冬」，慶之腳「文」，亦為有上而無下之「冬」，是為「冬冬」也……「秦田水月」者，「田水月」，「渭」字也；「秦」首三畫，以「徐」旁三畫「彳」准之，則「徐」字也……初某注此書，不欲章（彰）己之名，而又不欲盡沒其跡，故為此隱訣。

最後一句，不也就是《金瓶梅》作者幻設「蘭陵」「笑笑生」「廿公」諸謎的用心嗎？

三、徐渭晚年暗示他有一部名含「瓶梅」的長篇小說

《三集》卷十六〈與馬策之〉云：

> 髮白齒搖矣，猶把一寸毛錐，走數千里，營營一冷坑上，此與老牯跟蹌以耕，拽犁不動，而淚漬肩瘡者何異？噫，可悲也！每至菱筍候，必兀坐神馳；而尤搖搖者，策之之所也。廚（櫥）書幸為好收藏，歸而尚健，當與吾子讀之也。

從「髮白齒搖」的情形來看，此信當作於萬曆八年北上途中。馬策之，同書卷七詩題〈馬策之奉母住鳳凰山下之水樓〉。《嘉慶山陰縣志》卷三載：「鳳凰山在縣西六十五里。」是什麼樣的書，不放在紹興城裏自己宅中，卻要放到偏遠的朋友家去；交給朋友又不讓朋友翻看，只能等自己回來才讓他一道欣賞；遠行數千里尚放心不下，又特地作書叮囑妥為保管？一般公開刊刻行世的書何須如此囉嗦！很明顯，這只能是不便見人的未刊書稿。此稿需用櫥裝，可見規模宏大，那麼，它到底是一部大書稿呢，還是若干篇小書稿的集合？《三集》卷十一又有〈卌年〉詩：

> 卌年前有一相知，去矣思量哭不回。哭既不回知久絕，請將一物付秦灰。

詩下並有自注：

　　吾欲盡焚舊草，故作此詩，一友止之，遂止。相知者是姓唐人。

「付秦灰」的當然只能是書，「一物」即一書；此書須「盡」焚，當然又只能是大書；「草」
又即稿。合而觀之，徐渭晚年身邊有一部大書稿已明。再看此詩的寫作年代。《畸譜·
紀知》中的唐姓人物只有武進唐順之。《三集》卷四〈王子武進唐先生過會稽，論文舟
中，復偕諸公送至柯亭而別，賦此〉，題下自注：「時荊川公有用世意，故來觀海於明，
射於越圃……彭山、龍溪兩老師為之地主。荊公為兩師言，自宗師薛公所見渭文，因招
渭。渭過從之始也。」王子，即嘉靖三十一年。據此徐渭與唐順之的知己之交始於嘉靖
三十一年。40 年後為萬曆二十年，此即《卌年》一詩的寫作時間。由此可知，從萬曆八
年到萬曆二十年（去世前一年），徐渭身邊一直保存著一部規模宏大的書稿。又，唐順之
於嘉靖三十七年，以兵部郎中視師浙江，與胡宗憲協謀剿倭，徐渭恰在同年入胡宗憲幕。
他們在一起參贊軍機，吟詠詞章，至嘉靖三十九年唐順之卒，在一起相處了兩年。《逸
稿》卷四〈詠冰燈〉題下自注「荊川公韻二首」，可見即奉和唐順之之作。這段時間，
徐渭從這位當代詩文大家獲得的激賞，無疑是他落泊一生中最足珍貴的慰藉之一。故徐
渭臨終著《畸譜》，將之列入知類，復列入師類，並筆凝感激地回憶：「唐先生順之稱
不容口，無問時、古，無不嘖嘖，甚至有不可以自鳴者。」徐渭懷念唐順之之際，要焚
燒這部書稿，原因當在於知音不再、無人可賞它罷了。同時有可能唐順之與它的醞釀或
草創還有直接關係；二人交往的時期，乃是嘉靖國事日非，嚴嵩為禍日烈的時期，二人
對此或有同感，要借文字有所影射。如此，則它的存在或者形成經過，綿延了嘉、隆、
萬三朝；它的不便見人的鋒芒所向，即嘉靖末的朝政。

　　我們有理由相信，這部書稿就是《金瓶梅》。《逸稿》卷八〈畫插瓶梅送人〉：

　　苦無竹葉傾三斝，聊取梅花插一梢。冰碎古瓶何太酷，頓數人棄汝州窯。

詩的主要意象與《金瓶梅》的小說名非常接近。它很可看作《金瓶梅》作者對身後書稿
將流落無歸的悲觀預言。

　　在作了以上的推測之後，還有重要的三點必須補充。第一，徐渭稱過《水滸傳》為
詞話。《逸稿》卷四〈呂布宅〉自注：「布妻，諸史及與布相關者諸人之傳並無姓，又
安得有貂蟬之名？始村瞎子習極俚小說，本《三國志》，與今《水滸傳》一轍，為彈唱
詞話耳。」在明代文人中，找不到第二條語料如此稱呼《水滸傳》。《水滸傳》既可稱
為詞話，嫁接其上的《金瓶梅》自然也可稱為詞話。因此，《金瓶梅詞話》當出徐渭自
命。

　　第二，徐渭有喜閱小說的愛好。《佚草》卷四〈與蕭先生〉：「舊於郎君處假小說

九本，兼奉歸之。」《金瓶梅》有不少局部情節抄自其他小說，於此可找到說明。

第三，徐渭本來就是小說創作的行家裏手。據孫楷第《中國通俗小說書目》、譚正璧等《古本稀見小說匯考》，日本內閣文庫所藏萬曆武林刊《唐傳演義》，題「徐文長先生評」；《舶載書目》所著錄《繡像英烈傳》，題「稽山徐渭文長甫編」；北京圖書館所藏萬曆刊和清刊《英烈傳》，亦均題「稽山徐渭文長甫編」，後者並有東山主人序；同館另藏萬曆武林刊《隋唐演義》，有徐渭序，並題「徐文長先生批評」。武林即杭州，東山在會稽，均為紹興山陰緊鄰，「評」也好，「編」也罷，都說明徐渭確是小說創作的行家裏手。

緣何洩憤爲誰冤？

眾所周知，《金瓶梅》有以宋喻明、借蔡（京）影嚴（嵩）的明顯政治傾向，是一部「作穢言以泄其憤」的鳴冤、罵世之作。作者為什麼要這樣做？他的生活基礎在哪裏？他有什麼深哀巨痛？李開先、屠隆、賈三近、謝榛、王稺登等等，迄今為止，學術界為《金瓶梅》作者提出的候選人物不少，但多數進士及第，為官作宦，雖有一時之失意甚或遭到較大打擊，卻並不具備終生患難窮愁這一《金瓶梅》作者應有的心境[1]；少數終生布衣，落泊下僚，又無一時之憤激冤屈，足可成為《金瓶梅》的創作機緣。事實上，同時具備這兩條者只有徐渭。

一、過去對《金瓶梅》創作動機的探討回顧

如果對「探討」一詞作寬泛的理解，那麼，從抄本流傳人世時算起，人們圍繞《金瓶梅》創作動機而發生的這種心智活動，實際上已經斷續進行四百年。四百年來的說法很多，其中，有三種說法堪稱具有代表性，最值得注意。

首先，是《金瓶梅》評點家張竹坡的說法，可以稱為「為父鳴冤」說：

《金瓶梅》何為而有此書也哉？曰：此仁人志士、孝子悌弟不得於時，上不能問諸天，下不能告諸人，悲憤鳴唈，而作穢言以泄其憤也。（〈竹坡閒話〉）

夫人之有身，吾親與之也；則吾之身，視親之身為生死矣。若夫親之血氣衰老，歸於大造，孝子有痛於中，是凡為人子者所同，而非一人獨具之奇冤也。至於生也不幸，其親為仇所算，則此時此際，以至千百萬年，不忍一注目，不敢一存想，一息有知，一息之痛為無已。嗚呼，痛哉！痛之不已，釀成奇酸，海枯石爛，其味深長。……故作《金瓶梅》……（〈苦孝說〉）

1　王汝梅就將此列為《金瓶梅》作者必備的條件之一，見《金瓶梅探索》，長春：吉林大學出版社，1990 年，頁 32。

屠本畯《山林經濟籍》云「相傳嘉靖時，有人為陸都督炳誣奏，朝廷籍其家，其人沉冤，托之《金瓶梅》」，當即此說濫觴。由於張竹坡在閱讀界的巨大影響，此說又隱然成為此後筆記文人筆下各種為父報仇說的理論張本。從這一說法本身來看，它很難找到小說文本的堅實支撐，顯然難以成立。而與此說不無關係的那些著書染毒、藥殺仇敵的聳人故事，更早被權威學者斷為無稽之談。但是，另一方面，此說畢竟出於可稱《金瓶梅》第一解人的張竹坡之手，又不能沒有合理的成分在。

第二種說法主要針對小說第十七回的宇文虛中奏章和第四十八回的正面官員形象曾孝序而發，可以稱為「為曾銑鳴冤」說。王瑩〈《金瓶梅》的「沉冤」究指何事？〉認為：

> 《金瓶梅》於第十七回，即主體故事剛剛展開後，便楔入了楊、洪因北虜犯邊貽誤軍機被牽連參劾的事件：「茲因北虜犯邊，搶過雄州地界，兵部王尚書不發兵馬，失誤軍機……」從年代內容判斷，應係實指下面一段史實：
> 嘉靖二十五年以兵部侍郎曾銑總督陝西三邊軍務。會寇居河套，久為中國患。銑建言復套之議。……嚴嵩知帝意，遂極言河套必不可復，並力攻夏言。世宗信嚴嵩及陸炳言，罷夏言，逮曾銑，……嘉靖二十七年將曾銑斬於西市。……
> ……愛國致罪，忠臣遭戮，此千古奇冤，莫此為甚，笑笑生出於深厚的同情心，將此冤托之寫《金瓶梅》，以排遣憂鬱憤懣。所謂「沉冤」，即沉此國事之冤也。……作者以曲筆法為其暗指的人物在小說中定名時，確實煞費苦心作了縝密考慮。代表此一事件的奸黨一方，嚴嵩父子、陸炳等，借用蔡京父子以代替。代表忠良一方的人物，自然也要用假託遮掩。這個人物，在《金瓶梅》中是曾孝序。[2]

此文存在邏輯上的問題。一、《金瓶梅》第十七回所寫朝廷對誤國奸臣的懲處可稱正義之舉，而歷史上嘉靖二十七年曾銑等人被殺乃是千古奇冤，怎麼可以前者實指的就是後者？如果真是實指，那倒不是替曾銑鳴冤，而是替曾銑定罪了。二、既然前者實指的是後者，那麼，與後者中的曾銑對應的曾孝序就應在前者中出現，怎麼可能不在前者中出現，卻跑到與前者毫不相同的第四十八回的斷案情節中去了？三、小說中的曾孝序是文臣，歷史上的曾銑是武帥，除了都姓曾，他們之間又哪有多少可以對應之處？即使沒有這些邏輯問題，人們也有理由懷疑：嚴嵩一朝，屈殺之人多矣，《金瓶梅》何以要獨為曾銑鳴冤？作者與曾銑之間有什麼特殊關係嗎？如果沒有一點兒私人情感的因素，純粹一般的感於時事，《金瓶梅》絕不可能走到「作穢言以泄其憤」的地步。然而，這一說

2　王瑩〈《金瓶梅》的「沉冤」究指何事？〉，《山西師大學報》，1988 年第 2 期。

法也有值得肯定之處，那就是它提醒人們，要深入探究《金瓶梅》的影射內涵，第十七回的情節應予充分關注。

第三種觀點與第二種沒有本質的區別，也以第十七回的情節為考究的重點，只是鳴冤的時間略有下移，鳴冤的對象不限於一人，可以稱為「為諸大臣鳴冤」說。周鈞韜先生持此觀點，他說：

> 在《金瓶梅》第十七回中，作者借兵科給事中宇文虛中上本歷數蔡京罪狀，闡明內憂導致外患的深意，達到獨罪蔡京的目的。我認為這段文字指蔡京則不可，指嚴嵩則十分貼切。查明史，嘉靖二十九年，刑都郎中徐學詩上言……嘉靖三十二年，兵部員外郎楊繼盛上疏論嚴嵩十大罪……將這兩份疏本與《金瓶梅》中宇文虛中的疏本作些比較，不難發現，相同之處甚多：一、歷數嚴嵩（蔡京）罪狀大同小異；二、闡明內憂導致外患的觀點完全一致；三、獨罪嚴嵩（蔡京）的目的完全一致；四、要求皇帝嚴加治罪的願望亦相同。可見《金瓶梅》中虛構的宇文虛中彈劾蔡京事，正是嘉靖時期諸大臣彈劾嚴嵩事的藝術再現。[3]

此說沒有內在的邏輯矛盾，但仍然存在創作中的私人情感無法得到說明的缺憾。然而，它的啟發意義也是不容忽視的：要解決《金瓶梅》的創作動機問題，眼界還可以更開闊一些，方法還可以更細緻一些。

有鑒於此，本文提出如下的「徐渭為沈煉鳴冤」說，自信可以容納以上各說之長而成為此一問題的較完滿回答。為此，我們要先從徐渭的同鄉士人說起。──

二、紹興士人與嚴嵩

嚴嵩以善撰青詞，逢迎帝意，於嘉靖十五年掌禮部，二十一年入閣，二十三年為首揆，至四十一年被罷，左右嘉靖政壇達二十餘年之久。這二十餘年，既是他恃寵作惡、聚賄自肥的二十餘年，也是正直士人不斷峻奏於朝、摘發其奸的二十餘年；在早期的反嚴陣營中，可以說，以紹興士人這支力量最為持久堅韌，付出的代價也最為慘重。

紹興的反嚴士人，首先是時稱「上虞四諫」之一的都御史謝瑜，於嘉靖十九、二十一年，兩度向嚴嵩發難。《明史・謝瑜傳》載：

> 謝瑜，字如卿，上虞人，嘉靖十九年進士，由南京御史改北。十九年正月，禮部

3　周鈞韜《金瓶梅新探》，天津：百花文藝出版社，1987 年，頁 145-146。

尚書嚴嵩屢被彈劾，帝慰留。瑜言：嵩矯飾浮詞，欺罔君上，箝制言官，且援明堂大禮、南巡盛事為解，而謂諸臣中無為陛下任事者，欲以激聖怒，奸狀顯然。帝留疏不下。嵩奏辯，且言瑜擊臣不已，欲與朝廷爭勝；帝於是切責瑜而慰諭嵩甚至。居二歲，竟用嵩為相。甫逾月，瑜疏言：「武廟盤遊佚樂，邊防宜壞而未甚壞；今聖明在上，邊防宜固而反大壞者，大臣謀國不忠，而陛下任用失也。自張瓚為中樞，掌兵而天下無兵，擇將而天下無將。說者謂瓚形貌魁梧，足稱福將。夫誠邊塵不聳，海宇晏然，謂之福可也；今瓚無功而恩蔭屢加，有罪而譴奪不及，此其福乃一身之福，非軍國之福也。昔舜誅『四凶』，萬世稱聖。今瓚與郭勛、嚴嵩、胡守中，聖世之『四凶』，陛下旬月間已誅其二，天下翕然稱聖，何不並此二凶放之、流之，以全帝舜之功也……」疏入，留不下。嵩復疏辯，帝更慰諭，瑜復被譙讓。……又三載，大計，嵩密諷主者黜之。比疏上，令如貪酷例除名。瑜遂廢棄，終於家。

四諫的另三諫是葉經、陳紹、徐學詩。葉經，《乾隆紹興府志》卷四十八載：

葉經，字叔明，嘉靖十一年進士，除常州推官，擢御史。嵩為禮部，交城王府輔國將軍表柙謀襲郡王爵，秦府永壽王庶子惟熜與嫡孫懷墢爭襲，皆重賄嵩，嵩許之。二十年八月，經指其事劾嵩，嵩懼甚，力彌縫，且疏辯。帝乃付襲爵事於庭議，而置嵩不問，嵩由是憾經。又二年，經按山東，監鄉試；試錄上，嵩指發策語為誹謗，激帝怒。杖經八十，斥為民。創重，卒。

這是死於嚴嵩之手的第一個紹興士人。比較起來，陳紹的結局要好得多。同志載：

陳紹，字用光，上虞人，嘉靖中進士，司理廬郡，徵拜南臺御史，號有風裁。壬寅八月，禮部尚書嚴嵩初拜相，而邊適內訌。紹抗疏曰：「昔中國相司馬，遼人戒飭邊吏；今嵩外為謹飭，內存險詐，競奔趨而賤名檢，見輕士論，一旦列置具瞻，何以勵庶職而威遠方？請收回成命，別簡忠賢，宗社幸甚！」時世宗尚親萬幾，嵩雖恚甚，不能輒加過。尋出為韶州守。

四諫中以徐學詩的影響最大。《明史》本傳載：

徐學詩，字以吉，上虞人，嘉靖二十三年進士，授刑部主事，歷郎中。二十九年，俺答薄京師；既退，詔廷臣陳制敵之策，諸臣多掇細事以應。學詩憤然曰：「大奸柄國，亂之本也。亂本不除，能攘外患哉？」即上疏言：「大學士嵩，輔政十載，奸貪異甚。內結權貴，外比群小；文武逆除，率邀厚賄；致此輩掊克軍民，

釀成寇患；國事至此，猶敢謬引佳兵不祥之說，以讜清問。近因都城有警，密輸財賄南還，大車數十乘，樓船十餘艘，水陸載道，駭人耳目。又納奪職總兵官李鳳鳴二千金，使鎮薊州；受老廢總兵官郭琮三千金，使督漕運。諸如此比，難可悉數。舉朝莫不歎憤，而無有一人敢抵牾者，誠以內外盤結，上下比周，積久勢成。而其子世蕃又凶狡成性，擅執父權；凡諸司奏請，必先白其父子，然後敢聞於陛下，陛下亦安得而盡悉之乎？……陛下誠罷嵩父子，別簡忠良代之，外患自無不寧矣。」……詩竟削籍。先劾嵩者，葉經、謝瑜、陳紹與學詩皆同里，時稱「上虞四諫」。

上虞為紹興府屬縣，「上虞四諫」當然也可以稱為「越中四諫」。事實上，四諫中前三諫諫事發生較早，知名度不高，故徐學詩又與稍後遭際更慘、影響更大的另三諫合稱為「越中四諫」。這三諫就是會稽人沈束、沈煉和餘姚人趙錦（《嘉慶山陰縣志》卷十四又載為山陰人，然其墓在紹興府城西南二十五里蘭亭婁家塢則各志無異詞，足見趙氏籍餘姚而居府城之山陰境）。沈束以禮科給事中忤嵩事，發生在嘉靖二十八年。《康熙會稽縣志》卷二十三載：

沈束，字宗安，嘉靖癸卯鄉試第一，尋舉進士，出理徽郡，三年，拜禮科給事中。世宗末年，嚴嵩父子專政，諸所進退，一以賄入為低昂。束觸事憤慨，將列其罪狀，語稍漏。會總兵周尚文卒，請恤典，嵩惡其素不附己，寢之。束抗疏，言：「尚文忠勇素著，國之長城，其死也，邊人無不灑泣；而身後之典，格而不議，何以示勸？且大臣當體國奉公，奈何以愛憎為予奪？」疏入，嵩大怒，條旨杖闕下，幾死。尋下詔獄，幽禁之。自束疏上，後沈錦衣煉、趙御史錦、徐刑部學詩先後論嵩，時號「越中四諫」。而嵩愈恨越人，禁束愈固。在獄凡十有八年，艱危無狀。

《明史》本傳還記載了十八年牢獄期間，其家人的「悽楚萬狀」。這種漫長的折磨，其殘酷絕不亞於任何屠戮。趙錦事在嘉靖三十二年。《嘉慶山陰縣志》卷十四載：

趙錦，字元樸，嘉靖甲辰進士，授江陰知縣，徵授南京御史，清軍雲南。三十二年元旦，日食，錦謂權奸亂政之應，疏劾嚴嵩罪。時楊繼盛以劾嵩得重譴，帝方蓄怒以待言者，手批錦疏，謂欺天謗君，遣使逮治。錦萬里就徵，屢墮檻車，瀕死者數矣。既至，下詔獄，拷訊，榜四十，斥為民。父塤，時為廣西參議，亦投劾罷。

兩四諫七人之外，僅府治兩縣尚有「分宜入相」，「言其心術不正」，被外放江西的中

書舍人張元沖;「以忤權相罷歸」的武選司主事俞意（《嘉慶山陰縣志》卷十四）;「沈束下獄」,「抗疏救之,幾不測」的董思近（後為徐階援救）;「以忤嚴嵩,誣陷下獄」的胡朝臣（《康熙會稽縣志》卷二十三）等。真是一時慷慨悲歌之士,不蹈出燕趙,而盡萃於越中矣。

　　徐渭與反嚴的罷歸鄉人多有交往。例如,《徐文長三集》（以下稱《三集》）卷四〈王子武進唐先生過會稽,論文舟中,復偕諸公送至柯亭而別,賦此〉,詩前自注:「時荊川公有用世意,故來觀海於明,射於越圃。而萬總兵鹿園、謝御史猊齋、徐郎中龍川諸公與之偕西也。彭山、龍溪兩老師為之地主。荊公為兩師言,自宗師薛公所見渭文,因招渭。渭過從之始也。」王子為嘉靖三十一年,猊齋、龍川分別為謝瑜、徐學詩號。據此,徐渭與謝瑜、徐學詩始交於嘉靖三十一年。《徐文長逸稿》（下稱《逸稿》）卷十五又有〈壽徐安寧公序〉云:

> 予表兄趙某甥某,得附交於公令子刑部君,將以旦日奉所繪《椿萱並茂圖》以為賀,而屬言於予,懇不置。……予曩歲客省市,見館中童子挾連牘過廊下,取讀之,累數千言;已乃閱其銜,則刑部君學詩者論宰相札也。當其時,宰相勢傾中外,熱炙手,士開口者輒陷胸。於是服薦簪筆之流,徒抱憤相視,莫敢發以須釁;而刑部君獨抗越極詆之,言切直英特,慷慨噓唏,讀之者夏栗而冬汗。予當壬子夏,偶得見刑部君於荊川舟中。自是遂數問其跡於往來上虞者。

徐渭對徐學詩的景仰和關切之情,以及他對徐疏的精熟和高度推崇,於此可見。

　　較之徐學詩,徐渭與趙錦之間則較少「敬不可及」的色彩,顯得關係更加密切。同書卷四〈送趙大夫掌南臺〉,自注「舊嘗為南御史,論分宜」,故知為送別趙錦而作。據諸史,趙錦隆慶初復官,萬曆二年遷南京右都御史,改刑部。卷二十二〈張太僕墓誌銘〉,則係徐渭代趙錦為張天復而作[4]。據此銘,張女許趙子,張天復、趙錦為兒女親家;而張天復、張元忭父子又是脫徐渭於囹圄的關鍵人物,是徐渭的救命恩人。再加趙錦又差不多就是山陰人,故徐渭與趙錦,也就來往頻繁,關係親近。

　　徐渭與胡朝臣的關係也不生疏。《三集》卷一〈畫賦〉序云:「萬曆元年癸酉九月之十有三日,為通參公六十生朝。某輩將稱賀於庭,念羊雁之陳不足以罄悃素,相與裹錢緡,購畫於郡中名家,得《壽山福海圖》,謂可懸公之壁也。而載言於上,悃素則罄。以某無他長,差可役於管,令賦之。」卷七〈送通政胡君入閩〉,自注:「敬所君有同年御史大夫鎮閩。」〈壽胡通參〉,自注:「胡嘗忤權相下獄。」《逸稿》卷八又有〈代

4　《徐朔方集》第三卷,杭州:浙江古籍出版社,1993 年,頁 146。

胡通政送優人〉。諸作即為胡朝臣而寫。據《康熙會稽縣志》和《明實錄》，胡朝臣，
號敬所，以通政使右參議忤嵩下獄，被繫十餘年，至嘉靖四十四年，方釋回原籍為民。

徐渭感於這樣一種鄉風，並緣於與罷歸鄉人的交往，從而產生憤世嫉俗的心態和借
宋喻明、借蔡罵嚴的創作動機，不是很自然的嗎？從相關性來看，上引謝疏中有「四凶」，
《金瓶梅》第一、第三十回有「四個奸臣」「四個奸黨」；陳疏、徐疏都將邊事安危繫之
柄政賢否，《金瓶梅》第十七回宇文虛中奏章亦主張「國法已正，虜患自消」；趙從任
職之地馳劾嚴嵩，《金瓶梅》中曾孝序亦從按臨之地參奏蔡京；葉為山東御史，被指發
誹謗，《金瓶梅》中曾孝序亦為山東御史，被「劾其私事」；謝被大計除名，廢棄終身，
《金瓶梅》中曾孝序亦被「吏部考察」，「將孝序除名，竄於嶺表」：應該說，《金瓶梅》
中是有紹興士人的影子的。

不過，促使徐渭把這一創作動機真正轉化為洩憤文字的關鍵人物，還是「越中四諫」
中的沈煉；也只有沈煉的疏章，才是《金瓶梅》作者寫作宇文虛中疏章的主要參照。
——

三、沈煉與嚴嵩父子

沈煉是嚴嵩當權期間被害士人中極具個性的一個，他的疏狂縱放，與鋼筋鐵骨般的
凜然風節相結合，成就了明代反暴政史上悲壯動人的一頁。楊繼盛罹難，有傳奇《鳴鳳
記》歌唱其事，猶是士人同儕之弔；沈煉之獄，有話本小說〈沈小霞相會出師表〉規模
其冤，可見贏得民間大眾的普遍尊崇。

和絕大多數反嚴士人不同，沈煉是從嚴嵩父子身邊站起，成為他們的政治死敵的。
張廷玉《明史·沈煉傳》載：

> 沈煉，字純甫，會稽人，嘉靖十七年進士，除溧陽知縣。用忤俗忤御史，調茌平。
> 父憂去，補清風，入為錦衣衛經歷。煉為人剛直，嫉惡如仇；然頗疏狂，每飲酒，
> 輒箕踞笑傲，旁若無人。錦衣帥陸炳善遇之，炳與嚴嵩父子交至深，以故煉亦數
> 從世蕃飲。世蕃以酒虐客，煉心不平，輒為反之，世蕃憚不敢較。會俺答犯京師，
> 致書乞貢多嫚語，下廷臣博議。司業趙貞吉請勿許，廷臣無敢是貞吉者，獨煉是
> 之。吏部尚書夏邦謨曰：「若何官？」煉曰：「錦衣衛經歷沈煉也。大臣不言，
> 故小吏言之。」遂罷議。煉憤國無人，致寇倡狂，疏請以萬騎護陵寢，萬騎護通
> 州軍儲，而合勤王師十餘萬人擊其惰歸，可大得志。帝弗省。嵩貴幸用事，邊臣
> 爭致賄遺；及失事懼罪，亦輦金賄嵩，賄日以重。煉時扼腕。一日從尚寶丞張遜

業飲，酒半，及嵩，因慷慨罵詈，流涕交頤。遂上疏……帝大怒，搒之數十，謫佃保安。……縛草為人，像李林甫、秦檜及嵩，醉則聚子弟攢射之；或跨騎居庸關口，南向戟手詈嵩，復痛哭，乃歸。語稍稍聞京師。嵩大恨，思有以報煉。先是，許論總督宣大，常殺良民冒功，煉貽書誚讓。後嵩黨楊順為總督，會俺答入寇，破應州四十餘堡，欲上首功自解，懼罪，縱吏士遮殺避兵人逾於論。煉遺書責之加切，又作文祭死事者，詞多刺順。順大怒，走私人白世蕃，言煉結死士擊劍習射，意巨測。世蕃以屬巡按御史……具獄上，嵩父子大喜；前總督論適長兵部，竟覆如其奏，斬煉宣府市。……取煉子袞、褒杖殺之，更移檄逮裏，裏至搒訊。……後嵩敗，世蕃坐誅，臨刑時，煉所教保安子弟在太學者，以一帛署煉姓名、官爵於其上，持入市，觀世蕃斷頭訖，大呼曰：「沈公可瞑目矣。」因慟哭而去。

從嘉靖三十年杖貶，到三十六年被斬，沈煉一案前後歷時 7 年，涉案面以京師為中心，北起邊鄙保安，南及浙江紹興，當事者父子三人直接死於刀棍之下。與此案齊名的另一大血案楊繼盛案，從嘉靖三十二年楊劾嵩下獄，至三十四年楊被斬，歷時 3 年，涉案面不出京師，直接被殺一人，其嚴重性和影響實際上都要小於此案。可以說，任何一個憤慨於嘉靖朝政的作家，不論他是當時人還是後來者，也不論是自覺還是不自覺，當他要把批判的鋒芒指向嚴嵩父子時，他的心目中都會多多少少有個沈煉的形象在。

研究《金瓶梅》時代背景的學者，喜歡引用楊繼盛的劾嵩奏章，來對比小說第十七回宇文虛中的劾京奏文。其實，將史料所載楊疏與沈疏放到一起，不難看出，二者指導思想和十大罪狀基本相同，而沈疏在前，楊疏在後，且楊疏中明確提到「沈煉劾嵩疏」（張廷玉《明史・楊繼盛傳》），楊疏乃在沈疏的啟發下寫出。從二疏與小說的接近處來看，沈疏亦明顯比楊疏更多。有理由相信，小說第十七回宇文虛中奏狀的寫作藍本就是沈疏。請看二文各部分的以下對照：

開端部分。沈煉疏言（《沈青霞公遺集》卷十三）：

錦衣衛經歷臣沈煉一本，懇乞天恩，早正奸臣欺君誤國之罪，以決征虜大策事。臣觀昨歲逆虜犯順，得利而歸，邇又陽言入貢，陰懷故智，致塵皇上宵旰之憂，奮揚神武，張惶六師，必欲乘時以興北伐，此固天地神人之所共悅，文武群臣之所願戮力者也。然用兵之機，必先廟算；方今廟算，必先為天下誅奸邪而激忠義，則虜賊不足平矣。……

《金瓶梅》寫：

兵科給事中宇文虛中等一本，懇乞宸斷，亟誅誤國權奸，以振本兵，以消虜患事。臣聞夷狄之禍，自古有之：周之獫狁，漢之匈奴，唐之突厥，迨及五代而契丹浸強，又我皇宋建國，大遼縱橫中國者，已非一日。然未聞內無夷狄，而外萌夷狄之患者。……譬猶病夫，至此腹心之疾已久，元氣內消，風邪外入，四肢百骸，無非受病。……君猶元首也，輔臣猶腹心也，百官猶四肢也。陛下端拱於九重之上，百官各盡職於下，元氣內充，榮衛外扞，則虜患何由至哉？……

觀察：都由三個更小的部分組成：(1)表明主題。二者目的完全一樣，措語非常接近。(2)提出事實依據。一由「昨歲」說到「方今」，一由「自古」說到「皇宋」，二者都由過去說到現在。(3)提出理論依據。二者內容實質完全一致，小說僅多了一些通俗化的發揮文字，目的當然是為了適應小說的讀者需要。

主體部分。沈煉疏言：

……切見輔臣嚴嵩受國重任，視如鴻毛；貪婪之性，疾如膏肓；愚鄙之心，頑如鐵石。當此之時，不聞其勞心焦思，延訪賢豪，諮諏方略，以為治國安邊之策；惟與伊子世蕃日夜圖維不出，為自全之計。人有欲為忠謀奇計者，恐其勝我也，則多方以阻之；人有欲貢愉言諂色者，樂其享我也，則曲意以交之。揣摩之術利於錐刀，而不用之經國；狐媚之態病於夏姬，而不用之以親賢。……攬吏部之權，奸贓狼籍，至於驛丞小吏亦無所遺，官常不立，風紀大壞……中傷善類，一忤其意，必擠之死地而後已，使人為國之心頓然消沮……日月搬其財貨，騷動道路，民窮財盡，國之元氣大虧……故今虜寇之來者，三尺童子皆知嚴嵩父子之所致也……吏部尚書夏邦謨，名為公室之臣，實則私門之吏……妾婦之道至工，丈夫之心已喪，如之何其察天下之官吏也……廉恥不行，盜賊蜂起。今之考察將以進廉退貪，不除此三人者，雖日去贓墨之吏無庸也。……

《金瓶梅》寫：

……今招夷虜之患者，莫如崇政殿大學士蔡京者。本以憸邪奸險之資，濟以寡廉鮮恥之行。讒諂面諛，上不能輔君當道，贊元理化；下不能宣德布政，保愛元元。徒以利祿自資，希寵固位，樹黨懷奸；蒙蔽欺君，中傷善類。忠士為之解體，四海為之寒心；聯翩朱紫，萃聚一門……金虜背盟，憑陵中夏，此皆誤國之大者，皆由京之不職也。王黼，貪庸無賴，行比俳優，蒙京汲引，薦居政府，未幾謬掌本兵……邇者……張達殘於太原，為之張惶失散；今虜之犯內地，則又挈妻子南下，為自全之計……楊戩本以緂禱膏梁……此三臣者皆朋黨固結，內外蒙蔽，為

> 陛下腹心之蠹者也。數年以來，招災致異，喪本傷元，役重賦煩，生民離散，盜賊猖獗，夷虜犯順，天下之膏腴已盡，國家之紀綱廢弛。……

觀察：二者都聯劾三人而以一人為罪魁；主要罪狀大同小異；都由分述罪狀而歸於總述其害；都有「中傷善類」「為自全之計」等措語。另外，「妾婦之道」與「行比俳優」，「盜賊蜂起」與「盜賊猖獗」，「國之元氣大虧」與「喪本傷元」，沈疏開頭部分之「逆虜犯順」與小說此段部分之「夷虜犯順」等用語亦極相近。

結尾部分。沈疏：

> ……伏望皇上敕下廷臣，將此三人詳議其罪，應誅而誅，應斥而斥。則賞罰明而賢否別，忠臣義士無不仗劍而起，感激奮發，爭先效死，而虜寇不足滅矣。邇者飆風大作，皇上所宜速發乾斷，以回天變，以慰人心。臣不勝惓惓激切之至。

《金瓶梅》：

> ……伏乞宸斷，將京等一干黨惡人犯，或下廷尉，或示薄罰，或置極典，以彰顯戮，或照例枷號，或投之荒裔，以禦魍魎。庶天意可回，人心暢快，國法已正，虜患自消，天下幸甚！

觀察：二者思路上都回到內靖外安的邏輯起點；都強調「回天」，都注目於天意人心；小說四「或」即沈疏兩「應」的具體展開。

另外，如所周知，沈煉劾嵩的直接原因是嘉靖二十九年的韃靼入侵，沈疏開頭「昨歲逆虜犯順」即指此。小說中宇文虛中疏語「邇者……張達殘於太原」，實亦暗指此事。《明史·韃靼傳》載：「嘉靖……二十九年春，俺答移駐威寧海子；夏犯大同，總兵張達、林椿死之。」「張達」一名再次不經意地勾出宇文之疏與沈疏的內在聯繫[5]。

綜上可見，《金瓶梅》的寫作參照過沈煉疏文，《金瓶梅》作者有為沈煉鳴冤意已明。需要回答的是，如果情況確如筆者所探討的，徐渭就是《金瓶梅》的作者，那麼，徐渭為什麼要這麼做？他和沈煉之間是什麼樣的關係？——

5　毛德標等《金瓶梅注評》（南寧：廣西人民出版社，1990 年）解釋為：「張，張狂；達，放肆。」殊失檢察。

四、徐渭與沈煉

徐渭與沈煉並為嘉靖時期「越中十子」的成員。《嘉慶山陰縣志》卷十四〈徐渭傳〉載：

> 當嘉靖時，王、李倡七子社，謝榛以布衣被擯，渭憤其以軒冕壓韋布，誓不入二
> 人黨。嘗與蕭柱山勉、陳海樵鶴、楊秘圖珂、朱東武公節、沈青霞煉、錢八山楩、
> 柳少明文及諸龍泉、呂對明，稱「越中十子」。

研究徐渭生平的學者業已指出，在越中十子中，「以徐文長最為年少」，「對徐文長影
響最大的是沈煉」，「他是徐家的女婿，與徐文長同輩」[6]，二人交往密切。《三集》卷
六〈桃花堤上看美人走馬〉，題下即白注：「和青霞君。」據縣志卷十〈選舉志〉，沈
煉籍屬紹興衛，紹興衛在府城山陰治東，距徐渭的住處山陰治東南甚近。有親戚關係，
又有此方便，二人的交往、酬唱自然也就十分頻繁。

二人的更密切關係還在於，「沈煉介紹越中名士和徐文長往來」[7]，對徐渭有知遇之
恩。據諸史，沈煉生於正德二年，徐渭生於正德十六年，沈長徐14歲。《畸譜》把沈煉
列入紀知類，並特別載入：

> 沈光祿煉謂毛海潮曰：「自某某以後若干年矣，不見有此人。關起城門，只有這
> 一個。」

《畸譜》為絕筆之作，五六十年前的話尚記憶猶新，於此可見沈對徐的知遇恩重。

沈煉被貶以後，徐渭冒著很大危險，千里寄詩，於滿腔悲憤中，寓含了對他的聲援
和慰藉。此即《三集》卷七所載之〈保安州〉：

> 終軍憤懣幾時平，遠放窮荒尚有生！
> 兩疏伏階真痛哭，萬人開幕願橫行！
> 朝辭邸第風塵暗，夜度居庸塞火明。
> 縱使如斯猶是幸，漢廷師傅許誰評？

詩前自注：「寄青霞沈君。」同書卷十九〈送章君世植序〉作於同時，內稱「吾鄉沈先
生煉，錦衣經歷，以言事今徙保安為布衣者。其始為諸生時，即以文才為時輩所推重，

6　徐侖《徐文長》，上海：上海人民出版社，1962年，頁17。
7　徐侖《徐文長》，頁17。

凌厲崛奇，深造遠覽，橫逸不可制縛」，「沈一舉於鄉，再舉於廷，三仕於縣，一言事於朝，聲名滿天下」，對沈煉其文其人的高度推重和崇敬溢於言表。《逸稿》卷十四〈代試祿前序〉更 5 次將沈煉與宋濂、劉基、王守仁等學養俱高的大師並列。

一方面，沈煉是徐渭的密友和恩兄，一方面，徐渭對沈煉懷有崇敬和感激之忱。正因存在這種特殊關係，沈煉的被害才給徐渭帶來了近乎「親為仇算」的巨大悲痛。

《沈青霞公遺集》卷十六載沈煉死後，徐渭為作挽聯多副，其二為：

> 烈火真金，萬古不磨心一寸；士類如公，不負男兒生世界。
>
> 白虹赤日，四時長貫氣千尋；英靈何往，仍還造化作星辰。

《三集》卷四〈哀四子詩〉之一〈沈參軍〉，卷二十四〈代知清豐沈公祠碑〉，卷二十八〈會祭沈錦衣文〉等，均痛切表示了對沈煉的哀悼。又如《逸稿》卷八〈校沈青霞先生集，醉中作此〉：

> 曩昔曾蒙國士待，今朝幸校先生文。
>
> 縱令潦倒扶紅袖，不覺悲歌崩白雲。

上引沈煉的劾嵩疏即載於《沈青霞公遺集》卷十三。沈煉死後，徐渭將很大部分哀思轉化到對其後人的關愛和諭勉之上。翻檢現存徐渭詩文，有十餘篇都係為沈煉長子沈小霞和四子沈繼霞而作，而且無一例外都要提到乃父的忠節。例如《三集》卷五〈沈生行〉：「阿翁上書是朱雲，忠臣之子天下聞。君如縮印垂鏊組，定是馳聲作蕙芬。」〈沈叔子解番刀為贈二首〉之一：「君如佩此向上谷，而翁之死人共哭。黃酋亦重忠義人，一見郎君悔南牧。」

徐渭還曾親赴保安，實地瞻吊過沈煉被害之地。《三集》卷十一〈邊詞廿六首〉之二：「門外猶疑鐵騎封，當年曾此縛龍逢。世間第宅知多少，何事風波惡此中？」「曾見思歸數寄書，忠魂畢竟滯邊隅。可憐一斗萇弘血，博得牆園柳數株。」詩下自注：「右二首過沈光祿宅及拜祠。」

然而，最值得注意的是，對於沈煉的死，徐渭還有一種非常執著的內疚情結。請看《三集》卷二十五〈贈光祿少卿沈公傳〉後：

> 外史徐渭曰：余讀《離騷》，閱青霞君塞下所著《鳴劍》《小言集》《籌邊賦》，扼腕流涕而歎曰：「甚矣，君之似屈原也！」然屈原以怨，而君以憤，等死耳，而酷不酷異焉。……宋玉為屈原弟子，原死，玉作些招原魂。余於君非弟子，然晚交耳，君徙居塞垣時，余直寄所愴詩一篇，愧宋玉矣！

悲愴、憤歎、愧責匯織合流，為其鳴冤的創作動機便可油然而生。事實上，徐朔方先生就斷言《四聲猿》之一《狂鼓史》為追念沈煉之作。他搜索徐渭詩文，發現其中禰衡罵曹一典凡七見，除一為詠物，二係以禰衡自喻外，餘四例都以典實與沈事並舉[8]。進一步考察這四例會看到，此典實與沈事並非僅有局部相似，而是處處關合，沈煉儼然禰衡之再生，而筆底嚴嵩、楊順亦儼然曹操、黃祖之副本。故專演此典實又大翻其意趣的《狂鼓史》，確當為追懷沈煉，替沈煉揚眉吐氣之作。

追懷沈煉，為其鳴冤，既是《狂鼓史》的創作動機，也應是《金瓶梅》的創作動機。從相關性來看，《狂鼓史》以禰衡罵奸相為一劇之綱，《金瓶梅》亦以宇文虛中、曾孝序、陳東，前、中、後三劾奸相提貫全書；《狂鼓史》中奸相假手他人害死禰衡，《金瓶梅》中奸相亦假手他人將曾孝序「鍛煉成獄」；《狂鼓史》中陽間禰衡已死，而陰間禰衡昇仙，《金瓶梅》中亦有曾孝序先敗於前，而陳東大勝於後：二者表面上相距甚遠，實則仍有出於一人之手的明顯跡象。

《金瓶梅》之所以選擇陳東這個人物來最終告倒奸相一夥，原因之一還在於，「陳」與「沈」音近，而「東」與「煉」形近耳。[9]

本節最後還要補充兩點。一、沈煉很大程度上是為嘉靖二十九年的俺答入侵而死，那麼，徐渭本人當時對此一事件的看法如何呢？《三集》卷五〈今日歌二首〉，題下自注「是年虜寇古北口，入薄都城」，內云：「三衛京師之左肘，酋也過之一麼手。……擄生殺死不可數，將軍劃壘空成堵。來時不撲去不禽，何用養士多如林！」對邊防的廢弛和朝政的腐敗表示了強烈的憤慨和譏嘲。由此可見，徐渭和沈煉的密切關係，還有相通的政治見解為基礎。二、《金瓶梅》中宇文虛中、曾孝序、陳東等人物既三合一隱指沈煉，那麼，全書主角西門慶又隱指何人呢？此當隱指沈煉冤案的主謀者嚴世蕃。從姓名來看，「西門」之於世蕃的號「東樓」，儘管前者是複姓，後者是號，位置有所錯開，二者對舉成文的痕跡仍明顯。小說又多次徑稱西門慶為「門慶」，可見其原型本非複姓。從身分來看，西門慶為蔡京假子，而嘉、萬間社會傳聞亦以嚴世蕃為嚴嵩假子。《萬曆野獲編》卷八即載：「初聞故老云，世蕃亦非介溪子，余未深信。及聞趙浚谷中丞為〈吏部郎中王與齡行狀〉，直云世蕃為螟蛉子，則分宜固無後也。」從體貌來看，小說唯獨多次寫到西門慶戴眼紗，似暗示西門慶有眼疾，而《明史・嚴嵩傳》載：「世蕃短項、肥體，眇一目。」從性格來看，西門慶足當「淫棍」之號，此號亦可付之世蕃。據史料

8　《徐朔方集》第三卷，杭州：浙江古籍出版社，1993年，頁97-98。

9　王瑩〈《金瓶梅》的「沉冤」究指何事？〉一文亦最後認為，陳東即沈煉的替身，小說兼有為沈煉鳴不平意。

記載，即使在母亡居喪期間，嚴世蕃也「日縱淫樂於家」（《明史·嚴嵩傳》）。另外，西門慶憑藉與太師的「父子」關係，收受賄賂，薦舉荊都監陞官，不言而喻，此亦嚴世蕃之故技。至於小說第七十七、七十八回寫到的「浙江本府趙大尹」「杭州趙霆知府」，則可能隱指嚴門人物趙文華。趙文華曾與胡宗憲共舉東南防倭事，徐渭洞曉其為人。

五、《金瓶梅》與徐渭自我

　　費了這麼大的勁，其實只回答了本節論題的一半。因為，一、以抨擊嘉靖朝政為主題的文學作品絕非僅此一部，而唯有《金瓶梅》對朝政的描寫最暗無天日。二、《金瓶梅》的內容也絕不限於對朝政的影射和抨擊，它橫掃的乃是當代社會世道人心的全部，而絕非某一板塊和角落。「為沈煉鳴冤」說，可以解決此書為何而寫的問題，但緊接著而來的問題是：它為何如此寫？為何把一切都寫得如此絕望？

　　小說有不少幫閒篾片插科打諢的場面，也有不少很像作者在嬉皮笑臉開玩笑的文字，但浸潤全書的總基調則是透骨的悲涼和冷峻。政治的窳敗、道德的泯滅、忠良的被害、弱者和無辜者的慘死，觸處皆是，觸目驚心。堂堂右相，「見五百兩金銀，只買一個名字，如何不做分上」，大筆一勾，「貴」為欽犯的西門慶就逍遙法外了。換一位太師，「但見黃烘烘金壺玉盞……如何不喜」，喜心一動，一省的刑名大權又投桃報李，被賞給這位市井棍徒。如此等等。王法可以不管，數以萬計的蒼生百姓的利益更無需理睬！於是，從西門慶家到提刑衙門，便很快形成了一條貪贓枉法的「流水線」：這邊是銀子幾十兩、一百兩、一千兩的進來，那邊是車淡、何十、苗青等等真假犯人脫網而去。金錢既可與權勢婚媾，繁殖出更多的金錢，又可填塞凡夫俗子的心靈空虛，將任何理性、廉恥和良知都擠個乾乾淨淨。僕婦姦通主子本是見不得人的醜事，宋蕙蓮卻不以為羞，反顛狂作態，炫耀驕人；妻子與別人有染被戴了「綠帽」，在任何男子都是奇恥大辱，韓道國卻不以為怒反以為喜，叮囑妻子盡心「伏侍」，千萬別斷了這條賺錢門路；誥命夫人林氏前門御賜金匾高懸，後門安排蜂媒接引西門慶，同床共枕猶嫌不足，還要兒子拜為「義父」，讓他做兒子的精神導師。……一方面是糜爛，政治和倫理的雙重糜爛，另一方面便是窒息：抗聲說「不」的曾御史被鍛煉成獄，宋仁、苗員外、來旺、秋菊、弘化寺和尚等等芸芸眾生被無聲無息地葬送。糜爛也好，窒息也罷，結局都是滅亡。可以說，《金瓶梅》的世界，是一個從生之喧囂擾攘，歸於死之寂滅的世界，是一個徹底絕望的世界。小說結尾陳東雖然告倒了蔡京，似乎正義獲得了勝利，但它來得太遲，代價太大，已經不成為勝利。因為異族入侵的鐵蹄轟鳴和亡國滅種的嘶叫哭喊，很快就代替了底氣全消的除奸歡呼。

卜健先生正確指出：

> 或有人把中晚明社會論為一個「沒有美」的社會，這自有其立言的依據，然則任
> 何一個時代，一個社會，都難以做到「沒有美」的。醜的存在，正在於有了美的
> 比襯。有嚴嵩父子，就會有楊繼盛、海瑞；有朝綱的紊亂，就會有張居正的變法；
> 有官兵的懦弱、怯戰，就會有戚家軍的赳赳武威；有酷烈的精神壓迫，就會有李
> 贄等思想家公開的反叛。……美，往往就在醜的旁邊。[10]

然則，《金瓶梅》為什麼偏偏放棄了美、光明和希望，而專注於醜、黑暗和絕望呢？有
不少學者都把這種現象歸於作者自覺的審美追求，認為作者在審美的園地之外獨闢了審
醜的新領域，是傳統審美觀念的一大飛躍。這自是一種真知灼見。但《金瓶梅》的特殊
性遠不在於一般地寫醜。令人血冷的悲涼、蒼老和幻滅感才是它最特殊的精神氣質。晚
明以來不少著力渲染宮廷穢亂的小說無此氣質，同樣專事寫醜的俄國果戈理的一些作品
也無此氣質。歸根到底，這種氣質與時代、社會相聯繫，卻並非時代、社會的直接產物；
外界發生的某一事件可以激化它，它本身卻並非僅憑一時的際遇就可造作而出。簡言之，
它是作者精神氣質的潛移，是作者全部命運的產物和情感結晶。正如《紅樓夢》的「悲
涼之霧，遍披華林」原自作者曹雪芹的坎坷命運，《金瓶梅》的絕望、悲涼和幻滅，也
與作者徐渭的坎坷命運緊密相連。

袁宏道〈徐文長傳〉曰：

> 文長自負才略，好奇計，談兵多中，視一世士無可當意者，然竟不偶。文長既已
> 不得志於有司，遂乃放浪麴蘗，恣情山水。……其胸中又有勃然不可磨滅之氣，
> 英雄失路托足無門之悲。故其為詩，如嗔如笑，如水鳴峽，如種出土，如寡婦之
> 夜哭，羈人之寒起。……石公曰：「先生數奇不已，遂為狂疾；狂疾不已，遂為
> 圄囹。古今文人牢騷困苦，未有若先生者也。」

的確，在晚明士人中，我們再也找不出第二個人，同時擁有徐渭這樣的才華、命運和個
性。撇開小說、戲曲不談，正統文人高看的詩、文、書、畫諸技，他樣樣精絕，每樣均
可稱當代一流；文才既全面，武韜亦過時倫，曾為東南防倭屢出勝策，名動幕府。但是，
文才雖高，卻一生「舉於鄉者八而不一售，人且爭笑之」（《三集》卷二十六〈自為墓誌銘〉）；
武韜才得施展，所依之幕主即倒臺入獄，權相又以此「聲怖我」（《畸譜》），三兩年暢

10　甯宗一、羅德榮主編《金瓶梅對小說美學的貢獻》，天津：天津社會科學院出版社，1992 年，頁
　　277。

快樂事翻成終生禍源。家庭方面的不幸更構成了長長的清單，從百日喪父到「晚絕穀食者十餘歲」（陶望齡〈徐文長傳〉），其間包括了幼年失母、青年喪妻、中年落獄等等重大的不幸和災禍。就對生活的影響而言，徐渭在仕進方面的挫折不偶當然是根本的，但它卻並非全由命運使然。在很大程度上，這要歸咎於徐渭的狂傲個性。〈自為墓誌銘〉說：

> 渭為人度於義無所關時，輒疏縱不為儒縛；一涉義所否，干恥詬，介穢廉，雖斷
> 頭不可奪。

在那樣一個夤緣鑽刺、懸秤論官的時代，徐渭堅持這種「狂節」，無異於自絕仕途。

卓犖的才華、傲岸的個性、不幸的命運，再加上詩人敏感的心靈，所有這些因素糾纏、涵容、鬱結到一起，其結果，便形成浩若川河的人生絕望和身世之悲。澄道人〈四聲猿跋〉述其評鑒《四聲猿》的感受：

> 評《四聲猿》竟，投筆隱几，惝恍間有若朗吟杜陵「聽猿實下三聲淚」句者，驚
> 躍狂叫曰：異哉，此余所未及評者也，其殆天池生之靈歟？然聽猿淚下，非獨杜
> 陵云然。〈宜都山水記〉有云：「巴東三峽猿聲悲，猿鳴三聲淚沾衣。」〈荊州
> 記〉漁者歌曰：「巴東三峽巫峽長，猿鳴三聲淚沾裳。」則猿嘯之哀，即三聲已
> 足墮淚，而況益以四聲耶！其托意可知已。每值深秋岑寂，百感填膺，試挾是編，
> 睹其悲涼憤惋之詞，想其坎壈無聊之況，骨悚神淒，淚浹三峽，何待猿啼，誠有
> 如天池生之命名者！

再看張竹坡評點《金瓶梅》時，在〈竹坡閒話〉中對其底蘊的如下體察：

> 作者不幸，身遭其難，吐之不能，吞之不可，搔抓不得，悲號無益，借此為自泄。
> 其志可悲，其心可憫矣。

不同的時代，不同的人物，面對不同的對象，竟然從中獲取了幾乎完全相同的東西！

總而言之，《金瓶梅》既是為沈煉而作，也是為作者徐渭自己而作；它既代沈煉洩憤，也是作者徐渭悲憤自泄。換言之，徐渭因感於鄉風並激於沈煉的死而寫《金瓶梅》，而他握以行文的這支筆，同時飽蘸了他一生的全部不幸。

《金瓶梅》文本與徐渭文字相關性比較

　　如果將《金瓶梅詞話》小說文本與徐渭文字稍作比照，兩者出於一人之手的跡象更加昭然。惜乎以前並沒有學者做這一簡單的工作。筆者現從以下幾個角度嘗試彌補這一缺失，以期明瞭真相。

一、人名

　　第一，《金瓶梅詞話》（以下簡稱《詞話》）一些重要的「中性」人物之名大多見於徐渭詩文，它們實際上是徐渭朋友之名。例如小說第二十五、二十七、三十諸回寫到鹽客王四峰，《盛明百家詩‧徐文長集》載徐渭五律〈送王四峰、陸梅峰、郁寧野三君赴闕下，時俱貢入〉。第十四、三十五、三十九、五十九、六十、六十二、六十三、六十六、七十六、七十七、七十八、八十諸回寫到玉皇廟吳道官，《徐文長三集》（以下簡稱《三集》）卷六有〈與姚山人、劉衛僉、沈嘉則、吳道官三茅觀眺雪〉。第四十九、六十五、八十八、九十、九十九諸回寫到永福寺長老道堅，《三集》卷四載〈道堅母哀詞〉，卷五載〈醉後歌與道堅〉，卷十六載〈與道堅書〉；《徐文長逸稿》（以下簡稱《逸稿》）卷二十四載〈春日同馬策之、王道堅、玉芝禪師至寒泉庵，偶得偈一首〉等。第四十九、五十回寫到從西域天竺國來的胡僧，《三集》卷五載七古〈天竺僧〉，卷六載五律〈贈相士〉云：「碧眼胡僧避，青囊道侶求。」第六十五、六十七、七十七諸回寫到浙籍山東兵備副使雷啟元，又稱雷總兵、雷總戎，《三集》卷六載〈十五夕酌於幕中，不赴雷總公之專邀〉，〈賦得風入四蹄輕〉序云「雷總戎嘗騎千里馬」；《逸稿》卷十四載〈贈雷總兵序〉。第五十八、六十、六十一、六十三、六十七、七十五、七十六諸回寫到任醫官，《三集》卷六載五律〈送馮君〉序云「馮以醫官北去」。馮本為憑的古字，「任」「憑」一體，任醫官實即馮醫官。小說中這些人物與西門慶有著密切的關係，多半頻繁地出入西門府，是西門府興衰的見證人。作者並沒有對這些人物作出道德的臧否，原因當在於，它們是直接或間接以作者朋友的名字為名字的。

　　另外，第六十二回提到成都府推官尚柳塘之子尚小塘，第七十二回提到九江大戶蔡少塘。《歌代嘯》第二齣云：「家兄也號少塘，從家父柳塘一派起的。」第九十一回寫

到李衙內的賤婢玉簪兒，玉簪本為花名，《逸稿》卷四載〈玉簪盛花，嘲之〉序云「燕中玉簪若干盆若干錢，而越頗賤之」。用賤花命名賤婢，十分妥貼。

　　第二，《詞話》對否定性人物的諧音命名方式與徐渭戲曲相同。諧音分單一諧音和聯類諧音。單一諧音，即根據各個人物的特點，將其個性、地位、命運巧妙地寓於同音詞中，構成人名。例如，清河縣知縣李達天諧音「你大天」，西門慶西賓溫必古諧音「瘟屁股」，夥計吳典恩諧音「無點恩」，西門慶拜把兄弟卜志道諧音「不知道」，花子虛諧音「話子虛」等等。聯類諧音，即對同類人物，採用諧音方式，構成人名。例如，西門慶幾個最熱絡的幫閒，實是依附於西門府的遊食者和寄生蟲，應伯爵諧音「陰白嚼」，謝子純諧音「攜嘴唇」，白來創諧音「白來搶」，常時節諧音「常時借」；市井閑漢車淡諧音「扯淡」，管世寬諧音「管事寬」，遊守諧音「遊手」，郝賢諧音「好閑」；蘇州戲子苟子孝諧音「狗子哮」，袁琰諧音「猿言」，胡糙諧音「狐噪」等等。徐渭的戲曲也是如此。例如，《女狀元》第二曲考生胡顏諧音「胡言」（考官徑云「胡顏可真個是胡言」），屬單一諧音。《女狀元》第三曲犯人黃天知諧音「皇天知」，昌多心諧音「摻多心」，瞧不實諧音「一瞧即不真實」；《歌代嘯》第四齣救火的百姓衛官甫諧音「畏官府」，馮願嘉諧音「逢冤家」，屬聯類諧音。

二、地名

　　小說安排故事發生在東平府清河縣。《三集》卷二十八〈代上饋文〉云：「大人三仕光祿，一貳東平……自光祿徙東平，八九年間。」《逸稿》卷二十二〈沈布衣墓誌銘〉云：「其後與婦翁赴其內弟之賈所，至清河，舟壞，……俱死矣。」小說又多次出現淮安地名。同卷〈葛安人墓誌銘〉：「其後參政公……既而轉知淮安。」小說第四十七回苗員外船行「到徐州洪，但見一派水光十分陰惡」，果然當夜被害。《三集》卷二十二有〈洪神行祠記〉云：「河為中國利，實大且久，至其變而為患也亦如之。他所靡不然，而徐之洪尤劇……入明，高皇帝正百神諸位號，特加神曰徐州洪顯應之神……吾鄉北賈者日益盛……帆檣往來洪間，其利者與不利者，必曰神實使然。」第九十二回「陳經濟被陷嚴州府」，內中寫到陳經濟「來到清江浦江口，馬頭上灣泊住了船隻」。《三集》卷四詩題有〈發嚴州，舍舟登陸，縱步十五里〉。由此可見，徐渭有小說故事背景地的直接或間接的生活經歷。

　　詞話本開篇提到虞姬墓田，如前所述，紹興鄉人世代相傳虞姬為紹興山陰人，明代紹興府城南有虞姬廟。徐渭《路史》卷上云：「虞姬墓在靈璧者恐非是。蓋羽敗於垓下，南走定遠而葬則便道；顧北走靈璧，則逆紆百里之遠，豈其宜哉。總（縱）有之，是後

人憐姬而虛崇其土者也。」

獅子街，無疑是作品中最富象徵意義的地名之一。誠如張竹坡〈金瓶梅讀法〉所云：

> 獅子街，乃武松報仇之地，西門幾死其處。曾不數日，而子虛又受其害，西門徜徉來往。俟後王六兒，偏又為之移居此地。賞燈，偏令金蓮兩遍身歷其處。寫小人托大忘患，嗜惡不悔，一筆都盡。

如前所述，獅子街實為紹興城內一條古老街道。《畸譜》云：

> 三十九歲，徙師（獅）子街，……四十三歲，移居酬字堂。

據此可知，徐渭曾在獅子街生活了五個年頭。

報恩寺是又一個貫串始終，且最富象徵意義的地名。《逸稿》卷四〈登報恩寺塔最上一層〉，題下注云：「寺已火。」詩稱「豈謂天龍銷燼後，尚餘鈴鐸度江飄」，可見徐渭曾親自踏訪報恩寺廢址，作詩著眼的也是勸世戒人之意。

關係小說最後二十回主人公陳經濟的一個重要地名是城南水月寺。陳經濟曾流落到此，淪為乞丐侯林兒的「男老婆」；又由此搖身一變，成為守備府的坐上賓和守備夫人明目張膽的情夫。然而，榮華富貴、縱情淫樂的生活又很快結束；隨著青春命殞，一切皆如鏡花水月。徐渭《玉禪師》玉通駐錫之地亦名水月寺。玉通在此修行 20 餘年，自望成佛作祖，不料被一煙花壞了道行，輪回沉淪，難以自拔。《玉禪師》的水月寺，與《詞話》的水月寺，可謂同名同趣。

與陳經濟相關的另一重要地名是晏公廟。小說第九十三回借王杏庵之口介紹晏公廟的地形說，「此去離城不遠，臨清馬頭上有座晏公廟，那裏魚米之鄉，舟船輻輳之地，錢糧極廣，清幽瀟灑」。如前所述，紹興城北三十里各縣糧運往來的三江城有此廟。徐渭《路史》卷下載：

> 世俗晏公為劉晏誤也。乃臨江府臨江縣人，名戌仔，元初為文錦局堂長，因病歸，登舟即屍解。立廟祀之，有靈顯於江湖。本朝封平浪侯。

徐渭的文字實是小說中臨清碼頭為什麼有晏公廟的最好注解。

另外，小說第八十二回寫到門外昭化寺，《三集》卷六載五律〈明日至昭化寺玻璃泉流觴〉。第四十九、七十二回兩次寫到新河口，卷二十三〈代石頂浮圖記〉云：「始予之治新河也，本以利農。士相顧指形勝曰：『是且利我。』乃遂以新河口可浮圖請。予復為作浮圖於河口小市。」

三、風物

《詞話》反復寫到了一些具有濃厚地方風味的物產，津津有味地刻畫了這些風物被主人公享用，或被官員相互饋贈的畫面。它們原是徐渭的嗜好、珍視或曾關注之物。

小說第五十二回寫到冰湃的大鰣魚。《三集》卷十一〈鱗八首〉之一云：「鱗中許貢止常鱗，但取冰鰣片屬新。」《逸稿》卷四載〈送馮太常〉云：「朱壇碧柳時題壁，露筍冰鰣每薦新。」第三十五、七十五回寫到醃螃蟹、釀螃蟹，眾人稱讚「這般有味，酥脆好吃」。徐渭有大量畫蟹圖、題蟹詩。《三集》卷六載〈蟹六首〉，其二云「水族良多美，惟儂美獨優」；卷十一載〈魚、蝦、螺、蠏〉云，「不是老饕貪嚼甚，臂枯難舉筆如椽」。《逸稿》卷四載〈陳伯子守經致巨蠏三十，繼以漿鱸〉云：「喜有賢人敬長心，老饕長得飫烹飪。」更重要的是，《三集》卷七詩題〈錢王孫餉蟹，不減陳君肥傑，酒而剝之特旨〉，「酒而剝之特旨」的讚語，不就是「釀螃蟹這般有味好吃」嗎？此其一。其二，蟹一般皆寫作「蟹」，明代亦然，《詞話》卻大多寫作「蠏」，徐渭文字中也常寫作「蠏」。除上例外，如《三集》卷八〈陳玉屏以瓦窰頭銀魚再餉〉「無腸羞並蠏，多刺欲嘲鰣」，卷十一〈題畫蠏〉「誰將畫蠏托題詩，正是秋深稻熟時」，《逸稿》卷三詩題〈蠏〉，題下自注「蠏借穴於蛇蠱」，等等。

第七十二、七十五回寫到銀魚、銀魚乾，第七十八回又寫到黃炒的銀魚，當指用黃酒炒的銀魚。銀魚亦為徐渭最喜愛的肴品之一。《三集》卷四載五古〈陳長公餉日鑄茶、瓦窰港銀魚〉，卷十一載七絕〈托王老買瓦窰頭銀魚〉，《逸稿》卷八又載七絕〈陳玉屏餉瓦窰村銀魚〉。

第十九、二十七、三十五、三十八、六十、六十一諸回寫到葡萄酒。《逸稿》卷四載〈董堯章謝國塾歸葬其親，送之〉，題下自注「葡萄綠，言酒也」，詩云「明年二月葡萄綠，莫負花前設醴香」，序謂「葡萄綠，言酒也」。《三集》卷十載〈蒲桃〉詩：「聞道羌葡萄，家家用醅酒。老夫畫筆渴，此時堪一斗。」

第七十五、七十九回寫到豆酒、南邊帶來豆酒。《徐文長佚草》（以下簡稱《佚草》）卷二載〈題史甥畫卷後〉云：「萬曆辛卯重九日，史甥攜豆酒、河蟹換余手繪。」《逸稿》卷四載〈方長公重五餉以江魚、枇杷、豆酒〉詩云：「江魚銀板枇杷金，綠菽家醅一甕深。」

果類。第五十二回寫到枇杷果，除上引《逸稿》卷四詩，卷三載〈飲枇杷園贈某君東道〉。第七十三、七十七、七十八諸回寫到柑子、鮮柑，《逸稿》卷四載〈史甥以十柑餉〉云：「黃柑久矣斷衢州，甥也何來十顆投。……小兒塞上嘗寧得，病老床頭渴正求。」另外，《金瓶梅》寫到的頻婆、石榴也多見於徐渭文字。

第三十四回寫到曲灣灣王瓜。《三集》卷八詩題〈子侯芳園王瓜駢秀，傳聞遠邇，快睹詠歌，附驥非才，續貂聊漫〉，《逸稿》卷五詩題〈方氏子園並蒂王瓜四，予頃亦稍圍〉。

其他。第四十九回寫到蔡御史的贄見禮有四袋芽茶。芽茶乃紹興特產之一，尤以日鑄芽茶最知名，《萬曆紹興府志》對此有載。《三集》卷四〈陳長公餉日鑄茶〉云「日鑄標槍芽」，「柔針綠新肄」。第六十五回寫到朝廷派朱太尉「往江南湖湘採取花石綱，運船陸續打海道中來」。《三集》卷十一〈松化石牡丹〉自注：「童貫自台、溫海載至此，重而折，會汴京陷，遂委之。」

四、市井找樂

《詞話》作為我國第一部長篇世情小說，它展現了一幅幅巨細必陳的市井人物的生活畫，寫到不少一般市井人物找樂的方式。這些方式也向為徐渭所樂道、關注甚且採用。

小說第二十五回寫到吳月娘等人在花園中紮了一架秋千，每次有兩個人立於畫板之上，「打個立秋千」。首先是潘金蓮和孟玉樓打，因畫板太窄，「跐不牢，只聽得滑浪一聲，把金蓮擦下來」。《三集》卷十二載〈閨人纖趾〉（調菩薩蠻）「千嬌更是羅鞋淺，有時立在秋千板。板已窄棱棱，猶餘三四分」。一般蕩秋千都是坐於畫板之上，小說所寫和徐渭詞意都是立於畫板之上，且都留意於板之窄和足之更小。

第九十回寫到吳月娘等人清明節在「大樹長堤」「高阜」之處，觀看「教場李貴走馬賣解」。《三集》卷六載〈桃花堤上看美人走馬〉，卷十一〈嘉則擬紅衫四貌〉之一〈春郊走馬〉「春郊大堤無盡頭，沈郎走馬著紅衫」。走馬賣解的時境（春天、大堤附近），與小說所寫相合。

第五十九回官哥兒出殯，第六十五回李瓶兒出殯，第八十回西門慶出殯，三次都寫到親朋、鄰舍湊錢請偶戲班子在靈前演戲；眾人「在靈前看偶戲」畢，即辭靈燒紙，大哭而起，送殯而去。偶戲旋起旋止，顯寓亡者命運短暫，生者代為嗟歎之意。徐渭諳偶戲。《三集》卷十一載〈為杭人題畫二首〉其一云：

> 帳頭偶戲已非真，畫偶如鄰復隔鄰。
> 想到天為羅帳處，何人不是戲場人。

最後兩句可看作小說中有關看偶戲描寫的弦外之音。

第七十六回寫到席間有教坊撮弄助興，撮弄即宋代流行的魔術。《三集》卷五〈贈李客〉題下注云：「善幻戲者。」詩云：

> 孟嘗一日無君話，雕胡炊飯咽不下。
> 淮南一日無君陪，桂樹色慘秋風摧。
> ……
> 羨君有術能幻空，跳丸擊劍皆無功。

第十五回寫到幾個圓社陪妓女李桂姐踢氣球。《三集》卷十一〈寫扇與球兒〉云：「既已明珠隨口散，誰能明月繞身飛。」

吃鞋杯是一種比較孟浪的找樂方式，第六回寫到西門慶與潘金蓮偷歡，「又脫下他一只繡花鞋兒，擎在手內，放一小杯酒在內，吃鞋杯耍子」。徐渭亦好此道。《逸稿》卷四載〈鞋杯，嘉則令作〉云：

> 南海玻璃直幾錢，羅鞋將捧不勝憐。
> 凌波痕淺塵猶在，踏草香殘酒並傳。
> 神女罷行巫峽雨，西施自脫若耶蓮。
> 應知雙鳳留裙底，恨不雙雙入錦筵。

小說中西門慶與潘金蓮二人，正是從雙雙入了潘金蓮空閨的羅帳，到入了西門慶家中的錦筵！

五、典實

第一，顯性典實，即在小說中具有明顯、突出的正向或反向深化主題功能的典實。最重要的有兩個，第一個即小說引首四支〈行香子〉詞所表現的「瀛洲」。這是一個清幽超塵、無辱無憂的世外桃源。它遠立於一百回的巨大容量所包含的濁暗喧囂、人欲橫流的社會之外，無疑是作者生活理想和人生追求的文字訴說。按，瀛洲本為道教神山名。《十洲記》載：「瀛洲在東海中，地方四千里。上生神芝仙草，又有玉石，高且千丈；出泉如酒，味甘，為玉醴泉，飲之令人長生。」自紹興城內府山即可遠眺東海，紹興可說與瀛洲相距甚近。《逸稿》卷二載〈瀛洲圖〉：

> 瀛洲自是神仙住，誰將筆力移來此。
> 碧瓦長欄十二層，紅雲斷岫三千里。
> 碧瓦紅雲縹渺間，令人一望損朱顏。

卷十五〈壽學使張公六十生朝序〉中有詞：

煙水茫茫，五湖深處陶朱老。萬里功名，一劍曾知道。閣俯流霞，階畔生芝草。
華筵好，兒在瀛洲，新寄安期棗。

境界正與小說同。全書第二個重要典實是有關越女西施亡吳的傳說。第四回回前詩云：

酒色多能誤國邦，由來美色喪忠良。
紂因妲己宗祀失，吳為西施社稷亡。

這是述典。第二十三回回前詩說西門慶：

出則錦衣駿馬，歸時越女吳姬。
休將金玉作根基，但恐莫逃興廢。

將西門慶妻妾比為西施，就將西門慶本人置於夫差的地位，預示了主人公的最終滅亡，
這是運典。西施本為紹興諸暨人，有關她以美色迷惑吳王導致吳國覆滅的傳說，始於東
漢會稽人自己的《越絕書》和《吳越春秋》二書；此後歷代紹興人都津津道此，徐渭亦
不例外。《三集》卷二十三載〈西施山書舍記〉云，「勾踐作宮其間，以教西施、鄭旦，
而用以獻吳」。《逸稿》卷八載〈范蠡載西施之五湖圖〉。從內容上看，一文一詩，合
起來正好是西施典實的開頭和結局。

　　第二，隱性典實，即無明顯昭彰主題功能，似為作者知識和情趣的隨意援用的典實。
但事實上，這類典實多具有比較深微的反諷意蘊。例如，第四十九回寫到這樣一段文字：

西門慶笑道：「與昔日東山之遊，又何別乎？」蔡御史道：「恐我不如安石之才，
而君有王右軍之高致矣。」於是月下與二妓攜手，不啻恍若劉、阮之入天台。

這是越地三大「雅典」的集中出現。所謂「安石東山之遊」，《嘉泰會稽志》卷九載，
「東山，在縣西南四十五里，晉太傅謝安所居也」，「傍有薔薇洞，俗傳太傅攜妓遊宴之
所」。《三集》卷十一載〈謝太傅攜妓東山圖〉，詩中「胭紅粉白兩嬋娟」一語合於小
說中蔡狀元狎二妓之情形。所謂「王右軍之高致」，即千古傳頌的王羲之蘭亭雅集。《嘉
泰會稽志》卷十三載：「王逸少有書堂在山陰蘭亭，鵝池、墨池亦在焉。當其與群公祓
禊賦詩，蓋一時之集爾。」《逸稿》卷八載〈右軍修禊圖，二鵝浴於溪〉，詩稱「蘭亭
修禊只須臾，也抱雙鵝浴淺渠」。徐渭倒確有王右軍之高致。從效果來說，右軍抱雙鵝
與狀元狎二妓恰能對舉成趣。

　　劉、阮入天台的故事，《嘉泰會稽志》卷十八載：「桃源，在嵊縣南三里。舊經劉
晨、阮肇剡縣人，入天台山遇仙，此其居也。」《三集》卷十一載〈劉、阮憶天台圖三

首〉。

第四十九回尾詩云：

> 彌勒和尚到神州，布袋橫拖柱杖頭。
>
> 饒你化身千百億，一身還有一身愁。

此詩在第九十回再次出現時，一、二句變成：「布袋和尚到明州，策杖芒鞋任意遊。」據《傳燈錄》卷二十七，布袋和尚係紹興鄰郡明州奉化人，後梁時的高僧。《夢園書畫錄》卷十二載徐渭〈布袋和尚〉偈云：

> 「柱杖指天，布袋著地。掉卻數殊，好好覺睡」，東坡題布袋和尚語也。予戲為仿此，並繫以贊：花雨彌天，黃金布地。有這世界，無這場睡。

第五十九回寫到妓女鄭愛月兒房中「供養著一軸海潮觀音」。《三集》卷二十一〈題大士圖〉云「萬里波濤，琉璃拍天」，「儼此大士，筏彼海蓮」，序稱「介亨要予畫蓮葉觀音，遂偈其上」。據此，徐渭曾畫海潮觀音圖並作偈其上。

第七十七回西門慶踏雪訪愛月，愛月打扮而出，「好似羅浮仙子臨凡境，神女巫山降世間」。羅浮仙子是徐渭詩中常見意象之一。例如，《三集》卷七載〈月下梨花四首〉之四云：「多情錯認梅花夜，教進羅浮夢裏觴。」《逸稿》卷三〈畫梅〉云：「暈信空中奪，香疑筆底傳。夜深懸榻冷，夢見羅浮仙。」南京博物院藏徐渭畫《歲寒三友圖》題云：「羅浮仙子噴香風，萬壑驚濤舞玉龍。」

第八回潘金蓮給西門慶上壽之物有「松竹梅歲寒三友醬色段子護膝」一條，第二十回李瓶兒戴一副「螺絲松竹梅歲寒三友梳背兒」，第二十九回西門慶為潘金蓮買的螺鈿床，「裏面三塊梳背都是松竹梅歲寒三友」。《盛明百家詩·徐文長集》有〈松竹梅圖〉詩一首，內云：「那能不異幹，直取終同心。」前述《歲寒三友圖》亦題「君子同心堅歲晚」。寓意與小說相同。

此類典實或將狀元狎妓惡俗之舉，與謝安韜光東山，右軍修禊蘭亭，劉、阮遇仙天台等風流雅事和動人神話混為一談，或將淫僧比為高僧，將妓女比作觀音、仙子，或在否定性人物身邊點綴上高潔品格的象徵之物，顯示了對傳統道德觀和美學觀的強烈嘲諷。這種嘲諷，也只有來源於徐渭的生活經歷，才最好理解。

另外，第四十七回寫到苗員外的一番話：「大丈夫生於天地之間，桑弧蓬矢，不能遨遊天下……」「桑弧蓬矢」出自《禮記·內則》。《佚草》卷三載〈上提學副使張公書〉云：「古人志在四方，故桑弧蓬矢，取諸廣遠。重耳奔竄而霸，馬援牧邊而達，奮發發跡，豈有拘方？」所言與小說中的苗員外語如出一轍。《雌木蘭》女英雄花木蘭的

父親名弧，字桑之，合成「桑弧」。第六十五回提到「老子過函關」的百戲。《三集》卷四有詩〈老子出函谷圖〉，《逸稿》卷八有〈老子騎牛度關圖〉。第五十一回薛姑子宣卷，講到龐居士出家。《佚草》卷二〈題龐德公入山圖卷後〉云：「鹿門山有隱君，一為龐縕，習禪者也，一家並寂化。」

六、主人公

西門慶身上有一些徐渭的影子。

先看外貌。小說第二回潘金蓮看到的西門慶，「長腰身穿綠羅褶兒」「越顯出張生般龐兒，潘安的貌兒」。張生、潘安為古代美男子的代稱；古人以白為美，所謂「一白掩百醜」。這裏可以看到西門慶外貌的兩個基本持點，一是身長，二是膚白。第六十七回應伯爵來看西門慶，談話間說到西門慶「你這胖大身子」「雖故身體魁偉」等語。合而觀之，西門慶外貌的總特點是：長、肥、白。實際上，這也是徐渭外貌的總特點。《三集》卷二十一〈自畫小像二首〉之一云，「吾生而肥」，「既立而復漸以肥」。陶望齡《歇庵集》卷十四〈徐文長傳〉載：「渭貌修偉肥白。」章重（《康熙會稽縣志》卷二十四載此人「敦睦孝友，以文章名世，素為陶望齡、劉宗周所器重」）〈夢遇〉又載，他曾在夢中見到徐渭「肥且揚」，後遇渭子枳，「出先生小像，與夢中無髮漂異」。修、揚即身長，與肥、白合之，亦即西門慶之「身體魁偉」。

再看飲饌。第五十回西門慶吩咐：「交小廝有南燒酒買他一瓶來我吃。」王六兒笑道：「爹老人家別的酒吃厭了，想起來又要吃南燒酒了。」本回情節時間為四月下旬，在南方正是梅雨開始時節。《逸稿》卷三〈梅雨幾三旬，陳君以詩來慰，答之，次韻二首〉序云：「每歲梅天，股腫幾廢步。貧惜費，且好飲，便以燒酒當藥，希燥之也。」據此可知，徐渭晚年患有關節炎症，每到梅雨季節發作、加重，便飲燒酒當藥。又如第六十七回，西門慶說到，「昨日任後溪常說老先生雖故身體魁偉，而虛之太極，送了我一罐兒百補延齡丹，說是林真人合與聖上吃的，教我用人乳，常清辰服」。徐渭亦曾獲一位道士贈此類一般只有帝王才能享用的延年益壽靈丹。差別僅在於數量只有五粒，而不是一罐；服用的方法是用牛羊乳，而不是人乳。《三集》卷五〈五粒靈丹行，送聶君歸滁〉，題下注云：「服丹須牛羊乳。」詩略云：

> 聶君顏色美如玉，百莖紫須灑黃竹。
> 豈緣本草食櫻桃，獨取丹砂烹金鏃。
> 自從江右住滁州，曳裾王門二十秋。

> ……
>
> 燕都富貴人如海，君住琳宮厭車蓋。
>
> ……
>
> 曾聞筆法病鍾繇，憐予勞勞亦白頭。
>
> 當時不遇曹丞相，五粒靈丹何處求。
>
> 君今贈我亦五粒，蔡邕自死鍾繇活。
>
> ……
>
> 送君南郭愁馬嘶，自轉西街買羊乳。

再看西門慶最終的病。下面是第七十九回西門慶病倒，各人前來看視（主要是醫生診斷）以後所作的結論以及西門慶臨死前病情的發展：

> 任醫官：老先生此貴恙，乃虛火上炎……
>
> 胡太醫：老爹是個下部蘊毒……
>
> 何春泉：是癃閉便毒，一團膀胱邪火，趕到這邊下來……
>
> 何千戶：此係便毒。我學生有一相識……極看的好瘡毒，我就使人請他……
>
> 西門慶又吃了劉橘齋第二帖藥，通身痛，叫喚了一夜，到五更時分，那不便腎囊處腫脹破了……

有些研究者斷言作品安排了西門慶最終死於此病，沒有生活根據，不過是作者為了宣揚性恐怖思想罷了。殊不知這一情節並非向壁虛構。徐渭的稍晚知音袁宏道的病卒情形固然近之[1]，《佚草》卷四載〈復某〉之一云：「受命敬具稿以呈，鄙薄之技止此矣，幸諒之。下體毒潰極楚，兼以襟袍齷齪，且未擬候教也。」〈與蕭先生〉云：

> 今試書奉別等五六字，便手戰不能，骨瘠肱弱，又五內餘熱發為瘡毒，指掌反強然也。

顯而易見，小說的情節是在徐渭經歷的基礎上誇張構成。

講曹雪芹筆下的賈寶玉身上，有作者的影子，大家都能理解；講《金瓶梅》中的西門慶身上，有作者徐渭的影子，似乎難以置信。其實，只要我們考慮到這是一個根本蔑

1　馬學良《袁中郎年譜》，天津：天津古籍出版社，1991年，頁127。

視傳統價值觀和審美觀的驚世駭俗的作者，他在元惡巨奸的主人公身上投上一點自己的影子，也就毫不奇怪。

七、關於虎和貓

小說選擇《水滸》武松打虎的情節為自己的情節起點，並於第二十九回西門慶生子升官大發跡之前和第七十九回西門慶死去、西門府大敗亡之前，兩次借請吳神仙算命，點明主人公生肖屬虎，應有深意。《逸稿》卷十〈市中虎〉云：

> 隆慶皇，賀太平，年辛未，二月望，猛虎入城從何方？粗蹄大爪泥上沒，行人誰信虎腳跡。藏何所？日何食？禍不測，幸得郭爺燕客王家山，銅鼓震地火照天，老畜避火下山去。明真觀，咬道士，千秋巷，拗狄吉，橫布裙，哧出矢。挑（跳）過高牆攬街市，撲行人，墮溷廁。千秋巷里少年三十輩，白棒鐵叉攢虎背，攢得虎皮碎復碎，與誰睡。少年扛虎送官府，四下官府賞米七八斗，就教少年剝松下，虎死魂魄上山去。頭和皮，送官府，宰肉歸家，飼妻與母。古人言，市有虎，信之者，足愚魯。今若此，云如何？金波羅，城中做窠，凡百事，盡有似他，難信一邊說話。

很明顯，這個打虎的寓言，也有深意[2]。而且，「挑（跳）過高牆攬街市，撲行人，墮溷廁」三句，與小說第十回西門慶跳入大街口胡老人家的描寫也極逼肖。

第五十一回寫到潘金蓮臥房有隻白獅子貓，第五十九回潘金蓮即訓練它，害死了官哥兒。啟發她這樣做的，卻是第五十二回寫到的一隻大黑貓。在潘金蓮撲蝶之時，這隻貓從花叢中竄出，驚嚇了官哥兒。《三集》卷十一〈買得一貓雛，純黑而雄，戲詠〉即云：「柳條不必穿魚聘，花徑憑教撲蝶行。」小說的情節設計，當是源於生活中的大黑貓的啟發。

八、「一級描寫」

《詞話》最醒目、自古迄今最招訾論的描寫，無疑是有關人欲特別是情欲的描寫。本文姑且把這類描寫稱作《詞話》的「一級描寫」。我們看到，在徐渭文字中，存在著相當多的與《詞話》的一級描寫相對應的東西。

2　徐朔方《徐朔方集》第 3 卷，杭州：浙江古籍出版社，1993 年，頁 137。

第一，《詞話》將〈酒、色、財、氣四貪詞〉置於卷首，於中又特別「只愛說這情色二字」，開宗明義地表明對放縱情欲人生的針砭和情欲氾濫社會的憂患。《三集》卷十九載〈逃禪集序〉云：「今有欲者滿天下，而求一人之幾於中節，不可得也。」這可視為《詞話》放肆地表現性，構造「一片淫欲世界」（竹坡語）的思想基礎。

第二，小說第二十七、三十八、五十、五十一、五十二、五十九、六十一、七十三、七十五、七十七、七十八、七十九、八十三諸回有比較具體的性過程描寫。《歌代嘯》第一齣中兩位和尚相互調笑打趣時有一段話：

> 如不容，請嘗試之。將入門，援之以手，其進銳者，不能以寸已，頻蹙曰，有慟乎？徐答云爾，無所不至，喜色相告，無傷也。及其壯也，故進之，故退之，盡心力而為之，未見其止；力不足者，苟完矣，苟美矣，以其時則可矣，將以復進。或問之，樂在其中。

不啻為小說中一切性描寫的大綱。

第三，小說第二十七回直接寫到和第六十八回由應伯爵說出的做愛姿勢，有「隔山取火」「金龍探爪」「野狐抽絲」「仙人指路」等十餘種，第十三、八十三回又寫到「春意二十四解」。《歌代嘯》第三齣中李和尚無意說中州官「偷」丫鬟的姿勢有「狐狸聽冰」「鷺窺池」「夜叉探海」「伯牙推絲桐」「遞飛帖」等多種。二者都對做愛姿勢感興趣，且種類大同小異。

第四，一些細節描寫，小說和徐渭戲曲極其逼肖。如第十二回，在形容家僕琴童與潘金蓮發生關係的一段駢文中，有「霎時一滴驢精髓，傾在金蓮玉體中」之語。《玉禪師》第一曲形容玉通與紅蓮發生關係，則有：「數點菩提水，傾將兩瓣蓮」「可憐數點菩提水，傾入紅蓮兩瓣中」。句法如此一致，很難想像二者是出於不同作者之手。又如第二十七回的性描寫，有「如數鰍行泥淖中相似」的設喻。《歌代嘯》第三齣李和尚自述偷情之樂，「像活鰍戲水」，設喻亦頗一致。這些細節描寫，在語言形態上又略有差別，因而不可能是一方抄襲另一方的結果；它們只能是同一作者同一思路在不同語境中的表現。

第五，小說所寫偷情表意的慣技，有送香囊，如第十二回，潘金蓮私僕，「把裙邊帶的錦香囊葫蘆兒與了他」；有剪頭髮，如第七十九回，王六兒「剪下一柳黑臻臻、光油油的青絲，用五色絨纏就的一個同心結托兒」，送給西門慶；有燒香馬，即男的在女的身上燒灼香疤，如第七十八回西門慶拿「燒林氏剩下的三個燒酒浸的香馬兒」，在王六兒身上燒了三炷香。《歌代嘯》第二齣王輯迪妻唱「我為你曾咬牙痕，曾剪青絲，曾與香囊」，李和尚自語「便將香馬兒燒他一下，也可了我願心」，表明他們偷情表意的

慣妓與《詞話》人物完全一樣（《詞話》也有咬牙痕的描寫，第六十八回的「應伯爵戲銜玉臂」即是）。

九、二級情節

　　如果把直接表現西門慶本人在情場、官場、商場勃起暴興又突然煙消火滅的情節，稱之為《詞話》的一級情節的話；那麼，作品隨意穿插的一些次要情節，著眼於展現作為西門慶生存背景的社會世態的情節，則是《詞話》的二級情節。一級情節與任何作品的相似都是不可想像的，小說作為藝術品的獨創性正體現在這裏；二級情節則允許有比較分散的、不怎麼引人注目的相似物存在於本作品之外。徐渭戲曲中有相當多的情節，與《詞話》的二級情節相似；其相似程度足以使人相信，它們源於同一個作者。

　　官員剛愎自用任性斷案，或貪贓枉法，瞞天過海，致使公道不彰，作惡者逍遙法外，無辜者代人受過，是《詞話》樂於表現的次要情節之一。前者的例子如，第四十八回，陽穀縣縣丞狄斯彬尋訪不著殺人真凶，因受害者屍體在慈惠寺附近被發現，就一口咬定收埋屍體的寺中長老是真凶；後者的例子如，第七十六回，西門慶接受何九賄賂，開脫了其弟何十的強盜窩主罪名，另拿弘化寺一名和尚頂缺了事。作品嘲諷地稱這類事是「張公吃酒李公醉，桑樹上脫枝柳樹上報」。徐渭的戲曲也樂於表現此類公道被扭曲的情節。《歌代嘯》全劇的劇眼就是「眼迷曲直的是張禿帽子教李禿去戴」。李和尚與姘婦姦情敗露，本夫王輯迪向州官告狀，州官糊裏糊塗被李和尚愚弄，最後李和尚當庭釋放，足不出戶的張卻成了應受懲罰的淫僧。《女狀元》第三曲中也有一宗舊案：卓家失盜，做公的沒處拿真贓實犯，就把沿街賣唱的一位藝人充做賊拿了。

　　本來要算正義的行為，在當權者面前卻變成了有罪之舉，該受獎賞的人物卻變成了待罪之身，這是《詞話》和徐渭戲曲都寫到的又一種反映公道被扭曲的情節。例如，小說第三十四回，車淡等人捉姦，當場將姦夫淫婦捉獲，指望解官請賞，不料卻被問成私闖民宅，非奸即盜。《歌代嘯》第四齣，衛官甫等百姓前來州衙救火，事畢，到州官面前準備領賞，不料竟被問成明火執杖、黃夜打劫。需要指出的是，面對明顯違背起碼常理的判決，當事人物除了如魚在砧的惶恐心態，沒有一點兒不平的想法、抗議的念頭，更不要說反抗之舉了。可以說，存在於小說和徐渭戲曲中的這種情節，都揭示了市井庸眾被當權者肆意播弄、精神冥頑麻木的可怕世情。

　　表現世情乖張的情節還有，本該清心寡欲的出家人，卻不守清規，不安本分，或為財所誘，或為色所迷，自甘墮落，又貽笑大方。小說中任道士利用晏公廟有利地形，私積香火錢糧，開店發財，不料被大徒弟將銀子盜去嫖賭殆盡；任道士為此一氣而亡。《歌

代嘯》中張和尚私將師父菜園贖回，瞞著眾人悄悄種菜賣，不料就在可以上市大賺一筆的前一夜，被師弟偷搬一空；張和尚為此也病倒在床。小說第八回引古人語云：

> 一個字便是僧，二個字便是和尚，三個字是個鬼樂官，四個字是色中餓鬼。

歷史上，薛姑子出家前即與廟裏幾個和尚勾搭成姦；現實中，「燒夫靈和尚聽淫聲」，眾僧被潘金蓮的美色和風流癡倒。當然，最當得上「鬼樂官」和「色中餓鬼」稱號的人物，還是《歌代嘯》中的李和尚。他玩花招害得師兄連連倒楣，又耍鬼計要燒炙姘婦之夫腳跟，最後竟如願以償和姘婦做了長久夫妻！

　　小說還有不少醫生行醫的情節。同樣是世情乖張的一個表徵，除了任醫官等極個別人，絕大多數醫生都對醫術一竅不通，卻又愛一本正經擺架勢、招搖撞騙。第六十一回「我做太醫姓趙」一段戲曲化自白，活畫出了這些人江湖騙子的嘴臉。似乎很巧合的是，《歌代嘯》中李和尚也曾打著「醫僧」的招牌行過騙。他治姘婦之母牙疼的荒唐表演，與小說中趙太醫給李瓶兒診病的滑稽經過，頗有異曲同工之妙。這類情節可直接在徐渭文字中找到思想基礎。《三集》卷十九〈贈余醫師序〉公開曰：「世之術無一不偽者，而醫為甚。」

　　扭曲的社會伴隨的是畸變的人倫，作者的筆尖不經意的滑動就可以帶出這樣的消息。小說第二十一回借王姑子之口，講了一個有關「扒灰」人物的笑話。第三十三回又直接寫到「陶扒灰」笑別人亂倫、終被別人所笑的情節。《歌代嘯》第二齣也有「扒灰」的情節。王輯迪不願為岳母炙疼自己腳跟，妻子說：「我當初在你家團養的時節，你老子來扒灰，我不曾疼過？」和小說一樣，這一情節，也是用過去時態、用冷嘲口氣提到的。

十、微觀種種，生活細節和語言

　　以下的內容，我們可以直接列表對看。

表一，生活細節對照

《詞話》	徐渭文字	簡說
晚夕聽大師父說因果、唱佛曲兒。（第三十九回）	（李和尚）我便頂包、化緣、撇鈸說因果，也過了這日子。（《歌代嘯》第一齣）	「撇鈸」即指「唱佛曲」。
一面脫了衣服，安在左手第四席與吳大舅相近而坐，獻上湯飯並手下攢	叫黃老爺那人進來，脫了圓領，衙內去取個攢盤，俺們坐坐。（《女狀元》	「黃老爺那人」也是下人，「攢

《詞話》	徐渭文字	簡說
盤，任醫官道多謝了。（第五十八回）不一時，放了桌，就是春盛案酒，一色十六碗，多是頓爛下飯……下人俱有攢盤點心、酒肉。（第六十八回）	第四齣）	盤」都是專待下人之物。
賞了小的並抬盒人五錢銀子，一百本曆日。（第七十五回）	我還有去歲的曆日，明日便三個人賞他一本也不多。（《歌代嘯》第四齣）	官員都好以「曆日」賞下人。
尚舉人家有一副好板，原是尚舉人父親在四川成都府做推官時帶來。（第六十二回）薛內相仔細看了此板，不是建昌，是副鎮遠。（第六十四回）	川中的杉板，口外的松材，他忙時用，我閑時買。（《歌代嘯》第一齣）	「建昌」亦屬四川，都知四川出優質棺材板。
原來月娘平昔好齋僧佈施，常時閒中發心做下僧帽僧鞋，預備佈施。（第八十八回）	若一時不便，就是舊僧帽兒佈施兩頂也罷了……兩頂沒有，便是一頂也罷。（《歌代嘯》第二齣）	「僧帽」都是慣常佈施之物。
謹具粗段一端，魯酒一樽。（第九十三回）	弟有魯酒一樽，把來配吃何如？（《歌代嘯》第一齣）	都言己酒為「魯酒」。
當下直吃到炎光西墜，微雨生涼的時分，春梅拿起大金荷花杯相勸。（第九十七回）	我昔未老，挾管無賴……人所不惬，公獨嗜之……令我揮毫，酌以荷花。（《三集》卷十八《哀諸尚書辭》）	左右加點字意義完全相同。

表二，潑婦口吻對照

《詞話》	徐渭文字	簡說
月娘道：「就別要汗邪，休要惹我那沒好口罵出來。」（第十四回）桂姐罵道：「怪應化子，汗邪了你，我不好罵出來的。」（第二十一回）桂姐道：「汗邪了你，怎的胡說。」（第五十二回）	（婿）我放慈悲，莫不是借你去謝醫。（妻笑介）呸！汗邪了你了。（《歌代嘯》第二齣）	嗔人說話下流皆用「汗邪了你」，口吻如此一致，罕見於其他小說或戲曲。
婦人道：「呸！濁才料，我不叫罵你的……」（第十四回）月娘便勸道：「夥計你只安心做買賣，休要理那潑才料，如臭屎一般丟著他……」（第八十六回）	且喚那歪材料過來……（叫介）歪材料哪裏？……歪材料，你割愛偷丫……（《歌代嘯》第四齣）	拾不清稱為「濁」，無賴稱為「潑」，作風不正稱為「歪」；「才料」「材料」皆蔑稱。諸稱呼口吻如一。

表三，遊戲筆法對照

《詞話》	徐渭文字	簡說
我聽得說，你住的觀音寺背後就是玄明觀。常言道，男僧寺對著女僧寺，沒事也有事。（第三十九回）	緊自人說，我等出家人，父親多在寺裏，母親多在庵裏，今我等兒孫又送在觀裏。（《歌代嘯》第一齣）	皆言男、女僧尼不守清規，互相發生關係。
一個和尚……生的豹頭凹眼，色若紫肝，戴了雞蠟箍兒，穿一領肉紅直裰，頦下髭須亂拃，頭上有一留光簷。就是個形容古怪真羅漢，未除火性獨眼龍。（第四十九回）	（李和尚抹頭大叫）罷了罷了，你來看，此處想有個大窟窿。（張笑介）光光的所在，又有一個窟窿，可像個甚的？（《歌代嘯》第一齣）	皆言和尚頭若陽具。
你敢笑和尚沒丈母，我就單丁擺佈不起你。（第五十二回）	這是妻母炙過小僧的。比如丈母若是小僧的丈母，也就護小僧了。（《歌代嘯》第一齣）	皆言和尚有丈母。
小玉道：「他是佛爺兒子，誰是佛爺女兒？」月娘道：「相這比丘尼姑僧，就是佛的女兒。」小玉道：「譬若說相薛姑子、王姑子、大師父，都是佛爺女兒，誰是佛爺女婿？」月娘忍不住笑罵道：「這賊小淫婦兒，學的油嘴滑舌，見見就說下道兒去了。」（第八十八回）	（李）既沒有佛子佛孫，何名為佛爺佛祖？（張）師弟，你不知道，大凡佛爺佛祖，不過是吾教之尊師；就如你我師弟師兄，也只是異性之骨肉，何曾是他親生嫡養的……（李）佛爺佛祖既不生你我佛子佛孫，這些佛子佛孫卻又是何人所生？（張唱）這皮囊臭袋，都是父精母血種成胎。（李）這胎是怎樣種法？（張唱）因緣情色。（李笑介）妙呀！（《歌代嘯》第一齣）	皆在一問一答間故把佛教家庭化、倫常化，皆是「見見就說下道兒去了」。
我那等分付他……立與他三限才還他這銀子……頭一限，風吹轆軸打孤雁；第二限，水底魚兒跳上岸；第三限，水裏石頭泡得爛……（你這等寫著，還說不滑稽。及到水裏石頭爛了時，知他和尚在也不在）你到說的好，有一朝天旱水淺，朝庭挑河，把石頭乞做工的夫子兩三鐝頭，坎（砍）得稀爛，怎了？（第四十二回）	不如將他喚出，用些言語誘出他的錢來，增使在我這園上。只說收後除本分利，待臨期開些花帳，打些偏手，也是好事。像我這一片公道心，將來愁無個佛做？（《歌代嘯》第一齣）	皆是借錢不想還，卻又自我標榜；實是自我否定。

表四，形容慣例、慣用語對照

《詞話》	徐渭文字	簡說
原來金蓮自從嫁武大，見他一味老實，人物猥猥，甚是憎嫌，常與他合氣，報怨大戶，普天世界斷送了男子，何故將奴嫁與這樣個貨……左右街坊有幾個浮浪子弟，睃見了武大這個老婆，打扮油樣……往來嘲戲唱叫：「這一塊好羊肉，如何落在狗口裏。」（第一回）	花作丰姿玉作標，雲情雨意黯魂消……奴家王輯迪之妻吳氏是也，覽鏡自照，容顏頗不後人。不期嫁了王輯迪，偏生得刁鑽醜陋，異樣猥獷可惜一塊好羊肉，倒落在狗口裏。這還是俺爹娘的不是。（《歌代嘯》第二齣）	潘金蓮不滿武大與吳氏不滿王輯迪的心態，及由此引發的追求外遇的行動完全一致。
怪不的那賊淫婦，死墮阿鼻地獄。（第二十八回）這老淫婦到明日墮阿鼻地獄。（第六十回）	若是想少情多呵，不好了，少不得撲咚咚一交跌在……十八重阿鼻地獄。（《玉禪師》第一齣）	罵人和自恐都是「墮阿鼻地獄」。
西門慶喜歡的雙手摟抱著說道：「我的乖乖的兒，正是如此。不枉的養兒不在阿金溺銀，只要見景生情。」（第十三回）	論湊趣，我為魁，她見景生情諸事美。（《歌代嘯》第三齣）	「見景生情」均指見機行事。
家中丫頭不算，大小五六個老婆，著緊打俏棍兒，稍不中意，就令媒人領出賣了。就是打老婆的班頭，坑婦女的領袖。（第十七回）這酒家店的劉二……就是打粉頭的班頭，欺酒客的領袖。（第九十四回）	我與你真是偷情的領袖，扯謊的班頭，其實罕也。（《歌代嘯》第三齣）	「其實罕也」可補足「班頭」「領袖」語意。
只見雪娥從來旺兒屋裏去，……正是：雪隱鷺鷥飛始見，柳藏鸚鵡語方知。以此都知雪娥與來旺兒有首尾。（第二十五回）	呀，一個蹺蹊，雪隱鷺鷥飛始見，呀，一個蹺蹊，一個蹺蹊，柳藏鸚鵡，蹺打蹊，打蹺蹊，語方知。（《狂鼓史》）	右邊直可看作為左邊《詞話》情節而發。
見他在人前鋪眉苦眼，拿班做勢，口裏咬文嚼字。（第五十回）原來西門慶家中磨槍備劍，帶了淫器包兒來，安心要鏖戰這婆娘。（第七十八回）	尋思，這都是前世緣（指與吳氏有姦），那管的來生罪。我安排個較計，背地裏磨槍擦劍，生人面權苦眼鋪眉。（《歌代嘯》第三齣）	「鋪眉苦眼」，左是尼姑，右是和尚；「磨槍備劍」，左是淫棍，右是淫僧，人物甚似。
如今這屋裏只許人放火，不許俺每點	胸橫人我的是州官放火，禁百姓點	皆言不公平。

燈。（第五十八回）	燈。（《歌代嘯》楔子）	
眾和尚見了武大這個老婆，一個個都迷了佛性禪心，一個個都關不住心猿意馬……從前苦行一時休，萬個金剛降不住。（第八回）	南天獅子倒也好提防，倒有個沒影的猢猻不好降……可惜我這二十年苦功，一旦全功盡棄……蠢金剛不管山門扇。（《玉禪師》第一齣）	「沒影的猢猻」即心猿；降心猿均需「金剛」；金剛不力，均是前功盡棄。
一個僧家，戒行也不知，利心又重，得了十方施主錢糧，不修功果，到明日死沒，披毛戴角還不起。（第七十三回）	把一個老阿難戒體殘……則教你戴毛衣成六畜道。（《玉禪師》第一曲）	都出僧家之口，都以轉生牲畜咒人。
今吳月娘懷孕，不宜令僧尼宣卷，聽其生死輪回之說，後來感得一尊古佛出世，投胎奪舍。（第七十五回）四祖教他尋安身立命之處……去濁河邊投胎奪舍。（第三十九回）	俺與師兄……本都是西天兩尊古佛，止因修地未證，奪舍南遊。你一霎時做這場，把奪舍投胎不當燒一寸香。（《玉禪師》第一曲）倪瓚書從隸入，輒在鍾元常〈薦季直表〉中奪舍投胎。（《逸稿》卷二十四〈評字〉）	稱幾個和尚，都是幾尊古佛；稱和尚出世，都是「投胎奪舍」。且徐渭愛用「投胎奪舍」。
院內雪飛如風舞梨花……恍惚漸迷駕鴦……似玉龍鱗甲繞空飛，白鶴羽毛搖地落。好若數蟹行沙上，猶賽亂瓊堆砌間。正是：盡道豐年瑞，豐年瑞若何？長安有貧者，宜瑞不宜多。（第七十七回）初如柳絮，漸似鵝毛；刷刷似數蟹行沙上，紛紛如亂瓊堆砌間。但行動，衣沾六出……如白鶴羽毛接地落。（第二十一回）	巧剪飛花呈六出……鶴舞天長，蟹行沙密……裹妝都畢，總富貴簪楹，寒微蓬蓽。此付瓊堆，彼分玉糝渾如一……正喜卜豐瑞，田疇如櫛。猶恐民貧，數問長安陌。（《三集》卷十二〈調念奴嬌·雪〉）	皆用飛花、鶴羽、蟹行沙、瓊堆意象狀雪；漸迷駕鴦與裹妝都畢句，皆言雪蓋四野。構思都由喜豐瑞轉向恐民貧，都目極長安。
二八佳人體似酥，腰間仗劍斬愚夫。雖然不見人頭落，暗裏教君骨髓枯。（第七十九回）攝魂旗下，擁一個粉骷髏。（第七十八回）	煙粉腰間軟劍盤，未曾上陳早心寒……替他人虧心行按著龍泉，粉骷髏三尺劍。（《玉禪師》第一曲）	皆言美色如「劍」，如「粉骷髏」。
藥醫不死病，佛度有緣人。看他不濟，只怕有緣，吃了他的藥兒好了是的。（第七十九回）	藥醫不死病，佛化有緣人。那有索謝的理？（《歌代嘯》第二齣）	好用相同俗諺。

休要來吃酒，開送了一篇花帳與他，只說銀子上下打點，都使沒了。（第十四回）	不如將他喚出，用些言語誘出他的錢來，增使在我這園上。只說收後除本分利，待臨期開些花帳與他打些偏手，也是好事。（《歌代嘯》第一齣）	「開花帳」都指虛開用錢票據。
專一搽胭抹粉，作怪成精……臉上搽著一面鉛粉，東一塊白，西一塊紅，好似青冬瓜一般。（第九十一回）	抹粉搽脂只一會而紅，呀，一個冬烘。（《狂鼓史》）世上那個美女不把臉搽做冬瓜樣子？（《歌代嘯》第一齣）	皆言「搽抹」臉如「冬瓜」。
你這媒人們說謊的極多，初時說的天花亂墜，地湧金蓮，及到其間，並無一物。（第九十一回）	笑惠可一味求心，又談經萬眾，卻不生胡突鬥嘴撩牙，惹得天花亂墜。（《玉禪師》第一齣）	「天花亂墜，地湧金蓮」，本就是說的「談經」。

表五，方言詞匯對照

《詞話》	徐渭文字	簡說
勾引的這夥人，日逐在門前彈胡博詞，扠兒難。（第一回）被街坊這幾個光棍，要便彈打胡博詞兒，坐在門首胡歌野調。（第三十四回）有對門住的一個小夥子兒……就生心調胡博詞、琵琶，唱曲兒調戲他。（第三十四回）	（二女持鳥悲詞樂器上）（曹）你兩人今日卻要自造一個小令，好生彈唱著。（《狂鼓史》）	《野獲編》謂「胡博詞」為北地流行之「虜」樂器，或名渾不是、虎撥思，均音譯；「鳥悲詞」亦當為其音譯之一。
西門慶道：「緊自他麻煩人，你又自作耍。」（第八回）緊自家中沒錢，昨日俺房下那個平白又桶出個孩兒來。（第六十回）	緊自人說，我等出家人……緊自人說，咱僧家……（《歌代嘯》第一齣）	「緊自」均言總是。
喬才心邪，不來一月。（第八回）	喬才，狙詐也，狡獪也。（《南詞敘錄》）	右恰釋左。
第三個……亦是幫閒勤兒……花子虛乃是內臣家勤兒。（第十回）	勤兒，言其勤於悅色，不憚煩也，亦曰刷子，言其亂也。（《南詞敘錄》）	右恰釋左。
各人冤有頭債有主，你揭條我，我揭條你。（第二十九回）那薛姑子和王姑子兩個在印經處爭分錢不平，爭又使性兒，彼此互相揭調。（第五十九回）	禿驢，你如今還會……揭挑我與師父盤桓麼？（《歌代嘯》第一齣）	「揭條」「揭調」「揭挑」，音近意同，均指揭發並嘲笑；「盤桓」，均指做愛。

西門慶當下竭平生本事，將婦人盡力盤桓了一場。（第六十九回） 是夜，西門慶與婦人盡力盤桓無度。（第七十二回）		
王氏平日倚逞刁潑，毀罵街坊，昨日被小的每捉住。（第三十四回） 忽見街坊嚴四郎從上流而來，往臨江接官去。（第八十一回）	百尺竿頭且慢逞強，一交跌下笑街坊。（《玉禪師》第一齣） 鑼鼓聲頻，街坊眼慢，不知怎上高高騎。（《三集》卷十二〈美人解〉）	「街坊」均指鄰居。
你看賊小淫婦兒，躝在泥裏，把人絆了一交，他還說人跳泥了他的鞋。（第二十一回） 不如你二人打房上去，就躝破些，還有蹤跡。（第九十回）	若不是調眼色，有口辨，兼多急智，險些兒就躝泛了消息。（《歌代嘯》第三齣） 躝，音所駭反，徐行也，俗誤作躂。（《路史》卷上）	「躝破些，留下蹤跡」，也就是「躝泛了消息」；區別僅在於，一是本義，一是引申義。
你看胡說，我沒穿鞋進來，莫不我精著腳進來。（第二十八回）	你們師父精拳頭救火著了手。（《玉禪師》第二齣）	「精」皆即空。
也沒見這般沒稍幹的人，在家閉著膁子坐，平日有要沒緊，來人家撞些什麼。（第三十五回）	（校喝云）禽獸，丞相跟前，可是你裸體赤身的所在。卻不道驢膁子朝東，馬膁子朝西。（襯）你那頹丞相膁子朝南，我的膁子朝北。（《狂鼓史》）	魏子雲將《詞話》「膁子」注為寮子，指門。觀乎戲曲，方知指陽物；作此理解，方能讀出說話人之輕蔑口吻。
我不把秫秫小廝，不擺佈的見神見鬼的，他也不怕我。（第五十回） 已定秫秫小廝在外邊胡行亂走的，養老婆去了……賊秫小廝，仰搕著撐了，合蓬著丟。（第五十一回）	二軍見花弧私云：「這花弧倒生得好個模樣兒，倒不像個長官，倒是個秫秫，明日倒好拿來應應極（急）。」（《雌木蘭》第一齣）	「秫秫」「秫」「秫秫」形近義同，均指充當孌童的小廝。魏子雲引戲曲注詞話，甚是。
金蓮道：「你怎的叫我是歪剌骨來？」因蹺起一只腳來：「你看老娘這腳，那些兒放著歪？」（第四十三回） 你就是那風裏楊花滾上滾下，如今又興起那如意兒賊歪剌骨來了。（第七十二回）	他若討吃麼，你與他幾塊歪剌……靠赤壁那火燒一把，你臨死時和些歪剌們活離別……不想這些歪剌們呵，帶衣麻就摟別家。（《狂鼓史》） 歪剌，牛角尖臭肉也。故倡家以比無用之妓。（《狂鼓史·音釋》）	「幾塊歪剌」即幾塊歪剌骨，與金蓮「那些兒放著歪」，均就本義言；其餘均賤稱，乃是引申義。

「他老子是誰，到明日大了，管情也是小飄頭兒。」孟玉樓道：「若做了小飄頭兒，教大媽媽就打死了。」（第四十三回）	（李）遠遠那些架子，想是葫蘆架？（張）緊自人說，咱僧家是個瓢頭，敢種他？（《歌代嘯》第一齣）	「飄頭」「瓢頭」形近義同，均隱指嫖頭。竹坡評本即徑改「飄頭」為「嫖頭」。
那裏看了去，恁小丫頭，原來這等賊頭鼠腦的，到就不是個哈咳的。（第四十四回）	他有三般題目㳂台垓。（《歌代嘯》一齣）	「哈咳」「台垓」形近義同，意即正經、正當。
他乃郎不好，他自亂亂的，有甚麼心緒和你說話。（第六十回）	俺奉蜀王爺的旨，宣賜那女狀元和周丞相的乃郎新狀元成親。（《女狀元》第五齣）	「乃郎」均指公子。
只見婦人羅衫不整，粉面慵妝，從房裏出來，唬的臉蠟查也似黃。（第十四回）	唬的我身軀軟兀剌，牙齒頻相磕，臉皮兒似蠟楂。（《歌代嘯》第三齣）	「蠟查」「蠟楂」形近義同，均指發黃。
若不是你們攛掇我出去，我後十年也不出去。（第七十六回）他那日要不去來，倒是俺每攛掇了他去了。（第七十九回）	小子枳，以舊嘗蒙公誤盼……枳之同輩及長者，亦頗攛掇之，故不揣遠趨節下，希廁弟子將命之末。（《佚草》卷四尺牘〈致李長公〉）梅叔《昆侖》劇已到鵲竿尖頭……尚可攛掇者，直撒手一著耳。（《佚草》卷二《題昆侖奴雜劇後》之一）	「攛掇」均指慫恿。
還有個十七八頂老丫頭，打著盤頭……一般兒四個唱的頂老，打扮得如花似朵。（第九十四回）	頂老，伎之渾名。（《南詞敘錄》）	右恰釋左。

表六，特殊方言語態對照

《詞話》	徐渭戲曲
趁子奴不思個防身之計，信著他，往後過不出好日子來。（第十四回）等子獅子街那裏，替你破幾兩銀子，買下房子。（第三十八回）他家桂兒這小淫婦兒，就是個真脫牢強盜越發賊的疼人子。（第四十五回）教你做口湯，不是精淡，就是苦丁子鹹。（第九十四回）	我昨而子去討生薑，大殿上師父說……怪也！這是舍子緣故……俺師父為這樁事，性命都送了，還故子問舍嘴哩。（《玉禪師》第一齣）王姑夫且慢拜，我才子看了日子了。（《雌木蘭》第二齣）

　　說明：魏子雲先生為《詞話》全書作注釋時，發現了一個獨特的語言現象，即「子」經常作為語氣詞，出現在人物語言之中。魏先生推測這是作者吳越方言語態的不自覺流露[3]。這是對的，但他並沒有找到旁證。其實，這種獨特的語言現象也存在於徐渭戲曲。上表不過是各舉數例。一個「子」字，再一次顯示出《詞話》和徐渭戲曲的「同胞」關係。

　　《詞話》和徐渭文字的相關性已如上所述。一切情況表明，從情節各要素到語言各要素，二者都存在大量細微不覺、又無處不在的相同點和相似點；這些相同點和相似點，分別在兩大文本（文字）系統內部織成一張龐大的網，網中等待人們撈上的，是幾乎完全一樣的作者的知識視野、思想情趣、寫作癖好和操作話語。無法找到第二個人物的文字，具有和《詞話》如此的相關性。任何一個心平氣和的學者都不能無視這種相關性的存在；都會從這種普遍而堅定的存在，得出一個簡單的結論：徐渭文字是徐渭所寫，《詞話》也是徐渭所寫。

3　　魏子雲《金瓶梅詞話注釋》，鄭州：中州古籍出版社，1987 年，頁 94、260。

《金瓶梅》的女性觀與徐渭的「祟」疾

　　如果說，百年後的《紅樓夢》傾心托出的，是一個仙境般詩意純美的女兒國的話，那麼，《金瓶梅》則著重刻畫出一個迎姦賣俏的市井淫婦的樂園。不論褒之者譽為如此近距離地透視和敞開普通女子隱秘的內心世界特別是本能世界，標誌著小說觀念的巨大進步，還是貶之者責難將一切污泥濁水都潑到女性身上，把她們描繪得如此花容月貌又如此蛇蠍心腸，並讓西門慶死在潘金蓮手裏，「丟了潑天哄大產業」，是惡俗的「女人禍水」「女色亡國」觀念的一次大曝光，人們都無法否認這一基本事實：在《金瓶梅》中，就是拿著放大鏡，恐怕也找不出一個貞靜自持的女性。和西門慶在情場上永無止盡的征逐一樣，肉慾的需要像捲地而來的無形大火，也炙灼著這片樂園上的每一角色，使她們或者馬上訴諸激情噴湧的外張的動作，像潘金蓮、宋蕙蓮、林太太、龐春梅等等；或者強自鎮靜，心扉閉鎖，但在莊重的外表之下也常見肉慾的圭角露出，如吳月娘、李嬌兒、孟玉樓、賁四嫂等等。膨脹的肉慾在正當的婚姻生活中得不到滿足，偷情苟歡便成了不假思索的共同選擇。潘金蓮、李瓶兒、林太太之「偷」西門慶，潘金蓮之又先後「偷」琴童、陳經濟、王潮兒等等，何曾有半點道德的考慮和勇氣的醞釀！而無數被西門慶所「偷」的女人，如宋蕙蓮、王六兒、如意兒、一丈青等等，也無不視此為意外的驚喜，樂此不疲，甚至引為榮耀。很難想像這些描寫是晚明社會風氣的準確寫照；設若如此，《明史》也就絕不會成為歷代正史中收載「烈女」人數最多的著作。也很難想像這些描寫純粹是出於藝術誇張的修辭需要，因為，事實上並不存在這樣做的明顯理由，也已超出藝術誇張的合理範圍。筆者認為，產生這一現象的原因，可以，也只能從徐渭的特殊經歷和特殊心理中去尋找。

　　眾所周知，徐渭是一個狂士。然而，不幸得很，這種狂除了指「度於義無所關時，輒疏縱不為儒縛，一涉義所否，干恥詬，介穢廉，雖斷頭不可奪」（《徐文長三集》卷二十六〈自為墓誌銘〉）的狂放和狂傲，還指實實在在的狂疾。徐渭的救命恩人張元忭之子張汝霖，在〈刻徐文長佚書序〉中這樣談到他罹患狂疾的原因：

> 當世廟時，人主好文，少保以白鹿進，其表故文長筆也。上覽之大悅，以是愈益寵少保，少保亦以是愈益重文長矣。……其後少保以縋騎收，文長恐連，遂佯狂。

尋乃即真。

據此，完全是政治上的恐懼，使徐渭從佯狂變成了真狂。可是，我們知道，《水滸》中的宋江因題寫反詩，畏禍佯狂，狂態嚇人，但終究未成為真狂；醫學上由佯狂變成真狂的可能性也極小。可見此說顯然有所避忌。倒是《徐文長逸稿》所載徐渭本人的《畸譜》，較客觀地反映他狂疾的發展過程和影響因素：

> 四十一歲。取（娶）張，應辛酉科，復北。自此祟漸赫赫，予奔應不暇，與科長別矣。
> 四十二歲。……冬，枳生，為壬戌十一月四日酉。未幾幕被逮。
> 四十三歲。……冬，赴李氏招，入京。
> 四十四歲。仲春，辭李氏歸。秋，李聲怖我復入。盡歸其聘，不內，以苦之。蓋聘之銀為兩滿六十，出李之門人杭查氏。予始聞怖，持以內查，查不內，故持以此歸李，李復不內，故曰苦之。是歲甲子，當科，而以是故奪。後竟廢考，上文曰長別者是也。
> 四十五歲。病易。丁劓其耳，冬稍療。
> 四十六歲。易復，殺張下獄……

導致徐渭狂到自戕戕人、殺妻下獄的因素，除了權相李春芳逼為所用的恐嚇，還有早在嘉靖四十一年胡宗憲以嚴黨革職前即已越來越嚴重的「祟」疾。這一「祟」疾的具體內容是什麼？徐渭本人不願明言，馮夢龍《情史》卷十三則據傳聞曰：

> 渭嘗出遊杭州某寺，僧徒不禮焉，銜之。夜宿妓家，竊其睡鞋一只，袖之入幕，詭言於少保，得之某寺僧房。少保怒，不復詳，執其寺僧一二輩，斬之轅門。渭為人猜而妒，妻死後再娶，輒以嫌棄；續又娶少婦，有殊色。一日渭方自外歸，忽戶內歡笑作聲。隔窗斜視，見一俊僧，年可二十餘，擁其婦於膝，相抱而坐。渭怒，往取刀杖，趨至欲擊之，已不見矣。問婦，婦不知也。後旬日復自外歸，見前少年僧與婦並枕，晝臥於床。渭不勝憤，怒聲如吼虎，便取鐵錐急刺之，中婦頂門而死。遂坐法繫獄。後有援者獲免。一日閒居，忽悟僧報，傷其婦死非罪，賦〈述夢詩〉二章云：伯勞打始開，燕子留不住……

此類小說家文字固不足盡信。然撇開果報的套子和聳人的情節，不難發現，所揭示的徐渭心理問題，亦有據可查。所寫殺妻原因大體真實。沈德符是徐渭的半個同鄉，其《萬曆野獲編》卷二十三即載徐渭：

戊午浙闈……後遂患狂易，疑其繼室有外遇，無故殺之，論死繫獄者數年。

戊午為嘉靖三十七年。事實上，徐渭的疑狂之疾很早就已形成。如前所述，陶望齡與徐渭具有非常密切的關係，對徐渭的生前身後事最為知情。其《歇庵集》卷十四〈徐文長傳〉即載：

渭為人猜而妒，妻死後，有所娶，輒以嫌棄。至是又擊殺其後婦，遂坐法繫獄中。

這就告訴人們，徐渭對女性一向就有比較強烈的猜妒心理，在政治上遭受打擊的非常時期，這一心理疾患併發惡化，最終釀成了狂極殺妻的惡果；政治畏禍雖是伴狂的主要動機，卻不是真狂的根本原因。

猜妒棄妻與猜妒殺妻都可以從徐渭本人的文字中找到質證。《畸譜》於原配潘氏死後，繼娶張氏被聘之前，有如下兩次婚姻記載：

二十九歲。……始幸迎母（指十歲時被嫡母趕出之生母）以養，買杭女胡奉之，劣。
三十歲。賣胡，胡氏訟，幾困而抑之。……
三十九歲。……夏，入贅杭之王，劣甚。始被詒而誤，秋，絕之，至今恨不已。

封建時代，對一個男子來說，妻子絕對不能容忍的「劣」，除了指有外遇，貞操出了問題，還能指別的什麼呢？《徐文長逸稿》卷十一又有〈上鬱心齋〉辯其殺張之舉曰：

傾罹內變，紛受浮言。出於忍則入於狂，出於疑則入於矯。但如以為狂，何不概施於行道之人？如以為忍，何不漫加於先棄之婦？如以為多疑而妄動，則殺人伏法，豈是輕犯之科？如以為過矯而好奇，則蹀血同衾，又豈流芳之事？……抑不知河間奇節，卒成掩鼻之羞；賈宅重嚴，乃有竊香之狡！

明言張氏有外遇，殺張不是多疑妄動之舉。果信渭言，至少有兩點難以理解。第一，徐渭一生中，與之有婚姻關係的4個女人，怎麼除了第一個潘氏，其餘3個胡氏、王氏、張氏，都成了紅杏出牆之輩？世間為人妻者畢竟以循規蹈矩為多，怎麼少數鑽牆逾穴者都給徐渭碰上了？第二，張氏「竊香」被殺乃是罪得其罰，徐渭殺張縱然處置過當，歸根到底於法、於情都屬正義之舉，又怎麼會「論死，繫獄者數年」，最後在一批京城和地方官員的通力援救之下，才借萬曆改元之機獲釋？有猜妒心理卻不承認其有，有心理疾患卻不以為是疾患，這正是心理病患者喪失清醒的自我審視能力的表現。

種種情況表明，徐渭確實對女性有相當嚴重的猜妒心理，《金瓶梅》刻畫「一片淫欲世界」，與這種病態心理不無相關。

　　進一步，徐渭的猜妒心理又是如何形成的呢？

　　執著於理想者往往對現實不滿。徐渭對後娶諸妻的猜妒和厭棄，很大程度上要歸因於他對原配潘氏的深深懷念。徐渭 21 歲贅潘氏於岳父廣東陽江任上，時潘氏才 14 歲，少年夫妻，恩愛情深，可以想見。第二年徐渭隨兄北還，回到紹興，作〈南海曲〉（載《徐文長三集》卷十一）思念潘氏：

> 一尺高鬟十五人，愛儂雲鬢怯儂勝。
> 近來海舶久不到，欲寄玟瑈簪未曾。

徐渭 24 時，潘氏亦隨父回紹興，夫妻團圓，不啻新婚。可惜只過了兩年，潘氏即以 19 歲韶華病逝。雖然與潘氏在一起的生活時間如此短暫，徐渭卻用了半個世紀的光陰來紀念她，直到生命的盡頭。《徐文長三集》卷十一〈嘉靖辛丑之夏，婦翁潘公即陽江官舍，將令予合婚，其鄉劉寺丞公代為之媒，先以三絕見遺。後六年而細子棄帷，又三年聞劉公亦謝世。癸丑冬，徙書室，檢書剗見之，不勝淒惋，因賦七絕〉七首，作於潘氏亡後 7 年。其二云：

> 華堂日晏綺羅開，伐鼓吹簫一兩回。
> 帳底畫眉猶未了，寺丞親著絳紗來。

其五云：

> 掩映雙鬟繡扇新，當時相見各青春。
> 傍人細語親聽得，道是神仙會裏人。

美好而甜蜜的往事歷歷如在目前。同卷〈內子亡十年，其家以甥在，稍還母所服，潞州紅衫，頸汗尚沚，余為泣數行下，時夜天大雨雪〉：

> 黃金小紐茜衫溫，袖折猶存舉案痕。
> 開闔不知雙淚下，滿庭積雪一燈昏。

覽物懷人，思情刻骨。卷七〈春興〉八首，其五云：

> 七旬過二是今年，垂老無孫守墓田。……

其八云：

> 孟光久矣掩泉臺，海口新阡此再開。……

從詩意看，徐渭在潘氏亡後 46 年，本人年高 72 歲之時，還曾為潘氏遷葬。潘氏不僅生前備得愛戀，死後又盡享其心香。

徐渭何以對潘氏用情如此專久？同書卷二十六〈亡妻潘墓誌銘〉為我們揭示了個中原因：

> 君姓潘氏，生無名字，死而渭追有之，以其介似渭也，名似，字介君。介君慧而樸廉，不嫉忌。從其父官於陽江時，時拾無所記詰之錢銀，以還其繼母。渭贅其家者六年……與渭正言，必擇而後發，恐渭猜，蹈所諱。生時處繼母及繼母之弟妹，若宗親僮僕婦女婢，始終無不歡。死無不憐之者……死後月餘，而家之蒼頭夜網魚歸泊門，忽墮水起，而懵然有神馮焉，聲音言笑，悉介君也，道生時事，哭泣悲兒子，責無禮於其所親某……

在徐渭心目中，潘氏耿介、端謹、貞正，從來未給他產生疑猜念頭的機會；即便受到非禮，也不讓他知道，以免讓他感到人格受到侮辱從而自傷傷人，但又絕不苟且隱忍，死了也要托身於人對非禮者加以譴責。在封建時代，一個贅婿很難做到不對岳家包括妻子產生疑忌心理。但是，潘氏及其一家卻使襁褓喪父的庶出之子徐渭，真正獲得了家的溫暖和人倫之愛。同卷〈潘公墓誌銘〉即有對潘氏一家感激之情的強烈流露。一般再婚的夫妻，易落入「新不如舊」的心理誤區；正是潘氏這個先來者的美好和正派，照出後來諸妻的「醜惡」和「卑劣」。常此以往，帶著這種戀舊心態去看身邊新人，就容易從她們的性格活潑中看出「生性淫蕩」，從她們的低首沉思中看出「偷想情人」，從她們不可避免的與其他男性的接觸中看到「見不得人的勾當」。這樣一副眼鏡帶到小說創作中來，「一片淫欲世界」還能避免嗎？

和生活中的徐渭用一種心境去緬懷逝去的潘氏，用一種感覺去對待身邊的諸婦相對應，《四聲猿》表現的是徐渭理想的女性觀，《金瓶梅》與《歌代嘯》則反映了徐渭現實的女性觀。論者每謂《四聲猿》崇尚女才，提倡女尊男卑，是晚明進步思潮在戲曲領域中的光芒透射。這一觀點本身可以成立。然而如果就此進一步得出結論，說徐渭在實際生活中也尊重女性，對女性不抱偏見，那就是真理跨前了一步。

近年《金瓶梅》作者研究新說四種檢討

自從 1992 年陳大康先生撰文呼籲《金瓶梅》作者考證緩行以來[1]，《金瓶梅》作者研究領域的局面與八十年代異說紛呈的熱鬧情形相比，確乎變得較為冷靜和冷清了。但筆者在贊同陳文的同時也以為，繼續展開這一研究是有價值的。道理很簡單，通過與此相關的研究，不僅可以長期維繫各層次學者和讀者對這部奇書的關注興趣，而且研究過程本身將使人們更深入地走進《金瓶梅》的精神世界和藝術殿堂，更全面地觸及其所產生的文化歷史背景，這對這部世界文學名著價值的發掘和當代化，乃至對把握整個晚明清初中國文學文化的走向都是有裨益的。但是，在盡可能讀到陳文發表以來的各家新說以後，筆者還是覺得有些失望。如有人「發現」，其母與西門慶通姦，因而被逼認賊作父又與這位賊父「共用」妓女鄭愛月的小說人物王三官就是作者，這樣的「新說」，夫人而何言哉？其他碼碼而言者，初看諍諍，實亦難免膚泛之嫌。因此前有多篇文字述評到 1995 年以前的各家新說[2]，故本文評議的範圍只涉及 1995 年以來出現、相對較為「嚴肅」且有代表性的四種新說。

一、「蕭鳴鳳」說

盛鴻郎先生〈試解《金瓶梅》諸謎〉一文[3]提出，小說當完成於明嘉靖二十七年（1548）稍後，其作者為生平跨弘治、正德、嘉靖三朝的山陰（今浙江省紹興市）人蕭鳴鳳，「蘭陵」係蕭氏祖籍，為小說作〈跋〉的「廿公」，疑為其友人季本。

端詳此說，有五點可疑。第一，立論根據過於牽強。例如，盛文認為，在時間安排上，小說於西門慶死的徽宗重和元年故意加上了於史無稽的「該閏正月」一語，而西門慶忌日及「做七」的月日干支描寫均與嘉靖二十五年（1546）合，且嘉靖二十五年前一年

1　陳大康〈論《金瓶梅》作者考證熱〉，《華東師大學報》，1992 年第 3 期。

2　如魯歌〈關於《金瓶梅》的十種說法〉，《貴州師大學報》，1993 年第 2 期；許建平〈新時期《金瓶梅》研究述評〉，《河北師大學報》，1996 年第 3 期；張玉萍〈《金瓶梅》作者新說述略〉，《洛陽師專學報》，1997 年第 1 期等。

3　盛鴻郎〈試解《金瓶梅》諸謎〉，《紹興文理學院學報》，1996 年第 4 期。

正好閏正月，說明小說應作於嘉靖二十五年以後，作者對閏正月有特殊感情；小說強調官哥「生於政和丙申六月二十三日申時，卒於政和丁酉八月二十三日申時」，活了 14 個月，這與蕭鳴鳳一生至少經歷過兩次閏正月，其仕途生涯從正德九年迄嘉靖八年，扣除中間引疾歸的時間，恰恰是 14 年密切相關。諸如此類，實難可否。第二，蕭鳴鳳的生活時代與小說不合。小說完稿於萬曆二十年（1592）左右，已成為大多數學者的共識。實際上，如前所述，如果我們從宏觀和微觀兩方面考察其佛、道教描寫主導傾向的演變，不難發現，《金瓶梅》的成書過程大約從嘉靖後期一直延續到萬曆前期，至萬曆十七年（1589）稍後才定稿。盛文說蕭鳴鳳「從嘉靖七年罷官，至廿七年稍後，有廿多年時間可以寫作」，《金瓶梅》「成書約在明嘉靖二十七年（1548）稍後幾年」，其把蕭鳴鳳的去世時間與《金瓶梅》的成書時間均定在嘉靖二十七年稍後（文中並無提出任何根據），一方面與蕭鳴鳳去世時間的歷史記載完全抵觸（蕭氏門人薛應旂《方山先生文錄》卷二十一〈靜庵蕭先生墓表〉、焦竑《獻徵錄》卷九十九收薛應旂〈廣東提學副使蕭公鳴鳳墓表〉均明載其晚「丁太夫人憂，年且五十，而哀慕不已，蓋寢就衰矣，自是遂不復出。嘉靖甲午八月某日，以疾卒於家，距生成化庚子某月日，年五十有五」，蕭氏確鑿無疑卒於嘉靖十三年甲午），另一方面也與學界公認的《金瓶梅》作者的生活時代不合。第三，蕭鳴鳳的政治傾向與小說不合。《金瓶梅》存在借宋喻明、借「蔡」（京）罵「嚴」（嵩）的主導政治傾向，得到絕大多數學者的承認。蕭鳴鳳做官的時間在正、嘉之際，其時嚴嵩遠未發跡。即使蕭鳴鳳真的從嘉靖七年（1528）罷官至嘉靖二十七年（1548）稍後一直在家鄉山陰隱居，那也遠離嘉靖中後期政壇。而且，史載蕭鳴鳳的罷官原因，主要也不在於他對朝政持有類似《金瓶梅》作者的徹底否定態度，而與其為人「剛狠」過度，喜歡對同僚老拳相加，有失體統相關。第四，蕭鳴鳳的文學素養和趣尚與小說不合。《金瓶梅詞話》文本表明，小說作者除了是通俗小說大家，還是個有相當專業素養的畫家、戲曲作家和戲曲學者，同時又是個愛好官場應用文（即「師爺」體）的寫作高手。從現存史料來看，沒有任何跡象證明蕭鳴鳳喜好並長於通俗小說創作，同時又熱衷戲曲和繪畫。第五，若干枝節存在明顯疏漏。例如，詞話本第五十九回寫到一個萬回老祖，盛文以為他的原型即《明史·孝義傳》所載之山陰人劉謹。萬回形象並非作者創造，而是抄改自唐人胡璩的《譚賓錄》「萬回」條，見談刻《太平廣記》卷九二所引。盛文提到袁中道的「紹興老儒」說以印證其「紹興蕭鳴鳳」說，但「老儒」一般只指無功名官爵的潦倒老儒生，蕭鳴鳳十七歲領鄉魁，二十七歲成進士，不久即授監察御史，是絕不能以「老儒」稱之的。

二、「李攀龍」說

姬乃軍〈關於《金瓶梅》作者問題的再思考〉一文[4]認為，從作品所反映的方言、閱歷、生活環境、文化氛圍、創作時間、筆力及《金瓶梅》稿本的流傳經過來看，小說作者應為明「後七子」領袖李攀龍。過去一般認為，小說以山東方言為主，並以山東民俗風情為主要描寫對象，因而作者應當是晚明時期山東籍人士。姬文運用名號索隱法和方言參照法，對山東籍人士進一步作出限定。姬文相信，「蘭陵」應是戴著假面具的「蘭陵王」的簡稱，而「蘭陵王」又是起於北齊的代面舞的主角；《金瓶梅》作者笑對人生，諷刺世相，又不願世人譏其「淫」，於是戴著假面具，「指麾擊刺」的「蘭陵王」就成了一個非常理想的軀殼；小說以「蘭陵笑笑生」署名，其籍貫必在北齊舊境以內。姬文接著從小說中選擇了「蓋老」「頭口」「趕趁」等二十條陝北方言詞匯，肯定作者曾有過在陝北生活的經歷，言下之意，無陝北生活經歷者不可能寫作《金瓶梅》。經過這番排除之後，山東歷城人、曾任陝西提學副使的明代大文學家李攀龍便成了姬文的青眼目標。

然而，第一，姬文質疑「蘭陵」即指「北蘭陵」或「南蘭陵」的習慣說法，顯示出力求從傳統思維定勢中解放出來、別尋異途的意向，但說它即指北齊蘭陵王和由他而來的一種假面舞，也過於隱曲，有故作取捨之嫌。第二，《金瓶梅》的方言來源甚廣，除了包括魯方言在內的大範圍的北方方言和吳方言，還有黑龍江方言、山西方言、湖南方言[5]等等，因此，以方言為參照來框定作者時應該十分小心。若按姬文的邏輯來推，李攀龍無黑龍江等地的生活閱歷，就不可能在小說中寫出這些地方的方言，因而也就不可能是《金瓶梅》作者了。何況姬文列舉的二十條方言語彙，筆者查《《金瓶梅》方言俗語匯釋》一書[6]，發現其中絕大多數又同時是其他地方的方言，如「蓋老」是山東方言，「趕趁」「久慣牢城」是河南方言，「頭口」是河北保定方言，「壓躍躍」是徐州方言；另外一些詞如「勒掯」「恓惶」「生活」等，則又是元明戲曲和通俗小說中的常見熟語。所以，姬文以陝北方言為衡選作者的尺規之一欠妥。第三，屠本畯《山林經濟籍·觴政跋》和謝肇淛〈金瓶梅跋〉中關於王世貞家藏《金瓶梅》的記載互相矛盾，即便其中之一記載屬實，也與王世貞本人無涉（詳後）。因此，姬文把二文的記載作為「李攀龍」說

4　姬乃軍〈關於《金瓶梅》作者的再思考〉，《延安大學學報》，1995 第 2 期。

5　分見鄭慶山《金瓶梅論稿》，瀋陽：遼寧人民出版社，1987 年，頁 211-220；魯歌〈《金瓶梅》與山西及作者之謎〉，《山西大學學報》，1993 年第 1 期；彭見明〈《金瓶梅》作者新考〉，《湖南師大學報》，1994 年第 3 期。

6　李申《金瓶梅方言俗語匯釋》，北京：北京師範學院出版社，1992 年。

的根據之一難以采信。第四，李攀龍在明中葉復古諸家中擬古傾向最為嚴重，陳田《明詩紀事》已簽即引四庫館臣語，謂其「古樂府割剝字句，誠不免剽竊之譏」；李對古詩的這種由於極度推崇而來的抄襲「特點」，怎麼能與《金瓶梅》作者對俗體文學作品的援引愛好等量齊觀？沒有任何證據說明李攀龍愛好當時日益興起的戲曲、散曲、小說等俗體文學。再說李攀龍「文則聱牙戟口，讀者至不能終篇」（張廷玉《明史》本傳），能寫出《金瓶梅詞話》那樣情思激揚、筆勢淋漓的文字嗎？更重要的是，李攀龍一生大體順遂，於嚴嵩當權時期歷官邢部主事、員外朗、郎中，遷京師（北直隸）順德府（今河北邢臺）知府，擢陝西提學副使，雖有「不黨附嚴氏」，「淹滯廊署」，「最終還是外放」之說[7]，然到底是四進其職，從正六品累陞至正四品方面大員，並無患難窮愁之生活經歷，也無甚罵「嚴」洩憤的真正創作動機，這與《金瓶梅》作者應有的心理背景大相徑庭。

三、「胡忠」說

　　毛德彪〈《金瓶梅》作者應是胡忠〉一文[8]提出，王世貞的「門人」胡忠是《金瓶梅》的作者。其理由如下：(1)胡忠具備《金瓶梅》作者的創作條件。毛文引明末徐復祚《花當閣叢談》的記載：「元美家有廝養名胡忠者，善說平話。元美酒酣，輒命說解客頤。忠每說明皇、宋太祖、我朝我宗，輒自稱朕，稱寡人，稱人曰卿等，以為常，然直戲耳。士驦（世貞子）每攜忠酒樓，胡作此等語，座客皆大笑。」說明胡忠是一位「善說平話」的民間藝人，因而具有創作《金瓶梅》的藝術能力；王世貞父子命胡忠說平話的時間必在萬曆四年至萬曆十六年（1576-1588），與一般認定的《金瓶梅》成書時間相吻合；胡忠為王世貞「廝養」，不愁養家糊口，有充分的創作醞釀時間，也易得到王世貞或其友人、「大名士」王百穀等的潤色加工；「解客頤」「座客皆大笑」等語生動地刻畫出一個「笑笑生」形象，胡忠化名「笑笑生」，再恰當不過。(2)胡忠存在《金瓶梅》作者的創作動機。王世貞飽嘗人間憂患，仕途坎坷，特別是嘉靖末年，他父親遭嚴嵩誣陷，竟以邊事陷城律棄市，更使他憤世疾俗，痛不欲生。作為生活在王世貞門下的胡忠，對主人的慘遭不幸，不可能不產生同情、感慨和不平。嚴嵩倒臺之後，王世貞寫了長篇敘事詩〈袁江流鈐山岡當廬江小婦行〉，以嚴嵩父子一生興衰成敗及其榮辱悲歡為主線，深刻反映了明中葉官僚政治的黑暗、腐敗及社會矛盾的激化。而《金瓶梅》的結構思路、主題思想，與王世貞的這首詩「驚人地相似」，不可能是一種偶然的巧合。(3)胡忠可以解開長

7　李伯齊點校《李攀龍集》，濟南：齊魯書社，1993 年，前言頁 2。

8　毛德彪〈《金瓶梅》作者應是胡忠〉，《臨沂師專學報》，1997 年第 4 期。

期困擾人們的《金瓶梅》與王世貞的關係之謎。《山林經濟籍·觸政跋》中提到的王宇泰、王百穀,「這兩個人最早擁有《金瓶梅》抄本」,且都與王世貞關係密切;胡忠創作的《金瓶梅》書稿,是王世貞去世後,由這兩個人向外流傳失散的,此後一百年間,人們只知王世貞家有《金瓶梅》書稿,而不知王世貞身邊還有一個「胡忠」在,才或明或暗地將《金瓶梅》作者定在了王世貞的頭上。

毛文是對清代文人所持「王世貞」說和本世紀八十年代再度出現的「王世貞及其門人聯合創作」說的一個發展。但毛文在對史料的識讀方面存在一個根本失誤。毛文篤信徐復祚的記載,但並沒有搞清所言胡忠「廝養」身分的真正含義。查漢語大詞典編纂委員會編纂《漢語大詞典》:「廝養,猶廝役。」「廝役,舊稱幹雜事勞役的奴隸。後泛指受人驅使的奴僕。」不言而喻,胡忠僅是王家的一個男僕而已;而且,從王家父子兩代均可役使的情況來看,胡忠還很可能是一個「家生廝兒」即世僕。其「善說平話」,不過是在通俗文藝十分發達的時代條件下,學來的一種邀寵於上的謀生手段罷了。直言之,胡忠既不是王世貞以客禮待之的門人,也不是享有人身自由可以憑較高的說話技藝遊食四方的民間藝人。因此,毛文以上論述全成了論者一己的主觀想像之詞。再說由「善說平話」就可以推出「能寫《金瓶梅》」的結論,那麼,萬曆間善說平話的民間藝人何止千百,他們都一定能寫出《金瓶梅》那樣的小說嗎?王忬、王世貞父子與嚴嵩確有解不開的冤仇,但三十年代吳晗早已考證得明明白白,《金瓶梅》的成書與王氏父子沒有任何直接關係。以大才子且對嚴嵩有切齒之恨的王世貞尚且不會寫作《金瓶梅》,他家的一個僕人居然會有才華、有激情、也有條件寫出近百萬字的巨著,豈非怪事?〈袁江流鈐山岡當廬江小婦行〉確是刺「嚴」之作,但一首敘事詩的結構無法與近百萬字長篇小說《金瓶梅》相比,其直紀嚴氏父子事的思路與《金瓶梅》借「蔡」罵「嚴」的曲喻亦大異其趣,更說明不了《金瓶梅》就是胡忠所作。同樣沒有任何理由可以肯定王百穀、王宇泰的抄本來自王世貞,且二人都是《金瓶梅》抄本的最早擁有者。

四、「丁惟寧」說

此說過去有人提及,但基本未獲論證,後張清吉先生發表〈《金瓶梅》作者丁惟寧考〉[9],第一次對此進行了較為系統的考辨,故亦可謂之新說。張文「推敲」較早擁有《金瓶梅》抄本的十二人,認為真正擁有《金瓶梅》初期抄本的,只有董其昌、王世貞、王百穀、丘志充,他們均與諸城有密切關係。丘志充本身是諸城人,諸城地方文獻收錄有

9　張清吉〈《金瓶梅》作者丁惟寧考〉,《東嶽論叢》,1998 年第 6 期。

王世貞的詩，諸城丁惟寧祠中保存有王百穀之題刻，證明王世貞、王百穀到過諸城，王百穀且與丁惟寧關係密切；今傳諸城〈東武西社八友歌〉中有「董生文學已升堂，志高不樂遊邑庠，雲間孤鶴難頡頏」之語，《乾隆諸城縣志》中有「董文敏（其昌）尺牘石刻六枚」的記載，合而觀之「董生」即董其昌，他也到過諸城且與丁惟寧關係密切。由此可以認定，《金瓶梅》抄本的發源地即在諸城。既然如此，張文認為，《金瓶梅》作者就應該是諸城人，他就是《續金瓶梅》作者丁耀亢的父親丁惟寧。丁惟寧為官清正，處斬過權相張居正的作惡親戚，因而屢屢左遷；還因「鄖陽兵變」而蒙冤貶官，具備寄意時俗、指斥時事的創作動機。張文進一步認為，小說中的清官曾孝序即為丁惟寧化身；二人性情相合，且歷史上的曾孝序亦曾遭遇「臨朐兵變」，「臨朐兵變」和「鄖陽兵變」非常相似。張文認為，「為其書作續必需其書，因此肯定，丁耀亢擁有《金瓶梅》一書」，對此書的來源，「丁耀亢諱莫如深，緘口如噤」，「像恪守祖訓一樣，懍懍護衛著《金瓶梅》作者的「隱私權」。張文引用丁耀亢在晚年因《續金瓶梅》而遭受牢獄之災後的兩句詩，「誤讀父書成趙括，悔違母教失陳嬰」，斷言丁耀亢「誤讀父書」的道白，「確鑿地」證明了丁惟寧是《金瓶梅》作者。

　　如其自述，張文肇因於近年海外友人寄回諸城《九老全圖》所附之〈東武西社八友歌〉。但是，看來張先生未能仔細分析此歌，從而使本該扎實的考辨，很大程度上變成了捕風捉影的恍惚臆說。例如，張文引用蘇軾贊九仙山的詩賦以比附小說開頭〈行香子〉詞境，說明後者的藝術原型就是丁惟寧晚年隱居之九仙山，殊不知以中國之大，類似〈行香子〉詞境的地方又有多少？沒有丁惟寧本人文字與〈行香子〉文本的直接比較，蘇軾的詩賦引用再多又有什麼用處？為其書作續當然必需其書，但《金瓶梅》不是早在萬曆末於「吳中懸之國門」了嗎？丁耀亢何難購置一部以為後來續作之憑？即使購置不到，在他年輕走江南，遊董其昌門時，不是還可以從董那裏得到嗎？何必一定要有其父之原書！張文把「臨朐兵變」和「鄖陽兵變」的相似性作為曾孝序形象出於丁惟寧手繪的主要證據，但我們把《宋史》《明史》的各自本傳並置對讀，除了都是兵變，實在看不出二者又有什麼地方相似，何況是「相似乃爾」。丁惟寧固然作有俚歌〈水心亭謠〉，但用區區數十字的時尚小調來證明煌煌近百萬字的文學巨著，其可信性又何在？

　　關鍵的失誤在於兩點。第一，董其昌根本沒去過諸城，諸城也根本不是《金瓶梅》早期抄本的發源地。據張文所引〈東武西社八友歌〉，此八友的順序為：大張（高年碩德）、楊（髫者）、董生、二張、三張、臧、丁、陳（此歌作者）。一望而知，與一般文人結社的慣例一致，其排序原則是年齡由大至小。張文解釋，「大張」即張肅，為隆慶六年（1572）進士（筆者查核為舉人，未中進士）；「楊」即楊津，為嘉靖三十八年（1559）進士；「二張」「三張」係兄弟，「三張」即張士則（筆者查核為張世則），為萬曆二年（1574）進士；「臧」

「丁」即臧惟一、丁惟寧，均為嘉靖四十四年（1565）進士；「陳」即陳燁，為嘉靖四十一年（1562）進士。以上七人全為諸城本地人。「董生」呢？張文將修飾語「雲間孤鶴難頡頏」之「雲間」二字，摘至「董生」前，合成「雲間」「董生」，「雲間董生」當然就是董其昌了。但如此一來，人們不禁要問：「東武西社八友」，顧名思義當是舊有東武之稱的諸城本地文士的一個結社，且非一時之集，為什麼在七個土著詩人中摻了一個久滯不歸的華亭遠客？「志高不樂遊邑庠」就是不願入縣學做秀才，董其昌居然連秀才也不做就成了萬曆十七年（1589）的進士？董其昌生於嘉靖三十四年（1555），臧惟一、丁惟寧中進士時他才十歲，陳燁中進士時他才七歲，完全是臧、丁、陳的兒輩人物，排名時居然高居他們之前，尊董何其越儀！查《乾隆諸城縣志》可知，西社八友的唱和時間在萬曆二十七年（1599）秋天以後，而董其昌從萬曆二十七年春離京還鄉直到天啟元年（1621）一直就在長江中下游一帶活動，其間行年事跡斑斑可考[10]，何曾到過諸城？再說，董其昌自萬曆十七年中進士後一直任職翰林院，至東武結社時早已是名滿天下的仕途顯宦和藝術巨匠，諸城士人不稱為「公」而稱為「生」，卑董又何其乖禮！其實，《乾隆諸城縣志》卷三十〈列傳第二·陳燁〉對西社八友的身分說得很清楚：

> （燁）年七十致仕，……時萬曆二十七年八月也。歸與縣人侯廷柱、丁惟寧、臧惟一、張世則輩日吟嘯超然臺上，作〈西社八友歌〉。

一句話，〈東武西社八友歌〉中的「董生」只能是一個不知名的諸城本地文士，絕不可能是董其昌。至於張文隱約提及的「董文敏尺牘石刻」，其來源同上縣志亦有明文：

> 董文敏尺牘石刻，縣人王斂福家所藏。其跋云：承乏雲間參戎王履齋出所藏十餘紙見示，因屬名手鉤勒石本。乾隆十年三月也。

所謂董其昌尺牘，不過是晚至乾隆十年（1745）左右、在董其昌家鄉做官的諸城人王履齋的宦餘收穫，絕非如張文所指認的，是董其昌於萬曆前期與諸城人的通信。筆者已清楚查明，《金瓶梅》早期抄本的發源地另有所在。第二，丁惟寧根本不具備《金瓶梅》的創作動機。丁惟寧於嚴嵩罷相三年後才考中進士，主要活動在萬曆朝，與公認的《金瓶梅》罵「嚴」主旨不合。即使如少數學者所主張的，《金瓶梅》存在罵「張」（居正）動機，它也不可能出自丁惟寧之手。張文說丁惟寧因得罪張居正而「屢屢左遷」，從史料來看，是誇張之辭。在張居正主政期間，丁惟寧僅有由監察御史出為河南僉事的一次外調可稱仕途挫折，而且它既是張居正與馮保共同作用的結果，更與嘉靖朝嚴嵩對士人的

10　任道斌《董其昌繫年》，北京：文物出版社，1998 年。

無情迫害不可同日而語。張文一再渲染的「鄖陽兵變」更發生在張居正死後數年，且遭到神宗皇帝將其滿門遺屬閉餓而死的慘報以後，丁惟寧縱有天大的委屈，能把這筆帳算在張居正頭上嗎？張文突出外放河南和鄖陽蒙冤兩次仕途挫折在丁惟寧人生道路上的重大影響，企圖從中尋繹出《金瓶梅》憤世嫉俗的原因；可史實是每次遭受打擊之後不久，丁惟寧就迅速獲得了平反和擢陞。縱觀丁惟寧一生，他上承端方，下傳忠烈，門風甚嚴；十七歲成進士，從知縣任至副帥，四十歲前政令達於數省，晚年謹祀父母，受鄉人敬重。這樣一個品行方直，一生大致順遂的鄉宦，很難與讀者心目中那個蹈狂激憤、放縱怪特的「笑笑生」吻合。

　　以上檢討表明，近十年來出現的四種《金瓶梅》作者研究新說，其可信性均成問題。此前的情況大體相似，有的說法可信性甚至比上述四說更差。其中暴露的種種問題，十分值得我們深思。

匪夷所思的想像探戈

——《金瓶梅》作者「蕭鳴鳳」說新證駁議之一

　　有中國古典小說研究「哥德巴哈猜想」之稱的《金瓶梅》作者研究，從最早明萬曆中期袁中道提出「紹興老儒」說以來，代有探索；至二十世紀八十年代中外學者群起而「攻」之，迄今問世的論著數以百計，列出的備選名單已達 60 人之多，而仍未有定論。最近，盛鴻郎先生又出版一本新書，用洋洋 37 萬字的豐偉規模對其幾年前主張的《金瓶梅》作者「蕭鳴鳳」說提出新的證明，得到望百高齡的朱一玄先生高度肯定，以為「大體上搞清了《金瓶梅》研究中的許多重大問題，在此應該為古典小說的研究稱慶」[1]，「以理工科出身而勇破文化史難題」的激賞更出現在一些報刊與網路媒體。眾所周知，筆者是主張《金瓶梅》作者為紹興「徐渭」說的，權威金學專家且謬許拙著「《金瓶梅新證》是所有《金瓶梅》作者研究成果中邏輯最為嚴謹、推論最為精微、行文最為典訓、結構最為周到的一種」[2]。但以天下之美為盡在己的河伯殷鑒尚在，筆者又何敢忽視其他學者前輩的勞動；歸根到底，迄今為止的任何一種說法（包括拙見）都還只是一種「說法」而已。因此，筆者雖對老先生的舊說不以為然，卻憑藉這位小說史料學泰山北斗的序言指引，迫不及待地打開盛著拜讀起來。但一頁頁翻過去，感覺卻似目擊一場凌亂至極、匪夷所思的想像探戈，實在大出意外。例如——

一、無中生有的「活人偽死」論

　　盛著主要論點之一：「嘉靖三十一年（1552），武進薛應旂出任浙江督學副使，受蕭鳴鳳門生、當朝宰輔徐階（1503-1583）之命，為蕭作〈墓表〉，於次年完成（大部分應為蕭自行起草），三十三年，編入《方山先生文錄》刊行於世，公開宣告蕭於十三年（1534）

1　盛鴻郎《蕭鳴鳳與金瓶梅》書前朱一玄序，天津：百花文藝出版社，2005 年。

2　吳敢〈20 世紀《金瓶梅》研究的回顧和思考〉，《徐州師大學報》，2001 年第 2 期；吳敢《20 世紀金瓶梅研究史長編》，上海：文匯出版社，2003 年，頁 38。

亡故，為其開脫。」（前言，頁5）「〈墓表〉為掩蓋《金瓶梅》這部政治小說的『罪行』，保護作者蕭鳴鳳而作」，「製造了《金瓶梅》創作期（十三年至三十年）其人早已不在世的假象」（頁223-224）。這個儼然存在的大陰謀有任何根據嗎？

且看嘉靖三十四年刊薛應旂《方山先生文錄》卷二十一〈靜庵蕭先生墓表〉原文：

> 登正德甲戌進士，選授監察御史。……封章慷慨，天下想聞其風采，非徒事聲容者比。……會傳奉武宗將出邊捕虎，總鎮以下，遞相措赳，先生上疏言：「陛下不當賤民命而貴異物，玩細娛而忘遠圖。」因及官司措赳、兵民疾苦之狀。留中不報。……巡邊代還，……南畿缺提學御史，乃膺簡命。先生素以人才廢壞為憂，至則振起科條，……尋陞河南按察副使，仍董學政，凡所施設，一如南畿。臨穎有大臣在內閣，……喙言事者劾先生，連及廣東提學副使魏先生校，……乃量移先生於湖廣，魏於江西。……值臨穎去位，乃更先生廣東，魏河南，仍各為提學副使。……為怨者所構，先生不辨，唯疏求解職，竟復論改調。尋丁太夫人憂，年且五十，而哀慕不已，蓋寢就衰矣，自是遂不復出。嘉靖甲午八月某日，以疾卒於家，距生成化庚子某月日，年五十有五。……娶周氏，……女一，適錢塘縣學生田肯播。……先生環傑廓落，廉靖方介，終身未嘗畜媵侍，靜處一室，浩然天遊，常正襟危坐，或獨步中庭，遇風月清朗，則自喜曰：「此吾儒受用處也。」……先生卒之二十年，其門人武進薛應旂，亦以視學過先生里第，拜遺像而尋宿草之墓焉。

焦竑《國朝獻徵錄》卷九十九（改題〈廣東提學副使蕭公鳴鳳墓表〉）、黃宗羲《明文海》卷四百四十四均收此文，對其卒年絕無異辭。過庭訓《本朝分省人物考》卷五十一〈蕭鳴鳳傳〉亦載「嘉靖甲午，以疾卒於家，距生年五十有五」。再看張元忭撰修《萬曆紹興府志》卷四十一〈蕭鳴鳳傳〉刪節薛文後的一段補改文字：

> 華亭徐少師階，其所拔士也，視學過越，造其廬，鳴鳳已寢疾，見之第曰：「子升勉之。」華亭亦唯唯，執弟子禮甚謹。其能以師道自重如此。歿後三〔疑為「二」之誤刻〕十年，武進薛應旂自負、少許可，來視學，獨表其墓，亟為祀鄉賢云。

這些材料合看，蕭鳴鳳為人端方嚴正的個性與一生履歷行止、生卒年月等，可稱清清楚楚；參考其他材料，其內容亦毫無可疑。

例如，薛文記載蕭生卒年為成化十六年庚子至嘉靖十三年甲午（1480-1534），享年虛歲五十五，不為壽高。查《山陰蕭氏家乘》內徐渭〈蕭氏家集序〉「靜庵先生歿四十有二年，而其孫承方輩出先生之文」和文末署年「萬曆丙子春三月朔」，從萬曆四年丙子

（1576）上推 42 年，正是嘉靖十三年（1534）。嘉靖間淩迪知撰《萬姓統譜》卷二十九〈蕭〉部「蕭鳴鳳」亦惜其「未大用而卒」。薛文記載蕭鳴鳳是在「年且五十」之前，按其生年推算，應即嘉靖七年被人從廣東提學副使任上構陷落職。查《雍正廣東通志》卷二十七〈職官志二·按察司副使〉表，嘉靖七年一年先後出任廣東提學副使又被免職者三人，第二人即蕭鳴鳳。又如，合併上述薛文和府志的記載可知，嘉靖十三年八月蕭鳴鳳臨終前，徐階視學過越，前來探視，蕭曾以好自為之相勸。查《嘉慶松江府志》卷五十三〈古今人傳五·徐階〉，載徐階在翰林院編修任上，因「帝用張孚敬議，欲去孔子王號，易像為木主，籩豆禮樂皆有所抑損」，「階獨條不可改者五，不必改者三，辭甚辯，斥為延平推官」，「遷黃州同知，擢浙江按察僉事，進江西按察副使，俱理學政」；焦竑《國朝獻徵錄》卷十六王世貞〈大學士徐公階傳〉又載，徐階「為延平府推官」，「三載，遷黃州府同知，當發，鄉父老吏民祖餞傾道，勒去思之文於石，道擢浙江按察僉事，提調學校」。據此，徐階任浙江提學僉事之前的官職為延平府推官，之後的官職為江西提學副使。而據諸史，徐階以疏爭更易孔子塑像謫任福建延平府推官，在嘉靖九年；這樣，其三年任滿擢陞浙江按察僉事的時間必在嘉靖十二年。復查《明實錄·世宗實錄》卷一百九十二又載，嘉靖十五年十月，「陞浙江按察司僉事徐階為江西按察司副使，仍提調學校」。凡此足見，徐階任職浙江提學僉事的時間乃在嘉靖十二年到十五年。他在到任後不久乘視學過越之便，看望病重的蕭鳴鳳這位提學副使前輩，兼他曾經的考官（蕭曾任南畿提學副使，徐階所在的松江府華亭縣學屬其考選範圍）和陽明學同道（王世貞〈大學士徐公階傳〉載徐階及第前後，「故新建伯王守仁以講學傾東南，階與其門人歐陽德同年而善之，遂為王氏學」），不是再自然不過嗎？

　　但盛著卻舉證薛文「疑點甚多」說：「按〈墓表〉，蕭鳴鳳『卒』於嘉靖十三年，則此年應為嘉靖三十二年，但薛應旂在〈告陽明祠文〉中自言：『嘉靖壬子春二月，後學武進薛應旂視學紹興。』壬子為三十一年，比〈墓表〉所記早一年。」（頁224）且不說所謂「卒之二十年」可不可以是個約數，薛應旂嘉靖三十一年視學紹興和他嘉靖三十二年在紹興吊祭蕭鳴鳳又有何衝突？查《明實錄·世宗實錄》卷三百六十六，嘉靖二十九年十月，「陞禮部署郎中薛應旂為浙江按察司副使，提調學校」；《方山先生文錄》卷八〈寧波正學祠記〉，「嘉靖辛亥（三十年）……適余視學兩浙」；徐渭《畸譜》，「三十二歲，應壬子（嘉靖三十一年）科，時督學者薛公諱應旂，閱余卷，偶第一」；《方山先生文錄》卷首「嘉靖乙卯（三十四年）臘日平涼趙時春」序，薛氏自「南宮郎擢浙之按察副使，督治學政，力以其學抗流俗，流俗嘩而攻之，卒賜代，久之，乃兵備鄜延，鄜延地近邊」；同處又一「嘉靖乙卯（三十四年）秋九月既望三原馬理伯」序，「武進董浙學政，力挽士趨，藉藉於賢者之口」，「方今調改備兵鄜坊，下車甫三月即信乎化行」；

《道光鄜州志》卷三〈職官〉「分巡河西道」明任官表，「薛應旂，南直武進人，進士，嘉靖三十四年由副使任」等，可知從嘉靖二十九年底到嘉靖三十四年改官西北邊地陝西鄜州兵備道前，薛應旂一直在任浙江提學副使。提學副使的職責就是到各府縣巡視教育並主持對生員的「歲考」「科考」，年年如此。王世貞《弇州山人四部稿續稿》卷一百三十六〈文貞存齋徐公行狀〉明載：「提督浙江學校，……歲周行郡邑必遍。」盛著又說《浙江通志·職官九》載徐階「嘉靖十五年至十八年，以僉事督學浙江」，所以《萬曆紹興府志》徐階探視蕭鳴鳳的記載「說明至少在嘉靖十五年，蕭鳴鳳還活著」（頁 224）。這更是無端捏造。查其所依《雍正浙江通志》卷一百十九〈職官九·提學道〉「俱以僉事督學」項，徐階名下僅有「字子升，華亭人」六字，何曾有什麼「嘉靖十五至十八年」的任職記載？

再有是對《萬曆紹興府志》「武進薛應旂自負、少許可，來視學，獨表其墓」這句話的自行添改和想像發揮。這句話說薛應旂為人頗為自負，難得稱讚他人，惟獨對蕭鳴鳳非常敬重推崇，意思本極明白。然而，盛著在引用時卻改作：

> 武進薛應旂自負少〔師〕許可，來視學，獨表其墓。

老先生認為原文「少」字後缺一「師」字，「少師」當然是指亦曾提學浙江並訪問蕭家的徐階。盛著提出：「文中尤為驚人之筆在於：道出薛作〈墓表〉係『自負少〔師〕許可』，而『獨表其墓』。〈墓表〉中一個『亦』字，此處一個『獨』字，均有畫龍點睛之妙。正因為如此，薛應旂非得將徐階也拉進來不可。其言下之意是要讓蕭鳴鳳這個活人『亡於』嘉靖十三年（1534）：你這個門人到紹興來視學為何不寫〈墓表〉？為什麼要等 20 年之後，由我這個門人來寫呢？既然你要我寫，我也要把你扯進來，大家都脫不了干係。」（頁 224-225）這就是所謂「徐階策劃」〈墓表〉的由來。徐階探視過病重的蕭鳴鳳卻不為其撰寫〈墓表〉（查《少湖先生文集》與《世經堂集》，徐階一生著述宏富，卻無一詩一文直接涉及蕭鳴鳳），是否因為蕭「以憤撻肇慶知府鄭璋」，「物論大嘩」，「下巡按御史逮治」（《明史》本傳），為人「穎敏」「陰重不泄」的徐階（《明史》本傳）不欲與之有文字上的「沾染」，稍有常識者，一目了然。

然而，盛著卻罔顧常理，做出如此評斷，真讓人哭笑不得。第一，「自負少師許可」這話說得通嗎？如果說它講的是薛應旂「自負」，人人皆知，「自負」就是自認為了不起，薛應旂又怎麼會「自負」他人許可呢？如果說它講的是薛應旂對「少師許可」的依仗和利用，拿大旗做虎皮，那麼，古漢語中可用而又經濟恰當的一個詞是「以」，而絕不是什麼「自負」。以隆慶五年狀元張元忭的才華，怎麼會寫出如此不通的句子？第二，從〈墓表〉作者的人格來說，按盛老先生的理解，「薛應旂自負少師許可」云云，即受

徐階驅使來撰寫這篇〈墓表〉，又心懷鬼胎地從中做手腳，以為異日翻案預作地步，如此依違權勢，又如此患得患失，畏首畏尾，有這個可能嗎？薛應旂為人強硬自負的個性，屢屢載諸史籍。據沈佳《明儒言行錄》卷八和黃宗羲《明儒學案》卷十二〈浙中相傳學案二·郎中王龍溪先生畿〉記載，廷對稱旨、同在南京留都朝廷五品為官，又在學界聲譽鵲起的學者王畿，就因「在官好干請」，而被薛應旂撤職為民，閒居四十餘年老死的。《明史·薛敷教傳》更附載其任南京考功郎中時：「大學士嚴嵩嘗為給事中王曄所劾，囑尚寶丞諸傑貽書應旂，令黜曄。應旂反黜傑。嵩大怒。應旂又黜常州知府符驗。嵩令御史桂榮劾應旂。」在氣焰熏天的內閣首輔大學士嚴嵩權傾朝野的極盛時期，薛應旂也敢於針鋒相對地故意戳其逆鱗（事在嘉靖二十五年），怎麼才過幾年就患上軟骨病，因為「少師」徐階的一句吩咐，就跑到蕭家的墳頭抹起眼淚假惺惺來？「變節」也就「變節」罷了，幹嘛又身在曹營心在漢？果真如此，那位少師主子難道又成了白癡，任其信筆由韁不管不顧？第三，最重要的是，盛老先生認定，薛應旂是在嘉靖三十一年受「少師」徐階之命，跑到紹興為蕭鳴鳳作〈墓表〉，次年才定稿完成的。可是，谷應泰《明史紀事本末》卷五十四〈嚴嵩用事〉載：「（嘉靖）四十年春正月以萬壽宮災，命大學士徐階、工部尚書雷禮興工重建。……四十一年三月，萬壽宮成，加大學士徐階少師，任一子。」由此可見，徐階是在嚴嵩快要倒臺的嘉靖四十一年三月，因為寢宮重建有功，才被加封為「少師」的。這已經是在盛著認定的〈墓表〉起草時間整整十年之後！

由此可見，薛撰〈墓表〉不論從哪個角度推敲，其記載都是準確可信，蕭鳴鳳生卒時間應即成化十六年庚子（1480）至嘉靖十三年甲午（1534），與絕大多數學者公認的《金瓶梅》影射嚴嵩當權史事和成書於萬曆時期完全不符。

二、隨心所欲的「大用別稱」法

書中〈徐渭對蕭鳴鳳別稱錄——解開《金瓶梅》之謎的鑰匙〉一節，開頭這樣聲稱：「蕭鳴鳳是徐渭的表姐夫，在《徐渭集》中應有大量的線索，筆者初讀了幾遍，收效不大。2002 年，著手編纂《徐文長先生年譜》，盡可能將詩文繫年，才驚奇地發現：詩文中大多採用了別稱，遂使〈墓表〉形成、《金瓶梅》書稿的轉移，獲得確切的史料。」（頁26）再看該節下面的文字與表格，盛先生從《徐渭集》（當即中華書局 1983 年出版「中國古典文學基本叢書」本）中「發現」的徐渭對蕭鳴鳳的「別稱」，總計竟然多達十七組、數十種，什麼「王」「王山人」「王文野」「王春野」「王心葵」「王良秀」「王濟川」「王間川」「王員外」，什麼「易道士」「錢竹坡」，什麼「某君」「某山人」「某仕人」，什麼「長春丈人」「鉅公長者」「東郭先生」，什麼「默泉」「竹齋」「松庵」「掌故」

等等，真是名目繁多，花樣百出。可是粗粗一按何以如此認定的理由，除了〈書朱太僕十七帖〉首句「予少時似聞學使者蕭公言」中的「學使者蕭公」應屬不誤（但也並非別稱）外，其他所有所謂「別稱」，應該說，全屬匪夷所思的指鹿為馬。

這些指認，或屬極為簡單的望文生義，或屬對最基本文意的完全曲解，或屬毫無文化史感的誤會瞎斷，多數則諸病兼備。如云「王山人」，「冠以『王』姓」，一個原因「是指為王陽明門生」；徐渭〈訪王山人於吳門〉作於嘉靖十七年，「是歲，蕭為五十周歲，渭為十八歲，兩人相見僅三四次而已，『半生三四見』，係指此」，「徐渭年輕，故對『晚飯一雙魚』，而且是小魚，就耿耿於懷」（頁 27）。若按盛先生邏輯，王陽明弟子數以百計，豈非都可以改為「王」姓，天下所有的學生也都可以改從老師之姓了？此其一。其二，詩題明明是〈訪王山人於吳門〉，詩中亦明明說「十年多患難，此日一牽裾。幸見清霜委，難辭白髮俱。半生三四見，晚飯一雙魚」：是「訪」人家，則「半生三四見」的「半生」首先是指徐渭，「難辭白髮俱」的「俱」指兩個人都無可避免的白了頭髮，怎麼可能徐渭才十八歲就自稱「半生」且白了頭髮呢？是十年患難後故友重逢，「幸」而相見，徐渭又怎麼可能僅僅因為對方招待「晚飯一雙魚」就耿耿於懷？再看徐渭〈蕭氏家集敘〉明明說「童時數依先生，先生誤奇之」，在蕭鳴鳳生前，徐渭與之又怎麼會僅僅「三四見」？其三，稍稍排比《徐文長逸稿》卷三〈訪王山人於吳門〉前後詩的內容和時間先後並參照《畸譜》，可知該詩作於萬曆三年秋冬間往遊南京、途徑蘇州之時。其年徐渭已五十五歲，正屬古人「半生」之年；因為迭遭長期科場蹭蹬、三年政治迫害恐懼和七年殺妻牢獄之災（後兩者加起來即「十年患難」的時間），確早已「難辭白髮」。五十五歲與十八歲，差了三十七年，試問早此三十七年，當徐渭十八歲之時，又何來「十年患難」，以至要「此日一牽裾」，擺出一付與老朋友不堪回首、惺惺相惜的姿態？

又如稱「蕭副憲」，在徐渭嘉靖十九年縣學考試不中，上書浙江提學請求復試過程中，「蕭起了關鍵作用，故以『副憲』稱之」（頁 29），「副憲」似乎成了徐渭因感激蕭鳴鳳「副」於此次考選而送給他的頂戴。殊不知其一，《徐文長佚草》卷三文字的標題是〈上蕭憲副書〉，而不是〈上蕭副憲書〉。其二，「憲副」根本不是什麼可以臨時送人的禮物，而是明清行省提刑按察司按察副使特定官階的雅稱。如明王直《抑庵文後集》卷八〈送周憲副序〉云：「累官至刑部郎中，大臣薦其賢，陞山東按察副使。」「憲副」之稱何曾用來隨便送人？你能因為感激某人仗義執言就稱呼他「副檢察長」嗎？其三，《徐文長佚草》卷三〈上蕭憲副書〉明謂：「往者志身困蹇，將望援於仁人，而以幼豎書生，任其狂悖，……遂自通於文宗大人之左右，以得伏拜執事大人之清塵。執事先生及文宗大人弛其誅戮，先生含弘，不以不肖而擯之，……渭當試文之日，適王運使

在焉，文宗大人指渭而語運使曰：『考此儒士，非有他也，昨來上書，蕭先生見之，稱其有才。』渭伏聞斯言，惶恐悸慄。……豈以前日渭所上書，文辭不遜，高自稱譽，如漢東方朔自誇書四十餘萬言，編貝懸珠，勇捷廉信，而卒見偉於漢武哉？」「文宗大人」乃提學副使之俗稱；徐渭「自通於文宗大人」之上書內容，即同卷〈上提學副使張公書〉所載：「再試有司，輒以不合規寸擯斥於時，業墜緒危，有若棋卵；學無效驗，遂不信於父兄，而況骨肉煎逼，其豆相燃。……伏冀明公憫其始終歷涉之艱難，諒其進退患難之危迫，憐其疏鄙之才，……請假晷刻，試其短長，指掌之間，萬言可就。」參考《畸譜》，此事確發生在嘉靖十九年徐渭二十歲之時。該年徐渭在進山陰縣學考試中落榜，因難以承受家庭的巨大壓力，以「學無效驗」，引起「骨肉煎逼」為由，上書浙江提學副使張公（查《雍正浙江通志》，此人名張覺），請求為其專門組織一次補考。結果不僅獲得張提學俯允，還得到張提學頂頭上司「執事先生」「蕭憲副」的當面讚揚（「伏拜執事大人之清塵」必有之場面）和轉相推譽（張提學向監督此次考試的王運使轉述「蕭憲副」之語當為此中情形之一斑）。無論如何，徐渭是在嘉靖十九年才因上書張提學，首次見到「蕭憲副」的，這位「蕭憲副」又怎麼可能是蕭鳴鳳呢？即使此時蕭鳴鳳仍然活在世上，一個罷廢鄉居的老邁平民，又怎麼會成為張提學的頂頭上司，成為有權對一個狂猖亂來的青年學人「弛其誅戮」，使其「惶恐悸慄」、驚為偉人的「執事先生」？其四，查《雍正浙江通志》卷一百十八〈職官八·明二〉、《廣西通志》卷五十四〈秩官·明〉和《萬姓統譜》卷二十九〈蕭〉部的記載，這位「蕭憲副」不是別人，乃是嘉靖十九年由廣西平樂知府陞任浙江按察司副使的湖廣華容人蕭一中。此人字執夫，正德十二年進士，浙江按察司副使任滿後又陞任河南右參政、江西按察使，最終以浙江右布政轉左布政卒。此當道蕭按察副使絕不可能是彼故世蕭提學。

再如關於「王濟川」「王間川」，盛著稱蕭鳴鳳嘉靖三十三年「到杭後，渭有〈答贈王山人濟川〉；離杭時，送至江邊，渭作〈錢塘送王間川〉」，「以川稱錢塘江，故來時稱『濟川』，去時稱『間川』」，「會稽與錢塘僅一江之隔，渭送至江邊，故稱『間川』」（頁32、223）。然而，古往今來，不論胸中有無點墨，誰會把渡江稱為「間川」，誰又會寫下諸如「錢塘江送王先生過錢塘江」這樣完全不通的詩文標題？稍查有關文獻可以明白，古人以「濟川」為字號者極多；徐渭友人中姓王字「濟川」者，則為嘉靖十九至二十二年任河南嵩縣知縣，後棄職退隱的山東泰安人王楫。其三，排比《徐文長逸稿》卷三五律中諸詩、《徐文長三集》卷十一七絕中諸詩的內容先後，並參照《畸譜》，可知〈答贈王山人濟川〉一詩作於萬曆四年丙子北上宣府經過山東途中，〈錢塘送王間川〉則作於嘉靖四十一年壬戌兩入武夷山之間隔，均絕非作於嘉靖三十三年。從〈錢塘送王間川〉詩中明言「不能一日陪清話，真愧相知十五年」來看，這位王間川顯然是徐

渭嘉靖二十六年才開始交往的朋友。按照徐渭〈蕭氏家集敘〉「童時數依先生，先生誤奇之」的自述，如果王間川真是蕭鳴鳳的別稱，此詩理當書寫「真愧相知三十年」才對，又怎麼會說「真愧相知十五年」呢？

再如，《徐文長三集》卷一〈梅桂雙清賦〉稱「胡茲辰之夷則，乃並蕚而均妍」，據劉向《說苑》卷十九「至治之世，天地之氣合以生風，日至則日行其風」，「孟秋生夷則」，明徐問《讀書劄記》卷一「陽律六、陰呂六，應十二日月所會之辰」，「七月夷則，申」，可知「夷則」乃古人對孟秋七月的代稱，則該賦明明作於七月（具體何年不詳）；但盛著徑斷「此賦作於嘉靖二十九年冬夜」（頁30）。該賦又有「兆輩梓之當興」，顯用「梓興」來諧音「子興」；有「牆桑葆羽，而劉炎以起」，顯用《三國志·先主傳》劉備幼年得兆發跡的典故，「舍東南角籬上有桑樹生，高五丈餘，遙望見童童如小車蓋，往來者皆怪此樹非凡，或謂當出貴人。先主少時與宗中諸小兒於樹下戲言，吾必當乘此羽葆蓋車」；有「乃命素而濡毫，紀高堂之華瑞，抽寸管之秘思，與霄燭而爭麗」，直接用該文當「高堂」「霄燭」了；凡此可見，該賦明明是（為某位老夫人）慶賀壽誕，預祝家門興旺、子孫發達之作；但盛著卻斷為慶賀蕭女思兄弟二人貢入太學而寫。還有，該賦在「爾其丹粟既綴，紅雪紛暈」的形容後，將初秋梅桂同開的盛況進一步擬人化，「有若長春丈人，強記多聞，既淑其子，又穀其孫，傾囊聚帙，緩新急陳」，顯然借用了道教史上最為博學，被元朝皇帝封為「長春演道主教真人」的著名道士丘處機的典故：「長春子丘處機，……太祖聖武皇帝……聞其有道，自奈曼俾近臣劉仲祿持詔求之，……與語雪山之陽，帝之所問，師之所對，如敬天愛民以治國，慈儉清靜以修身，帝大然之，……又以訓諸皇子。」（元姚燧《牧庵集》卷十一〈長春宮碑〉）丘處機雪山答成吉思汗問並訓育皇子時的盡其丹誠、傾其所知，被用來比喻孟秋七月梅、桂二花同時盛開的絢爛情形（宋周必大《文忠集》卷四十一有詩〈中秋梅桂盛開，前所未有〉，薛季宣《浪語集》卷六亦有五古〈九月猶暖，梅桂有華〉，可見梅桂並開向為難見，有之亦在八九月左右），再用這極為稀見而旺盛的開花之景，來肇應主人翁家門子孫事業的興旺，誠所謂：「豈曰彼草木之無知，遂無與於人之枯榮？」不管怎樣，該賦明明是說梅桂二花開放之多「有若長春丈人」如何如何，「長春丈人」又怎麼會成了蕭鳴鳳的別稱呢？

再如，《徐文長三集》卷十一七絕部分〈默泉篇〉（其人善琴）云：「泥金小扇月分團，淡淡煙煤寫默泉。泉水有流不作響，正如琴上不繃弦」，稍覽文字，這是一首題扇畫詩無疑：灑金扇上，上畫一輪明月，下用煙煤淡墨畫著一曲泉溪（紙上作畫，只能是以黑作白）；月夜流泉，本來會淙淙作響，但因為是畫在紙上，此泉當然只會是靜默無聲；也只有靜默無聲的流泉，才可以寄託某種深刻寓意，正如無弦之琴才可能包孕著萬千之聲那樣。這幅扇畫的主人、「其人善琴」的「其人」是誰？同集卷六五言律部分有〈無

弦詩〈上人〉〉云：「鳴琴固聆響，不鳴響亦存，試取單弦按，何聲到耳根。祖來不立字，理完於無言，開口未驚眾，閉口如雷轟。」兩詩若合符節，排比寫作時間也相距不遠。因此，這幅月夜流泉扇畫的主人，應是那位「鳴琴固聆響，不鳴響亦存」的得道高僧無疑。可是，盛著卻說；「從該詩看，蕭鳴鳳是將『默泉』兩字用淡墨寫在一把泥金的小折紙扇上。那麼，他為什麼要以默名泉，又以默泉作為自己的別稱呢？按題注，與琴有關，末句也說他『琴上不繃弦』。」（頁 35-36）再沒有任何其他根據，老先生就這樣認定了蕭的又一個別稱「默泉」。

再如，中華書局本《徐渭集》第四冊補編部分收入整理者搜集的一首七絕〈雪裏荷花〉云：「六月初三大雪飛，碧翁卻為竇娥奇。近來天道也私曲，莫怪筆底有差池。」從詩意，從輯錄來源（鄧實《談藝錄》）看，這都也是一首題畫詩：盛夏荷花開始綻放的時節，「六月初三大雪飛」，繪畫中的境界，也是關漢卿《竇娥冤》「若沒些兒靈聖與世人傳，也不見得湛湛青天」奇特戲曲情節的再現；和戲曲一樣，它彰顯的是「天公有眼」「天道無私」之類的理念和信念。可是，畢竟《竇娥冤》戲曲是前人所作，這幅雪裏荷花圖也是前人所繪，「近來天道也私曲」，而今再也沒有了天道無私的信念，又有誰再可以畫出類似奇特的藝術境界？綜合觀之，此絕前兩句明顯是對雪裏荷花圖藝術境界的來源探究和意義追索，後兩句是由此而來的反躬自省和借古諷今。不論從開頭兩句本身，還是從這兩句和第三句的對比，或者從全詩和《竇娥冤》戲曲的淵源關係來看，所謂「碧翁」都只能是「天」的代稱而非其他。何況稍稍翻查可知，以「碧翁」代「天」，乃前人詩文所習見。如宋陶穀《清異錄》卷上〈天文〉「碧翁翁」條：「晉出帝不善詩，時為俳諧語。〈詠天詩〉曰：高平上監碧翁翁。」明方以智《通雅》卷十一〈天文·釋天〉云：「陶穀曰：晉出帝呼天為碧翁翁。」清朱彝尊《詞綜》卷三十所收元人滕賓〈齊天樂〉詞下片：「人生如此良遇。問碧翁何意，萍蓬欲聚。」近人徐枕亞文言小說《玉梨魂》第一章：「我欲叫天閽、叩碧翁，胡憒憒若是？」不難想見，從五代後晉出帝石重貴算起，用「碧翁」作為天的代稱，至少有一千多年的歷史了。可是老先生卻罔顧這一切，將這首明明白白的題畫諷世詩，徑斷為徐渭替蕭鳴鳳悼其雙子俱亡之作，一則曰，「當時蕭急得眼睛出血是十分可能的，渭只是將這血聖潔化稱為碧血而已」（頁32）；再則曰，「蕭鳴鳳為兩子出事而急得眼底動脈出血，渭將其稱為碧」（頁261）。包括「碧翁」別稱的如此由來在內，徐渭詩文中種種風馬牛不相及的稱代，就這樣成了所謂蕭鳴鳳的別稱！

三、令人咋舌的肆意指鹿為馬

　　老先生尋找「別稱」的偏好以及在此過程中表現出來的對常情、常理、常識之令人瞠目結舌的無視，還體現在與蕭鳴鳳有關的其他人物的處理上。

　　如稱〈墓表〉記載「女一，適錢塘縣學生田肯播」，錢塘縣學秀才田肯播乃蕭唯一的女婿，「有偽造之嫌」，卻把徐渭〈送蘭應可之湖州〉〈送蘭公子〉〈與蕭先生書〉「應可郎君」云云等詩文中的「蘭應可」看作是蕭鳴鳳女婿的別稱；但旋即又稱，「以『蘭』冠應可，以此為姓」值得懷疑，因為「二十年來從未出現過應可姓蘭的記載，偏偏在此時才出現」，所以徐渭是有意「第一次將『蘭』作為『應可』的姓」，因為「『蘭』俗稱『東門草』」，所以這樣一來，就可以「喻蕭與《金瓶梅》中西門慶的『西門』相對，蕭堪（盛著「考證」出的蕭鳴鳳女兒之名）一死，應可自然成了東門（指蕭家）外的『草』了」；老先生還說，〈與蕭先生書〉所云「前聞應可郎君已去揚州」、〈送蘭公子〉詩的題注「阿翁，學師也，揚州人」，「更進一步表明蕭非但是應可的丈人，而且還是『學師』」（頁 278）。這真是咄咄怪事。其一，「郎君」明明是古人對別人兒子的尊稱，盛著卻以為是在稱呼別人的女婿；「阿翁」明明是對別人爸爸的叫法，盛著卻以為是在稱呼別人的岳丈。老先生竟然連兒子、女婿，父親、岳丈都分別不出了。其二，《徐文長佚草》卷四〈與蕭先生〉書云：「四旬中間，症候不可言說，……強起移步，扶杖可至中堂。……自聞門下遷陟以來，載喜載戀，如石在心，耿耿不化。何者？教誨既篤，恩德攸積，所終身不得解也。又聞解行在即，托人候察去否之狀。……前聞應可郎君已去揚州，渭無言以贈，又重悲矣。……舊於郎君處假小說九本，兼奉歸之。」由此可見，該書當作於徐渭晚年，時當萬曆初，否則不會說自己病至「扶杖」而行，也不會說感念人家「恩德攸積，所終身不得解也」；從「教誨既篤」云云來看，這位應可公子的父親曾是徐渭正兒八經的老師無疑，應該曾在山陰縣學出任教職；在陟遷離開多年之後，這位應老師帶著兒子重回故地，但他們父子二人再次先後歸去時，徐渭卻因病未能送別，所以要作此書致歉；但從「舊於郎君處假小說九本」一句來看，在此之前，徐渭與這位應可公子是一直保持著比較密切的聯繫的。再看《徐文長三集》卷四〈送蘭公子〉（排比前後詩的內容，當作於萬曆初徐渭出獄後不久）的題注「阿翁，學師也，揚州人」，與詩中所寫「公子竭重來」，「會日苦無多，相別一何早，八月廣陵濤，一葉渡殘照」，以及同集卷五〈送蘭應可之湖州〉（排比前後詩的內容，當作於嘉靖三十幾年）詩題與內文「會多忽別疑且驚」之句，這位應可公子確實姓蘭，在嘉靖三十幾年的時候徐渭與之交往確實甚多，但到二十多年後的萬曆初已大不如前；但萬曆初應公子的這次離去，徐渭實際上是有〈送蘭公子〉這首詩相贈的，大約因為缺乏一個很鄭重其事的道別過程，徐渭才在給其父的信中

連帶歉疚地表示，「前聞應可郎君已去揚州，渭無言以贈」了。總之，這位父親做縣學老師（按明清學制，當為教諭或訓導）的揚州應可公子確實姓蘭，絕非徐渭故意以「蘭」冠之；既然如此，他的父親必然也姓蘭，《徐文長佚草》卷四所載文題〈與蕭先生〉之「蕭」必是「蘭」之形近而誤。查《嘉慶山陰縣志》卷九〈職官〉，在嘉靖時期的教諭一欄中果然載有這位蘭學師的姓名、籍貫及始任時間：「蘭錡，揚州人，十六年任。」據其繼任者到任時間為嘉靖二十五年，則蘭錡任職山陰縣學的時間為嘉靖十六年至嘉靖二十四年，前後長達九年。九年均在號稱人文淵藪的山陰縣主持教育，其與山陰士人的緊密聯繫可以想見；而且關鍵的是，徐渭嘉靖十九年以重考補入縣學之事正發生在其任上。此事雖說主要是走上層路線的結果，但若得不到這位蘭學師的首肯和配合推動，恐怕也是很難成功的。查《康熙揚州府志》卷十六貢士表，此人乃揚州府江都縣人，嘉靖十五年貢士。總之，蘭應可就是徐渭老師、山陰縣學教諭蘭錡的公子，他確鑿無疑姓蘭，確鑿無疑是揚州人，根本和蕭鳴鳳沒有任何關係，「蘭應可」三字絕對不是什麼蕭鳴鳳女婿的別稱。可是，老先生把「蘭應可」硬派為蕭鳴鳳女婿的別稱，還不嫌足，又說徐渭〈金先生過予圍中（聞野）〉〈送金先生宰武康〉〈元夕寄金武康〉等詩中的「金聞野」「金武康」也是蕭鳴鳳女婿的別稱，把二者完全等同起來，徑書「應可赴任，渭作〈送金先生宰武康〉」「渭作〈金先生過予圍中（聞野）〉，……此金先生仍應為應可」「渭作〈元夕寄金武康〉，……將獄中的艱辛情況告訴應可」（頁280、281）等。

在這裏，老先生的長此滔滔，完全不顧邏輯，再一次使晚生咋舌：老先生已經費力地從多種方志中查考出這位金某就是武康知縣、武進人金九皋，卻一方面仍然堅持蘭應可就是金武康，稱金武康著作《抱翁集》，「是應可對出任武康知縣的反思」；一方面又「懷疑金九皋是否有冒名偽造之嫌」，稱「蕭鳴鳳的女婿，有一段時間（大致自嘉靖四十五年五月起，至隆慶四年——盛書原注）曾以『金九皋』為姓名，以『聞野』為號，假借首相徐階之力當了武康縣令，雖也做出了一些政績，但這種投機取巧的入仕之法，有悖於先生蕭鳴鳳的教導，自己於心不安，就『謝病歸』揚州了」（頁283）。且不說揚州人蘭應可和武金人金九皋，都是記載確鑿的兩個實有人物，他們可不可以變成一個人，可不可以變成別人女婿的「別稱」不論，僅以所謂「冒名偽造」來看，一個事蹟和著作廣泛見載於先後多次纂修的《浙江通志》《湖州府志》《江南通志》《常州府志》《武進縣志》等各種地方志和《讀禮通考》《欽定正嘉四書文》等多種著作的人物，居然是臨時「冒名偽造」出來的，這有可能嗎？誰有那麼大的能耐，可以從江蘇管到浙江再管到京師，又從外人管到武進金氏家族，使這種「冒名偽造」被按上五百年不朽的保險閥，一直不會暴露，直到今天才讓盛著給抖了出來？不僅止此，老先生又說「應可該姓『田』」，「因為田只要肯播，自然會長出苗來」，所以〈墓表〉「田肯播」一名也是假的；徐渭〈張

氏子黃鸚鵡〉「見說黃鸚鵡，西來自氐羌」等詩中的「黃」，「明顯指應可」，所以，蕭鳴鳳女婿又「疑為黃姓」了（頁286）！

同樣，老先生亦完全置〈墓表〉「娶周氏」的記載於不顧，徑斷徐渭〈張太君六十詩〉〈張封君挽詩〉〈應索柳溪雙壽詩為張封君〉等詩文中的「張太君」「張封君」，均指「蕭鳴鳳夫人張氏」，是張氏之別稱。徐渭詩文中的「張太君」「張封君」是否另有其人而與蕭家毫無關係暫且不說，盛著看來又犯了一個男女不分的錯誤：「太君」和「封君」雖然僅一字之差，但一個確實是指官員士紳的母親，一個卻是指官員士紳的父親；「張封君」明明是指張家老太爺，怎麼會又成了「蕭鳴鳳夫人張氏」呢？

正是憑藉上述種種的大用別稱法，老先生搞出了所謂的「蕭鳴鳳生卒年」「蕭鳴鳳年譜」「蕭鳴鳳創作《金瓶梅》的年代」「《金瓶梅》書稿的首次轉移過程」「《金瓶梅》的補定者是蕭鳴鳳女婿應可」等等「盛見」，儼然構成一個《金瓶梅》作者「蕭鳴鳳」說的「新體系」。然而，不知道「夷則」是指七月、「碧翁」是指老天，將喻體「長春丈人」當作本體、泛稱「鉅公長者」當作特稱、特定官職「憲副」當作一般讚美，也不分兒子（「郎君」）與女婿、父親（「阿翁」）與岳丈、老太爺（「封君」）與老夫人（「太君」），就憑著十八歲可以稱「半生」、〈錢塘送王間川〉詩題可以讀作「錢塘江送王先生過錢塘江」、甲地張三就是乙地王五、丙地李四之類奇奇怪怪的邏輯，一廂情願地肆意指鹿為馬，一味地浮漚造海，這樣的「海」，除了存在於老先生一人的想像中，還能在哪兒找到半點蹤影？

令人憂鬱的是，近年在《金瓶梅》《紅樓夢》等古典小說研究中出現的大量論著都不同程度地存在類似問題；諸如《金瓶梅》作者「王寀」說，西門慶影射「胡宗憲」說等，其匪夷所思的表現形式不同，程度卻均與盛著不相上下。請原諒筆者不能為長者諱，也不能為學界好友和出版界諱，熱心學術難題的探討令人欽佩，但完全是沒有半點根據的胡亂想像，這樣的東西，還是少點好。《金瓶梅》作者問題值得繼續探討，但若繼續沉湎於此類想像遊戲和文字泡沫，那就不僅是金學研究的停滯不前甚至倒退，還會敗壞整個中國古典小說研究的聲名。

想入非非的政治「罪行」

——《金瓶梅》作者「蕭鳴鳳」說新證駁議之二

　　如所周知，就像《紅樓夢》熱曾經吸引多社會階層的廣泛讀《紅》、評《紅》、研《紅》一樣，在金學研究領域，破解中國古典小說研究「哥德巴哈猜想」的難題召喚，加上新的時代條件下多種因素促成的無庸置疑的學術普及趨勢，近年也有不少出身其他學科和職業背景者加入到《金瓶梅》作者的探究隊伍中來。這一方面是好事，標誌著金學陣營的擴大，也是一種金學生命力和魅力的體現；非文史的理工科思維與傳統的文史研究有其差異，不同思維的激盪亦潛藏學術突破的可能。然而，思維盡有不同，基本的邏輯規則仍得遵守。非文史的理工科出身者要研究文史問題，仍得以熟知該文史領域的前因後果為前提；學術乃天下之公器，人人可以參與切磋，但無論如何切磋，總得保證它還是學術，而非想入非非的癡人說夢。盛鴻郎先生新出大著《蕭鳴鳳與金瓶梅》又一根本疏失在於，基本不了解其所力證的《金瓶梅》「影射武宗」說在前人那裏的已有鋪排，更壓根就缺乏解答《金瓶梅》作者問題所應具備的基本明史理念。

一、影射武宗：新證對舊說的彌補及其近源

　　如所周知，所有試圖揭開《金瓶梅》作者真相的學者，當他把自己心目中的合適對象向學界提出時，概莫能外，都要回答一個該人氏為什麼要創作這部小說的基本問題。盛老先生首次提出「蕭鳴鳳」說是在 1996 年底。當時他發表〈試解《金瓶梅》諸謎〉一文指出[1]，小說當完成於明嘉靖二十七年（1548）稍後，其作者為生平跨弘治、正德、嘉靖三朝，嘉靖七年罷官歸隱的紹興山陰（今紹興市）人蕭鳴鳳，「蘭陵」係蕭氏祖籍，為小說作〈跋〉的「廿公」，疑為其友人季本。至於蕭鳴鳳為什麼要創作《金瓶梅》，該文僅有「蕭鳴鳳一生耿直，不滿朝政」，所以，「《金》是蕭鳴鳳發憤之作」等寥寥數語，實際上並未正面展開。作為對既往舊說不足的彌補，盛老先生的這部新出大著專門

1　盛鴻郎〈試解《金瓶梅》諸謎〉，《紹興文理學院學報》，1996 年第 4 期。

設立〈《金瓶梅》是一部政治小說——人物影射的剖析〉〈解讀西門慶的寓意〉〈「萬曆說」論據的再討論〉等章節，試圖對這一問題重新加以解答。

通過對人物影射的剖析，盛著提出，「《金》是一部政治小說，其矛頭直指正德、嘉靖朝廷。這也成為《金》成書後約 60 年間長期不能聞之於世的直接原因」（頁 83）。核按這一總論點下的各項理據和材料，盛著所言「直指」對象中的「嘉靖」不過是陪襯，「用西門慶來影射正德帝」（頁 95）才是盛著的核心觀點。如稱：小說所寫潘金蓮出身之王招宣府原型，實即「招自宣府」、誘導武宗淫縱的奸臣江彬家；從「正德帝三幸宣府，西門慶三到王招宣府」「正德帝有豹房，西門慶屬虎」等相似可知，「西門慶醜惡的行徑，實是正德帝的寫照」（頁 86）；小說所寫「管磚廠的劉太監」，「實指」正德初權擅天下的司理監太監劉瑾，「再次證明《金瓶梅》係直指正德朝政之作」（頁 149）；小說「對來自天竺國的胡僧的記述與正德帝對待番僧如同一輒」，「進一步證明《金瓶梅》寫西門慶實為影射正德帝」（頁 149-150）；小說中西門慶死後無嗣，吳月娘把玳安改名做西門安，承受家業，與正德帝駕崩，嘉靖帝以同祖親弟的身分繼位相似，說明「玳安即嘉靖帝」（頁 86）；其他一些小說形象所影射的歷史人物雖不限於正德，但他們活動的時間範圍亦均不超過嘉靖初。如此等等。因此，不論我們把上述「《金瓶梅》係直指正德朝政之作」一句話逕自單獨拎出來，還是將盛著中同樣提綱挈領的另外兩句話——「《金》確是一部極為嚴肅的政治小說，是蕭鳴鳳不滿朝政的發憤之作」（頁 94）與「《金瓶梅》構思始於嘉靖元年」（「時空篇」扉頁）——串接起來，推出一句「《金》是一部在明武宗死後不滿正德朝政的發憤之作」，作為盛著有關小說創作動機的關鍵表述，應該是完全合乎「盛見」精神實質的。事實上，盛著對此還有更進一步的畫龍點睛之語說：「（蕭鳴鳳）嘉靖元年構思《金瓶梅》，與正德十四年南巡，止於南京，十五年始返，十六年駕崩，來自安陸國的嘉靖帝即位這一段歷史相關，時蕭鳴鳳在南京任提學御史，耳聞目睹正德帝種種醜行，萌發以寫小說來揭露朝廷的昏暗。」（頁 238）

眾所周知，以為《金瓶梅》反映的時代是正德朝，西門慶的原型是明武宗，學術界早有其人。例如，黃強先生從十多年前開始，就陸續發表〈從服飾看金瓶梅反映的時代背景〉[2]、〈論《金瓶梅》對明武宗的影射〉[3]、〈花燈與《金瓶梅》〉[4]等文，提出《金瓶梅》是影射正德朝政之作的主張；霍現俊先生近年亦頗認同此說而踵事增華，先後撰

---

[2]　《江蘇教育學院學報》，1993 年第 2 期。
[3]　《江蘇教育學院學報》，1995 年第 3 期。
[4]　《保定師專學報》，2001 年第 1 期。

寫發表《金瓶梅新解》[5]、〈西門慶原型明武宗考〉[6]、《金瓶梅發微》[7]，〈西門慶原型明武宗新考〉[8]、〈試論《金瓶梅詞話》的創作緣起〉[9]等論著。實事求是地說，這些論著的主張，作為學術界的一種觀點提出，未嘗不可；但由於其離學界共識太遠，似乎除了兩位先生各自在唱獨角戲外，並未得到任何其他學者的回應。從這個角度來看，盛老先生可稱主張「《金瓶梅》影射明武宗和正德朝政」觀的第三人。但將盛著與黃、霍兩先生文字比照，可以發現：第一，老先生的上述理由均已為前人道及，且遠沒有前人完整。換句話來說，老先生只是從前人的諸多理由中選擇了幾條拿出來重說而已（也可能是英雄所見略同，老先生巧合於前人諸多理由中的部分理由），並未對此觀點做出任何新的發展。第二，就這種觀點與小說描寫實際的關聯性證明而言，老先生在邏輯上也沒有顯示出任何後出轉精的完善，而顯得與前人同其牽強附會，或者比前人更加隨意謬悠，令人莫知所從。如其對玳安影射的所謂「剖析」稱：「正德帝與嘉靖帝為親兄弟，為改變西門慶與玳安的主僕關係，作者在第七十七回精心安排了一場兩人共通賁四嫂的戲。在與西門慶有關係的女人中，只有賁四嫂一人稱『嫂』，特出『嫂』的地位，又冠以賁四，賁四者，陛私也，她又叫葉五兒，即『爺無兒』也，這樣一來，西門慶與玳安也成了哥兒們了。」老先生遂由此斷言說：「這些都明明白白地告訴讀者，玳安即嘉靖帝。」（頁 87）讀著如此循環論證、倒果為因的文字，恐怕絕大多數讀者都要自慚為笨伯。這裏的「明明白白」，除了老先生自己覺得明白外，誰又會明白到底是怎麼一回事呢？

然而，這且不論，關鍵的問題不在這裏。──坦率地說，也不僅是盛著的問題，而是所有主張「《金瓶梅》影射武宗和正德朝政」說者的問題。

二、影射武宗：並不存在的危險

這個關鍵的問題就是：如果《金瓶梅》真的是一部影射明武宗、不滿正德朝政的發憤之作，如果它真的如盛著所言構思始於嘉靖元年，而實際「始寫於嘉靖十三年，成書於嘉靖三十年」（頁 160），那麼，小說「成書後約 60 年間長期不能聞之於世的直接原因」又怎麼會在此？小說的作者又怎麼會有被殺頭（甚至滅族）的危險，從而使得當朝三輔相之一的徐階要和一向剛方凜然的浙江薛提學，「為掩蓋《金瓶梅》這部政治小說的

5　石家莊：河北教育出版社，1999 年。

6　《河北師範大學學報》，2001 年第 3 期。

7　北京：中國社會科學出版社，2002 年。

8　《唐山師範學院學報》，2003 年第 1 期。

9　《明清小說研究》，2003 年第 1 期。

『罪行』，保護作者蕭鳴鳳」，在嘉靖三十一年冒險作弊，替一個健旺的大活人炮製一份墓表，「製造了《金瓶梅》創作期其人早已不在世的假象，為其解脫」（頁 223-224）？使得作者又隱姓埋名地活了二十年，復不甘心淪沒無聞，在其死前五年的嘉靖四十四年作〈牡丹鞠〉，表示「書稿不送走固然不行」，又「怕在流傳過程中被人識破創作意圖」的兩難（頁 79），再在嘉靖四十五年通過創作《歌代嘯》來「詮釋《金》書」，以使「隱姓埋名所作的巨著，避免引起『張冠李戴』的誤會」（頁 323）？使得其表舅子徐渭一生都要在詩文中煞費苦心地造假，想出各種五花八門、匪夷所思的名號來作為蕭鳴鳳的別稱，即使到萬曆初的悼念詩文仍然要用「王丈」或「某」之類的說法來指代他（頁 26-39，尤其頁 37），似乎不如此蕭仍有剖棺戮屍或戮及家人的危險？按諸歷史，這一切怎麼可能！

　　檢點《明實錄·武宗實錄》《明史紀事本末》《明史》《罪惟錄》《明通鑒》等等史料，即便是在明武宗在位和其先後寵信的劉瑾、江彬等一干權奸當政時期，即便是直接給皇帝上奏疏或當著皇帝的面聲色俱厲地指斥其不是者，大多數情況下也不會有馬上被殺頭滅族的危險。實際上，從弘治十八年五月即位直到正德十六年三月在其臭名昭著的「豹房」病死，武宗的所作所為就一直受到朝野正直人士的批評、指摘，交章飛奏，幾無一日寧貼；儘管堪稱有明一代最荒唐腐朽的皇帝，武宗面對這些「忤逆」言行，卻並非如今人所想像，不分青紅皂白一概給以嚴厲打擊甚至血腥鎮壓，而是「溫詔答之」「留中不報」者居多，「降級外任」「削籍戍邊」與「廷杖下錦衣獄」（當然包括死杖下或瘐死獄中等比較慘烈的情形）者雖亦有之，但一是總體比例並不占多數，二是與其他朝代殘暴帝王的大肆株連、痛加誅殺相比，仍有相當的不同。如張廷玉《明史·劉蒻傳》載「武宗踐祚未數月」，劉蒻上疏批評武宗拋棄先朝德政、寵任宦官之非云：「今梓宮未葬，德音猶存，而政事多乖，號令不信，……閣臣不得與聞，而（陛下）左右近習陰有干預矣。」武宗當時對此的反應僅是「報聞」二字而已，並未給予任何懲罰。同書〈趙佑傳〉載正德元年武宗大婚，詔取太倉銀四十萬兩，趙佑以御史身分公開反對說：「以婚禮為名，將肆無厭之欲，計臣懼禍而不敢阻，閣臣避怨而不敢爭，用如泥沙，坐致耗國，不幸興師旅、遘饑饉，將何以為計哉？」武宗對這番壞其終身大事、一棍子打倒君相的喪氣話，也僅是「不納」其疏，丟在一邊沒管。武宗晚年變本加厲地怠忽朝政、微服宣淫，大學士楊廷和進〈止微行疏〉云：「竊見近日以來在京各衙門題奏，一應軍馬錢糧緊要事情，動經旬月，猶未得旨，事多壅滯不行；又道路相傳，聖駕不時巡行市肆，或至野館菜園等處遊幸，夜或不歸，……眾議紛然，……軍民皆有不美之談。」（載清高宗《御選明臣奏議》卷十六）如此「侵犯隱私」，曝光武宗穢德，結果也僅是一個「疏入，帝不納」。再如前述〈墓表〉載蕭鳴鳳諫阻武宗出邊捕虎，疏稱「陛下不當賤民命而貴異物，玩細娛而忘遠圖」，教訓中所含的冒犯指摘，就是現代一些帝王式人物怕也難以接受，但武宗

同樣僅以「留中不報」待之罷了。《明史紀事本末》卷四十九載正德十三年發生的一件事，很能說明武宗面對臣下的度量。該年六月，梁儲等大學士拒絕為武宗自稱威武大將軍、以江彬為副將軍的北征之舉起草敕書，武宗「召梁儲，面趣令草制。儲對曰：『他可將順，此制斷不可草。』上大怒，挺劍起曰：『不草制，齒此劍！』儲免冠伏地泣諫曰：『臣逆命有罪，願就死。草制則以臣名君，臣死不敢奉命。』良久，上擲劍去，乃自稱之，不復草制，彬亦罷副將軍。」據《明史·梁儲傳》，後來梁儲等人仍不依不饒，說了許多大違帝意的難聽話，但「儲等疏數十上，悉置不省」，雖然沒起到什麼正面作用，卻也並未大禍臨頭。只是當不滿者不僅直斥武宗之非，還將矛頭對準他寵倖的權奸，直接威脅到權奸的身家性命時，才因後者矯詔報復而使懲處陞級，釀成悲劇。如《明史紀事本末》卷四十三載正德初，太監劉瑾等導武宗狎戲無度，大學士劉健等人「連疏請誅」，「語甚切直，不報」；戶部尚書韓文等又合九卿上言，批評武宗「奈何姑息群小」，「恣無厭之欲」，要求將他們「縛送法司，以消禍萌」。在武宗深受觸動，「待明旦發旨，捕瑾等下獄」的前夜，劉瑾的一番哀情表演使事情有了戲劇性的變化：劉瑾化險為夷，首事的劉健等人被矯詔勒令致仕，和他們站在一起的兩個太監更被矯詔秘密追殺。《明史·劉蒨傳》載劉蒨亦參與此事，因「抗章乞留」劉健等人，「語侵瑾」，而被「廷杖削籍」。同書〈蔣欽傳〉記載時任南京御史的蔣欽，同樣因此事觸怒劉瑾而被廷杖為民。但居鄉三日，蔣欽又上疏攻許云：「劉瑾小豎耳，陛下親以腹心，倚以耳目，待以股肱；殊不知瑾悖逆之徒，蠹國之賊也。忿臣等奏留二輔，抑諸權奸，矯旨逮聞，予杖削職。……昨瑾要索天下三司官賄，人千金，甚有至五千金者，……通國皆寒心，而陛下獨用之於左右，是不知左右有賊而以賊為腹心也。給事中劉蒨指陛下暗於用人，昏於行事，而瑾削其秩，撻辱之，矯旨禁諸言官，無得妄生議論，……通國皆寒心，而陛下獨用之於前後，是不知前後有賊而以賊為耳目股肱也。一賊弄權，萬民失望愁歎之聲動徹天地，陛下顧懵然不聞，縱之使壞天下事，亂祖宗法，陛下尚何以自立乎？幸聽臣言，急誅瑾以謝天下。」結果，「疏入，再杖三十，繫獄；越三日，復具疏」，再次指斥「陛下日與嬉遊，茫不知悟」，「陛下覆國喪家之禍，起於旦夕」，要求「殺瑾，梟之午門」。經過第三次「疏入，復杖三十」，最後才死在獄中。可以設想，如果不是「連疏請誅」「語侵瑾」，劉健、劉蒨等人應該不會被撤職遣返；如果不是一而再、再而三地直接指責武宗糊塗混帳到極點，並且一而再、再而三地要求「急誅瑾以謝天下」，蔣欽也不會被連杖三次，導致第三次「杖後三日，卒於獄」。事實上，即便那樣做了，勒令致仕、廷杖削籍、上疏一次就廷杖一次的處罰，也比那種稍違旨意就身首兩處，甚至滅門滅族的暴政要寬仁得多。直言之，即便在武宗統治最昏聵、其權奸勢力最囂張之時，即便是指著鼻子式地上疏責問武宗本人糊塗混帳，不共戴天地聲討劉瑾的罪行，要求將他處死，劉

健、劉菠、蔣欽等也沒有陷入馬上被殺頭的境地；就蔣欽等少數極端的例子而言，往往是因為對權奸太過窮追不捨，一定要弄到「你死我活」，弄得皇帝太過難堪，才遭到連續廷杖拷打丟了性命。

既然如此，一部在人所共知的情節層面上明明是講北宋末年一個商人故事的《金瓶梅》，即使它真的在內裏層面不滿正德朝政，它的主人公西門慶原型真的影射武宗，它的個別文字中真的有點江彬、劉瑾的影子，如果它確實創作於嘉靖十三年到三十年期間，在武宗本人已經死了十三至三十年，其寵臣江彬自嘉靖帝即位時被斫殺算起同樣死了十三至三十年，劉瑾自正德五年被凌遲算起更已死了二十四至四十二年之後，總而言之，在武宗及其寵倖的權奸早已從明代政治舞臺上消失得乾乾淨淨之後多年，它的作者又哪來半點殺頭的危險？盛著以為甚至再過一兩代人的時間，這種危險都依然存在，以至隆慶六年蕭鳴鳳死後徐渭仍然不敢在追思詩文中暴露他的名字，請問，哪來的理由可以做這種判斷？莫非嘉靖、隆慶、萬曆時期，武宗及其寵倖權奸依然健在，而且變得益發專橫殘暴，益發「順我者昌，逆我者亡」了不成？

三、臧否武宗：一個從來就敞開的話題

不要把封建時代的每一個歷史時期都想像得無比的黑暗和殘暴；既然一種制度的生命可以延續兩千多年，它就必然蘊涵著我們已知未知的一些活力。這絕不是在美化封建統治和抹殺其殘酷殘暴；因為歸根到底，整個民族的活力沒有也不可能徹底喪失。因此，即便是考察封建社會，我們也應該持一種冷靜、客觀而全面的立場。以我們關注的明代正德、嘉靖、隆慶、萬曆四朝而言，政治上的嚴酷和寬鬆就同時存在，只不過在不同時期、不同方面、不同階層人物那裏，各有消長側重而已；以為封建時代就必然每時每刻都處在嚴酷的恐怖統治之中，每時每刻老百姓都罩在「文字獄」的陰影中不敢動彈，這種看法，並不符合歷史的實際；具體到有關武宗朝政的評價，可以說，從來就沒有形成一個噤若寒蟬的局面。

武宗不遵帝德，不是個好皇帝，這在武宗在位時期就是朝野議論紛紛的一個共識，好在武宗本人對此一般並不十分理會；改朝換代之後，時過境遷，加上武宗「絕後」，「議禮」事件顯示繼位者對武宗這支血統又不夠尊重，以頒佈世宗登極詔八十款為開端的「嘉靖新政」更直接是對武宗朝政的全面撥亂反正。所以，雖然古人講究為尊者諱，儒家的克己之道和君臣大義不允許過多議論別人的短處，特別是一位過世帝王的是非，但對武宗朝政是非的議論和批評，從來就沒有成為政治和學術話語圈子的禁忌。換言之，在嘉靖、隆慶、萬曆時期乃至明亡，直接談論武宗朝政的不是，批評其弊端，乃是極其平

常之事，根本就沒有任何忌諱可犯。如康海在全面評價武宗品德時，曾批評其為奸邪所乘云：「毅皇帝聰明寬裕，有君人之大度；顧崇遊，略細間，為奸邪所乘，竊弄威福，流毒士類。」（《對山集》卷五〈題唐漁石雲南兩疏後〉）文徵明曾揭露武宗將天下事權悉委劉瑾的經過：「武宗登極……時上沖年，頗事逸遊，中官馬永成等八人實從中導誘，……中外洶洶。……戶部尚書韓文……奪筆具疏言：上踐祚之始，不宜狎昵群小，遊燕無度。因罪狀八人，請逐去之。……八人者環泣上前，抱足乞命，事遂中變。……八人遂分佈要路，瑾居中用事，而天下事權悉屬之矣。」（《甫田集》卷二十八〈太傅王文恪公傳〉）王世貞追述劉瑾同黨錢寧的愚君蠹國：「寧性猥狨柔佞，大被寵倖，賜姓冒功，陞錦衣衛正千戶。正德五年，瑾謀逆事露，寧以計免，尋陞左都督掌錦衣衛事，典詔獄，權日益重。恣肆無忌，引樂工臧賢、回回人于永及番僧等，相比昵為奸，請於禁內建豹房新寺，日侍毅皇帝畋遊為娛樂，蒙蔽聰明，招權納賄，偽旨傳陞各邊將官及鎮守內臣，所得金銀珠玉以數百萬計。」（《弇山堂別集》卷九十七〈錢寧伏誅〉）歸有光批評武宗時代的內閣腐朽導致朝政的險象環生：「武宗承緒，……金貂左右，佞幸倡優之徒，縱橫亂政；而上常御豹房，輕騎婼出，六宮愁怨，未有繼嗣之慶；胡僧挾左道，以梵呪弭賊，則樊並、蘇令嘯聚之禍，蔓衍無窮，淮南、濟北覬覦之謀，乘間而發。」（《震川集》卷二〈玉巖先生文集序〉）羅洪先提到武宗不聽勸告，酷好佚遊的害己害人：「武皇帝好禁中馳馬射獵，嘗墮馬病，諫者數人，重得罪。公……切諫曰：孟子言從獸無厭，謂之荒；老聃曰馳騁田獵，令人心狂。心狂志荒，何事不忘？皆甚言有害無益也。……適武帝南巡，使符絡繹在道，道必出杭，諸郡縣皆坐困。」（《明文海》卷四百四十九〈張歡齋墓誌銘〉）張嶽揭露武宗受寵臣江彬蠱惑，為晚年的這次執意南巡，對前仆後繼的反對諸臣大施撻辱的暴行：「正德己卯（十四年）春三月辛亥，武皇將南幸，中外洶洶危疑，廷臣交章諫。上怒責先諫者跪外廷，待五日，罪止來者勿敢諫。丙辰，行人司奏繼上，上愈怒，群捽去，下詔獄。翌日，大理寺閣寺繼之；又翌日，工部屬三人又繼之。上讀奏，怒如行人司加甚，命鎖項、械手足，暴廷中，五日復繫詔獄，……越四月壬申，杖於獄；又越五日丁丑，杖闕下。質夫兩臀無完肉，流血漬街砌。竟杖，息微微弗續，……遂絕。」（《小山類稿》卷十六〈石峰林君墓表〉）趙貞吉則概述整個武宗時代的飄搖之勢：「以正德丁卯冬，自南戶部尚書，同長沙李公辦閣事。是時孽瑾之焰，毒蒸寰宇，數年內，駭奔未息，南平北討，政府囂欲。……公再進，而時事益難為矣。武皇帝匹馬捶居庸關，逾上谷，入雲中，望獵陰山，旋以威武南下，則天位虛拱將逾歲矣。嗟嗟，自宸濠播亂，訛言載路，包藏禍心者，難盡防禦，人心將渙，大勢將傾，仕者詠同車之招，居者懷恤緯之憂。此何景耶？」（《趙文肅公文集》卷十九〈楊文忠公墓祠碑〉）等等。

以上都是正德以來的士人在正兒八經的古文體制中所言，大都廣播人口。此外，時

人或據親歷，或據耳聞，或施以誇張想像，直接敘述武宗種種穢行和正德朝種種亂象的筆記與文言小說亦極多，如王鏊《震澤紀聞》、楊勛肖《草屋雜談》、李默《孤樹裒談》、王同軌《耳談》、劉元卿《賢弈編》、楊儀《螭頭密語》、王瓊《雙溪雜記》、佚名《沂陽日記》、唐樞《國琛集》、何良俊《四友齋叢說》、孫繼芳《磯園稗史》、皇甫錄《皇明記略》、袁袠《世緯》、蔣一葵《堯山堂外紀》、余繼登《皇明典故紀聞》、高拱《病榻遺言》、施顯卿《奇聞類記》、王世懋《窺天外乘》、李樂《見聞雜記》、周暉《金陵瑣事》、顧起元《客座贅語》、董穀《碧里雜存》、嚴從簡《殊域周咨錄》、沈榜《宛署雜記》、焦竑《玉堂叢語》、沈德符《萬曆野獲編》、凌迪知《名世類苑》、陳繼儒《見聞錄》等等。

總之，武宗個人的人格長短和朝政良否，是嘉靖以後各朝士人的敞開話題；其中，也無任何比較大的問題沒被士人議及。

既然關於武宗朝政，在當事人早已作古之後，直接議論批評尚且不存在任何禁忌，那麼，以小說的形式來捕風捉影地影射和表示不滿，還能有什麼危險可言？所謂蕭鳴鳳為表示對武宗朝政不滿而在嘉靖年間秘密創作《金瓶梅》，而隱姓埋名，還請別人偽造已死假象，以掩蓋其政治「罪行」，豈非是一個毫無稽考的主觀想像！

四、致誤之因：一種淡忘和一種隔膜

推究起來，「盛見」及類似觀點致誤的原因有二。一是淡忘了「雜取種種人，合成一個」乃是小說人物形象塑造的慣常方法，淡忘了巨大的藝術概括力本就是一部規模宏偉的長篇小說題中應有之義。西門慶作為商人、權貴、色情狂等等角色的多元統一，是一個極其複雜和意涵豐厚的藝術典型，在他身上看到點明武宗的影子，就像在他身上同時還可以看到其他種種人物的影子一樣，本是再正常不過。《金瓶梅》作為一部「曲盡人間醜態」（詞話本廿公跋）、「於世情，蓋誠極洞達」（魯迅《中國小說史略》）的長篇小說，其包羅萬象的內容與某一歷史時期的社會事相存在關合，就像鄭振鐸在二十世紀三十年代說《金瓶梅》反映的社會，「到了現在，似還不曾成為過去」，「《金瓶梅》的時代，是至今還頑強的在生存著」[10]時所感覺的那樣，也是極為正常之事。我們不能因為帶著放大鏡可以從西門慶身上看到點明武宗的影子，就說他影射的是明武宗，正如不能因為鄭振鐸感覺《金瓶梅》所寫就像二十世紀三十年代的中國，我們就說它果真是寫

10　鄭振鐸〈談《金瓶梅詞話》〉，收入胡文彬等主編《論金瓶梅》，北京：文化藝術出版社，1984年。

於此時一樣。問題的關鍵是我們不能一葉障目，小說描寫的基本事實：清河縣門前一個破落戶財主的發跡和敗亡故事，一個有一位與嘉靖朝的嚴嵩依稀仿佛的奸相主宰一切的病態社會，這是我們不可撇在一邊，完全不管不顧的。

　　二是如前所云，對封建時代具體歷史時期的實際狀況比較隔膜，過於簡單地把封建時代的精神輿論氛圍想得無比黑暗和嚴酷，相當然地以為影射明武宗這位皇帝和其朝政是什麼了不得的文化「罪行」。實際上，正德、嘉靖以降的明代社會，除了嚴嵩當權等個別時期，在一般情況下，是存在著相當寬鬆的文化氛圍，對流傳小說的政治傾向多半也是不聞不問的。這一點我們還可從《金瓶梅》的「母體」《水滸》的傳播得到啟示。明代的士人對它是罵得比較多的。如田汝成《西湖遊覽志餘》卷二十五說，「《水滸傳》敘宋江等事，奸盜脫騙機械甚詳」，「變詐百端，壞人心術」。袁中道《遊居柿錄》卷九說：「《水滸》，崇之則誨盜。」陳繼儒《晚香堂小品》卷二十三〈答吳學道〉：「《水滸》亂行肆中，故衣冠竊有倡狂之念。」鄭暄《昨非庵日纂三集》卷十二：「《水滸》一編，倡市井萑苻之首。」可見其備受正統士人的攻擊。今人胡適也說，「處處『褒』強盜，處處『貶』官府。這是看《水滸》的人，人人都能得著的感想」[11]。不難看出，《水滸》存在不利封建統治的明顯政治傾向，乃是古今相當一些學者的共識。但一直以來，它都沒有成為官方的禁毀對象。胡應麟《少室山房筆叢》卷四十一〈莊岳委談下〉載：「今世……元人武林施某所編《水滸傳》，特為盛行。」根據萬曆天都外臣本序，此書始作於洪武初，「嘉靖時，郭武定重刻」，以及沈德符《萬曆野獲編》卷五「武定侯進公」條等材料，正、嘉間貴為武定侯的郭勳極有可能是第一個刊刻此書，將其從抄本單線流傳改變為化身千百的刻本傳播者。不管郭勳之外還有沒有其他始作俑者，考察歷史可以發現，在《水滸》「亂行肆中」，「盛行」「今世」的過程中，批評不滿者固然有之，從文學審美的角度加以讚美者，如李開先《一笑散·時調》稱「《史記》而下，便是此書」，李贄〈童心說〉列為「古今之至文」，胡應麟〈莊岳委談下〉贊其「述情敘事，針工密緻，亦滑稽之雄」，或者從情操陶寫的角度加以肯定者，如東林黨領袖顧憲成的父親顧學喜歡它「慷慨多偉男子風，可寄憤濁世」（《涇皋藏稿》卷二十一〈先贈公南野府君行狀〉），容與堂本卷首懷林稱「和尚一肚皮不合時宜，而獨《水滸傳》足以發抒其憤懣」，等等，也很多。總之，正、嘉以降，《水滸》在毀譽交加、議論紛紛中傳播，明王朝政府差不多採取的是完全聽之任之的態度，並未遭到任何禁毀。直到崇禎十五年，因為有官員報告《水滸》已被各地造反農民軍紛紛用為教科書，明王朝才向全國發佈了有史以

11　《胡適學術文集·中國文學史》下冊，北京：中華書局，1998 年，頁 704。

來第一道專門禁毀《水滸》的詔旨[12]。在崇禎十五年以前，幾乎是公開誨盜，直接危及封建統治的《水滸》尚且未經受任何風險，假若《金瓶梅》果真是對早已被歷史否定的正德朝政的區區影射，它的作者更何來什麼政治「罪行」可談？

12　王利器《元明清三代禁毀小說戲曲史料》，上海：上海古籍出版社，1981 年，頁 16-17。

潘金蓮：長在男權主義糞土上的惡之花

一束搖曳不定，風情綽約的罌粟花，它是最迷人的尤物，又是最危險的毒品。看那紅花綠葉下的累累糞土，你便明白它何以會如此旺盛地成長著罪惡。擁有《金瓶梅》小說三分之一「冠名權」的潘金蓮，便是這樣一束罌粟花。

一、「不是人」的金蓮

馬克思曾經指出，「封建制度就其最廣的意義來說，是精神的動物世界」[1]。《金瓶梅》的作者以其深刻的現實主義筆觸，為我們描繪出這樣一幅「精神的動物世界」圖。在這個群魔亂舞、醜類雜出的畫圖中心，主要活動著這樣幾個人物，其中，尤以潘金蓮為惡跡昭彰、刺眼奪目：

> 西門是混賬惡人，吳月娘是奸險好人，玉樓是乖人，金蓮不是人，瓶兒是癡人，春梅是狂人，敬濟（西門慶女婿人名《金瓶梅詞話》原是「陳經濟」，張竹坡評本改作「陳敬濟」）浮浪小人，嬌兒是死人，雪娥是蠢人，宋蕙蓮是不識高低的人，如意兒是頂缺之人。若王六兒與林太太等，真與李桂姐輩一流，總是不得叫做人……（張竹坡〈批評第一奇書金瓶梅讀法〉第三十二）

「不是人」比「不得叫做人」來得更乾脆、更決絕。看來，潘金蓮作為一個人的資格在數百年來的讀者心目中，是早就給剝奪殆盡了。潘金蓮以其「淫」，以其「毒」，以其「淫」「毒」結合而愈「淫」愈「毒」的種種醜行，而成為一切邪惡的代名詞。顯然，批評家和讀者都沒有冤枉這個人物。

潘金蓮十幾歲從招宣府出來，賣給張大戶做小，雖然不長的時間就使得張大戶「耳也添聾，鼻也添涕，腰也添酸」，最後一命歸西，但主要原因還是那種老翁對少婦式的不自量力、咎由自取，我們還用不著把全部罪責都推到她頭上。然而，當她先是勾引武松不成，後來又姘上西門慶而一發不可收，並毅然毒死親夫武大；當她好夢做成，當穩

---

1 《馬克思恩格斯全集》第 1 卷，北京：人民出版社，1956 年，頁 142。

西門慶第五房小妾之後，又悄然私通上名分上的女婿陳經濟；當她「豔壓群芳」也抵擋不了李瓶兒母子在西門慶面前的日益得寵，遂蓄謀害死官哥兒，又繼而從精神上害死李瓶兒；特別是當她全然不收斂萬丈欲火，在西門慶淫縱過度命若遊絲之際仍然加倍給他服食胡僧藥，直接導致他迅速的死亡之時……甚至日常生活中的每一天，她都一刻沒有停止過陰暗的思想、狠毒的算計、拙劣而成功的手腕，等等。這一切確確實實都是她自發自覺為之，好像從骯髒的下水道裏冒出一股股黑水，仿佛一條毒蛇從草叢中竄出，總是吐著長長的蛇信。是的，無論是「淫」還是「毒」，她都是全書中的翹楚！而「淫」似乎又是她一切「毒」的全部目的。張竹坡曾經把潘金蓮與書中專操皮肉生意的妓女韓愛姐比較說：

> 內中有最沒正經、沒要緊的一人，卻是最有結果的人，如韓愛姐是也。一部中諸婦人，何可勝數，乃獨以愛姐守志結，何哉？作者蓋有深意存於其間矣。言愛姐之母為娼，而愛姐自東京歸，亦曾迎人獻笑，乃一留心敬濟，之死靡他。……若金蓮之遇西門，亦可如愛姐之逢敬濟；乃一之於琴童，再之於敬濟，且下及王潮兒，何其比回心之娼妓，亦不若哉！（〈批評第一奇書金瓶梅讀法〉第十一）

妓女有長期的，有暫時的；有被迫的，有自願的。韓愛姐顯然是一個長期的、自願的娼妓；然而，就是這樣一個娼妓，也有她良心回復、矢死靡她的時候。從她真正愛上一個人（不管這個人品性如何卑劣如陳經濟），可以做到全力以赴、矢忠不渝這一點來看，她還是一個比較正常的人，沒有喪失人的良知與情志。潘金蓮比起這個專娼來顯然要等而下之得多，她對於所遇到的任何男人似乎都只有性的欲求而沒有任何人的感情，為了達到其無往不淫、無時不淫的目的，她可以在家庭裏、妯娌間興風作浪，無惡不作。西門慶死時，舉家痛號，連一向很少得寵，一年中不是挨打就是受罵的孫雪娥也想泣哀哀，獨有潘金蓮裝模作樣地穿著素豔的衣服，腦子轉動的全是與女婿陳經濟私通的念頭。是的，她比任何妓女似乎都不再具有任何人性。馬克思在他的著作中曾經這樣寫道：「吃、喝、性行為等等，固然也是真正的人的機能，但是，如果使這些機能脫離了人的其他活動，並使它們成為最後的和唯一的終極目的，那麼，在這種抽象中，它們就是動物的機能。」[2]這就是說，人一當散失作為社會人的諸種屬性，那麼，在他身上剩下的就只有自然人的品質，即動物的本能，也即獸性。在很大程度上可以說，潘金蓮正是這樣一個人性喪失，只剩下獸性的角色。

　　根據現代精神分析學的理論，一個健全人的意識分顯意識與潛意識兩個部分，顯意

2　《馬克思恩格斯全集》第 42 卷，北京：人民出版社，1979 年，頁 94。

識是自覺的理性，它制約、壓迫著潛意識，而潛意識包括各種人的原始衝動和本能欲望，儘管它們一直有蠢蠢欲動的企圖，正常情況下卻只能在顯意識的排擠與管制下安分守紀地作隱微的波動。只有當人性喪失，理性的柵門徹底撤除以後，它們才奔泄出來，發揮極大的破壞作用。對於潘金蓮而言，是什麼原因使她的意識成為一座不設防的城市，使得應該受約束的潛意識即獸性的本能信馬由韁，為所欲為地流瀉開去，糟蹋一切，吞噬一切？換句話說，是什麼原因，是誰，使她墮落到不僅不是一個人，而且「不感到自己是人」（馬克思語，詳下引）？

二、破碎的姻緣夢

作家在為我們展現這個形象的罪惡史時，顯然沒有簡單地、粗暴地一下就把她打到十八層地獄之下，在貌似簡率、實則細膩的描繪中，我們還是可以看到在通向地獄的臺階上她所留下的步步痕跡，可以看到是什麼樣的可怕的社會力量一步步把她推向深淵：這是一個受到男權社會殘害、又對男權予以放肆反動的悲劇性人物。

和許許多多到了開花年齡的少女一樣，潘金蓮本可對未來擁有天真浪漫、純潔美好的嚮往；然而，作為街頭小裁縫的女兒，她卻不得不過早地分食著家庭貧寒的苦果，九歲就被賣到招宣府裏做使女。招宣府這個敗落、淫亂的閥閱世家，使她很快就會「描眉畫眼，傅粉施朱……做張做勢，喬模喬樣」起來，使她幼小的心靈很快蒙上灰塵。也許是在多次遭主子玩弄過程中，心裏有種屈辱感、失落感、無所歸依感，也許是隨著漸曉人事，出路意識逐漸覺醒，或者二者兼有，潘金蓮的心中盤算起一種強烈的姻緣情緒，要尋找一位可心的男子和她結婚，一方面得到他的保護，一方面做他隨順的女人，和他過上永久的、穩定的從良式的生活。應該說，這是那個社會所有女子的共同心願，也是合乎情理的正當要求，它表明潘金蓮並沒有在長期遭受男權社會玩弄以後，就徹底墮落下去，有若瑪絲洛娃復活前的渾渾噩噩，自甘沉淪；相反，她渴望著起碼的人的生活。但是，「物質生活的生產方式決定著社會生活、政治生活以及精神生活的一般過程」[3]，潘金蓮在滿足男權社會主子下流需要的長期婢女生涯中，喪失了自食其力的意識和自謀生計的能力，這種經濟生活的不自由，決定了她社會生活與精神生活的不自由，期望越高，失望也就越重。應該說，《金瓶梅》前半部分所描繪的潘金蓮的一系列墮落行為，如引誘武松、私通西門慶、毒死武大，都原於這種姻緣情結的徹底破滅及由此而來的反動。

一般說來，在封建社會——甚至今天也如此，一個男子能夠贏得女子愛情的魅力不

---

[3] 《馬克思恩格斯文選》（兩卷集）第 1 卷，北京：人民出版社，1958 年，頁 341。

外三個方面：財產，容貌，才能與品格。但潘金蓮被迫接受的丈夫武大，論財產，連區區賣炊餅的本錢都賠光了，要靠別人接濟；論容貌，一個「三寸丁谷樹皮」綽號盡見其「模樣猥猿」之甚；論才能與品格，「每日牽著不走，打著倒退，只是一味味酒」，生意沒起色也罷，竟糊裏糊塗地接受了別人的丫鬟妍頭為老婆，又對這樣的老婆繼續和原來的主子明鋪暗蓋不聞不問，其無恥和毫無男子漢氣概可謂達於極致。無怪乎天生麗質、心氣很高的潘金蓮，要做支〈山坡羊〉小曲，自悲自悼「姻緣錯配奴」，「他烏鴉怎配鸞鳳對，奴真金子埋在土裏」了。武松的無意闖入，使得她心中本已暗落下去的姻緣情結又強烈震盪起來：

> 一母所生的兄弟，又這般長大，人物壯健，奴若嫁得這個胡亂也罷了。你看我家那身不滿尺的丁樹，三分似人，七分似鬼，奴那世裏遭瘟，直到如今。據看武松，又好氣力，何不交他搬來我家住？誰想這段姻緣，卻在這裏。（第一回）

如果說武大財產、容貌、才能與品格都一無是處，武松以雄健的容貌與強悍的才能勾起她改變婚姻狀況的希望的話，那麼，西門慶則憑著萬貫家財與風流甜淨的長相，成為潘金蓮姻緣情結的新歸宿：

> 當時婦人見了那人生的風流浮浪，語言甜淨，更加幾分留戀：「倒不知此人姓甚名誰，何處居住？他若沒我情意時，臨去也不回頭七八遍了。不想這段姻緣，卻在他身上。」（第二回）

可見她始終對被迫接受的丈夫不滿，總是癡想重新得到一個如意郎君，而全然不顧禮教規定給她的「嫁雞隨雞，嫁狗隨狗」的婦道。她絕不放過生活為她提供的重新選擇的機會：抓住一個，失掉了；又抓住一個，經過一系列罪惡的蟬蛻，她終於成了心上人西門慶的第五房小妾。按理說，她可以過上一種平靜而穩定的夫唱夫隨、相親相愛的生活了。可是事實上卻恰恰相反。

馬克思曾經斷言：「在資本主義生產方式的歷史初期——而每個資本主義的暴發戶都個別地經過這個歷史階段，——致富欲和貪欲作為絕對的欲望占統治地位。」[4]西門慶，潘金蓮不惜以一切罪惡的代價追求到的這個丈夫，在這個男權社會中權力通天、炙手可熱的官、商、流氓三位一體的角色，就在與潘金蓮打得最火熱的時候，卻突然撇下她娶了「體態豐肥，臉上有數點微麻」的孟玉樓，因為孟玉樓的陪嫁有「珠子箍兒，胡珠環子，金寶石頭面，金鐲銀釧」共二十餘擔財物。在西門慶眼裏，潘金蓮除了是個可心的

4　《馬克思恩格斯全集》第23卷，北京：人民出版社，1972年，頁651。

玩物就不再具有別的價值，而孟玉樓除了是個玩物，還可以給他帶來一筆巨大的財富，顯然娶孟玉樓比娶潘金蓮更有賺頭。一心巴望西門慶來娶她的潘金蓮被孟玉樓後來居上，登上了三姨太的寶座；在潘金蓮被冷落的數月之間，西門慶又扶正了一個婢女孫雪娥。這樣，潘金蓮好不容易掙得的就只有五姨太的位置了。比較起西門慶其他幾個妻妾，吳月娘是正妻，地位自是高一個等級；李嬌兒雖然沒有財產陪嫁，但行院「娘家」不時有人前來獻媚，鞏固感情；孟玉樓陪嫁最多；最不濟的孫雪娥也有一身好廚房手藝。潘金蓮呢，除了臉蛋漂亮而外，最拿手的就只有風月功夫，無怪乎在這場妻妾爭寵的鬥爭中，她要揚長避短了。在西門慶面前，她必須顯得比別人更多情、更嫵媚、更解人意，才能贏得長久的歡心。事實上，她在嫁到西門府後的很長一段時間裏也是這樣做的，甚至還可以說是貞潔的。她企圖以她全部的熱情來拴牢西門慶的心。從作品的一些回目也可以看到這一點，如第八回的「潘金蓮永夜盼西門」，第三十八回的「潘金蓮雪夜弄琵琶」，第四十四回的「妝丫鬟金蓮市愛」等。但是，西門慶無窮的致富欲和貪欲根本不是一個潘金蓮所能滿足的，她很清楚自己在滿足丈夫肉欲的同時絕對不能妨礙他別的肉欲需要。為此，她容忍甚至收羅一些與丈夫偷情的人如春梅、王六兒、宋惠蓮等，以作為向丈夫討好的手段。就在不斷地既要用自己的肉體滿足丈夫，又要不妨礙別的女人也這樣做的長期煎熬中，潘金蓮漸漸喪失了人的尊嚴、自覺和羞恥感。同樣或類似這樣做的在當時何止一人：吳月娘作為正妻，對丈夫狂嫖濫淫不聞不問；鄭愛月作為包娼，向西門慶透露全城其他絕色女子的「花訊」……這正如馬克思所說的，「專制制度必然具有獸性，並且和人性是不相容的，獸的關係只能靠獸性來維持」[5]。回到潘金蓮，她的慘澹經營、曲意承歡在相當長一段時間裏果然贏得近乎專寵的地位，使得西門慶相當程度上只是她一個人的西門慶；但是，第六房姨太太李瓶兒的到來，特別是隨她而來的萬貫家財與不久出生的官哥兒，還是徹底動搖了她在西門慶妻妾群中的無上地位。第三十八回，潘金蓮忍受著久被冷落的寂寞，深夜整衣獨坐，等待西門慶歸來，但春梅卻報西門慶早就回來扎進了李瓶兒房中：

> 這婦人不聽罷了，聽了如同心上戳上幾把刀子一般，罵了幾句負心賊，由不得撲簌簌眼中流下淚來，一徑把那琵琶兒放得高高的，口中又唱道：論殺人好恕，情理難饒，負心的天鑒表；心癢痛難掃，愁懷悶自焦。讓了甜桃，去尋酸棗，奴將你這定盤顯錯認了。想起來，心兒裏焦，誤了我青春年少。你撇的人，有上梢來沒下梢：

5　《馬克思恩格斯全集》第 1 卷，頁 414。

> 為人莫作婦人身，萬般苦樂由他人。
>
> 癡心老婆負心漢，悔莫當初錯認真。

變心的痛楚，冷落的煎熬，過分的熱情變成了過多的妒嫉與仇恨；青春的遲暮，夢想的破滅，在別人不過引起「此生已矣」的感歎，在潘金蓮則無異是一股撞開理性堤壩的洪水猛獸。姻緣夢的再度破碎使她在通向地獄的道路上跨進一大步：她的私通書童不過是對西門慶屢屢交接僕婦的反動；她的幽會陳經濟，不過是被西門慶「撇的有上梢沒下梢」的情欲的暫時舒解；她的設計害死官哥兒從根本上說既是為了挽回男人的專門玩物即專寵的地位，又是對男權社會「無後為大」的憤然謀叛；她的到死也不放過西門慶，乃是她對這個男權社會有力人物的最後報復。——《金瓶梅》後半部書描繪的潘金蓮一系列墮落行為，同樣與其深刻的姻緣情結的幻滅及由此而來的反動相關。

三、悲劇所在

馬克思在譴責剝削制度違反人性時指出：「那些不感到自己是人的人，就像繁殖出來的奴隸或馬匹一樣，完全成了他們主人的附屬品。世襲的主人就是這個社會的一切。這個世界是屬於他們的。他們認為這個世界就是它現在這個樣子，就是他本身所感觸到的那個樣子。他們認為自己就是他們所知道的那個樣子，他們騎在那些只知道做主人的『忠臣良民，並隨時準備效勞』而不知道別的使命的政治動物的脖子上。」[6]在《金瓶梅》的藝術世界裏出現的眾多女子，正是馬克思所說的這種「完全成了他們主人的附屬品」，「而不知道別的使命的政治動物」；騎在他們頭上的西門慶、瞿管家、蔡狀元、宋巡按及當朝蔡太師等大大小小的統治者，正是這樣的「世襲的主人」或其變種——新興的暴發戶。

蔡太師遲暮之年還養有許多妙齡女子輪流侍寢，瞿管家年老體衰效仿主人去買上色女子，蔡狀元下鄉打掠不忘狎妓助興，應伯爵、謝希大終年只在行院姐兒身上吃喝，西門慶更是在一妻六妾之外，包占數名家人媳婦之餘，常年在外「打野食」。這群男權社會的當然主子處在晚明縱欲主義膨脹（與資本主義萌芽同時）的時代，他們徹底拋棄了偽虛的封建禮教，致富欲和貪欲得到無限擴張。他們把眾多女子列為自己攫取和蹂躪的對象，達到寡廉鮮恥、喪心病狂的地步。西門慶回答吳月娘的如下一段話，雖屬陋儒所補，但補寫的時間不出晚明時期，因此仍可以從中看出小說所寫這群男權主子瘋狂占有女性時

6　《馬克思恩格斯全集》第 1 卷，頁 409，頁 411。

的心態：

> 西門慶笑道：「你的醋話兒又來了。卻不知道天地尚有陰陽，男女自然配合。今生偷情的、苟合的，都是前生分定，姻緣簿上注名，今生了還，難道是生刺刺搊搊胡扯歪廝纏做的？……咱只消盡這家私廣為善事，就使強姦了常娥，和姦了織女，拐了許飛瓊，盜了西王母的女兒，也不減我潑天富貴。」（第五十七回）

正如馬克思所揭示的那樣，男權主子們以自己的獨特方式理解著這個世界，理解著他自己。在這群男權主子迫害、蹂躪和誘惑、腐蝕之下，大批女性喪失了人的自覺，甘為統治者的玩物而不能自拔。吳月娘雖然是正妻，但她知道自己只是丈夫的玩物之一，而在當玩物的本領上又沒有什麼大能耐，因此只要能當穩西門慶名分上的正妻就夠了；李嬌兒以行院中侄女李桂姐向自己的丈夫賣淫為奧援，藉以維持自己對西門慶的魅力攻勢；特別是李瓶兒，雖然進門時遭到西門慶的百般羞辱和責打，但只要羞辱和責打之後還能給她一個第六房小妾的地位，也就毫不後悔早就把貞操和萬貫家財主動送給了西門慶，對這個新主子大加感激，稱頌備至……她們確確實實是一群除了供主人玩弄，就不知道別的使命的政治動物。這是多麼可怕的現實，又是多麼可悲的女性的命運！

在這群政治動物當中，潘金蓮無疑是最有特色的一個。魯迅先生曾經稱讚《金瓶梅》「作者之於世情，蓋誠極洞達，凡所形容，或條暢，或曲折，或刻露而盡相，或幽伏而含譏」，當是特別有感於潘金蓮這個形象而發的。

潘金蓮的特色不僅在於在做主子玩物方面更努力，更著迷，更狠毒和藝高一籌，還特別在於她的不甘於玩物之一的地位：她的最大矛盾在於以犧牲自身價值的方式追求著自身存在的價值，她的根本錯誤在於把這種追求自身價值的希望寄託在了這個男權社會的惡俗主子西門慶身上。吳月娘、李嬌兒、李瓶兒只會逆來順受，死心塌地做主子的「忠臣良民」，而沒有也從來不敢要求主子反過來滿足她們的精神需要。潘金蓮則相反，封建社會規定一個女人只能有一個男人，潘金蓮則還要求一個男人只有一個女人，她的西門慶只能有她一個潘金蓮。恩格斯研究歷史上一夫一妻制即專偶制產生的歷史原因時說：「專偶制的產生是由於，大量財富集中於一人之手，也就是男子之手，而且這種財富必須傳給這一男子的子女，而不是傳給其他人的子女。為此，就需要妻子方面的專偶制，而不是丈夫方面的專偶制，所以這種妻子方面的專偶制根本不妨礙丈夫的公開的或秘密的多偶制。」但是恩格斯同時又指出，完全意義上的一夫一妻制是歷史發展的必然要求，專偶制「最終對於男子也將成為現實」。[7]從這個角度而言，潘金蓮的一生也是個

7　《馬克思恩格斯選集》第 4 卷，北京：人民出版社，1972 年，頁 73-74。

悲劇，構成了「歷史的必然要求和這個要求的實際上不可能實現之間的悲劇性衝突」[8]。不過，在潘金蓮這裏，這種歷史的必然要求，卻因其手段的極其醜惡長期被人漠視了。

無論是被迫接受的婚姻（與武大），還是自己犧牲一切代價追求到的婚姻（與西門慶），都沒有為她提供一個可心的男子；潘金蓮再多情，也只被西門慶看作他眾多的玩物之一；她滿腔柔情寫成一曲〈落梅風〉卻博得西門慶一頓臭打，到頭來作為一種象徵，她的頭頂髮還被剪下一絡去給西門慶喜歡的妓女墊鞋底。期望值與實際值的這些強烈反差，使她的靈魂無限地扭曲下去：一方面，她要在眾多的競爭者中維繫住玩物的地位，只有這樣才能維繫她在家庭中的政治地位（遇事有發言權）和經濟地位（天冷了能夠多得幾件衣服）；另一方面，她從主子淫蕩無恥的行為中找到了自己淫蕩無恥的理由，以另一種犧牲自身價值的方式追求著自身存在的價值：那就是不斷的性滿足。這已經是一個怪胎，她最多情，又最淫蕩；最熱烈，又最冷酷；最忠誠，又最不義。黑格爾曾分析人物性格說：「如果一個人不是這樣本身整一的，他的複雜性格的種種不同方面就會是一盤散沙，毫無意義。和本身處於統一體，藝術裏的個性的無限和神聖就在於此。」[9]黑格爾所說的「和本身處於統一體」，就是指人物性格中的豐富多彩應統一於一個統治的普遍力量或人生理想。潘金蓮的矛盾複雜性格，正是統一於晚明男權社會對女性的瘋狂蹂躪和腐蝕這個普遍力量，正是統一於男權社會壓迫下一個女子渴望起碼的人的生活，渴望真正意義上的一夫一妻制這個人生理想。顯然，潘金蓮這個形象所蘊含的歷史意義比李瓶兒等人更為厚重。

四、結語

總之，男權社會的蓄婢制從小毒害了潘金蓮的靈魂，使她喪失了勞動意識和勞動能力；一夫多妻制粉碎了潘金蓮再度興起的姻緣情結，對西門慶的執著變成對西門慶的背叛；嫡庶制使她不甘於卑微的玩物之一的地位，為此演出一幕幕「各興心而嫉妒」的醜劇；親子繼承制是她下決心害死李瓶兒母子的直接原因……這是一個受到男權社會殘害又不甘殘害，從而放肆反動的悲劇典型。這是一個立體的活生生的藝術典型，不是一個單純的「惡德」標籤。

寫到這裏，我們不禁想起馬克思的又一段名言：「專制制度的唯一原則就是輕視人類，使人不成其為人，而這個原則比其他很多原則好的地方，就在於它不單是一個原則，

8　《馬克思恩格斯選集》第 4 卷，頁 560。

9　黑格爾著、朱光潛譯《美學》第 1 卷，北京：商務印書館，1979 年，頁 307。

而且還是事實。專制君主總把人看得很下賤，他眼看著這些人為了他而淹沒在庸碌生活的泥沼中，而且還像癩蛤蟆那樣，不時從泥沼中露出頭來。」[10]潘金蓮正是這樣一隻「不時從泥沼中露出頭來」的癩蛤蟆，同時更是一束從那些大大小小的「專制君主」所組成的男權社會的累累糞土上成長起來的惡之花。

10　《馬克思恩格斯全集》第 1 卷，頁 411。

地平線下的風景
——《金瓶梅》女性弱者形象淺論

　　和歷代的情形相似，明清時代幾乎所有小說家都曾把關注的筆觸伸向女性；小說作為「不平則鳴」的文學中一個最具活力的門類，把藝術的焦點對準男權社會的底層女性，自是順理成章。和其他小說家們有所不同的是，蘭陵笑笑生第一次用百萬字的容量展示了幾乎全部女性社會角色，演繹了她們的罪惡和不幸，探討了她們的靈肉欲求和悲劇根源。在這些女性角色中，有一類形象頗可詮釋「女性就是弱者」這條封建社會生活真理的部分內涵，其典型代表有迎兒、秋菊、雪娥。

一、迎兒

　　中國人名字具有諷刺性在這個形象身上再次體現出來。迎，歡迎，迎接，從名字上看，迎兒應該是個受歡迎、被迎接，有著溫馨童年和美好春青的幸運女子；然而實際上，她的命運清單上開列的，只有一長串受冷落、被欺凌的棄兒的不幸。

　　這在母親撒手歸去時就開始了，那時，她才十二歲。儘管有賣炊餅的手藝，以武大每日「只是一味咪酒，著緊處，都是錐扎也不動」的個性，「爺兒兩個過活，那消半年光景」，就「消折了資本」。童年的迎兒便不得不忍受著家境貧寒之苦，不得不忍受著失去母愛也沒有父愛的精神孤寂。這種童年的不幸顯然為她的性格後來發展到絕對的軟弱，軟弱如飄絮隨風奠定了基礎。

　　迎兒的真正不幸是繼母潘金蓮的到來。這個從奢華和寵愛中走出的原招宣府歌伎，張大戶的使女，一當下嫁到微末賤民的「三寸丁谷樹皮」武大家，便把鸞鳳對烏鴉的憎嫌，羊脂玉體對頑石的噁心，靈芝對糞土的憤怒傾瀉出來，恨屋及烏地潑向迎兒。摧殘和詈罵從此成了迎兒的家常便飯；而在潘金蓮私通上暴發戶西門慶，並因此擺佈死武大以後，其摧殘和詈罵更發展到登峰造極的地步。第八回的一段文字可見一斑：

　　　　西門慶……不曾往潘金蓮家去，把那婦人每日門兒倚遍，眼兒望穿……打罵小女

兒街上去尋覓。那小妮子怎敢入他那深宅大院裏去，只在門首覷探了一兩遍，不見西門慶，就回來了。来家又被婦人嗾罵在臉上，打在臉上，怪她沒用，便要叫她跪著。餓到晌午，又不與她飯吃。此時正值三伏天道，十分炎熱，婦人在房中害熱，分付迎兒熱下水，伺候澡盆，要洗澡……不覺困倦來，就歪在床上眈睡著了。約一個時辰醒來，心中正沒好氣。迎兒問：「熱了水，娘洗澡也不洗？」婦人便問：「角兒蒸熟了？拿來我看。」迎兒連忙拿到房中。婦人用纖手一數，原做下一扇籠三十個角兒，翻來覆去只數了二十九個，少了一個角兒，便問往哪裏去了。迎兒道：「我並沒看見，只怕娘錯數了。」婦人道：「我親數了兩遍，三十個角兒，要等你爹（指西門慶）來吃，你如何偷吃了一個？好嬌態淫婦奴才，你害饞癆餓痞，心裏要想這個角兒吃……」於是不由分說，把這小妮子跣剝去了身上衣服，拿馬鞭子，下手打了二三十下，打的妮子殺豬也似叫……打了一回，穿上小衣，放起她來，吩咐在旁打扇。打了一回扇，口中說道：「賊淫婦，你舒過臉來，等我掐你這皮臉兩下子。」那迎兒真個舒著臉，被婦人尖指甲掐了兩道血口子……

一個十二三歲的小姑娘，辛辛苦苦喊人、做飯、燒水、侍浴，幾乎承擔了所有的家務活兒，換來的卻是嗾臉、罰跪、挨餓、鞭打、掐臉等等非人折磨。這時候，情欲難遂的深深怨恨——不，更本質的說是失歡於男權主子西門慶的強烈懊喪，使潘金蓮實際上成了一個迫害狂患者，迎兒便是這迫害狂魔爪下可憐的羔羊！

可悲的是，長期的摧殘終於導致了自由意志、自主意識和自理能力的徹底泯滅。這首先表現在她不得不順從潘金蓮的驅使，無形中充當了潘金蓮引誘武松、私通西門慶、謀害武大等一系列罪惡勾當的工具。例如，是迎兒聽從金蓮之命，「把前門上了閂，後門也關了」，使潘金蓮有了一個勾引武松的相對獨立的封閉環境；是迎兒聽從潘金蓮「好生看家」，「你爹來時，就報我知道」的吩咐，為她赴王婆家與西門慶苟且幽會，擔起了望風報信的重任。自主意識和自理能力的缺乏則具體表現在，潘金蓮嫁到西門慶家後，迎兒被送給王婆看養，叔叔報仇不得、刺配孟州後，迎兒又被託付給左鄰姚二郎家看管；在姚家長到一十九歲，迎兒先被叔叔接回，接著又被縣中收押，最後重新被姚家領出，「嫁與人為妻小去了」。總是播弄在別人之手。

流星一般，《金瓶梅》為我們展示了迎兒從童年到青年，從生為人子到嫁為人婦的生活歷程，然後便消失在遙遠的天際，一點痕跡也沒有留下。究其實，這個人物的人格從來就沒有明確顯現過；至多是似有實無的霧，霧一般的飄來，又霧一般的隱沒。

二、秋菊

如果迎兒不是被嫁與人做妻小，那麼，另一種可能的命運就是，像秋菊一樣被賣作奴婢。

小說第二十四回開頭描寫了一幅元宵佳節西門府闔家歡樂飲酒圖：

> 西門慶與吳月娘居上坐，其餘李嬌兒、孟玉樓、潘金蓮、李瓶兒、孫雪娥、西門大姐，都在兩邊列坐，都穿著錦繡衣裳、白綾襖兒、藍裙子；惟有吳月娘穿著大紅遍地通袖袍兒、雕鼠皮襖，下著白花裙，頭上珠翠堆盈，鳳釵半卸；春梅、玉簫、迎春、蘭香一般兒四個家樂，在旁捺箏歌板，彈唱燈詞。獨於東首設一席，與女婿陳經濟坐。果然三湯五割，食烹異品，果獻時新。小玉、元宵、小鸞、繡春都在上面，下來斟酒。那來旺兒媳婦宋蕙蓮不得上來，坐在穿廊下一張椅兒上，口裏嗑瓜子兒……

這個普通的生活場景，清楚地展示了西門府的等級秩序，按照與最高主子西門慶關係的由親而疏，依次排列為正妻、小妾、寵婢、女婿、上等使女、下等使女。我們發現，這個圖景基本上包括了西門慶家當時的所有奴婢，只有一個秋菊被排斥在外。類似的情況還出現在第四十六回，當時賁四娘子為討好西門慶身邊的奴婢，趁吳月娘等人不在家，辦了一桌宴席請她們去吃，席上也只有春梅、玉簫、迎春、蘭香等人，而不見秋菊。

這些地方都在在顯示了秋菊在奴婢群中的極賤極微地位。我們發現，在西門府，凡是享樂，凡是可以和主子分一杯羹的時候，都沒有秋菊的份兒；而凡聽到耳光的劈啪、大棒的呼叫，則一定是秋菊在挨打。

秋菊經霜。這個人物在全書中出現了二十多次，幾乎每次都是在經受血淚交迸的折磨，而且大多數情況下還被伴以在男小廝面前裸體或竟由男小廝剝光衣服的人格羞辱。例如，第四十一回，潘金蓮不憤李瓶兒得寵，藉口秋菊開門動作遲了，進門就打了她兩耳光，第二天又罰她頂著大塊柱石跪在院子裏，接著又叫小廝畫童兒扯去她褲子，「打的秋菊殺豬也似叫」。第五十八回，潘金蓮又因西門慶在李瓶兒房中過夜，氣惱中不小心踩了一腳狗屎，「又尋起秋菊的不是來」，在一陣責罵之後，「哄得她低頭瞧，提著鞋，拽巴兜臉就是幾鞋底子，打的秋菊嘴唇都破了，只顧搵著揾血」，又「扯了她衣裳，婦人叫春梅把她手拴住，雨點般鞭子輪起來，打的這丫頭殺豬也似叫」，而且李瓶兒她們越以怕官哥受到驚嚇前來勸阻，打得越凶。很多時候都是如此，在爭奪男權主子西門慶寵愛鬥爭中的挫折感，導致了秋菊的挨打；這一肉體打罵，往往又成為潘金蓮從精神上折磨其爭寵奪愛競爭對手的有效手段。每一個生活在今天溫暖陽光下的青年，都不難

由此想見那個時代奴隸的悲慘命運！

當然，主子為奴隸們安排的還有另一種活法，那就是像迎春、蘭香、繡春等那樣永遠順從主子的旨意，任憑主子玩弄，或者像如意兒、春梅、宋蕙蓮那樣，主動迎合主子的色欲需求，積極爭取主子的玩弄。那個時代，奴才一當被主子「收用」，身分立即就會有所不同。宋蕙蓮與秋菊同是下等粗使奴婢，就因成了「西門慶的人」，坐在了半上臺面不上臺面的穿廊椅子上；後來春梅被賣時，也因為「爹曾收用過的」，不能以一般奴婢對待，所以媒人敢於要求吳月娘多給些衣服穿戴。但秋菊並沒有走她們的道路。在這裏，我們看到了秋菊可貴的一點自由意志。

按照作者的說法，秋菊不討主子歡心，頻頻挨打是因為她「為人濁蠢，不諳事體」。其表現為：(1)死認起碼的生活邏輯，卻不懂得永遠做主子聽話的工具，挨打時還常常和主子辯嘴。例如第二十八回，潘金蓮要秋菊在房裏把她的鞋找出來，但「潘金蓮醉鬧葡萄架」，目瞑氣微，秋菊扶她進房時親眼見她赤著腳，不曾有鞋穿進，所以就徑直說：「我昨日沒見娘穿著鞋進來。」「倒只怕娘忘記落在花園裏，沒曾穿進來。」這顯然衝撞了主子的尊嚴。善聽話外音的金蓮立即怒斥道：「敢是入昏了，我鞋穿在腳上沒穿在腳上，我不知道？」花園裏找過，還是沒有，秋菊就對春梅說：「敢是你昨日開花園門，放了那個拾了娘的鞋去了？」儘管事實正是如此，但秋菊無形中把丟鞋的責任推給了春梅，又得罪了主子跟前的這個大紅人。所以，她的一路挨打也就不可避免。(2)抱定一般的生活慣例，卻不能靈活機變，為主子提供最可心的服務。例如第二十九回，秋菊給潘金蓮和西門慶遞上冰湃的酒，潘金蓮接過來就「照著秋菊臉上只一潑，潑了一頭一臉」，罵她「好賊少死的奴才……如何拿冷酒來與爹吃？你不知安排些甚麼心兒」，還被拉到院子裏，「頂著塊大石頭跪著」。對此，秋菊只有嘴裏喃喃嘀咕，「每日爹娘還吃冰湃的酒兒，誰知今日又改了腔兒」，卻不知道剛結束「水戰」的潘金蓮，是很懂得和性相關的一些生活禁忌的。(3)眼裏只有一般公認的道德準則，卻不懂得恪守奴才之道，不懂得以主子的意志和利益為最高意志和利益，替主子遮醜並參與醜事。比如，勿貪淫、勿亂倫，是統治者推崇、全社會也都奉行的道德準則；但在統治階層中，很多時候這僅是一個騙人的口號，主子的需要才是真正的準則。因此，奴才若能參透此中真諦，並恪守「穿青衣，抱黑柱」（第二十五、四十四、七十二、七十六回）、「裏言不出，外言不入」（第八十三回）的奴才之道，對主子的此類醜事加以理解、配合、保護，甚至參與，那才能得到主子歡心。第八十二回，春梅無意中撞見潘金蓮與女婿陳經濟在樓上通姦，「恐怕羞了她，連忙倒退回身子，走下胡梯」；在潘金蓮叫住她，要她千萬別說出去後，春梅連忙表態：「奴伏侍娘這幾年，豈不知娘心腹，肯對人說！」當潘金蓮要求「你也過來和你姐夫睡一睡，我方信你」時，春梅果然就「把臉羞的一紅一白，只得依她」了！這才

是主子的好奴才。而秋菊呢,真是見到了姦情就要舉報,一次失敗了再來一次,甚至被打得皮開肉綻還要揭發,還要舉報。吳月娘雖最終根據她的舉報,趕走了潘金蓮等人,卻也把她看作危險的「葬送主子的奴才」,很快就以極低的價格將她賣掉。

秋菊遠不是一個具備自覺反抗意識的女奴,但她和西門府眾多徹底馴服、以色事上的女奴顯然不同,她有自己所認定的理;她沒有被主子淫靡放縱的思想所薰染;她看見了醜惡就要揭發;她從來就沒有真正馴服過,每次挨打都見她「把嘴谷都著,口裏喃喃吶吶」,可見內心有著何等的不滿乃至仇恨。這些描寫,都表明了她是一個有著一定自由意志的女奴。唯其如此,她才小草一般被人肆意踐踏,又被連根拔起,拋向不可知的深淵。

三、雪娥

如果秋菊選擇了另一種活法,那麼就有可能像孫雪娥那樣,從奴婢的階層爬上半個主子——小妾的行列。

然而,孫雪娥雖然當上了西門慶的第四房小妾,事實上仍處在奴才的尷尬境地。第一,孫雪娥是西門慶妻妾中唯一不能自道小妾身分、也不被當作小妾稱名的人。第五十八回,孫雪娥對妓女李桂姐說了一句「我是你四娘哩」,張揚出來,就聽潘金蓮的罵:「沒廉恥的小婦人,別人稱道你便好,誰家自己稱是四娘來?這一家大小,誰興你?誰數你,誰叫你是四娘?漢子在屋裏睡了一夜兒,得了些顏色兒,就開其染房來了……」第二,孫雪娥是西門慶眾妾中唯一必須在正規場合跪對正妻吳月娘的人。如第二十一回,眾妾向吳月娘敬酒,「吳月娘轉下來,令玉簫執壺,亦斟酒與眾姊妹回酒。惟孫雪娥跪著接酒,其餘都平敘姊妹之情」。吳月娘和孫雪娥之間保持的仍是主奴的禮節,可見上述潘金蓮的罵詞「這一家大小,誰興你,誰數你」,確非虛詞。第三,孫雪娥是西門慶妻妾中唯一沒有做過生日的人。做不做生日,怎麼做生日,當然取決於最高主子的好惡意願,也反映被「做」者在家庭中的地位。《金瓶梅》全書寫到西門慶全家為妻妾較隆重慶賀生日的次數分別是:吳月娘三次、潘金蓮三次、李瓶兒兩次、孟玉樓兩次、李嬌兒一次;孫雪娥則享受不到一次做生日的待遇,可見其地位實同奴婢。奴婢即使寵倖如春梅都是沒有做生日的資格的。第四,孫雪娥是西門慶妻妾中唯一仍幹著奴婢活兒,而且是燒鍋做飯之類最下賤活兒的人,像粗使丫頭一樣動輒遭打,如第十一回,孫雪娥因一時忙不過來,茶燒得慢了一些,就被西門慶臭打了一頓。第五,孫雪娥還是西門慶妻妾中,固定在年節眾妻妾外出宴遊期間看家的唯一人物。有一個詞叫「看家狗」,它除了指真正的狗,還指人,反映了擔負看家使命者的卑賤角色,孫雪娥在西門慶和其他妻

妾眼中就一直是這樣一個角色。如第十五回、第四十一回、第八十九回，吳月娘等人或賞玩燈樓，或走親赴宴，或踏青郊外，都是留下孫雪娥偕同僕人們看家的，等等。

是什麼原因使得孫雪娥雖攀上了半個主子的臺階，兩足其實仍踏在奴才的平地上呢？根深蒂固的封建等級觀念是一個重要原因。在主子看來，奴才永遠是奴才，即使一時高興給她（他）一個半主的紙帽子，仍然還是奴才；更主要的一點則是，在眾妻妾為爭寵奪愛而進行的無休止的互相傾軋中，孫雪娥因優勢最少而成為最先失敗者。我們知道，潘金蓮是以「從頭看到腳，風流往下跑；從腳看到頭，風流往上流」的儷人姿色和獨得寵愛的勃勃雄心，繼孫雪娥之後成為西門慶的第五房小妾的。先她而來的四個人，吳月娘是正妻，自是君臨在上，初來乍到的潘金蓮只能利用；李嬌兒既不乏風塵女子的風流手段，又有行院侄女李桂姐的呼應配合，潘金蓮要一槍打兩靶，暫時還沒有這個力量；孟玉樓屬明媒正娶又帶來過巨額資財，出身很「硬」，做事又低調，找她的岔子更不容易；這種情況下，西門慶前妻陪房出身、奴僕「轉正」的孫雪娥，就成了潘金蓮後來居上，打倒爭寵奪愛對手的第一個目標。潘金蓮的這一戰略，既可使她向「一花獨放」的目標邁進一大步，又可藉以震懾那些正和西門慶勾勾搭搭，夢想也爬上小妾行列的其他奴婢，頗有「懲一儆百」之效。因此，「潘金蓮激打孫雪娥」也就成了西門府一系列爭寵事件的開端。孫雪娥剛被扶為第四房小妾就遭到這沉重的一擊，其在西門府的以後地位也就可想而知。孫雪娥的遭遇說明了，在封建的一夫多妻制的家庭生活中，根本沒有什麼「船多不礙港、車多不礙路」的所謂「姊妹情深」；有的只是以強凌弱的嚴峻生存競爭，爭奪男權主子寵愛的鬥爭是一場殘酷的大魚吃小魚悲劇。

當然，作者並沒有把這個人物當作被毀滅的美來描寫，作為一部審醜小說，作品表現了雪娥「遠非善類」的品性，如與家僕來旺有「首尾」；是宋蕙蓮含羞自盡的直接責任者；西門慶死後，又和來旺重續舊情，並一起私奔等。然而，如果我們更多地考慮到人物生活的環境，而少受作者封建文人立場的影響的話，便不難看出，孫雪娥的生活既有別於李嬌兒僵屍般的無聲無息，又有別於潘金蓮的淫情奔放、不能自止，而表現出一定的主體亮色和情愛追求的微光。潘金蓮之偷「養」小廝，完全是出於肉欲的暫時舒解，孫雪娥之偷「養」來旺則不然。我們當然不排斥其中性的因素，西門慶難得一年半載才到孫雪娥房中一次；我們同樣不能排斥的是二人生活經歷的相似和情感的接近。就經歷而言，兩個都是西門慶的老僕，一事內勤，一事外政；都以一定的才幹為西門府的事業做出貢獻，一個以善做一手好飯菜聞名，一個上奔京師、下走杭州，官場、商場兩處為西門慶跳達。就處境和感情而言，一個名義上是西門慶的小妾，實際上是一個偶爾才被主子玩弄一次的奴婢，而且既要忍受來自其他妻妾的精神折磨，又要遭受奴婢才遭受的肉體摧殘，而摧殘又直接來自潘金蓮的調唆和西門慶的拳棒，其對西門慶和潘金蓮的怨

恨和仇恨也就可想而知。第十一回的描寫,孫雪娥被羞辱暴打後「敢怒而不敢言」,「氣的在廚房裏兩淚悲流,放聲大哭」,就是明證。一個雖有合法的妻子宋惠蓮,但她長期被主子玩弄,成了主子的外室,實際上仍同一個單身奴才,而且既要經受單身奴才勞頓旅途的風霜之苦,又要忍受戴「綠帽子」者的人格侮辱,對姦占其妻的西門慶和加以縱容的潘金蓮也就充滿了不滿和仇恨。所以,來旺要罵西門慶是「沒人倫的豬狗」,「潘家那淫婦」,「我的仇恨,與她結的有天來大」。正因有著這樣相似的經歷、處境和共同的愛恨,孫雪娥與來旺的接近才不應一般地看作世人所唾棄的「偷人養漢」;它實際上是兩個被侮辱被損害奴才的惺惺相惜和互相撫慰。考慮到二人的私奔是在各自都已亡去原有配偶之後,其情愛追求的合理性似更加彰明。

不幸的是,孫雪娥這最後的精神追求既以毀滅性的失敗而告終,復因本是同根生的龐春梅的百般煎逼而冤沉冥府。

四、結語

有多少個像迎兒那樣沒有個性、沒有靈魂、沒有自由意志的女性,出現了,又隱沒了?有多少個像秋菊那樣受盡打罵,流乾血淚,仍然倔強地牢守著一點自由意志的女性,誕生了,又被抹殺了?有多少個像雪娥那樣,在小妾和奴婢的夾縫中人不人鬼不鬼地活著,偷偷地發展一點屬於自己的情愛追求的女性,去勇敢地私奔了,又自盡在繩索上?當我們把無限的同情獻給數百年前的女性弱者,抬起頭來,我們看到了風景線之上男權主子猙獰的面目。不錯,給予這三個弱者以肉體迫害和精神傷害的最主要人物都是「強人」潘金蓮;除了自己,有時她還要借用小廝、其他婢女,甚至西門慶的拳腳,來達到自己的目的。《金瓶梅》世界中當然的男權主子西門慶,似乎和她們的命運並沒有發生多少直接的聯繫。然而,作品的描寫揭示,每次她們孱弱的身體遭到殘害(打耳光、搯臉、脫褲子打屁股、腳踢、跪對烈日、頭頂巨石,等等),差不多都是因為潘金蓮在西門慶面前的失敗感或扭轉失敗感的衝動使然,都和潘金蓮等人贏取男權主子西門慶寵愛的鬥爭相關。潘金蓮的所作所為,有形無形,都是西門慶「效應」的表現。《金瓶梅》的深刻在於,它描寫了封建時代多種複雜的女性弱者命運,寫出了她們極其相近又很不相同的生存方式,寫出了一塌糊塗黑暗中她們微弱的自由意志和情愛追求之光,寫出了這些微光終究被男權社會的一塌糊塗黑暗所吞沒的觸目驚心現實。那是漫漫長夜的中國歷史在《金瓶梅》小說中保存的一個不忍卒讀的片段。

梅香縷縷出金瓶

——《金瓶梅》審醜－審美特色管窺

　　眾所周知，和一般直接審美創造方式不同，藝術上還存在著另一種間接的審美創造方式，即通過審醜來審美的審美創造方式。如果說，曹雪芹用藝術的鐵杖敲打著生活的礦床，在骯髒而又肥沃的封建社會土壤之下，發掘出一個「千紅一窟，萬豔同杯」的美的世界，傾倒了古往今來的無數讀者；那麼，蘭陵笑笑生則悲天憫人地拿起藝術的解剖刀，將晚明社會的全部污穢和濁臭切割開來，暴露在陽光下，借引發人們對醜的極度憎惡和唾棄，喚醒了人們對美的嚮往和追求。這一審美創造方式在西方藝術中並不陌生，如羅丹以老妓女為題材的雕塑，畢加索表現納粹內容的抽象繪畫，加西亞·馬爾克斯描寫家庭亂倫的一些小說；它在我國古代儘管比較罕見，卻擁有《金瓶梅》這樣一個取得空前成功的極端例證。對《金瓶梅》審醜－審美特色的微觀特徵加以深入探討，是我們全面把握和借鑒這部巨著整體藝術經驗的一條必由之路。

一、逆向反觀：以美襯醜

　　辯證色彩很濃的我國古代美學很早就形成了「美、刺」並重的傳統，它一般以頌美為主、刺醜為輔，揚美崇善、從而戒醜棄惡的形態表現出來。《金瓶梅》繼承這一傳統，並把它改造為頌美為賓、以襯刺醜為主，彰美顯善、以昭貶醜斥惡的新形態，從而完成了對審醜主體的逆向反觀。

　　逆向反觀主要在以下兩個層面進行：

　　一、用正面的美的人物去反照反面的醜的人物。首先，《金瓶梅》看似不經意實則意味深長地塑造了一些體現中華民族傳統美德的市井平民和下級佐吏形象，用他們的行為來反襯西門慶、陳經濟這些市井棍徒和浪子。例如念武松「是個義烈漢子，有心要周旋他」的縣丞佐貳官；「知道他是屈官司」，「不要他一文錢，到把酒肉與他吃」的押牢禁子；「念武二是個有義的漢子，不幸遭此刑」，「都資助他銀兩，也有送酒食錢米」的街坊鄰舍上戶人家。這些人急公好義，同情弱者，與西門慶的謀色害命、反誣武松；

家僕李安拒絕引誘、守身如玉,與主母龐春梅的不甘寂寞、濫淫下賤;王杏庵「為人心慈,好仗義疏財」,「專一濟貧拔苦」,與陳經濟的狂浪輕薄、不堪扶持,等等,均構成鮮明對比。張竹坡在第九十三回中批道;「閑閑寫一杏庵濟人,便真見民胞物與」,「安得天下王庭所用者皆此等人,則太平無休歇矣」。在這些身分卑微,卻古道熱腸、光明正大的正面人物背景之上,反面丑角的地位顯赫,卻心地刻毒、齷齪屑小,就顯得特別醒目和刺眼。其次,作品還塑造了少數特立獨行,敢於鬥爭的政壇精英形象,用他們的立身為公、忠肝義膽來反照權奸惡黨的勾結市儈、禍國殃民。在「贓官汙吏,遍滿天下」的黑暗現實面前,這些精英人物置個人安危於度外,挺身而出,力挽狂瀾,一開始就昭示了正義必勝的前景:宇文虛中一道表章,蔡京被「留職察看」,王尚書、楊提督被處斬,門下黨羽或枷號充軍,或畏罪遁逃。當時黑暗勢力浸染已久,要徹底掀翻這重黑天,精英人物還必須付出失敗和犧牲的代價。所以,剛正清廉的巡按御史曾孝序,從參奏貪贓枉法的西門慶起,一直告到當朝太師蔡京,被蔡京等人「鍛煉成獄」,「竄於嶺表」,也就不可避免。然而,正義的力量並沒有就此消歇,相反,仍在潛滋暗長,準備與邪惡勢力作最後的一搏。結果,「朝中蔡太師、童太尉、李右相、朱太尉、高太尉、李太監六人,都被太學國子生陳東上本參劾,後被科道交章彈奏倒了。聖旨下來,拿送三法司問罪,發煙瘴地面,永遠充軍。太師兒子禮部尚書蔡攸處斬,家產抄沒入官」。張竹坡在第九十八回中批道:「一部大關目,獨美陳生,真是千秋快士!」從宇文虛中到曾孝序再到陳東,他們的活動描寫雖然只有寥寥幾筆,卻構成了一條清晰的情節發展的線索——一條副線和隱線。它使人想到了歷史前進的堅定步伐,有力地反照了表現現實沉淪和墮落的主題。就審美效果而言,它像幕後的隱隱天雷,反襯了醜劇舞臺上的尖嘯和張狂。

二、用美的環境去反照醜的人物。這裏的環境有時是指純粹的自然環境,如第八十九回,作品著意表現春日效外的自然美景,在這樣的環境中讓龐春梅、吳月娘等人上場,遙用大自然的「花紅柳綠」「淑景融合」,反照從使女搖身一變而為守備夫人的龐春梅的趾高氣揚、惺惺作態;有時指的是純粹的陳設環境,如第六十九、第七十二回,兩次寫到王招宣府陳設的端肅、聖潔之美。其內廳的氣象是:

> 只見裏面燈燭熒煌,正面供養著他祖爺、太原節度、邠陽郡王王景崇的影身圖,穿著大紅團袖蟒衣玉帶,虎皮交椅,坐著觀看兵書,有若關王之像。——只是髭鬚短些。迎門朱紅匾,上書「節義堂」三字;兩壁書畫丹青,琴書瀟灑;左右泥金隸書一聯:「傳家節操同松竹,報國勳功並斗山。」

正廳的欽賜牌額金字和「啟運元勳第,山河帶礪家」對聯,則更為顯赫地勾畫出這個府

第的莊嚴和榮耀。如此輝煌府第竟然成了西門慶頻頻出入的暗娼窩子，如此人家的誥命夫人竟然實際上成為暗娼，環境的美與人物的醜反差到滑稽的地步。更多時則是自然環境與陳設環境的統一，如第五十二回對西門慶後花園的描寫：

> 金蓮見紫薇花開得爛漫，摘了兩朵與桂姐戴。於是順著松牆兒到翡翠軒，見裏面擺設的床帳屏几、書畫琴棋，極其瀟灑。床上綃帳銀鉤，冰簟珊枕。西門慶正倒在床上，睡思正濃。旁邊流金小篆，焚著一縷龍涎。綠窗半掩，窗外芭蕉低映。

其美麗、恬靜不啻《紅樓夢》中女子的閨閣。可是接下來，這裏卻連續發生了應伯爵調戲李桂姐、李桂姐與乾爹西門慶狂淫、潘金蓮與女婿陳經濟偷情等三件不堪入目之事。環境的強烈的美，「燒灼」著人物突出的醜。

二、正向點化：以醜喻醜

　　長期以來，人們習慣於把《金瓶梅》看作自然主義藝術的範本，批評它「過分重視細節描寫而忽視了作品的傾向性」[1]，甚至「淹沒在污穢的泥坑裏，對於醜惡的腐爛生活，既缺乏明確的批判的態度，又在有意無意地美化它」[2]。其實，這是缺乏深思熟慮的誤解，只要不存偏見地考察作品，不難發現，《金瓶梅》有著強烈的批判和否定醜惡的傾向。

　　盡情地揭露和陳列醜，必然在邏輯上包含了對醜本身的批判和否定。十九世紀俄國批評家別林斯基在談到果戈理作品的成功時曾說：「當你在其全部赤裸中，在其全部可怕的醜惡中遍閱了這一切無聊的凡庸的生活畫面之後，當你盡情地對這生活大笑大罵之後，你還剩下些什麼感情？」「忠實地描寫精神的醜惡，比一切攻擊它的話要有力得多。」[3]《金瓶梅》正是這樣一部通過忠實描寫醜惡，來實現更有效攻擊它的偉大作品。它以一個市井破落戶、新興商人和政壇新貴三合一的西門慶家庭為焦點，上勾下連，旁及左右，反映了晚明整個社會財色左右一切、蹂躪一切的末世本質。西門慶堅信，「世上錢財，乃是眾生腦髓，最能動人」，所以，他除了像一般商人長途販運、坐地經營，還通過迎娶富婆、交接官府來拼命積聚財富；積聚財富的目的，除了部分用於上述所需，根本的用途在於大肆揮霍和占有女人。這個社會，一個使女最賤才賣三兩五錢銀子，西

1　徐朔方〈論金瓶梅〉，收入《徐朔方集》第1卷，杭州：浙江古籍出版社，1993年。

2　李希凡〈《水滸》和《紅樓夢》在我國現實主義文學發展中的地位〉，收入《李希凡文學評論集》，長沙：湖南人民出版社，1984年。

3　滿濤譯《別林斯基選集》第1卷，上海：上海時代出版社，1953年，頁243、247。

門慶一頓飯可吃掉千兩；從朋友之妻、貴族遺孀，到使女僕婦、妓女變童，無不兼收並蓄，相容並包！如前所引：「吃、喝、性行為等等，固然也是真正的人的機能。但是，如果使這些機能脫離了人的其他活動，並使它們成為最後的和唯一的終極目的，那麼，在這種抽象中，它們都是動物的機能。」西門慶如此，潘金蓮、李瓶兒、龐春梅如此；西門慶一家如此，整個放縱的社會又何嘗不是如此。在這種情況下，什麼體統，什麼王法，什麼道德、良心，這些人類社會得以維持的起碼條件，統統成了泡影。作品的全部藝術描寫表明，這個社會腐爛透頂，醜惡透頂，除了滅亡，它不會也不配有更好的命運！

事實上，為了正向強化這一傾向，作者還進一步將這個世界應該滅亡的詛咒，變成這個世界已經滅亡的現實。在男主人公西門慶和三個女主人公先後死去之後，作品結尾描繪出「封豕長蛇，互相吞噬」「獐奔鼠竄，那存禮樂衣冠」的亡國滅種圖，這個醜惡世界的主人公被明確喻指為令人厭惡的動物。

顯然，僅有這樣一個總體比喻還不足以全面揭示和凸現醜的人物和人物的醜。為補此不足，作品還從以下三個方面以醜喻醜，對醜的形象進行了具體的正向點化。

第一，「人是各種社會關係的總和」，通過設計假的社會關係來正向點化醜的人物。假與醜並生，也可視為醜的另一形態。在情節的主體部分，西門慶上無父母、下無子孫、中無兄弟，無一著己之親，他僅是各種假的社會關係的總和。誠如〈批評第一奇書金瓶梅讀法〉第八六所云：「書內寫西門慶許多親戚，通是假的。如喬親家，假親家也；翟親家，愈假之親家也；楊姑娘，誰氏之姑娘？愈假之姑娘也；應二哥，假兄弟也；謝子純，假朋友也。至於花大舅、二舅，更屬可笑，直假到沒文理處也；經濟兩番披麻戴孝，假孝子也；至於沈姨夫、韓姨夫，不聞有姨娘來，亦是假姨夫矣。」這種假的社會關係的存在，既成於人物的醜，又進一步反照出人物的醜。例如，西門慶因為趨炎附勢，成為蔡太師假子；憑藉這層假父子關係，他可以招權納賄，為所欲為，青雲直上。同樣因為趨炎附勢，李桂姐、吳銀兒、王三官自動變成西門慶的假女、假子；究之，王三官與李桂姐、吳銀兒又是假兄妹，西門慶與林太太又是假親家，西門慶與王三官還是假兄弟（因共嫖鄭愛月，與分號「四泉」「三泉」）關係。在假的社會關係之下，有的只是權錢的交易、肉欲的買賣和靈魂的糜爛。

第二，名字是一個人的標誌和符號，通過為人物取一個諧音為醜的名字，來正向點化人物的醜。如車（扯）淡，管世（事）寬；遊守（手）、郝賢（好閒）；應伯爵（硬白嚼）字光侯（喉）、謝希大（攜帶）字子純（紫唇）、孫伯修（不羞）、常峙節（時借）、吳典（無點）恩、李（裏）外傳、夏恭基（嚇公雞）、安忱（枕）、錢成（有錢即成），等等。又如西門慶號四泉，乃因「敝鄉有四眼井（市井）」，明點其為市井棍徒；溫秀才字必古（屁股），明點其好雞姦變童。

第三，在情節進展過程中，注意用細節描寫來表現獸類的醜陋行為，以此正面點化人物的醜陋靈魂。如第十二回，西門慶在院中半月不歸，別人猶可，唯有潘金蓮欲火難禁，白日倚門，夜半不眠，「偶遇著玳瑁貓兒交歡，越引逗的她芳心迷亂」。一隻尋偶不著的發情雌貓成了潘金蓮此時的精神寫照。又如第八十五回，潘金蓮與陳經濟的醜事被月娘窺破，二人不得再會，通同作姦的春梅見婦人悶悶不樂，勸她把心放開，且風流了一日是一日：

> 於是篩上酒來，遞一鍾與婦人，說：「娘且吃一杯兒暖酒，解解愁悶。」因見階下兩只犬兒交戀在一處，說道：「畜生尚有如此之樂。何況人而反不如此乎？」正飲酒，只見薛嫂來到，向前道個了萬福，笑道：「你娘兒兩個好受用。」因觀二犬戀在一處，笑道：「你家好祥瑞，你娘兒們看著，怎不解許多悶。」

潘金蓮、龐春梅除了要向發情的貓狗看齊，似乎再也沒有別的生活目標和精神追求，其靈魂的醜真可謂觸目驚心。

三、整體推展：眾醜競媸

當然，任何喻指都代替不了對本體直截了當的描述。逆向反觀也好，正向點化也好，都僅僅是《金瓶梅》審醜藝術的輔助手段，《金瓶梅》作為一部全面否定現實醜惡的作品，並沒有回避慘澹的人生。與明清其他長篇小說相比，《金瓶梅》在人物形象塑造上有一個顯著的特點：它的丑角不是單個出現，總是連袂而來，一對對，一組組，一群群，差相近似又絕不雷同。在審美效果上，如烏雲連片，構成漫長的黑暗風景線，體現出生活的廣度；又有其黑暗的翹楚，如單峰獨秀，形成藝術的焦點。

女尼王姑子、薛姑子身處佛門淨土，貪財、好色、尚氣，絕不讓俗人。前者羨慕道家欲行不軌，「掩上個帽子，那裏不去了」，抱怨「似俺這僧家，行動就認出來了」；後者少年時期即與和尚「調嘴弄舌」，「刮上了四五六個」，出家後又幫人偷姦，屢次事發。前者以念經為名，要西門慶去本庵破財消災，後者在經鋪瞞下五兩銀子夾帳，被人罵作「老淫婦墮阿鼻地獄！」兩個合夥在西門慶家宣卷拐財的「女佛爺」，因為分財不均，「合了一場好氣」，最終竟成了仇人。她們同為丑類，水準和風格皆各不同，王姑子高聲大語，喜歡牢騷滿腹；薛姑子則不動聲色，手段圓熟老道。

媒婆如文嫂、薛嫂、馮嫂、王婆，共同特點都是趨附權豪，善解人意，詭計多端，在討得對方歡心的基礎上，明要暗拿，大飽私囊。其中尤以王婆最為狡猾、貪婪和毒辣，如定下十分「挨光」計，騙誘潘金蓮私通西門慶；在姦情敗露後，又設計鴆殺武大郎。

王婆如此險惡，僅僅為得西門慶「十兩銀子做棺材本」。作品結尾，吳月娘托王婆經手要賣掉潘金蓮，王婆接來潘金蓮後，卻高價而沽，不論何人來買，絕不「優惠」，得到武松的一百多兩銀子後，僅給「貨主」吳月娘二十兩，剩下全部私吞。

幫閒蔑片如應伯爵、謝希大、白賚光、祝實念等，是十足的寄生蟲，吃、喝、用度全出在西門慶家，在西門慶需要時奉上肉麻的吹捧是他們唯一的工作，或大搔主子癢處，或一味自我作踐，務必引出主子的噴飯之樂。在他們中間，應伯爵最為出色，這使他成為西門慶一生中除女人外唯一離不開的男人。對李瓶兒的死，西門慶悲慟欲絕，離地跳起三尺高，飯不吃，覺不睡，誰也勸解不了，應伯爵幾句話使他重新又說又笑。這實在是一個技藝超群的「解悶大師」和無師自通的寄生「高手」。別的幫閒，有時難免顯出死乞白賴的嘴臉，如第三十五回白賚光白日上門「趁」吃，第四十二回祝實念元宵夜「趕」上門討吃，就十分讓人討嫌；應伯爵在西門府的每一次就餐，則總是被他「操作」得無比自然，氣氛融洽。這套本領不僅使他在西門府的騙吃騙喝易如反掌，還使他多次充當幫助別人向西門慶騙錢的掮客角色。然而，寄生蟲的無情，也是殘酷的。西門慶一死，他就立即投到新暴發戶張二官門下，不僅把西門府的大宗生意攬去，還把西門慶的侍妾和寵婢設法送到張二官手上。

「淫婦」一群的表演更蔚為大觀。如潘金蓮、宋蕙蓮、李瓶兒、如意兒、王六兒等，她們都可看作金蓮的化身。宋蕙蓮原名宋金蓮，與潘金蓮同名；李瓶兒是西門慶第六房小妾，稱六姐，潘金蓮在娘家原來也稱六姐；如意兒乃頂李瓶兒之「窩」者，是新六姐；王六兒顧名思義，也是六姐。她們實在也有根本的共同之處，都拼命追求色欲享受，為爭做色魔王西門慶的玩物而心機百出，寡廉鮮恥，「各興心而嫉妒」。身為富婆的李瓶兒，只恨花子虛留連妓院，空房難守，又怨蔣竹山腰間無力，難遂心願，所以無情地將他們淘汰，單愛西門慶「就是醫奴的藥一般，白日黑夜，教奴只是想你」，所以罄家輸出，受盡屈辱也在所不辭。宋蕙蓮、如意兒、王六兒都把無恥當光榮，因成了「西門慶的人」而拿班作勢，喬模喬樣；同時，肉體的出賣也給她們帶來了零碎銀子和幾件服飾的可憐報酬。——其中，王六兒還和丈夫共謀，專以此為發財之道，在她身上已找不到半點人格與尊嚴的影子。兼具各人之所長，又獨擅各人所不能的，當然還是潘金蓮。兼具體現在她既像李瓶兒那樣，把性的滿足作為人生最高和唯一的目標，為做西門慶小妾而害死丈夫；又像宋蕙蓮、如意兒、王六兒一樣，常常在房事之後，向西門慶提出財物要求；還像她們一樣，為討西門慶歡心願意忍受吃尿、炙身等各種人格踐踏。獨擅自然是指她不甘於做西門慶的眾多玩物之一，而要做西門慶的唯一玩物，為此採取了熱絡龐春梅、牢籠西門慶、架空吳月娘，先取弱者、再攻強者的戰略，要將競爭對手一一置於死地，而其戰果也確實堪稱「輝煌」。

其他如妓女李桂姐、吳銀兒、鄭愛月;內相如劉太監、薛太監、何太監;官場新貴如蔡狀元、安工部、宋御史;當朝巨奸如蔡太師、朱太尉、童掌事;假儒如倪秀才、溫秀才、水秀才等等,也都是眾醜競媸,既有共性,又有個性。作者整體推展藝術形象的能力,令人歎為觀止。

四、內觀拓深:醜中寓美

如果蘭陵笑笑生筆下的人物僅僅是醜德惡行的概念圖解,這部百萬字的作品恐怕絕不會被明代大文學家袁宏道歎為「雲霞滿紙」(〈與董思白書〉),被清人列入明清「四大奇書」,「人人樂得而觀之」了(閑齋老人〈儒林外史序〉)。作為一位現實主義大師,蘭陵笑笑生的深刻還體現在對現實生活的洞察和領悟,體現在不斷向人物心靈底層拓伸,從而發現性格中美醜的矛盾統一,並加以忠實的再現。這使他的作品既體現了生活的廣度和焦點,還揭示出生活的深度和本質。審醜對象作為人物形象的生命——真實,由此獲得了充分保證。

顯著的例子是宋蕙蓮。這個歷史本就不潔的僕婦,來到市井暴發戶西門慶家這個染缸,奴才巴結主子的媚上心理、女人炫耀姿色的虛榮心理、窮人羨慕富人的攀比心理等,得到極度膨脹。所有這些心理西門慶都可予以滿足。所以,當西門慶派人送來一匹緞子,傳話要和他相會時,宋蕙蓮就按捺不住喜悅,迫不及待地問:「爹多咱時分來?我好在屋裏伺侯。」自此以後,作品寫道,「越發在人前花哨起來,常和眾人打牙犯嘴」,指使男僕,又「每日和金蓮、瓶兒兩個下棋抹牌,行成夥兒」,儼然以西門慶的又一房小妾自居。然而宋蕙蓮儘管成了「西門慶的人」,卻並不願太傷害自己的丈夫來旺;她高興自己的肉體被西門慶迷戀,也希望自己的人格和意願得到西門慶尊重。正是在這裏我們看到了她與潘金蓮的根本區別,看到了在多種醜惡包裹之下這個女奴內心深處未泯的美。儘管兩個人物相距甚遠,我們仍然常常由《金瓶梅》中的宋蕙蓮想起《紅樓夢》中的尤三姐。尤三姐因得不到所愛,用自殺來表白自己人格的清白,可敬可佩;宋蕙蓮在無情的現實粉碎了一切幻想之後,對西門慶的憤慨,對來旺的同情,對自己的悔恨和對這一切的無奈,使她再也不願充當西門慶這個「弄人的劊子手」的玩物,再也不願活在由西門慶們所主宰的這個沒有天理的世界。她用血淚痛訴了這個社會有錢人的殘酷和卑賤者的不幸,還用死宣告了自己人格的復蘇。透過悲愴動人的文字,我們強烈地感受到宋蕙蓮內心天良之美的最後迸發!

即使是為做西門慶小妾而害死親夫、蒙受孽報的潘金蓮、李瓶兒,作品也沒有抹殺人物性格作為豐富多彩的矛盾統一體,在醜占據主導地位的情況下,其所殘存的美的微

光。例如，潘金蓮幼上女學，聰明靈慧，心竅百出，女紅才藝，樣樣皆精，可稱全書最大的才人和能人；她一開始儘管對百無一是的武大不滿，尚能盡到內助之責，儘管喜歡賣弄風騷，但並不理睬街坊子弟們的誘惑喧鬧，所以，她主動變賣了自己的釵梳，湊錢給武大另典房居住，以免受人騷擾和欺侮；後來聽磨鏡老人哭訴家庭的不幸，亦是惻隱心發，將半腿臘肉、兩個餅錠、二升小米等物送給了他。李瓶兒形象較之潘金蓮形象，可接受性大大增強，其原因在於，這個形象體現了人類永恆的至情之美——母愛。縱觀全書，在總體上，蘭陵笑笑生建構《金瓶梅》世界的筆觸是冷嘲熱諷的，但有兩個地方卻非如此，傾注了作者的真摯同情，一處是前述宋蕙蓮的死，一處就是李瓶兒兒子官哥兒的死。不知是因為做成西門慶的小妾，一切都遂了願，所以再也沒有任何偷淫的念頭和害人的機心，還是因為置身這個市井棍徒家庭之後，認識到對日日狂嫖濫淫的西門慶的「愛」已沒有任何實際意義，李瓶兒在有了兒子後，就把全副心思都用在他身上，兒子成了她全部生活的中心和寄託。為了能懷抱嬌兒而臥，她甚至多次拒絕了西門慶的房事要求。但是，這個生下來就膽小體弱的孩子，最終還是被妒火中燒、虎視眈眈的潘五娘給害死了，反過來，他也把他的母親李瓶兒帶到了死亡的深淵。母愛在這個曾經十分醜惡的女性心中占據了何等的地位。可以說，正是母愛中斷了、消蝕了她性格中惡性一面的發展，使她最終脫離開自己的淫婦角色本位，而向人性的高度回歸！

即便是西門慶這個市井棍徒，這個似乎是一切醜惡的總根源和集大成者，在他醜惡至極的行為外表下，仔細辨認也可以看到美的存在，例如夾雜在散漫使錢中的一定程度的慷慨，通過經商活動所表現出來的一些成功理念；尤其是在「人之將死，其言也善」之時，透露出的主體自覺和主體自尊等。第七十九回，臨死的西門慶先後對吳月娘、陳經濟囑咐說：

> 「我覺自家好生不濟，有兩句遺言和你說：我死後，你若生下一男半女，你姊妹好好待著，一處居住，休要失散了，惹人家笑話。」

> 「我養兒靠兒，無兒靠婿，……我若有個山高水低，你發送了我入土，好歹一家一計，幫扶著你娘兒們過日子，休要叫人笑話。」

我們發現，在西門慶的內心深處，原來有著如此強烈的主體自覺和主體自尊，這是西門慶性格中最重要、最富有美學意味的東西。眾所同知，主體自覺和主體自尊是近代人性覺醒的一個重要標誌。然而，真正的主體自覺和主體自尊還必須有進步的啟蒙思想的指導。遺憾的是，西門慶不僅是中國早期資本的肉身代表，同時還是傳統封建主義的畸形產兒。因此，他雖自發地走近主體自覺和自尊，卻無法尋求正確的途徑來加強主體自覺

和確保主體自尊。他只能用不斷的性滿足來印證主體的存在價值，最終自然還是失去了主體自覺和主體自尊。他性格中的美重新被醜所吞噬。西門慶的悲劇向人們提示了徹底拋棄封建主義的歷史要求，因此，在西門慶那裏，這寂滅的美仍然預示著人性覺醒的歷史必然。

污穢西門府，純潔《金瓶梅》

——《金瓶梅》斥淫描寫辨正

一

《金瓶梅》自問世以來，「貽譏於誨淫」（笑花主人〈今古奇觀序〉）近四百年矣。「逢人情欲，誘為不軌」（清鄭光祖《一斑錄雜述》卷四〈銷書可慨〉），乃「市諢之極穢者」（李日華《味水軒日記》卷七）的道學家津唾未已，又出現了現代學者「自然主義標本」的指責，稱《金瓶梅》「過分重視細節描寫而忽視了作品的傾向性」，「對於醜惡的腐爛生活，既缺乏明確的批判的態度，又在有意無意地美化它」[1]，《金瓶梅》「對色情連篇累牘的描寫」，「對獸性的肉欲的刻畫，完全是自然主義的」，「完全是多餘的」[2]云云。進入九十年代以來，有人又以《查泰萊夫人的情人》代替慣用的《紅樓夢》作為尺度，來衡量《金瓶梅》，認為二者的根本不同在於，《金瓶梅》「為寫性而寫性……即使與刻畫人物性格密不可分的描寫，裏面也摻雜了一些純動物性的露骨反映，把人的價值降低到普通動物的層次，而未有美的昇華」。[3]甚至有人斷言，《金瓶梅》從鮮明的封建倫理立場出發，「不可能在性行為描寫中去把人的肉體感受向精神享受昇華的過程寫出來，更不可能把性行為作為美的創造和精神幸福的來源來描寫」，而「將性行為抑止在低層次的感受範圍裏而不讓它進入只有人才能達到的精神昇華的境界，這實質上也就是扼殺人性」！[4]

另一方面，不論有多少人在罵《金瓶梅》是「誨淫之具」，又確實有不少人對《金瓶梅》全書包括性描寫「亟稱之」。而且，一個不容爭辯的事實是，誠如清人所體認的，

1　李希凡〈《水滸》和《紅樓夢》在我國現實主義文學發展中的地位〉，收入人民文學出版社編輯部編《明清小說研究論文集》，北京：人民文學出版社，1959 年。

2　任訪秋〈略論《金瓶梅》中的人物形象及其藝術成就〉，《河南大學學報》，1962 年第 2 期。

3　劉輝、楊揚《金瓶梅之謎》，北京：書目文獻出版社，1989 年，頁 223。

4　陳東有《金瓶梅——中國文化發展的一個斷面》，廣州：花城出版社，1990 年，頁 201-203。

「古今稗官野史不下數百千種，而《三國志》《西遊記》《水滸傳》及《金瓶梅演義》，世稱四大奇書，人人樂得而觀之」（閑齋老人〈儒林外史序〉），「《金瓶梅》一書，膾炙人口」（佚名《韻鶴軒雜著》）；就四大奇書之一的《金瓶梅》而言，有關性活動的描寫不能不是重要原因之一。

究竟應該怎樣看待《金瓶梅》的性活動描寫？我們認為，這一問題涉及對《金瓶梅》整體價值的重估，有必要進行一番探討和辨正。當年，著名評點家張竹坡有感於「讀《金瓶》者多，不善讀《金瓶》者亦多」，在〈批評第一奇書金瓶梅讀法〉第八十二條中說過一段話，不妨先寫在這裏：

> 男子中少知看書者，誰不看《金瓶梅》？看之而喜者，則《金瓶梅》懼焉，懼其不知所以喜之，而第喜其淫逸也。如是則《金瓶》誤人矣。究之非《金瓶》誤之，人自誤之耳。看之而怪者，則《金瓶梅》悲焉；悲其本不予人以可怪，而人想怪其描寫淫逸處也。如是則人誤《金瓶》矣。究之非人誤之，亦非《金瓶》誤之，乃西門慶誤之耳。

二

和一般的直接審美創造形式不同，藝術上還存在著一種間接的審美創造方式，即通過審醜來審美的特殊形式。首先，它仍然是審美形式，因為對醜的揭露和批判，必然在邏輯上包含了對美的肯定和追求，所謂沒有美也就沒有醜，沒有內在的美的尺度，也就無從界定醜的範圍，沒有對美的高揚也就沒有對醜的唾棄；對醜的唾棄經過接受者的共鳴和放大、擴散，反過來又激發了人們愛美的天性，強化了人們對美的追求。其次，它是一種需要接受者「化醜為美」再轉換的審美方式，也就難以和一般審美心理定勢順利「對接」，為一般審美心理定勢所容納，這就決定了它是一種更難把握的審美創造形式。而「對接」的難度很大程度上決定了「對接」成功後的審美快感的強度，所以，一當「對接」成功，難度越大，接受者心靈震撼產生的審美快感越強烈；當然，如果把握失當，審美的目的根本不能實現，審醜也就變成了令人作嘔的吮癰舐痔。羅丹以「老妓女」為題材的雕塑，畢加索表現納粹內容的抽象繪畫，加西亞·馬爾克斯描寫家族亂倫情節的一些小說，都是這種審美創造形式的產物。《金瓶梅》則是這種審美創造形式在我國的一個極端例證，它甚至也是世界藝術史上罕見的以百萬字的巨大容量，通過全面審醜來審美的奇特小說。「金學」家甯宗一先生曾經寫道，「蘭陵笑笑生的世界是一個陰暗的世界，一個充滿著靈魂搏鬥的世界，他的惡之花園是一個慘澹的花園，一個豺狼虎豹出

沒其間的花園」，他「讓醜自我呈現，自我否定，從而使人們在心理上獲得一種昇華，一種對美的渴望和追求」。[5]這是對《金瓶梅》這一審美特色的精當描述。

而任何審美創造形式成功的關鍵，還在於必需選擇一個切合主題和題材的獨特的敘事支點，有了這個支點，就可以便捷地架構整個藝術世界，集中展現人物活動的歷史和人物性格發展的歷史；對支點的選擇和運用，也才能更鮮明地體現作家獨特的藝術追求和藝術才華。「蘭陵笑笑生」選擇的這個支點就是性關係，是變態的、畸形的性關係，醜惡的性關係──淫。我們民族最古老、也最深入人心的一個說法是，「萬惡淫為首」。對於《金瓶梅》這部選擇了通過審醜、審惡來審美的審美創造形式，目的在於「藉此一家，即罵盡諸色」（魯迅《中國小說史略》），全面暴露封建末世醜惡本質的小說，這個支點的選擇應該說是合理的、成功的。這樣，「蘭陵笑笑生」事實上就將通過審醜來審美的形式，變成了通過審淫來審美的形式。對此，已有較多的學者表示出理解和同情，如李時人先生就說，「無論從深入開掘生活，還是從結構情節、刻畫人物等角度看問題，性描寫都是《金瓶梅》的重要手段，因而性描寫是《金瓶梅》一書不可忽缺的組成部分。」[6]試想，如果沒有關於林太太的性描寫，何以表現這個社會世襲貴族靈魂的徹底糜爛？林太太與巴爾扎克筆下同是「最後的貴族」的鮑賽昂子爵夫人，正在這一點上顯示出迥然不同的歷史的和美學的內涵。如果沒有西門慶和乾女兒李桂姐、潘金蓮和女婿陳經濟的性描寫，何以表現這個社會市井新貴家常倫理的徹底虛偽？如果沒有西門慶官身嫖妓、蔡狀元醉酒狎妓的描寫，何以見出這個社會整個官僚階層道德的崩潰？如果沒有西門慶和王六兒、如意兒等等的性描寫，又何以表現韓道國夫婦式底層民眾天良的泯滅？馬克思曾經指出：「吃、喝、性行為等等，固然也是真正的人的機能，但是，如果使這些機能脫離了人的其他活動，並使它們成為最後的和唯一的終極目的，那麼，在這種抽象中，它們都是動物的機能。」[7]可以說，《金瓶梅》塑造的各色各樣醜類的唯一共同點，就是對性行為的高度推崇，推崇到壓倒一切的中心位置，成為「最後的和唯一的終極目的」。媒婆把西門慶「吃藥養龜」作為一大本領向孟玉樓炫耀；「西門慶露陽驚愛月」使之大為折服，並大透「蜜意」，李瓶兒矢志要嫁給「打老婆的班頭、毆婦女的領袖」西門慶，就因「你是醫奴的藥一般」，都可說明問題。有了這一終極目的，一切動物的貪婪、動物的殘忍、動物的肉欲便接踵而來。這樣，在性描寫中，一個醜惡的動物全景圖便躍然

5　甯宗一〈小說觀念的更新與《金瓶梅》的價值〉，載杜維沫、劉輝編《金瓶梅研究集》，濟南：齊魯書社，1988 年。

6　李時人《金瓶梅新論》，上海：學林出版社，1991 年，頁 49。

7　馬克思《1844 年經濟學哲學手稿》，北京：人民出版社，1985 年，頁 51。

紙上。可以說，沒有性描寫，便沒有了《金瓶梅》。

三

嚴格意義上說，《金瓶梅》有關性活動的描寫不叫性描寫，因為它並沒有寫一般的、正常的性關係，而寫的是異化的、畸形的性關係即「淫關係」。**《金瓶梅》只有淫描寫，沒有性描寫**。淫與性是有著宵壤之別的。

眾所周知，我國古代是非常重視性的，把性看得很神聖高貴。儒家經典《周易·繫辭下》載，「天地絪縕，萬物化醇；男女構精，萬物化生」，把性看作生命之源。《禮記·禮運》直接把「男女」之事作為「人之大欲」加以肯定。《周易·說卦》則載：「有天地然後有萬物，有萬物然後有男女，有男女然後有夫婦，有夫婦然後有父子，有父子然後有君臣，有君臣然後有上下，有上下然後禮義有所措。夫婦之道，不可以不久也。」《中庸》也說：「君子之道，造端乎夫婦，及其至也，察乎天地。」把性看作連結天地和禮義制度的中樞，應該萬古不廢。正因為性本身是神聖美麗的，所以中國古代不直接用「性」這一字，而用「春情」「春心」「雲雨」「敦倫」「知曉人事」等詞語代指，以免褻瀆和污辱。而「淫」作為性的對立面，向來為人所不恥。性是正當的、合禮的、自然的、適度的、適時適地的，淫則是邪惡的、不合禮數的、勉強的、過度的、非時非地的。《金瓶梅》所寫正是後者。

第一，邪惡，斜於性的本來正道而變得醜惡，指把雙方從肉體到精神的共享變成單方面的肉體摧殘和精神折磨，如施行鞭打、燒香、吃尿等等，被虐者在付出痛苦和屈辱的代價後往往得到現實財物或空幻許諾的補償，施虐者與被虐者實際上只有色欲的買賣關係。如第七十五回，如意兒忍受了吃尿的痛苦，得到的是「頂」李瓶兒之「窩」的夢想和李瓶兒留下的幾件首飾。第七十八回，如意兒身上被燒香三處，僅得到一件「玄色段子妝花比甲兒」。西門慶與潘金蓮，西門慶與家人媳婦宋蕙蓮、王六兒、賁四嫂等等的性活動描寫多屬此類。作品第三回還借妓女李桂姐抱怨「那薛公公慣頑，把人掐擰的魂也沒了」，反映了連太監也精於對女性的摧殘，說明了這個社會性關係扭曲而變得邪惡的普遍性。第二，不合禮數，即名分不當，背離正常人倫道德的亂倫。《金瓶梅》所寫幾乎百分之九十都是這類，名分應當的性活動基本不在描寫對象之內，這裏顯示了作者寫性的分寸和嚴肅態度。以李瓶兒為例，在進西門府成為第六房小妾之前，李瓶兒是西門慶拜把兄弟花子虛之妻，正常人倫是「朋友之妻不可欺」，這時二人之間發生的性行為即為傳統倫理所不容，所以作者進行了多次醜化式的刻畫；李瓶兒招贅蔣竹山之時，李蔣之間的性行為屬正常夫妻行為，所以作品一次沒寫；李瓶兒再嫁西門慶後，她和西

門慶之間的性行為同屬正常的夫妻性行為，作品基本不寫，只有一次例外，那就是「李瓶兒私語翡翠軒」一處，實際上這次還是不正常性行為，因為那是西門慶在李瓶兒行經期間強行發生的，而且事實上直接導致了李瓶兒後來的不治而死。又如，西門慶「梳籠」李桂姐本可大肆渲染，但此時西門慶尚是「白衣」之身，而一般百姓嫖妓在這個社會是可以接受的，所以《金瓶梅》竟略而不寫，西門慶有了官階，李桂姐也認作乾女兒之後，二人之間再發生性行為，就是傳統觀念所譴責的有損官譽、有傷風化的敗德行為了，所以作品對此反而大力鋪陳。據筆者統計，《金瓶梅》全書共有 60 處對性活動的描寫，其中有 53 處都是名分不當的，另外 7 處雖然名分應當，卻又是另一種不應當，是正常中的不正常。前者如西門慶與王六兒等人之間的踐踏了主奴之間的尊卑禮制，潘金蓮與陳經濟的違犯了岳母與女婿的戒律等；後者如西門慶和潘金蓮的多次性活動之所以是「正常中的不正常」，在於它們具備前述第一個特徵和下述幾個特徵。第三，勉強的，即刺激性的，不是單純肉體的、自然的行為，而是為追求、強化和延長獸性的快感而假借於春藥、淫器、春宮畫等等，完全違背了「陰陽感激使然，非人力之所致」（《洞玄子》）的傳統性文化的要求；有時這種刺激還來自第三者的旁觀甚至參與，在這種情況下，當事人「蔑視羞恥」的罪惡快感被大大激發。如西門慶與潘金蓮、潘金蓮與陳經濟的多次性活動都要春梅合夥進來，暴露了他們豬狗不如的齷齪靈魂。《金瓶梅》所寫，特別是西門慶生子加官之後的性行為，幾乎沒有一次是那種不假外物的單純肉體的吸引。第四，過度，即貪濫、毫無節制，《金瓶梅》全書男女主人公西門慶、潘金蓮和後小半的主人公龐春梅，幾乎是無日不能淫，無人不可淫，實是貪濫到極點。以西門慶為例，除了一妻五妾、包占的幾家行院作為固定的性行為對象，還遍姦僕婦奴婢、貴婦孌童。在死前的二十天時間，西門慶除了每日必有的正常夫妻性活動，先後和賁四嫂狂淫兩次，與鄭愛月、林太太、如意兒、惠元、王六兒各狂淫一次，可說是日日皆淫，一日數淫。我國傳統性文化以「房中之事，能殺人，能生人」為戒，強調適度節制，節制為性，過度即淫。第五，非時非地。傳統性文化把性看得很神聖，也就非常講究性活動的環境和時機，比如守孝之時就嚴禁房事，否則，非時非地的即視為淫。《金瓶梅》所寫不少都屬此類。如第八回、第二十七回，西門慶與潘金蓮、李瓶兒的性活動分別發生在潘、李二人請僧道為亡夫追薦魂靈之時；第六十五、六十七、七十七、七十八回，西門慶與如意兒的性活動發生在二人為李瓶兒守靈之時和靈床之前；第八十回、八十二回，「潘金蓮售色赴東床」兩次分別發生在其夫西門慶死後頭七和其母潘姥姥死亡之時。

通觀全書，「將性行為抑止在低層次的感受範圍裏而不讓它進入只有人才能達到的精神昇華的境界」者，不是「蘭陵笑笑生」，而是骯髒西門府的動物般的人群。那些批評「蘭陵笑笑生」寫作態度很不嚴肅的論者或許沒有想到，《金瓶梅》根本沒有寫正常

的、健全的性，也就不可能褻瀆、輕慢傳統觀念中神聖的性，他把筆墨之外的純潔空間留給正常的、健全的性，而筆墨之內的所有文字都用來暴露性的對立面——淫的醜，恰恰不是扼殺人性，而是保全人性！《金瓶梅》盡情刻畫「獸性的肉欲」，使它和「作為美的創造和精神幸福的來源」的性判然相別，恰恰不是自然主義！

<h1 style="text-align:center">四</h1>

我們認為，《金瓶梅》和《紅樓夢》《查泰萊夫人的情人》的藝術描寫，在相近中又存在著根本的區別：《金瓶梅》是淫描寫，《紅樓夢》是帶有近代性愛色彩的「意淫」亦即準性描寫，而《查泰萊夫人的情人》則是典型的現代性愛描寫。這種不同固然在於三部作品採用了不同的審美創造形式，還在於三部作品所由誕生的時代的不同，作者暴露和歌頌的主題的不同。

就時代而言，《紅樓夢》置身於封建社會最後一個黃金時代「康乾盛世」，初步民主主義思潮經清初三大思想家的發動和宣傳，正日益在青年男女中擴大著影響，醞釀著社會生活的新變。賈寶玉的思想、曹雪芹的思想、時代的思想，三者可以說是合拍的。《查泰萊夫人的情人》處在包括性愛在內的廣泛人性，在經受大工業社會的異化之後，又發出重歸自然呼聲、純粹自然吸引的亞當和夏娃式的性愛神話重新復活的時代。知識女性康司丹斯從虛偽的上流府邸走出，和園工梅洛斯的徹底結合，具有廣泛的象徵意義。而《金瓶梅》所反映的晚明社會正是一個淫風濃熾、百病俱生、垂垂待斃的時代，一個資本的原始積累正在進行、而積累了的原始資本又找不到正當出路，資本主義生產關係萌芽了卻由於主客觀原因無法壯大的時代。何滿子先生曾經深刻指出，西門慶「多財貨而恣欲」，實際上象徵中國歷史上「找不到正當出路的資本及身肉身的代表的自暴自棄」，「當錢不能獲得正當運用，既然會產生罪惡的效應，那麼表現在人生現象中也必然是醜惡。因此，《金瓶梅》的性生活的穢褻描寫便是對歷史的忠實；倘若把西門慶、潘金蓮等人寫得十分高雅，十分會蓄，就不但有背於人物性格的真實，更重要的是，這些人物就沒有美學的和歷史的價值了。」[8]就主題而言，《紅樓夢》選取上流貴族閨閣女子的嫻逸風情，歌頌她們未染塵滓的美好心靈，悲歎她們「千紅一窟（哭），萬豔同杯（悲）」的不幸結局。《查泰萊夫人的情人》將梅洛斯的園林置於查泰萊男爵的社會圈子之上，側重表現拋棄虛偽豪門和禮教，從肉體結合到靈魂交融、靈肉一體的性愛的合理和正當。《金瓶梅》則選取市井棍徒的生活圖景，側重暴露和批判封建末世的醜惡本質。正是這一

8　李時人《金瓶梅新論》，書前何滿子〈序言〉。

主題決定了「蘭陵笑笑生」採用了通過審醜來審美的審美創造形式，並在審醜的視角上展開了審淫的畫面。也就是說，正是這一主題決定了《金瓶梅》的有關房事描寫**只能是淫描寫，而且是斥淫描寫**。

有些學者承認一個作家有「寫什麼」的充分自由，但對於「怎麼寫」，又不免頗多拘執。其實，「寫什麼」與「怎麼寫」在創作過程中是很難分開的，承認一個作家具有「寫什麼」的自由，也就承認他具有「怎麼寫」的權利。歸根到底，「怎麼寫」的問題仍然是「寫什麼」的問題。《金瓶梅》既選定以西門府為中心的無時無處不在發生的不正當性關係為其全面否定現實的突破口，很難想像，它不在這些突破口上多做些文章。有些學者擺脫不了傳統「誨淫」的思想陰影，指責《金瓶梅》的淫描寫連篇累牘，津津樂道，似在有意無意地美化它，仿佛「蘭陵笑笑生」也和西門慶一同墮落了。其實，如果我們也像金聖歎「放開巨眼激射」《水滸》一樣觀照《金瓶梅》，不難發現，「蘭陵笑笑生」的大量淫描寫文字，既是「寫什麼」的題中應有之義，在「怎麼寫」上也基本沒有什麼不健康的情趣流露，相反，讓人印象深刻的是他對淫活動的深惡痛絕。

別林斯基在談到果戈理作品的成功奧秘時說：「不證明，也不推翻什麼，就靠了十分忠實的揭示事物的特徵，或用確切的比較，或用確切的推斷，或乾脆用如實的描寫，十分鮮明地把事物的醜惡表現出來了，這樣地來撲滅它。」[9]這最後幾句話用在《金瓶梅》身上，不是最恰當不過嗎？張竹坡深諳此理，在其評點過程中盛讚《金瓶梅》，如其《批評第一奇書金瓶梅》第七十三回回前評「寫其十二淫，一百二十分輕賤」，第五十五回回前評「遞映醜絕……以醜其人」，第八十四回回前評「其醜之之處，其勝於殺之割之也」。我們看到，《金瓶梅》寫淫有兩種文字，一是直接的白描文字，是具體實寫，無情地借寫淫活動中的污穢之物、不堪之行、扭曲之心來批判淫活動的醜，如「潘金蓮醉鬧葡萄架」一段。二是間接駢儷文字，往往借博喻來虛寫，更能達到唐突人物、醜化淫行的目的。如第七十八回的一段駢儷文中寫道，「迷魂陣上，閃出一員酒金剛、色魔王」，「攝魄旗下，擁一個粉骷髏、花狐狸」，「頃刻間只見這內襠縣，乞炮打成堆，個個皆腫眉臟眼；霎時下則望那莎草場，被槍桀倒底，人人肉綻皮開」。又如第八十三回寫陳經濟、龐春梅、潘金蓮三人共淫的一段：「一個不顧夫主名分，一個哪管上下尊卑。一個氣喘吁吁，猶如牛吼柳影；一個嬌聲嚦嚦，猶似鶯囀花間。一個椅上逞雨意雲情，一個耳畔說山盟海誓。一個寡婦房內，翻為快活道場；一個丈母跟前，變作行淫世界。一個把西門慶枕邊風月，盡付與嬌婿，一個將韓壽偷香手段，悉送與情娘。」這些文字不是

9　〔俄〕別林斯基〈論〈莫斯科現察家〉的批評及其文學見解〉，《別林斯基選集》第 1 卷，北京：人民文學出版社，1958 年。

明顯地流露出強烈的嘲諷、挖苦、唐突、否定的傾向嗎？

作者對淫的貶斥還體現在為這個淫慾世界的主人公所安排的「死」的結局及其方式上。死，一了百了，是對其生存權和合理性的最後、最直截了當的否定。西門慶死在潘金蓮身上，龐春梅死在家奴身上，是直接死於淫。李瓶兒為淫釀成血崩之病，並事實上因淫而害死丈夫花子虛從此永懷負罪之心，兩相結合，鬱鬱而亡；潘金蓮為淫而被吳月娘逐賣，又將淫的希望再度寄託武松身上終被武松誆去刀割而死；宋蕙蓮因淫而致禍丈夫來旺，良心復萌，羞恥自盡；陳經濟因淫而害人又被人所害，他們也都死於淫。〈批評第一奇書金瓶梅讀法〉第一百零五條說，「《金瓶梅》是部懲人的書，故謂之戒律亦可」。不妨可以更直接點說：《金瓶梅》是部懲淫的書，戒淫的書。這既非宣揚「女人禍水論」，更與宣揚「性恐怖論」無涉，因為淫——邪惡、不合禮數、勉強、過度、非時非地的肉體關係，在任何社會、任何時候，都是有損人格、為人鄙棄、也應該鄙棄的醜惡！

一句話，西門府是污穢的，《金瓶梅》是純潔的。它就像羅丹的雕塑「老妓女」，醜固醜陋不堪，美亦美玉無瑕。

附　錄

一、潘承玉小傳

　　1966 年生，安徽桐城人。先後負笈於安徽省桐城師範學校、安徽師範大學中文系、南開大學中文系；1999-2002 年師從著名紅學家、北京師範大學中文系原主任張俊教授攻讀中國古代文學元明清方向博士研究生，獲文學博士學位；2002-2005 年師從教育部「長江學者」特聘教授、中山大學中文系吳承學先生從事明清之際文學研究，獲國家博士後證書。2005 年經浙江省高評委評審，破格（提前一年）晉升教授。專長明清文學與江浙文化史研究，在中華書局、人民出版社等出版專著 5 部，在《文學遺產》《文獻》《文史》《復旦學報》《浙江大學學報》《北京師範大學學報》《臺大中文學報》《國際中國學研究》等發表論文 80 多篇。現為紹興文理學院越文化研究院執行院長（省社科重點基地浙江省越文化研究中心執行主任）兼人文學院中國文學與古籍文獻研究所所長、中國古代文學學科主任及碩士點負責人，浙江省社科學科組專家、浙江省高校中青年學科帶頭人、浙江省 151 人才工程第 2 層次人才。

二、潘承玉《金瓶梅》研究專著、論文目錄

(一)專著

1.　《金瓶梅新證》，合肥：黃山書社 1999 年。

(二)論文

1.　潘金蓮：長在男權主義糞土上的惡之花
　　阜陽師範學院學報，1992 年第 2 期。

2.　評《廢都》的藝術模仿
　　北京社會科學，1994 年第 1 期。

3.　污穢西門府，純潔《金瓶梅》──《金瓶梅》斥淫描寫辯正
　　東嶽論叢，1995 年第 5 期。

4.　梅香縷縷出金瓶──《金瓶梅》審醜－審美特色管窺
　　徐州師範學院學報，1996 年第 3 期。

5.　《金瓶梅》五十三至五十七回真偽論考
　　紹興文理學院學報，1997 年第 2 期、第 3 期；中外文學（臺灣大學），1998 年第 9
　　期。

6.　地平線下的風景──《金瓶梅》女性弱者形象淺論
　　東嶽論叢，1997 年第 3 期。

7.　從《金瓶梅詞話》的零碎語料看作品之影射背景與作者之邊塞閱歷
　　華僑大學學報，1997 年第 4 期。

8.　佛、道教描寫與《金瓶梅》的成書時代新探
　　中外文學（臺灣大學），1998 年第 3 期。

9.　《金瓶梅》地理原型探考
　　紹興文理學院學報，1998 年第 2 期。

10.　《金瓶梅詞話》與紹興
　　文史知識，1998 年第 2 期。

11.　《金瓶梅》抄本考源
　　中國文學研究，1998 年第 4 期。

12.　小說家之外：《金瓶梅》作者的三重特殊角色
　　東嶽論叢，1998 年第 6 期。

13.　民族主義：《金瓶梅》作者的隱微情懷

延邊大學學報，1999 年第 1 期。

14. 《金瓶梅》作者的家鄉酒
    徐州師範大學學報，1999 年第 2 期。

15. 怎樣看待《金瓶梅》的性描寫
    張兵、張振華主編《經典叢話·金瓶梅說》，南昌：江西教育出版社 1999 年。

16. 近年《金瓶梅》作者研究新說四種檢討
    北京師範大學學報，2000 年第 5 期；古今論衡（臺灣中央研究院）第 4 輯。

17. 《金瓶梅》作者「徐渭說」
    古典文學知識，2004 年第 5 期。

18. 匪夷所思的想像探戈——評盛鴻郎《蕭鳴鳳與金瓶梅》
    文藝研究，2006 年第 8 期。

19. 伊何底止的指鹿為馬——《金瓶梅》作者「蕭鳴鳳」說新證駁議之一
    學術界，2006 年第 4 期。

20. 無中生有的政治「罪行」——《金瓶梅》作者「蕭鳴鳳」說新證駁議之一
    明清小說研究，2006 年第 3 期。

後 記

　　本書收錄 20 篇拙文，都是已經公開發表的舊作。本次重新結集，對照原來的引文一一檢核，除糾正一些技術性疏誤外，部分還進行了增刪修訂。

　　中國金瓶梅學會前輩吳敢教授和其他諸賢，雅意欲將拙作列為臺灣學生書局出版的「金學叢書」之一種，實在愧不敢當。一者如附錄索引所示，這些金學文章大多發表於 1992 年到 1999 年，那是剛登講台的高校底層青年教師（其時先後任池州師專中文科助教、紹興文理學院中文系講師），在資料匱乏、思慮未周、文筆稚拙等等不利情況下，不知輕重的啼聲初試之作，實在不登大雅之堂。二者從 1999 年到北京師從張俊教授攻讀中國古代文學元明清方向博士研究生之後，個人的興趣就從金學，甚至從紅學、水滸學、三國學乃至整個明清小說研究逐漸遠離開；即使仍有少數幾篇金學乃至其他明清小說研究文字，原本也屬受命應邀之作或不忍不言的學風評議，老實說來，無甚特別建樹。然而同時，誠如《中國古代、近代文學研究》去年轉載的一篇學術觀察拙文（第二作者）〈2001-2011 年的古代小說研究〉所言，在上個世紀八九十年代的長盛之後，二十一世紀頭十年的明清小說研究仍然取得一系列可喜進展，其中當然包括長期堅守金學陣地諸賢和金學新人們的多方面貢獻。私衷以為，「金學叢書」理應更多反映近年的金學新進展新成果。一句話，「金學叢書」再怎麼擴大收錄範圍，也不該把晚學文字包括在內。

　　然而猶豫、遲疑許久，還是未敢違逆「金學叢書」主編吳敢教授、胡衍南教授、霍現俊教授和臺灣學生書局等的栽培美意。畢竟，為了這些拙文的出手，曾經廢寢忘食過不少時間；為了這些拙文的問世，不少素不相識的學術期刊和出版社編輯無私地付出了大量勞動；在這些文字刊出以後，也謬蒙不少金學界良師益友甚至金學權威的過譽。為了重新檢討當年廢寢忘食或曰蹣跚學步的結果真有多少學術內涵和存世價值，為了鳴謝給這些今天看來仍不成熟的文字以寶貴發表機會的兩岸學術期刊、出版社及其默默奉獻的各編輯老師，同時也為了銘記朱一玄、甯宗一、吳敢、黃霖等多位金學權威一直以來的教導、鼓勵、栽培，以及其他多位良師益友的無私幫助，晚學還是帶著一種深深的不安和感激，對這些舊作進行了重新清理。

　　清理甫畢，而重有感焉。

　　十多年前，曾有老師發出「懸置名著」的呼籲。在這一思潮影響下，對文學史上極

少數巨匠巨著的那種長期癡迷，若「李杜詩篇萬口傳，至今已覺不新鮮」「開談不說紅樓夢，讀盡詩書也枉然」等口碑所示，遂逐漸成為過去。但是，回過頭來看，像《三國演義》《水滸傳》《西遊記》《金瓶梅》《儒林外史》《紅樓夢》這樣的小說名著，它們實在並不僅僅是明清六百年或元明清七百年我們民族在審美上的偉大創造；把它們的孕育史包含在內，甚至可以看作整個近兩千年中華民族在審美上的偉大結晶。對待這樣的文學名著，無論花多大多久力氣去挖掘、傳承其思想和審美意蘊，去探究、解決圍繞它們而產生的各種歷史疑案甚至一切細節問題，都是有意義和價值的。對任何一個有志回望我們民族既往審美史者，因其蘊涵世界第一人口大國和最悠久文明的太多文明密碼，而其語體又和現代全民族共同語完全一脈相承，這樣的文學名著尤其存在一種巨大的召喚效應。就個人的淺薄體會而言，正是出於對《金瓶梅》在內幾大明清文學名著的喜好，才走進明清文學和古代文化的深邃空間；金學於我，實在就像一位治學領路人。

「這是最好的時代，也是最壞的時代」，英國作家狄更斯寫在 1859 年的這句話實際上適用於任何時代。不管未來的歷史學家會如何評價 20 世紀以來的中國社會歷史巨變，置身其間者各有各的視角和體驗。對 20 世紀以來的中國社會特別是精神文化嬗變不滿者，可以上而將六七十年代的「文化大革命」溯至五四新文化運動時期的「打倒孔家店」和「翻開歷史一查……滿本都寫著兩個字是『吃人』」之民族虛無主義，下而將彌漫在當今社會各角落而被媒體放大的種種道德失序，歸於據說是某個歷史時代一當到來「每個毛孔都滴著血和骯髒東西」之必然性。然而，作為 65 後的個人來說，基於迄今為止的成長、求學、治學歷程，更相信這是一個最好的時代。我國社會百年來最偉大的進步是「科學」「民主」理念的深入人心。在前者方面，就個人的見聞（包括閱讀歷史文獻獲得的認知）、感受而言，從來沒有像 20 世紀以來這樣有這麼多的學者幾乎畢生以探求、傳播真知為職志。像陳寅恪、胡適這樣的國學大師如此，在金學界，剛剛鶴歸道山的朱一玄教授這一代學者，比朱一玄老師晚一代、一直卓越地領導和組織中國金瓶梅學會、大力提攜後進的吳敢教授這一代學者，也莫不如此。個人曾經多次親瞻這些前輩以及承繼他們道統而來的其他老師、時賢的風采，也從他們身上深切地體認我們這個時代的美好和治學的信心。

潘承玉

2015 年 3 月 12 日題於紹興風則江畔

國家圖書館出版品預行編目資料

潘承玉《金瓶梅》研究精選集

潘承玉著.– 初版.– 臺北市：臺灣學生，2015.06
面；公分（金學叢書第 2 輯；第 27 冊）

ISBN 978-957-15-1676-9 (精裝)

1. 金瓶梅 2. 研究考訂

857.48   104008105

潘承玉《金瓶梅》研究精選集

著　作　者：潘　　　　　承　　　　　玉
主　　　編：吳　敢、胡　衍　南、霍　現　俊
出　版　者：臺　灣　學　生　書　局　有　限　公　司
發　行　人：楊　　　　　雲　　　　　龍
發　行　所：臺　灣　學　生　書　局　有　限　公　司
　　　　　　臺北市和平東路一段七十五巷十一號
　　　　　　郵 政 劃 撥 帳 號 ： 00024668
　　　　　　電　話：（０２）２３９２８１８５
　　　　　　傳　眞：（０２）２３９２８１０５
　　　　　　E-mail：student.book@msa.hinet.net
　　　　　　http://www.studentbook.com.tw

定價：精裝 30 冊不分售
　　　新臺幣 45000 元

二 〇 一 五 年 六 月 初 版

金學叢書 第二輯